한국 한문학의 형상과 전형

박종우 지음

보고사

책머리에

　오랜 고민 끝에 이제야 부끄러움을 무릅쓰고 그 간의 발자취를 묶어볼 용기를 내어본다. 2001년 송강 정철의 한시를 주제로 첫 논문을 제출했으니, 연구자로서의 세월도 어느덧 10년이 훌쩍 넘어버렸다. 겁도 없이 한국한문학을 한답시고 발을 들였으나, 늘어난 건 거저 느는 나이와 부스러기 논문 몇 편뿐이다. 이제 몇 줄의 서문을 적으려니 모골이 송연하다.

　돌이켜 보면 대학원에 진학한 이래 늘 크신 선생님과 선배님들 옆에 서서 발끝을 돋우며 눈높이를 맞추려 애를 쓰던 모습만이 떠오른다. 그래서인지 '쉬파리가 준마의 꼬리에 붙어 천 리에 이른다(蒼蠅附驥尾而致千里)'는 한 역사가의 준엄한 질책이 몹시도 아프다. 게다가 쉬파리는 준마의 꼬리에 들러붙는 재주라도 가진 것을 생각하면 더욱 그러하다.

　올해 초 부슬비가 내리던 어느 밤에 연구실에 앉아 여태 제 길을 못 찾는 스스로의 모습을 보며 고민에 빠진 적이 있었다. 그러다 문득 더 늦기 전에 중간 점검을 한번 해보는 것도 의미가 있겠거니 싶은 생각이 들었다. 뭐 하나 건질 만한 것은 없겠지만 나름대로 엎치락뒤치락하며 자료와 씨름하던 기억을 떠올려 보려 한 것이다. 더불어 갈수록 나태해져가는 자신을 꾸짖는 반성의 계기를 구해보자는 얄팍한 기대도 없지 않았던 듯하다.

　학위논문을 제외하고 일단 목록을 모아보니 역시나 닥치는 대로 쓴 글들이라 씨줄이며 날줄을 갖다 댈 길이 막연하다. 그나마 가까운 자리에 놓인 것들을 따로 묶어보니 그때그때의 관심사가 무엇이었는지 조금은 짐작이 가기도 한다. 그리고 채워야 할 빈자리들이 좀 더 뚜렷이 눈에 들어온 것은 뜻밖의 수확이다.

　내용에 있어서 오탈자 이외에는 새로운 논점을 가진 것이 있어도 거의 수정을 가하지 않았다. 사실 빠듯한 일정과 게으른 탓이기도 했지만, 작성 당시의 치기(稚氣)를 함부로 지워버리고 싶지 않았던 이유가 더 크다. 제목과 부제는 내용이 감당하지 못할 큰 것으로 골라 보았다. 왜냐고 이유를 물어도 장래의 희망사항이라고밖에 아무런 할 말이 없다. 다른 도리가 없는 것이다. 저 멀리 휙 내던져놓고 '일모도원(日暮途遠)' 네 글자 뒤로 재빨리 달아나 숨을 뿐이다. 늘 삶의 고락을 함께 나누는 가족들이야 잘 모르고 기뻐해주겠지만, 필자로서는 마냥 부끄럽기만 하다. 겸양이 아니라 실제가 그렇기 때문이다.

　보잘 것 없는 책 한 권을 마무리하면서도 감사의 마음을 전해드리고 싶은 분들은 참 많이도 떠오른다. 학부와 대학원 시절을 이끌어주신 모교의 국어국문학과와 한문학과 선생님, 고전문학한문학연구학회 선후배 및 동학 여러분, 민족문화연구원의 동료 선후배 여러분께 진심으로 고마운 속내를 전해드리고 싶다. 그리고 여러 가지 어려움을 마다않고 아름다운 모습으로 세상에 빛을 보게 해주신 보고사 김흥국 사장님과 실무자 여러분께도 깊이 감사드린다.

　해가 갈수록 은사이신 대산(對山) 선생님을 뵐 면목이 없어진다. 이제는 불민(不敏)하다는 흔한 수식어조차 민망한 일이 된 것이다. 그럼에도 찾아뵐 때마다 늘 따뜻한 차를 권하시며 최근의 관심사를 물어와 주시는 선생님께 조금 용기를 내어 삼가 이 책을 올린다.

2012년 늦가을 어느 늦은 밤
제법 서늘해진 민연 연구실에서
박종우

목 차

제4부 한국 한문학의 발견과 확장

제1부
한국 한문학의 공간과 미학

　우리의 옛 문인들이 작품 속에서 만들어 낸 문학적 공간과 미적 특질은 무엇일까? 문학 연구에 있어서 근원적인 문제의 하나인 이 물음은 제1부에 가려 모은 글의 출발점이다. '율곡 이이의 시세계에 대한 일고찰'과 '고산 윤선도 한시의 일고찰'은 이에 대한 단서를 얻기 위해 율곡과 고산의 시세계 및 문예미학적 특성을 찾아본 것이다. '16세기 호남 한시의 풍류론적 고찰'은 호남의 문인들이 소중한 미적 가치를 부여했던 '풍류'라고 하는 심미적 자질에 대해 살펴본 것이다. '16세기 누정의 공간적 특성과 누정제영의 문학사적 의의'는 전통시대 대표적 문화 공간인 누정의 기능과 역사적 의미를 제영시를 중심으로 하여 검토한 것이다.

율곡 이이의 시세계에 대한 일고찰

-주로, 시세계의 특징적 국면과 미적 특질을 중심으로

1. 문제 제기

　栗谷 李珥(1536~1584)는 주지하듯이 朝鮮前期 思想, 政治, 敎育, 文學 등 여러 분야에서 가장 뚜렷한 업적을 남긴 인물로 평가되고 있다. 이에 따라 학계의 관심도 주로 그의 性理學, 經世觀, 敎育思想 등의 연구에 집중되었다. 그의 문학에 대한 연구는 이러한 바탕 위에서 비교적 뒤늦게 출발하였지만, 수량으로 보아 결코 적다고 할 수 없는 성과들[1]이 제출되어 있다. 특히, 율곡이 직접 편찬한 選詩集인 ≪精言妙選≫의 실체가 확인·보고되면서 그의 文學論의 구도와 성격에 대한 많은 논의[2]가 이루어졌으며, 수적으로 많지는 않지만 漢詩에 대한 연구[3]도 계속 제출되고 있다. 그럼에도 불구하고 그의 詩世界와 美的

---

1) 〈高山九曲歌〉 등의 고전시가 분야의 성과를 제외하더라도 대략 30여 편에 달한다.

2) 이에 관한 주요 연구성과로는 金豊起의 「栗谷 李珥의 文學論 硏究」(고려대 석사논문, 1988)와 『朝鮮前期 文學論 硏究』(太學社, 1996), 金昞國의 「『精言妙選』의 文獻的 檢討와 栗谷의 詩觀」(『서지학보』 제15호. 한국서지학회, 1995), 金南馨의 「『精言妙選』의 文獻的 檢討」(『한국한문학연구』 제23집, 한국한문학회, 1998), 이연세의 「栗谷의 風格論에 대한 硏究」(『고전비평연구 2』, 太學社, 1998), 鄭載喆의 「『精言妙選』의 풍격 연구」(『한국한문학연구』 제28집, 한국한문학회, 2001) 등이 있다.

3) 현재 율곡의 한시에 대한 연구는 10여 편 정도이다. 주요 성과로는 安炳鶴의 「李珥

特質에 관하여 좀더 천착해보아야 할 여지가 남아있다는 데서 우리의 관심사는 출발한다.

이렇게 보는 이유는 〈文策〉, 〈文武策〉, 〈精言妙選序〉 등 자주 인용되어 온 논거 문헌들을 통해 여러 연구자들이 율곡의 문학론을 한결같이 道學的인 것으로만 규정하고 있는 까닭으로, 시세계의 제양상과 심미적 특질이 실상과는 달리 一面化되지 않았는가 하는 의문에 근거한다. 분명 율곡의 문학론의 基底에는 도학적 문학론의 수맥이 면면히 흐르고 있을 터이다. 하지만 실제 그의 시세계를 점검해보면, 동시대 退溪 李滉이나 晦齋 李彦迪의 시작품에서 보여지는 도학적 문학론의 실천적 구현이라고 단정할 수 있을지 의문이 드는 작품이 대부분이다. 오히려 도학파 문인들이 금기시하는 人情·物態의 긍정적 표출이 보이는 경우도 적지 않아서 의문점은 더욱 커진다.[4]

하지만 이 논문은 아직 이러한 문제에 대한 충분한 답을 준비하고 있지는 못하다. 다만, 이 의문을 율곡의 문학을 해명하는 데에 반드시 되짚어봐야 할 문제의 하나로서 제기하고자 하는 것이다. 이러한 목표에 이르기 위해 본고는 우선 그간 제출된 율곡문학의 연구 성과를 다시금 점검하면서 율곡 시에 대한 이해의 실마리를 찾아보고, 실제 시작품의 분석을 통해 율곡 시세계의 특징적인 국면과 미적 특질을 살펴보고자 한다.

의 시세계」(『현대문학』 12월호, 1991), 鄭亢敎의 『栗谷先生의 詩文學』(이화문화출판사, 1991), 姜明官, 「栗谷의 詩論과 修養論」(『부산한문학연구』 제9집, 부산한문학회, 1995), 洪學姬의 「栗谷 李珥의 詩文學 硏究」(이화여대 박사논문, 2001) 등이 있다.
 4) 이에 대한 기존 연구에서의 문제제기는 다음 장에서 다루기로 한다.

2. 율곡 시 이해의 한 단서

율곡은 여러 편의 산문을 통해 문학에 대한 견해를 분명하게 밝히고 있다. 그의 문집인 ≪栗谷全書≫에는 동시대의 누구보다도 문학에 대해 논한 자료가 풍성하게 남아 있어서, 우리는 그의 문학론의 윤곽과 내용을 재구할 수 있다. 그간에 이루어진 연구 결과들의 구체적인 내용을 이 자리에서 다시 상세하게 재론할 필요는 없을 것이지만, 그 대표적인 성과의 하나를 요약하면 다음과 같다.

우선, 율곡을 중심으로 한 16세기 士林派 文人의 美意識은 기교주의를 반대하고, 현실을 멀리하며 物에 집착하지 않고, 人慾을 씻어 淸澄한 정신을 찾으려는 데서 형성된 것이었다는 해석이다. 그래서 만들어진 것이 아닌 자연미와 함께 인간적 현실을 초탈한 고답적 순수미를 추구하였다는 점이 지적되었다.[5] 이 논의는 16세기 사림파 문학론의 핵심을 요약한 것으로서, 대부분 퇴계와 율곡의 문학론 관련 산문을 깊이 있게 분석하여 추론하였다. 이후의 율곡의 문학론에 대한 논의는 이러한 성과에 대체로 동의하면서 확장·분화되고 있다.

하지만 그의 한시 연구에 대해서는 여전히 이견의 편차가 크다. 문학론 연구 성과가 축적되면서 시작품의 실제 비평이 이루어졌는데, 그의 시를 도학적 시각으로 조명하려는 시도가 먼저 있었다. 청정한 자연 경물을 노래하면서 養氣의 실천을 이루었다고 보는 견해가 그것이다. 그런데 연구가 지속적으로 제출되면서 이에 대한 이견이 제기되고 있다. 율곡 시의 특징으로 누차 지적되는 것 가운데 하나는 그것이 성리학적 세계관에 입각해 있는 것이 분명한데도, 시작품 가운데 도학적

---

5) 이상은 林熒澤의 「16세기 士林派의 文學意識」(『韓國文學史의 視角』, 創作과批評社, 1984) 49면을 참조하여 정리한 것이다.

색채가 退溪나 晦齋의 경우와는 달리 뚜렷하게 잘 드러나지 않는다는
것이다. 예컨대 그의 사유체계가 명확한 以物觀物의 반관이며 퇴계가
性情美學의 右派라면 율곡은 左派에 속한다6)거나, 그가 관물론적 시
학에서 벗어나 음영성정의 논리를 취택하였고 시를 자연스러운 감정
의 유로로 파악하여 성리학적 세계관에서도 唐詩風의 시작이 있을 수
있음을 보였다7)고 본 것은 모두 이런 데서 연유한 견해이다.

그리고 율곡의 시가 경물을 보이는 대로 서술하고 느낀 감정을 자
연스럽게 표출하며, 심하게는 무미건조함으로 느껴질 정도로 현상
풍경 및 행위의 나열에 그치는 경향을 보이기도 한다는 점에서 그의
시는 관념적이라기보다는 즉물적이라는 가설이 최근 설득력 있게 제
기되었다.8)

율곡 시에 대한 연구자들의 견해는 이상에서 보듯 확실히 앞의 문학
론에 나타난 그것과는 괴리가 있어 보인다. 이러한 혼란은 율곡의 시
를 다룬 최근의 여러 연구자들에게서 공통적으로 나타나는 것으로서,
율곡 시작품의 실제가 문학론과는 별개이거나 상이한 것이 아닌가하
는 주장까지도 제기되고 있다. 하지만 아직 이에 대한 명확한 견해가
제시되지는 못한 듯하다.

이러한 율곡 시 이해의 여러 가지 문제점을 염두해 두면서 우리는
율곡이 실제로 시를 어떠한 생각을 가지고 지었는지를 알아보는 것에

---

6) 李敏弘, 「朝鮮前期 自然美의 追求와 漢詩」, 『한국한문학연구』 제15집, 한국한문학
   회, 1992, 120면.
7) 이종묵, 「性理學的 사유의 형상화와 그 美的 특질」, 『한국 한시의 전통과 문예미』,
   태학사, 2002, 121면.
8) 이상 研究史는 洪學姬의 앞의 논문 66면을 참조하여 정리한 것이다. 논자는 여기에
   "그러나 그렇다고 해서 그의 시가 단순 서경이나 서사 등 구상적인 데 머무는 것은
   아니니 대상을 바라보고 읊조리는 시인의 시선이 분명 도학적 세계관에 기저하고 있기
   때문이다."라고 하여 율곡 시의 도학적 기반을 부정하지는 않았다.

서부터 논의를 시작해볼 필요가 있다. 이번에는 문학론 검증에 근거가
되었던 산문이 아닌 시 두 편을 통해 살펴보기로 한다.

雲鎖靑山半吐含　구름이 푸른 산 둘러 반쯤 뱉았다 삼켰다 하다가,
驀然飛雨灑西南　별안간 나는 비가 서남쪽을 씻어 주네.
何時最見催詩意　어느 때 가장 詩想을 재촉하던가,
荷上明珠走兩三　연잎 위의 구슬 두서너 개 구를 무렵.9)

三月園林日氣和　3월이라 동산 숲에 날씨가 화창한데,
小庭芳草得春多　작은 뜰에 꽃다운 풀 봄을 독차지했네.
君來正與良辰遇　그대는 마침 좋은 때를 만나 오셨구려,
一笑論詩興若何　한바탕 웃으며 시 토론하는 이 흥취 어떠한고.10)

　첫 번째 시는 '시를 재촉하는 비'라는 詩題에서 보듯 시적 화자인 율
곡이 비가 내리는 것을 보고 즉흥적으로 읊은 작품이다. 사실 그가 보
고 있었던 것은 비가 아니라 청산이다. 그런데 갑자기 내린 비에 의해
우연히 1~2구와 같은 흥미로운 광경을 보게 된 것이다. 3구에 이르러
그는 슬며시 내심을 드러낸다. 그것은 언제 가장 시를 짓고 싶은 생각
이 드는 가이다. 율곡은 푸른 연잎 위에 구슬처럼 떨어져 구르기 시작
하는 빗방울의 모습에서 詩心이 발동한다고 하였다. 자연 경물들이 어
울려 빚어내는 일상적 모습이 시 창작의 실질적인 계기가 된 것이다.

---

9) 〈催詩雨〉, ≪栗谷全書≫Ⅰ 권1, 성대 대동문화연구원 영인본. 이하 인용은 卷數만
　을 밝힌다. 그리고 시의 번역은『國譯 栗谷全書』(韓國精神文化硏究院, 1996)에 수록
　된 한학자 李鎭泳 선생의 번역이 율곡의 詩意를 충실하게 옮긴 것으로 보고 크게 이견
　이 없는 한 채용하고자 한다.
10) 〈贈沈景混長源〉 2, 권1.

다음의 시는 봄날 벗을 만나 느낀 즐거움을 주제로 한 작품이다. 그가 다른 시에서도 노래한 것처럼 평상적인 삶의 과정에서 얻어지는 '감회가 우러나 마침내 시가 되는'11) 것이다. 그리고 '시 쓰는 건 다만 장난삼아 할 뿐'12)이라고 말할 정도로 편안한 마음의 상태에서 시는 자연스럽게 이루어진다는 생각이다. 이러한 것들을 곧바로 그의 진정한 창작의식이라고 내세울 수 있을지는 좀더 생각해보아야 할 문제이나, 분명한 것은 일상적 체험에서 얻은 진솔한 느낌이 作詩의 계기이며 이를 자연스럽게 표출하는 시를 그가 진정으로 쓰고 싶어했다는 점이다.

> 시는 性情에 근본한 것으로서 억지나 거짓으로 이루어지는 것이 아니며 성음의 高下는 자연스러운 가운데 나오는 것이다.13)

> 이 元字集에 가려 넣은 내용은 沖澹과 蕭散을 위주로 하였다. 전혀 가식이 없고 자연스러운 가운데 매우 묘한 맛이 있다. (… 중략 …) 이 원자집을 읽게 되면 淡泊한 맛을 느끼고 古雅한 음조를 즐길 것이매, 三百篇의 遺意는 명백히 여기에서 벗어나지 않을 것이다.14)

여기서 말하는 '억지나 거짓'과 '가식'은 作詩의 수사학적 측면으로 보면, 분명 화려한 수사의 구사나 험벽한 고사를 차용하는 등 시어를 보다 세련되어 보이도록 하려는 것이다. 작위적인 기교가 없는 시가 독자에게 淡泊의 味感이 느껴지게 하며, 가장 시다운 시라는 것이 율

---

11) '感發遂成詩', 〈感寒疾調于密室有感寄浩原〉, 권2.
12) '題詩聊戲耳', 〈題烏原驛〉 3, 권1.
13) "詩本性情, 非矯僞而聲, 聲音高下, 出於自然.", 〈精言妙選序〉, 권13.
14) "此集所選, 主於沖澹蕭散. 不事會飾, 自然之中, 深有妙趣", 〈精言妙選總序〉, 습유 권4.

곡의 시의식의 핵심이다. 이러한 생각에서 율곡은 ≪정언묘선≫의 제1권을 沖澹蕭散의 風格을 지닌 古詩를 중심으로 편찬하였던 것이다.

그렇다면 율곡이 생각한 문학의 최고 경지는 어떠한 것인가? 다음의 인용을 통해 살펴보기로 한다.

> 사람에게 있어 소리가 나오는 것은 氣의 작용이다. (… 중략 …) 사람이 소리를 내서 여러 사람에게 호감을 주고 여러 사람으로부터 호감을 사서 문장으로 표현하고 문장에 표현하여 正에 부합한 것을 善鳴이라고 한다. 善鳴의 경지를 이룩하기란 실로 어려운 일이다.[15]

여기서 율곡은 문학의 최고 단계로 '善鳴'을 들었는데, 그것의 경지가 구체적으로 무엇을 의미하는 지는 분명하지 않다. 이것을 바로 율곡이 표방하였던 '形道' 문학의 표준으로 보는 해석[16]도 일면 타당하다고 생각되지만, 문맥에 대한 좀더 세심한 검토가 필요하다. 선명의 개념의 출발이자 대전제는 그것이 氣의 작용이 낳은 이상적 결과물이라는 것이다. 기의 작용이 사람으로 하여금 소리를 내도록 작용하면서 다른 사람과의 공감과 유대를 형성한다. 그리고 공감과 유대가 도덕적으로 무결한 창작으로 완성된다는 것이다. 기가 그 자체의 힘을 가지고 있을 뿐만 아니라, 이를 불필요하게 규율하거나 인위적으로 가식하지 않을 때 진정한 시적 가치의 근거로서 생명력을 발휘한다는 생각이다.

어떠한 시가 善鳴에 가깝거나 일치하는 것인지는 한가지로 단정하기는 어려울 것이나, 우리는 自然을 제재로 한 시에서 한 예를 찾아볼

---

15) "聲於人者, 氣也. (… 중략 …) 人之發其聲而好於人, 好於人而著於文, 著於文而合於正者, 謂之善鳴, 善鳴之功, 厥惟艱哉!", 〈贈崔立之序〉, 습유 권3.

16) 沈成燮, 「해제」, 『國譯 栗谷全書』Ⅰ, 韓國精神文化硏究院, 1987, 37면.

수 있을 것이다. 율곡을 포함한 성리학자들의 공통된 인식에서 自然은 天의 理法의 顯現이며 修己治人의 場인 道德的 完成態이다. 따라서 세속적 가치로부터 벗어나 누구에게나 열려있는 자연을 얼마나 절실하게 體現해내었는가가 공감을 얻을 수 있는 근거이다. 다시 말해 자연의 소리를 사람의 목소리로 제대로 옮겨내면 누구나 좋게 들을 수 있는 소리를 낼 것이며, 그것이 바로 율곡이 생각한 문학적 이상인 '善鳴의 聲'이 될 것이다.

지금까지 우리는 율곡 시를 이해하기 위한 단서로서 그의 문학론에 대해 간략하게나마 점검해보았다. 그리고 그의 시창작에 대한 생각을 확인해보았다. 이제 율곡이 실제로 시를 통해 무엇을 보여주었고, 그것의 의미는 무엇인가를 해명할 차례이다. '淡泊의 味'와 '善鳴의 聲'을 우리는 율곡 시 이해의 핵심범주로 놓고 실제 작품을 살펴보기로 한다.

3. 율곡의 시세계와 미적 특질

1) 田園의 感興에 대한 眞率한 表出

어떠한 시작품에서 우리는 담박한 맛을 느낄 수 있을까? 우선은 전혀 가식이 없고 자연스러운 것이어야 한다. 그리고 그 가운데 무궁무진한 妙味를 느낄 수 있어야 한다. 시적 주제만으로 이러한 요건에 맞을 법한 것을 골라본다면 우선 田園의 체험과 野趣를 생각해 볼 수 있다. 전원이라는 공간은 흔히 때 묻은 속세와 대립적으로 설정되는 공간으로서, 세속적 가치와 절연되고 그 대신에 순박한 사람들이 모여 사는 곳이기 때문이다. 이러한 이유에서 우리는 전원의 감흥을 주제로 한 일련의 작품들을 율곡 시세계의 이해를 위한 출발점으로 잡을 수 있다.

> 返照依山扣野扉 지는 해 동쪽산 비칠 무렵 들 사립 두드려,
> 坐看清月出林霏 숲 안개에 맑은 달 뜨는 걸 앉아서 보네.
> 焚香小閣清無語 향을 피운 조그만 집 말쑥하고 조용하니,
> 更覺風塵此會稀 새삼 깨닫겠네, 세속엔 이런 자리 드문 것을.[17]

　이 시는 율곡이 知人의 시골집에 묵으면서 지은 작품이다. 1~3구까지는 별로 새로울 것이 없는 전원의 일상적 풍경이다. 석양이 비치는 산, 들 사립문, 맑은 달, 숲 안개, 향을 사르는 조그만 집 등은 지금 그의 눈에 실제로 들어와 있는 전원의 경물들이다. 수사적 기교라고는 산의 落照와 숲의 月出을 간단하게 묘사한 것이 전부이다. 그런데 화자인 율곡은 담담하지만 정감 어린 어조로 이것들을 펼쳐놓는다.

　그리고 여기서 그 정경을 완상하면서 그동안 잊고 지냈던 감흥을 다시금 깨닫는다. 그것은 바로 전원에서의 野興이다. 이 야흥은 높은 솟을대문이 아닌 들 사립문, 고대광실이 아닌 작은 집, 시시비비로 늘 시끄러운 風塵 세상이 아닌 향내를 맡으며 조용히 맑은 달을 감상할 수 있는 전원에서만이 느낄 수 있는 흥취이다. 율곡은 늘 세속에 몸담고 있는 처지이었기에 전원 체험에서의 감흥은 그만큼 각별하였을 것이다.

> 炊烟一抹午鷄鳴 밥짓는 연기 나고 한낮의 닭은 우는데,
> 幽人策杖臨溪水 유인이 지팡이 짚고 시냇물에 다다랐다.
> 山家四月春不盡 산 집이라 사월에도 봄이 다 가지 않아

---

17) 〈宿南時甫彦經郊舍〉, 권2.

夾籬葵花紛靑紫　울타리 둘러싼 나물꽃이 한창 푸르고 붉다.
微行時有採桑女　사이 길엔 뽕 따는 여인 때로 있고,
南畝頻看擧餉趾　남쪽 들엔 들밥 나오는 걸 자주 보겠네.
斜陽疎雨入孤村　석양의 부슬비에 외진 마을 찾아들자.
牧笛樵歌相應起　목동 피리 나뭇군 노래가 장단 맞춰 일어나네.
柴門剝啄喚主人　사립문 두드려 주인을 불러내니,
老翁見我如相喜　늙은이 나를 보자 반갑게 맞이하는 듯,
松床竹席極瀟灑　소나무 평상 대자리가 너무나 말끔해서,
不知人間羅綺侈　비단 따위 인간 사치 알 바 아니었네.[18]
　　(… 하략 …)

화자인 율곡은 지금 어딘 가로 가고 있는 도중이다. 그가 지나가면서 바라보는 것은 당시 조선의 어느 곳에서나 볼 수 있었을 전통적인 농촌의 모습이다. 밥 짓는 연기, 닭의 울음소리, 나물과 풀꽃, 일하는 아낙네들 등등은 그러한 전원의 풍경을 사실적으로 노래한 것이다. 저마다 자연에 순응하며 순박하게 삶을 영위해 가는 田家의 생활이 비단 따위로 치장되는 세속의 그것을 무가치하게 여기도록 만든다.

여기서 우리가 한 가지 주목할 것은 경관이나 사물을 대하는 율곡의 시선에서 관조적 태도가 옅어진 대신 표현의 구체성과 즉물성이 두드러진다는 점이다. 그리고 이러한 시선은 관념적 내면화가 아닌 체험의 구체화로서 詩化된 것이다. 다음의 시에서는 전원의 넉넉한 野趣가 보다 적극적으로 향유된다.

故人卜新居　옛 친구 새 터 잡아 집을 지으니,

---

18) 〈途中〉, 권1.

瀟灑適野性　깔끔한 환경 소박한 마음에 들어라.
寒巖細泉鳴　차가운 바위엔 옹달샘물이 졸졸거리고,
方沼荷花淨　네모난 연못엔 깨끗한 연꽃 피었네.
黃雲遠郊平　넓은 들판엔 벼 패어 누른 구름 이루고,
碧靄遙岑暝　먼 봉우리엔 온통 푸른 노을이구려.
江湖浩滿眼　넓은 강호는 눈앞에 가득해,
款乃臥可聽　어부의 뱃노래 누워서도 들리네.[19]
(… 하략 …)

　율곡은 친구의 새 집과 그 주변을 노래하고 있다. 그 집은 '소박한 마음[野性]'에 걸맞은 작은 집일 것이며, 가까운 곳에 산과 강 그리고 농지가 있는 전원에 지어졌을 것이다. 바위의 차가운 샘물과 연못의 깨끗한 연꽃은 씻어낸 듯 깔끔한 정경을, 넓은 들에 잘 익은 곡식과 먼 산에 푸른 노을은 넉넉한 정경을 이룬다. 이러한 분위기에서 감지되는 전원의 흥취는 강가 어부의 뱃노래 소리에 더욱 고조된다. 다른 시에서 그가 '초가에서 만나게 되니 소박한 마음[野情]이 들어, 맑은 밤에 잠도 없이 시냇물 소리 듣는다.'[20]고 한 野趣와도 일맥상통하는 정취이다. 율곡의 시세계는 이처럼 평범한 田家와 그 情景에 주의를 기울이면서 좀더 다채로운 경물, 형상, 색채를 보여준다는 점이 특징적이다. 전원을 주제로 한 율곡의 시작품들은 대체로 일상적 체험으로부터 感發하는 인간의 情感을 주제로 한 것으로서 담박한 미감이 느껴진다.[21]

---

19) 〈贈金景嵒崴〉, 권2.
20) '邂近衡門適野情, 清夜不寐聽溪聲', 〈次李宜仲義健崴別韻〉, 권2.
21) 이러한 율곡 시의 미적 특질은 동시대의 다른 도학파 문인들―예를 들어 퇴계나 회재 ―과는 변별되는 부분이다.

2) 自然 景物의 親化的 體現

다음에 살펴볼 시작품에서 우리는 공통적으로 自然 事物에 대한 율곡의 친화적 태도와 긍정적 시선을 감지할 수 있다. 이러한 태도와 시선이 빚어내는 시세계에서 율곡이 항상 주목하고 노래하는 공통적인 제재는 바로 山이다.

入洞山容別　洞口에 들어서자 산 모양 自別하네.
沿流境漸新　물 따라 경내 더욱 새로워라.
林深不受署　숲 깊어 더위를 잊게 하고,
泉語解留人　샘물 좋아 사람을 멈추게 하며,
苔石承鞋滑　이끼 낀 돌에 짚신이 미끄럽고
雲厓蔭席親　구름 언덕에 그늘진 자리 사랑스러운데,
淸詩吟未了　시 한 수 다 읊지 못하고,
慙愧向紅塵　속세 향해 떠나는 게 부끄러워.22)

이 시의 주제는 산 속에서 느낀 정취와 아쉬움이다. 이 산이 율곡이 전부터 즐겨 찾던 곳인지는 분명하지 않지만, 지금 그가 들어선 산은 참신한 모습으로 맞아주는 정겨운 곳이며, 들어갈수록 흥이 더하여지는 漸入佳境의 정취를 느끼게 한다. 더위를 잊게 해주는 깊은 숲과 시원한 물로 나그네의 발걸음을 붙드는 샘은 그에게 반가운 경물이다. 尾聯에서 보듯 율곡은 이러한 친화적 분위기를 '맑은 意趣가 풍겨나는 시[淸詩]'로써 노래하고 싶다. 하지만 이 흥취를 오랫동안 향유할 수 없음이 아쉽기만 하다. 紅塵의 속세에 아직 매어 있어 서둘러 돌아가야 하기 때문이다. 그러므로 산은 벼슬살이와 같은 세속적 얽매임에서

---

22) 〈上山洞〉, 권1.

자유로울 때 언제고 돌아올 고향같은 곳이다.

> 解綏歸來萬事輕　벼슬 버리고 돌아오니 뭇 일이 홀가분해,
> 五臺奇勝最關情　오대산 절경이 가장 정에 쏠리네.
> 山靈灑雨非嫌客　산신령이 뿌린 비 손이 싫어서가 아니고,
> 添却林泉分外淸　숲속의 샘물 늘려서 더욱 맑게 함일레.23)

> 四月山中踏雪崖　4월의 산 속에서 눈 비탈길 걷노니,
> 天風吹袂空中擧　바람에 옷자락 스쳐 허공에 드날린다.
> 羣峯擁翠寂無聲　뭇 산봉우리 온통 푸르러 소리 없이 고요한데,
> 松下幽泉向人語　소나무 밑 그윽한 샘물이 사람 향해 속삭이네.24)

　전통적으로 산은 인간에게 깊은 유대감을 주는 대상이기도 하지만, 율곡에게 산은 남다른 의미가 있는 공간이다. 그가 16세가 되던 해에 자신을 낳아준 어머니이며, 정신적 지주이자 스승이었던 師任堂의 計音은 그에게 커다란 충격을 준 사건이었다. 모친을 위한 상복을 벗고 성년으로서 冠禮式을 치른 이듬해에 그가 모든 것으로부터 스스로를 절연하고 선택한 곳이 바로 산이다. 율곡은 한해 뒤에 하산하여 다시 세속적 삶을 선택하였지만, 이후에도 산은 그가 일생동안 어지러운 현실로부터 돌아올 때마다 지친 심신을 달래주었던 위안의 공간이며, 삶의 새로운 의욕을 재충전시켜준 희망의 공간이기도 하였다.
　이와 유사한 주제를 표출한 일련의 시편들을 더러 '淸淨한 自然 景物을 통해 養氣를 실천한 것'으로 해석하는 경우가 있었다. 하지만 시

---

23) 〈將入內山遇雨〉, 권1.
24) 〈再游五臺山石澗踏雪〉, 권1.

자체만에 주의를 기울이고 살펴보면 꼭 그렇지만은 않은 듯하다. 정치적 배경을 중심으로 그의 개인사를 되짚어볼 때 율곡의 정치 활동은 주로 어지러운 朋黨의 조짐이 구체화되던 시기에 이루어졌다. 그는 앞장서서 東西 분당의 당쟁을 막아보려 노력하였지만, 그의 노력은 무위에 그치고 만다. 뒤이어 수많은 政敵들의 모함과 탄핵을 받아 결국 율곡은 引責 辭職하고 낙향한다. 東西 어느 쪽에도 서려고 하지 않은 올곧은 그의 처신이 부른 예견된 정치적 시련이었던 것이다. 이때 그는 관료적 삶에서 벗어나 젊은 시절부터 추억이 어린 산으로 발길을 돌린다. 그만큼 그에게 산은 위안의 공간이며 재충전의 계기로서 의미가 컸던 곳이다. 그가 산을 노래한 시가 공통적으로 산에서 누리는 나날의 넉넉함과 아름다움에로 집중되며, 바로 거기에 고양된 기쁨과 충족감이 나타나는 것은 그러한 이유에서이다.

이와 같은 시각에서 바라볼 때 자연 경물의 의미 또한 도학적 문학관의 그것과는 사뭇 달라질 수밖에 없다. 그 예로서 退溪나 晦齋의 시에서 전형적으로 나타나듯이 도학적 미의식에 투영된 자연은 宇宙 萬物과 人間에 內在된 理法의 顯現이요, 거대한 造化의 형상이었다.[25] 반면에 율곡의 시에서는 그러한 형이상학적 의미가 거의 눈에 띄지 않는다. 그 대신 감각적이며 즉물적인 자연의 모습이 보다 부각되어 나타난다. 아울러 그가 노래하는 흥은 단순한 관념적 정취에 머무르지 않고 아주 생생하고도 구체적인 정황 및 행위를 통해서 표출된다는 점도 특징적이다.

---

25) 본고에서의 퇴계와 회재의 시세계에 대한 이해는 李東歡의 「退溪의 詩에 對하여」(『퇴계학보』 제19집, 퇴계학연구원, 1978)과 「退溪 詩世界의 한 局面」(『퇴계학보』 제25집, 퇴계학연구원, 1980), 「晦齋의 道學的 詩世界」(『李晦齋의 思想과 그 世界』, 大東文化研究叢書XI, 성균관대출판부, 1992)를 주로 참조하였다.

다음의 시에서 구체적으로 살펴보기로 한다.

吾生賦性愛山水　나는 타고난 천성이 산수를 좋아해,
策杖東遊雙蠟屐　지팡이 하나 나막신 두 짝으로 유람하기 일쑤라.
世事都歸棹頭中　세상사는 도무지 관심의 밖이라,
只訪名山向楓岳　다만 명산 찾아서 풍악산으로 향하였네.
(… 중략 …)
褰衣披草不辭勞　옷 걷고 풀을 헤쳐가도 괴로운 줄 모르고,
欲使淸風駕兩腋　맑은 바람으로 두 겨드랑을 끌게 하고 싶다.
藤蔓蔽日入洞深　햇빛 가린 덩굴 속으로 골짝 깊숙이 들어가다가,
石角拘衣知路窄　좁은 길 돌 모서리에 옷자락이 걸리기도,
直上高峰始豁然　바로 절정에 오르자 앞이 탁트이어서,
萬境森羅收不得　온 경계의 삼라만상을 감당할 수 없어라.
風聲水響浩難分　물 소린지 바람 소린지 분별하기 어려워라,
幾道飛泉喧衆壑　몇 군데나 날으는 폭포가 뭇 구렁을 뒤흔드는고,
擡頭東望眼力盡　머리 들고 동으로 바라보니 눈망울이 아물아물,
茫茫大洋連天碧　망망한 큰 바다가 하늘에 대여 푸르도다.
逍遙便作物外人　유람하다 어느덧 속세 바깥 사람이 되었나봐,
洗盡胸中塵萬斛　가슴 속의 숱한 번뇌를 다 씻어버렸네.26)
(…후략…)

　율곡이 풍악산 본 것을 기록한 시이다. 그가 노래한 것은 산과의 친화로부터 感發된 드높은 흥이다. 율곡은 '내가 사는 곳에 무엇이 이웃인가? 나무와 돌 그리고 고사리여라.27)'라고 자연물에 대한 친화적 태

---

26) 〈楓岳記所見〉, 권1.
27) '我居何所隣, 木石與薇蕨', 〈金君德器, 大司成金公湜之第三子也. 氣度倜儻不凡,

도를 스스로 노래한 것도 같은 맥락으로 이해된다. 이 흥은 율곡의 심적 상태를 '속세 바깥 사람[物外人]'으로 인식하기에 이르도록 高揚시킨다. 이러한 고양된 흥취는 그가 남긴 600구 3,000언의 장편 기행시인 이른바 〈楓嶽行〉에서도 유사하게 나타난다. 〈풍악행〉은 태초에 금강산이 형성된 과정부터 조국 산하의 아름다움에 대한 자부심을 詩想의 핵심으로 하여, 율격의 제한에 비교적 구애됨이 적은 五言古詩의 형식으로 거침없이 쓴 大作이다. 금강산의 풍취와 그곳에서 율곡이 직접 느낀 웅장한 감흥이 유감없이 표출된 시작품이다.

율곡 山水詩의 드높은 흥취는 도학적 이념의 牽引力이 약화되는 한편, 산의 아름다움과 그 안에서의 高雅한 즐거움의 향유라는 측면이 강화 내지 확대된 결과라고 이해된다. 다시 말해서 산 저편의 세계에 대한 근원적 책무라는 심리적 구속보다 지금 몸담고 있는 산에서의 美的 感興과 기쁨의 직접성이 더 강하게 작용한 것이다. 이는 율곡 시의 또다른 중요한 국면을 이룬다.

이처럼 산과 그 주변 경물과 교감하고 친화하는 율곡의 시세계는 우리에게 '善鳴의 聲'의 한 경지를 느끼게 한다. 다시 말해 자연과의 친화적 합일을 노래한 율곡의 시를 통하여, 우리는 읽는 사람에게 好感을 주고, 내용에 있어서도 邪가 배제된 正을 담아내는 '좋은 울림의 소리'를 감지하게 되는 것이다.

3) 逸樂的 醉興의 樂天的 高揚

율곡 시의 또 다른 국면으로서 우리는 醉興을 상정할 수 있다. 실제

不事生産, 隱居犖鹿村, 兄弟相樂也. 有詩曰可笑吟, 人有示余者. 余慕其爲人, 爲之次韻, 欲使名聞于後世也. 犖鹿村距吾卜居數里, 金之歿今若干年.〉, 권2.

로 율곡은 술을 제재로 한 작품을 많이 남기고 있다.

> 爲愛霜中菊　서리 속의 국화를 사랑하기에
> 金英摘滿觴　노란 잎 따서 술잔에 가득 띄웠네.
> 淸香添酒味　맑은 향내는 술맛을 돋구고,
> 秀色潤詩腸　수려한 빛은 시 창자를 적셔 주기도.
> 元亮尋常採　원량이 무심한 잎을 따고,
> 靈均造次嘗　영균이 잠시 꽃을 맛보았네.
> 何如情話處　어찌 정담만 나누는 곳이랴
> 詩酒兩逢場　시와 술로 서로 즐기는 곳이라오.[28]

　지금 율곡은 국화를 띄운 술을 마시며 원량[陶淵明], 영균[屈原] 등 유명한 문인과 국화에 얽힌 故事를 떠올려본다. 그것도 나름대로 詩情을 흥기하게 하는 운치 있는 정경이다. 그리고 尾聯에 이르면 그는 시와 술을 함께 나누는 것의 즐거움을 강조한다. 그만큼 그에게 술은 作詩의 흥취와 밀접하게 연결되어 있음을 드러낸 말이다. 그래서 술은 2구에서 보듯 그의 '시의 창자[詩腸]', 즉 詩心을 자극한다. 이처럼 대개의 시인에게서도 그렇지만 율곡에게 술은 詩情을 불러일으키고 달래주는 촉매로서 작용한다.

> 山前得酒飮山光　산 앞에서 술을 얻어 산 빛을 마시니,
> 鳥碎花姸春晝長　지저귀는 새 예쁜 꽃 봄낮이 길어라.
> 無限別愁今日散　무한한 이별의 시름 오늘에 다 털어버리리,
> 松風吹耳勝簫簧　귀에 가득한 솔바람 소리 피리보다 좋구려.[29]

---

28) 〈泛菊〉, 권1.

春色日加媚 봄 빛은 날마다 아름다와 가는데,
幽人相對閒 숨어 사는 사람들 한가로이 대하였네.
傾壺須盡醉 술병 기울여 실컷 취하세,
莫待綠侵山 푸르름이 산을 덮기 이전에.[30]

위의 두 편의 작품은 모두 봄날의 화사함과 벗들과 술잔을 기울이며 유유자적한 시간을 보내는 감회를 담고 있다. 여기서의 술도 무한한 이별의 시름이나 그윽한 삶을 사는 흥취를 노래하게 하는 매개물이다. 이 취흥은 다른 시에서는 때로 보다 극대화하거나 몰입된 양상으로 나타나기도 한다. 이때 감흥의 절제보다는 悅樂으로서의 강조와 고양을 지향하는 어조가 두드러진다.

吸海長鯨萬壑空 고래가 바닷물을 들이키듯 술동이를 비워,
醉顔生熱愛松風 취한 얼굴에 열이 나니 솔바람이 더욱 좋네.
平江鱐雪侵沙碧 강물에 치솟는 하얀 파도 모래에 닿아 푸르르고,
落分低山醺水紅 나직한 산에 지는 햇빛 물에 잠겨 불그스레하네.
宇宙已歸詩酒裏 우주도 이미 시와 술 속에 들어갔거니,
山川都在有無中 산천이야 모두 있거나 말거나일세.
朗詠佳編仙趣發 아름다운 시 낭랑히 읊자 신선 흥취 동하는데,
六鰲天外戴三峯 여섯 자리가 멀리서 세 봉우리 떠받고 있네.[31]

이 醉樂을 통해 自然과 自我와의 合一, 그리고 그 안에서 儒者로서 眞實한 自我의 實現을 표현했다고 볼 수 있을까? 오히려 취락의 흥취

---

29) 〈贈沈景混長源〉 1, 권1.
30) 〈次安丹城石潭韻〉 1, 권2.
31) 〈次景混韻〉, 습유 권1.

를 직서적으로 표출한 시로 보는 것이 타당하다고 여겨진다. 산은 天
人, 性命의 이치를 탐구하고 至治의 이상을 키우는 이념적 修己의 공
간으로 詩化되는 것이 도학파 문인들의 일반적인 관념이었다. 그러나
현실 정치의 혼탁함으로부터 떠나 산의 아름다움과 넉넉한 삶을 누릴
수 있는 흥취의 공간이라는 의미가 율곡에 이르러 좀더 중요한 몫을
차지하게 된 것으로 보인다.

　아울러 우리가 유의할 점은 율곡이 醉樂의 즐거움을 적극적으로 향
유하고자 하며, 放逸하게 흥취를 누리는 모습으로 나타나기도 한다는
것이다. 다시 말해 율곡은 언제나 솔직하면서 호쾌한 어조와 정감이
넘치는 분위기를 노래하였던 것이다. 이러한 경향은 같은 나이이면서
절친한 교분을 가졌던 松江 鄭澈과도 맥을 같이한다. 송강 시의 醉樂
도 정치적 소외의 기간 중에 지어진 것임에도 불구하고 낙관적 인식이
엿보일 뿐만 아니라 때로는 放逸할 정도로 흥취가 부각되어 나타난
다.[32]

　이상에서 보듯 우리는 취락의 체험과 그로부터 얻어진 감흥을 솔직
하고 유쾌하게 드러내는 점이 율곡 시세계의 중요한 특징의 하나임을
확인할 수 있다. 이러한 특징은 율곡이 시창작에 있어서 人情, 즉 인간
감정의 표출에 대해 긍정적이었기 때문일 것이다. 그리고 '궁하고 통
함과 괴롭고 즐거움을 순리대로 받아들임이 대장부라오.'[33]라고 자임
했던 그의 당당한 人間的 風貌에서도 확인할 수 있다.

---

32) 졸고, 「松江 鄭澈의 詩世界와 政治現實」, 『漢文學報』 第4輯, 우리한문학회, 2001.
　　45~47면 참조.
33) '窮通與苦樂, 順受是男兒', 〈九月十五夜見月感懷〉 3, 권2.

4. 결론

지금까지 우리는 간략하게나마 율곡의 시세계의 특징적 국면과 그 미적 특질에 대해 살펴보았다. 그의 시세계를 '田園의 感興에 대한 眞率한 表出', '自然 景物의 親化的 體現', '逸樂的 醉興의 樂天的 高揚'의 셋으로 나누어 그 성격과 미적 특질에 대해 논의하였다. 이러한 시세계의 제국면과 미적 특질은 도학적 문학관에 뿌리를 두면서도 人情과 物態의 표출에 긍정적이고자 한 율곡문학의 특징을 잘 보여준 것으로 이해된다. 이러한 경향은 17세기 이후 우리 漢詩史의 흐름에 중요한 영향을 끼친 것으로 보인다.

아울러 한 가지 과제를 제시하는 것으로 결론을 대신하고자 한다. 율곡에 의해 우리는 16세기 사대부 문인의 시적 관심이 理念的 차원에서 實際的 차원으로 전이해 가는 端初를 보았다. 이러한 시적 관심의 이동은 그와 활발하게 교유했던 松江 鄭澈 등 동시대 湖南士林의 시문학에서도 확인되고 있다. 따라서 이상에서 거론한 그의 시적 특징들은 개인적인 현상이 아니라 시대적 추이에 따른 집단적인 현상으로 보는 것이 타당할 것으로 보인다.

우리는 위대한 정치가이면서 사상가였던 율곡에게 인간의 다양한 감정을 진솔하게 표현하고 자연을 노래하면서 삶의 苦樂을 담담하게 읊었던 한 사람의 詩人으로서의 면모가 분명히 존재함을 확인하였다. 그리고 그 면모의 구체적인 양상은 여전히 우리에게 충분히 드러나 있지 않고 있으며 이를 해명해내는 것이 우리에게 남은 과제이다.

16세기 호남 한시의 풍류론적 고찰

1. 문제 제기

본고는 16세기 湖南 지역을 중심으로 활동한 주요 문인의 漢詩 작품을 대상으로 삼아 風流論의 관점에서 조망하고 그 美的 特質을 구명하는 것을 목적으로 삼는다.

이렇게 연구 대상의 시기와 지역을 한정한 것은 다소간의 이유가 있다. 주지하듯이 朝鮮 前期는 思想史的으로 보면 麗末의 性理學 受容과 그 발전의 결과로서 고도의 이론적 심화를 성취하였고, 아울러 실천적 내면 수양을 추구하는 경향이 주류를 이루던 시기로 평가된다. 그리고 文學史의 측면에서 말하면 '言志, 性情, 思無邪' 등 전통적 문학론에 근거한 논의가 집중적으로 제기되어, 이른바 '性情之正'을 회복하기 위한 개인의 도덕적 수양과 올바른 성정에 기초한 시의 감화력을 강조하였던 시기이다.[34] 그런데 中期로 접어드는 16세기에 이르면 그러한 性理學的 思惟를 基底에 두면서도 그 미학적인 지층의 변화가 보이는

---

34) 조선 전기 문학론의 전반에 대한 보다 자세한 설명은 임형택의 「16세기 사림파의 문학의식」(『한국문학사의 시각』, 창작과비평사, 1984.) 31면과 안병학의 「性理學的 思惟와 詩論의 展開 樣相」(『민족문화연구』 32호, 고려대 민족문화연구원, 1999.) 217~218면 참조.

작품들이 등장하기 시작한다. 동시대 退溪 李滉이나 晦齋 李彦迪의 시에 보이는 道學的 理念의 高格의 形象化와는 변별되는 시작품이 나타나는데, 예컨대 人情·物態의 적극적 표출이나 道家의 색채가 농후한 상상의 형상화가 보이는 경우가 그것이다.

이러한 변화의 경향이 가장 뚜렷이 감지되는 곳이 바로 湖南地域이다. 16세기 湖南地域에서는 道學的 思惟를 세계인식의 기반으로 하면서도 文學, 특히 漢詩 창작에 힘을 기울였던 문인들이 동시다발적으로 등장한다.[35] 주지하듯이 호남 문인의 한시에는 분방하면서도 서정적인 감수성의 표출과 낭만적 상상력의 형상화가 두드러진다. 작가에 따라 차이는 있으나 이러한 경향은 호남 한시의 공통된 특징으로 보인다. 이러한 문학적 특징을 호남 지역의 풍부한 물산과 문인들의 낭만적 기질과 연계하여 흔히 '風流的'이라고 말한다. 하지만 이러한 호남 문학의 '풍류적' 特質을 작품을 통해 구체적으로 해명하는 작업은 아직 충분하지 못한 듯하다. 본고는 風流 개념의 當代的 이해를 재점검하는 데서부터 논의를 시작하고자 한다. 그런데 이러한 시도는 몇 가지 어려운 문제가 있다. 그 하나는 풍류의 개념을 잣대로 하여 작품을 접근하는 것이 어느 정도 유효한가 하는 점이다. 그리고 풍류라는 개념이 호남 한시의 미적 자질을 해명하는 데에 과연 요긴한가 하는 것과 호남이라는 지역적 구획을 설정하는 것[36]의 필요성도 아울러 생각

---

35) 生年의 순서에 따라 자호와 성명을 나열해보면, 俛仰 宋純(1493~1583)을 필두로 하여, 石川 林億齡(1496~1568), 河西 金麟厚(1510~1560), 錦湖 林亨秀(1514~1549), 高峯 奇大升(1527~1572), 霽峯 高敬命(1533~1592), 松江 鄭澈(1536~1593), 白湖 林悌(1549~1587) 등이 모두 이 시기에 호남을 대표하는 문인들이다. 이들은 모두 당시 호남의 문화적 중심지였던 光·羅州 지역에서 주로 활동하였다. 임형택, 「16세기 光·羅州 지역의 사림층과 송순의 시세계: 溪山風流의 발전」, 『한국문학사의 논리와 체계』, 창작과비평사, 2002, 146~151면 참조.
36) 이러한 문제의 해명은 미학적 시각보다는 文化地域學으로 접근하는 방법이 요긴할

해볼 대목이다.

분명 풍류의 개념은 역사적으로 引伸·擴大되면서 그것이 함유하는 의미의 편차도 매우 複雜多岐한 것이 사실이다. 그럼에도 불구하고 風流論의 관점으로 호남 한시의 미학적 의미를 해명하려는 데에는 나름의 이유가 있다. 우선 16세기 당대의 문헌 기록에 나타난 용례를 볼 때 풍류는 비교적 제한적인 개념 범위를 가지고 통용되었다는 점이다. 그리고 여러 詩話나 雜錄 등의 기록에서 이 시기 호남 시인의 풍류적 기질을 칭찬하는 경우가 자주 보이는 것도 유의할 만하다. 아울러 개념의 연원은 분명 중국에서 온 것일 터이지만 동시에 풍류는 우리의 정신 내부에 면면히 이어져 온 전통적 미학 개념이기도 하기 때문에 유용하리라는 기대도 없지 않다.

이러한 점에서 본고는 일단 試論的 차원에서 16세기 호남 한시에 대한 심미적 가치 판단의 준거로서 풍류를 고찰하고자 한다. 다만 그 개념의 범위는 창작 주체인 작가에 관련한 부분만으로 한정할 것이다. 본론에서는 먼저 風流 개념의 연원과 역사적 전개에 대해 간략하게 검토한 뒤에 실제 시작품을 풍류론의 관점에서 분석하는 순서를 취한다.

2. 풍류 개념의 연원과 당대적 이해

풍류와 관련된 관심은 비단 문학 분야에서뿐만 아니라 역사, 철학, 예술 등 생각보다 지대하고 그 논의의 편폭 또한 우리 문화 전반에 걸쳐 방대하기 때문에 요령 있게 간추리기 어려운 일이다. 또한 이 자리

듯싶은데, 예컨대 기질적이면서 풍토적인 요인을 검출하는 것도 한 방법일 것이다. 이는 추후의 과제로 남겨둔다.

에서 굳이 그것을 장황하게 거론할 이유도 없을 듯하다. 다만 본고에
서는 우리의 논의와 관련하여 풍류 개념의 연원과 전개에 대하여 간략
하게 살펴보고자 한다.

풍류의 연원은 우선 중국의 고전에서 쉽게 그 용례를 찾아볼 수 있
다. 세부적인 출전은 생략하고 그 개략을 정리하면 다음과 같다. 風流
雲散의 경우처럼 '바람의 흐름'이 풍류의 기본적인 뜻이고, 여기에서
引伸하여 '氣風이나 遺風'의 의미로도 사용된다. 그러다가 인물을 품
평하는 가치 준거로서 '風采 또는 風神'으로 용어의 의미가 확장되고,
나아가 '好色의 기질이나 여성의 성적 매력'을 지칭하기까지도 한다.
儒雅한 기풍을 가리키던 것에서 질탕한 情事를 미화하는 데까지 풍류
개념의 역사적 편폭은 매우 크다.[37]

우리나라 미학적 전통에서 풍류는 山水에 대한 심미적 향유와 예술
적 재현과 연관하여 그 연원이 오래다. 산수의 단순 模寫라는 소박한
단계를 넘어서 우리 민족의 山水風流라고 말할 수 있을 만큼 구비된
면모를 갖추는 시기는 적어도 3세기 이전까지 소급될 수 있다.[38] 그리
고 6세기 진흥왕대에는 이른바 '玄妙之道'로 불리는 화랑의 風流道가
크게 융성하였는데, 이때의 풍류는 심미적 자질의 차원을 넘어서 민족
종교적 성격을 가지는 데에까지 이른다.[39] 이처럼 풍류는 매우 이른
시기부터 우리의 생활과 밀접한 관계를 가지고 있었던 정신적 가치 개

---

37) 풍류에 대한 개념 요약은 다음의 연구를 참조하였다. 閔周植, 「東洋美學의 基礎槪
念으로서의 風流」, 『민족문화논총』 15, 영남대 민족문화연구소, 1994. 신은경, 『風流』
-동아시아 美學의 근원, 보고사, 1999.

38) 李東歡, 「韓國美學思想의 探究(Ⅱ)」: 三國중기~統一新羅중기(1)-山水風流, 『민
족문화연구』 32호, 고려대 민족문화연구원, 1999. 19면 참조.

39) 都珖淳, 「風流道와 神仙思想」, 『신라문화제학술발표회논문집』 5, 동국대 신라문화
연구소, 1984. 287~289면 참조.

념으로 파악된다. 16세기에 이르면 이른바 溪山風流의 유행이 두드러
진다. 계산풍류는 누정을 중심으로 모여 한시, 국문시가 등 風流韻事
를 함께 향유하던 누정문화의 산물로서 중세의 생활상을 이해하는 데
에도 중요한 문화현상이다.[40] 그리고 조선 후기에는 줄풍류와 같은
용례에서 보듯 풍류가 '音樂'을 가리키기도 한다.

   湖南 漢詩의 風流性을 본격적으로 논하기에 앞서 우선 풍류의 당대
적 인식에 대한 예비적 이해가 필요할 듯하다. 우선 당시 호남 문인들
의 실제로 이해하고 사용했던 풍류 개념의 사례를 점검하는 것으로 논
의를 진행하고자 한다. 그렇게 하여 편폭이 크고 다양한 풍류 개념을
일정한 개념 범위로 한정할 수 있을 것이다. 다음의 몇 가지 예를 통해
구체적으로 살펴보기로 한다.

   文彩風流照等夷,   文彩와 風流가 나란히 비추니,
   人間君是好男兒.   인간 세상에 자네는 好男兒일세.[41]

   王謝風流遠,   王·謝 두 가문의 風流는 悠遠하고,
   夷齊骨格高.[42]   백이·숙제는 骨格이 드높다네.

   人間師表安參議,   인간 세상의 師表는 安參議요,
   天下風流鄭季涵.[43]   천하의 풍류는 鄭季涵이라.

---

40) 임형택, 앞의 논문, 161~162면 참조.
41) 〈乙酉十月, 與林翰林鵬, 游錦江. 是日, 聞翰林出爲北道評事, 仍作詩叙別. 三
    首.〉, ≪俛仰集≫, 총간26, 188면. 여기서 총간26은 韓國古典飜譯院(舊 民族文化推
    進會)에서 標點·影印한 『韓國文集叢刊』 제26책을 가리킨다. 이하 같은 출전은 모두
    이와 같이 표기하기로 한다.
42) 〈元亮畵竹〉, ≪石川詩集≫, 총간27, 379면.
43) 이 시는 〈安參議自裕家, 對酒戲吟〉(≪松江集≫, 총간46, 180면.)에 부록된 東岡

첫 번째의 인용구는 제목에서 보듯 면앙 송순이 北道評事을 명받고 떠나는 林鵬을 위해 지어준 餞別詩이다. 인용 부분의 내용은 임붕의 인품이 뛰어남을 찬미한 것이다. 이 문맥에서 보면 문채와 풍류는 모두 임붕의 사람됨이 뛰어남을 표시하는 가치 준거이다.[44) 다음의 인용구는 석천 임억령이 왕씨와 사씨 가문의 풍류와 백이와 숙제 형제의 骨格이 고원함을 노래한 것이다. 다른 역사적인 기록에서의 평가도 왕씨와 사씨는 중국 육조 시대의 2대 명문 가문으로서 그 시대 풍류의 대표로 일컬어진다.[45) 여기서의 풍류는 인품을 품평하는 용어인 骨格과 대등한 차원에서 사용되었다. 그리고 단순한 인품의 高下만을 평한 것이 아니라 논자의 심미적 가치판단이 개입한 미학 용어이기도 하다. 마지막 인용구는 東岡 南彦經이 정계함 즉 송강 정철을 천하의 풍류를 대표하는 인물로 평가한 것이다. 인용시구는 비록 戲作으로 지어진 것이기는 하나, 송강도 당대의 풍류인으로 인정받았던 인물이다.

이 세 가지 인용시구에서 보듯 풍류에 대한 당대적 인식은, 풍류의 다양한 개념 가운데에서 외적으로 자연스럽게 감지되는 高格의 인격과 품성의 총체를 의미하는 것[46)으로서, 인품의 미적 가치를 평가하는 준거의 하나임을 알 수 있다. 그리고 풍류는 그러한 인물이 창작한 작품의 문학적 特長을 가늠하는 기준이 되기도 한다. 다음의 사례는 그 한 예이다.

南彦經의 작품이다. 詩題에 붙은 自註에 "그때에 동강 남언경이 같이 가서 시를 지었다. 안의 자는 계홍이다.(時南東岡彦經, 同往賦詩. 安字季弘.)"이라고 하였다.

44) 임붕은 風流男兒로 일세를 풍미했던 白湖 林悌의 조부이기도 하다.

45) 두 가문의 풍류에 대한 각종 고사는 ≪世說新語≫에 나온다. 보다 자세한 고사는 민주식, 앞의 논문, 185~190면 참조.

46) 이는 풍류를 인물의 風采에서 풍겨나는 優雅美로 보는 견해와도 부합한다. 成復旺 主編, 『中國美學範疇辭典』, 中國 人民大學出版社, 1995. 363~364면의 '風流'條 참조.

"〈致仕歌〉, 〈夢見主上歌〉, 〈五倫歌〉 및 〈俛仰亭長歌〉, 〈短歌〉, 〈雜歌〉는 方言俚語인데, 風流가 넘쳐나고 情致가 委曲하니, 一世를 지난 지금까지 전하여 외운다."47)

이 인용문은 면앙 송순의 연보에 실린 기사의 일부인데, 그의 국문 시가가 뛰어남을 찬미한 것이다. 면앙의 한글 작품을 나열한 뒤 쓰인 말은 한글[諺文]이지만, 풍류와 情致가 잘 형상화되어 후세에까지 전하여 외워질 정도의 작품이 되었다는 내용이다. 이 말은 면앙의 풍류가 작품에 충분히 반영되었다는 의미로서, 풍류가 창작주체의 인격적 바탕뿐만 아니라 형상화의 원천으로서도 작용하는 美的 資質임을 의미한다. 이상의 사례로 보건대 호남 문인의 문집에 나타나는 풍류는 理想的 人間象으로서 보면 羨望의 대상이 가지는 人格的 資質이고, 이상적 作品象으로서 보면 작품을 高格으로 이끌어내는 내면적 因素라고 상정해볼 수 있을 것이다.

3. 풍류의 수용과 형상화 양상

그렇다면 풍류는 어떠한 경로로 경험주체에게 體得 내지는 感受되는가에 대해 살펴볼 차례이다. 다음의 시작품에서 구체적으로 살펴보기로 한다.

〈次鄭上舍宗護閑適堂韻〉
萬事全輸一醉眠,   세상만사는 한번 취해 자는 데 다 실어두고

---

47) "有〈致仕歌〉, 〈夢見主上歌〉, 〈五倫歌〉 及〈俛仰亭長歌〉, 〈短歌〉, 〈雜歌〉, 方言俚語, 風流溢發, 而情致委曲, 一世至今傳誦." 〈議政府右參贊俛仰亭先生年譜〉, ≪俛仰集≫, 총간26, 281면.

也宜關戸任頹然.   빗장 걸고 그냥 고꾸라지는 대로 드러누울 일이라.

搖牖寒響溪穿竹,   창 흔드는 찬 소리는 냇물소리가 대숲을 통해 온 것이고,

滿榻淸香雨挹蓮.   걸상 가득한 맑은 향기는 빗물이 연꽃에 뿌려 나는 것이네.

乘興有時招酒伴,   흥에 겨우면 때때로 술친구를 불러오는데,

無心何必撫琴絃.   마음을 비우니 어찌 거문고 줄을 매만질 필요가 있으랴.

平生不踏安危地,   평생 安危의 땅을 밟지 않고,

丘壑風流送百年.   丘壑의 風流로 백년을 보내리.[48]

閑適堂이라는 당호에서 알 수 있듯이 시끄럽고 바쁜 속세와는 분리된 공간에서 주고 받은 시작품이다. 尾聯에서 화자가 꿈꾸는 진정한 풍류는 우선 혼탁한 세속과 단절함으로써 누릴 수 있다. 首聯에서 화자는 세상만사에 대한 관심을 끊고 마음이 가는대로 몸을 내맡기는 태세를 취한다. 그리함으로써 이어지는 頷聯에서 보듯 그는 자연의 아름다운 소리와 맑은 향기를 비로소 마음껏 즐길 수 있게 된다. 어지러운 '세속[安危地]'에서 벗어나 '자연[丘壑]'에서의 풍류를 누리며 일생을 마치겠다고 한 미련의 화자의 소망은 이러한 일련의 과정을 통해 획득된다.

이처럼 풍류의 체득에 있어서 중요한 전제가 되는 환경적 조건은 '世俗과의 隔絕'이다. 이는 江湖와 世俗을 양분하여 배타적인 구도로 인식한 것인데, 이러한 이분법적 세계관은 조선 전기의 사대부 문학에서부터 면면히 이어져온 것[49]이다. 물론 실제라기보다는 관념적 포즈인

---

48) ≪俛仰集≫, 총간26, 203면.

49) 이에 대해서 시조를 중심으로 한 조선 전기 시가 문학의 연구에서 심도 있게 검증된 바 있다. 시대 상황과 개인적 위상에 따라 어느 정도의 차이는 있으나, 사대부 계층의

경우가 있을 터이나 이러한 탈세속적인 세계인식이 하나의 전형으로 자리 잡고 있는 것은 분명하다.

이러한 풍류적 일상에의 희구는 면앙만의 꿈은 아니다. 당시 호남의 詩宗으로 추존을 받았던 석천 임억령의 한시에서도 자주 보인다.

〈孫直長大冲家小飮次屛韻〉 6

客罕鷗爲侶	손님이 드무니 갈매기와 짝이 되고,
村稀海與隣	마을도 드물어 바다와 이웃이 되네.
獨專無盡藏	무진장한 산수를 홀로 차지했으니,
長作不羈人	길이 얽매이지 않는 사람이 되네.[50]

시제를 볼 때 화자인 석천이 손대충을 격려하는 내용의 시이다. 일견 의례적인 차운시로 보이는 이 시는 찬찬히 읽어 보면 석천의 풍류의식이 농도 짙게 깔려있는 작품으로 이해된다. 세속적 욕망을 버리고 그가 찾은 것은 바로 自然이다. 그곳은 찾아오는 손님도 없고 주변에 인가도 드문 그야말로 세속과 단절된 곳이다. 그가 그곳에서 편안할 수 있는 것은 無盡藏의 대자연이 있기 때문임을 노래한다. 자연은 아무것도 요구하지 않고 自在하면서 모두에게 열려있으면서, 무욕으로 비워진 사람의 몸과 마음을 끊임없이 채워주기 때문이다. 어쩌면 세속을 제외하고는 자연에서만이 不羈의 자유를 지속할 수 있는 것이다.

이러한 이분법적 세계인식을 조선 전기에서부터 이어져온 전반적인 특질로 보는 데에는 이견이 없는 듯하다. 자세한 내용은 金興圭의 「16, 17세기 江湖時調의 변모와 田家時調의 형성」(『욕망과 형식의 詩學』, 태학사, 1999.)에 다루어져 있다.

50) ≪石川集≫, 驪江出版社 影印本, 113면. 여기서 6이라는 숫자는 같은 제목의 여섯 번째 연작이라는 뜻으로 편의상 붙인 번호이다. 그의 문집에는 詩題를 첫 번째 시에만 쓰고, 다음의 연작이 있으면 '又'라고만 하는 경우가 많다. 이렇게 하여 적게는 2~3편을 이어서 짓고 많게는 25편에 이르는데, 연작시가 많은 것은 석천시의 한 특징이다.

물론 이러한 석천의 親自然은 다분히 아우 百齡의 정치적 처신에 대한 불만과 자신의 낙향으로 이어지는 당시의 개인사적 맥락과도 연계된 것으로 보인다. 하지만 시 자체만을 놓고 보면 그러한 세속적 불만족보다는 자연 그 자체에 심미적으로 몰입하려는 것이 두드러진다.

다음 시에서의 화자인 석천은 無慾한 삶을 自足하며 不羈의 자유를 누리며 살아가려는 생각을 漁翁의 형상으로 노래하고 있다. 현실로부터의 탈출을 꿈꾸는 석천의 시는 세속적 가치를 부정하고 얽매이지 않고자 하는 자유정신의 형상화로 귀착한다. "나는 본래 不羈의 노인이라, 기상은 조롱을 벗어난 물오리와 같다네.[51]"라고 한 그의 말처럼 不羈에의 지향은 그의 정신세계에 큰 비중을 차지한다. 이러한 不羈의 自由精神의 출발점은 역시 면앙에게서 보았던 것처럼 세속적 제반 가치에 대한 욕망의 단절이라 할 수 있다. 도가적인 분위기와는 다소 상이하지만 이들의 탈세속적인 풍류 정신은 다른 호남 문인들에게 공통적으로 나타난다. 당시 호남 한시의 대표 작가의 한 사람인 송강 정철도 예외는 아니다.

〈偶題〉 8

老定臨江卜,	늙어서 강가에 살 것을 정하고,
時爲帶雨漁.	때때로 비를 맞으며 고기를 잡네.
已添無數鳥,	이미 수많은 새들이 보태졌고,
更種萬株蕖.	다시 일만 그루의 연꽃을 심네.
明月深知我,	밝은 달은 나를 깊이 알아주고,
淸風又起予.	맑은 바람도 나를 일으켜 주네.
蒼松白沙路,	푸른 소나무 사이 흰 모래 길에

---

51) "我本不羈翁, 氣若凫脫籠." 〈橘島歌〉, 125면.

伊軋響藍輿. 덜컹덜컹 가마소리 울리네.52)

첫 구에서 보듯 화자인 송강이 힘겹던 젊을 시절의 세속을 떠나 늙어 정착하려는 곳은 바로 '강가[江湖]'이다. 그 곳은 시시비비가 없는 평안하고 한가로운 공간이다. 도롱이를 입고 비를 맞으며, 낚싯대를 드리우고 맑은 강물을 주시하는 어옹의 모습은 평온함 그 자체이다. 그리고 그를 둘러싼 수많은 새와 연꽃은 그를 외롭게 보이지 않게 한다.

이러한 정경은 예컨대 道學的 '鳶飛魚躍'과는 또 다른 자연인식의 면모를 드러낸다. 그는 여기에서 天地에 流行하는 自然 理法의 顯現을 보았다기보다는 실제 주변에서 만나는 日常的 景物을 인지한 것이다. 화자는 전원 공간을 대면하여 관조로서가 아니라 행동으로서 즉물적인 교감을 한다. 이는 경련에서 고양된 風流的 感興으로 연계된다. 이 감흥은 物我의 一體感에서 비롯한 것이다. 자신을 알아주는 밝은 달과 자신을 일으켜 세워주는 맑은 바람은 세속에서 번민하던 그를 이해해 주는 존재이다. 그래서 그는 그들과 더불어 하나가 될 수 있다.

송강 정철은 잘 알려진 것처럼 西人의 영수로서 政爭의 한복판에 있었던 탓에 30년간의 관력에 정치적 파란과 진퇴의 굴곡을 체험하였고, 대체로 중앙 정계로부터 떠나 있던 시기에 전원을 제재로 한 작품을 창작하였다. 따라서 송강의 시에 나타난 전원은 혼란한 정치현실에서의 고뇌라든가 노쇠의 시름이 함께 나타난다. 그런데 그러한 문면의 이면에는 역설적인 內涵이 함께 나타나는 점이 흥미롭다.

〈自歎〉
歸田不早竟趨塵 전원에 가질 못하고 풍진에 허덕이니

---

52) ≪石川集≫, 驪江出版社 影印本, 134면.

除却人非自誤身　남의 잘못을 제거하려다 스스로 몸을 그르쳤네.
贏得鏡中千丈白　얻은 것은 거울 속의 기나긴 백발
莫言圖畵在麒麟　기린각에 화상 있다 말들랑 마소.53)

우선 시의 문면에 나타난 의미를 정리해보자. 그는 자신의 지난 생애를 歸田園의 간절한 소망을 가졌으면서도 실천하지 못한 후회스러운 과정으로 탄식한다. 1구에서는 '전원[田]'과 '세속[塵]'이 대립구도로 설정되어 있다. 그에게 전원은 서둘러 돌아가야 할 곳이지만 세속의 현실 – 특히, 정치현실로부터 그는 결코 자유로울 수 없었기 때문에 돌아가지 못하였다. 西人의 거두로서 東人과의 정파 싸움의 중심에 그가 서있었기 때문이었다. 이러한 상황에서 송강도 여러 번의 정치적 부침을 겪을 수밖에 없었다. 기나긴 정쟁의 세월을 돌이키면서 그가 판단하는 자신의 삶은 결국 '스스로 그르친[自誤身]' 실패된 모습이라고 노래하고 있다. 이처럼 어두운 현실을 직시하면서 그는 지금 거울을 바라본다. 그 속에서 보이는 자신의 모습은 더욱 안타깝게 보인다. 청년 시절 입신양명을 통해 구현하고자 했던 경세의 꿈을 이루지 못하고, 정치적 부침 속에서 늙어버린 자신의 모습을 쓸쓸히 보고 있다. 따라서 끝구에서 보듯 나라에 공을 이루고서 기린각에 자신의 화상이 걸리는 명예 따위는 다 헛된 것으로, 그에게 더 이상의 가치를 가지지 못한다.54)

그러나 우리가 주목해야 할 것은 이러한 표면적인 문맥보다는 안에 담긴 놓인 역설적 의미이다. 송강은 자신의 처지에 대한 樂觀的 입장

---

53) 《松江集》, 총간46, 148면.
54) 이 시의 분석은 박종우, 「松江 鄭澈의 詩世界와 政治現實」, 『漢文學報』 제4집, 우리한문학회, 2001, 44~45면 참조.

을 가지고 있다는 점이다. 비슷한 시기에 창작된 것으로 보이는 아래
의 시를 보면 더욱 분명하다. 현실의 고뇌로 인한 시름에 빠져있기보
다는 전원에서의 여유와 자유를 마음껏 향유하고 있기 때문이다. 송강
은 전원에 돌아와 번다한 정치현실로부터 거리를 두게 된 심경을 다음
과 같이 노래하고 있다.

〈客中述懷〉
吾將耄矣幾時退,   내 장차 다 늙으니 어느 때 물러가지
才與不才關不關.   재주야 있건 없건 관계 아니로세.
毀譽任人心亦定,   헐뜯거나 기리거나 남에게 맡겨두니 마음은 차분하고,
安危付命淚方乾.   편안하고 위태론 것 운명에 부치니 눈물이 마르려네.
霅溪峽裏乾坤大,   霅溪의 산협 속에 천지가 넓직하고
萬竹林中日月閒.   萬竹의 숲 가운데 일월이 한가하네.
漁父牧童相爾汝,   어부랑 목동이랑 서로 너나하며
幅巾藜杖且盤桓.   幅巾 쓰고 藜杖 짚고 오락가락 노니리라.[55]

이 시 전반부의 시상은 앞의 작품과 마찬가지로 불우와 노쇠의 근심
이 주를 이룬다. 설정된 화자는 정치적 이합에 따른 분파들 사이의 쟁
투에서 실세한 늙은 정치가이다. 여러 차례의 당쟁의 파란에서 그가
깨닫게 된 것은 한 사람의 재주만으로 정치적 이상을 펼칠 수 없다는
사실이다. 당시의 정치에 참여한 사람은 누구나 능력 본위의 정치가
아닌 당파 중심의 정치현실에서 벗어날 수 없었다. 이제는 지금까지
자신이 직접 뛰어들었던 毀譽의 현실에 더 이상 관여하지 않고, 모든
것을 운명으로 돌려 받아들이는 삶의 자세를 가지고 있음을 토로하고

---

55) ≪松江集≫, 총간46, 150면.

있다. 그렇게 함으로써 그의 마음은 안정되고 더 이상 슬픔이 생기지 않는다고 노래한다. 이는 이제껏 그의 삶의 그만큼 고단하고 힘든 것이었음을 반증하는 것이기도 하다.

하지만 작품의 후반부에서 보듯 그는 이러한 처지에 결코 자기연민이나 감상에 빠짐으로써 현실을 회피하지는 않는다. 오히려 자신에게 주어진 불우의 처지를 여유롭게 극복하려 하는 모습을 볼 수 있다. 따라서 이와 같은 전원적 흥취의 希求는 현실의 고뇌에 괴로워하고 안식을 바라는 것보다는, 언제나 자유롭고 분방하고자 하는 삶의 태도를 보여주는 것으로 보는 것이 온당할 것이다. 이러한 태도의 정신적 원천은 세속의 제반 가치로부터 스스로를 격절시키고 자연에 적극 동화하여 심신의 자유를 추구하는 풍류 정신과 연계해 있다고 판단된다.

4. 호남 한시의 풍류성과 미적 특질

이상에서 살펴본 호남 한시의 풍류 정신은 어떠한 미적 특질을 가지는 것인가. 이를 해명할 하나의 단서로서 우리는 호남 문인의 기질을 들 수 있다. 이 시기 호남 문인들은 '雄豪'·'豪放'·'豪氣'·'豪俠'이란 詩語를 즐겨 사용했다.56) 뿐만 아니라 이들 시어의 의미에 대해서 매우 호의적인 태도로 비중 있게 구사했다. 이러한 단어를 자주 사용하는 것이 곧바로 그들이 추구한 정신적 지향을 의미하는 것은 물론 아닐 것이다. 그러나 이 시어들의 의미가 지닌 가치에 대해 긍정적인 태

---

56) 필자는 이러한 호남 한시의 특징을 인물 형상의 관점에서 분석한 바 있다. 박종우, 「16세기 湖南士林 漢詩의 武人 形象」(『고전문학연구』 27집, 한국고전문학회, 2005.) 참조.

도를 보이고 때로는 강조하기까지 하는 것은, 그들이 바람직하게 여겨 지향하고자 했던, 또는 체질적으로 발현되었던 자신의 氣質을 방증하는 한 증거가 될 수 있을 것이다.

다음의 일련의 시편을 통해 구체적으로 살펴보기로 한다.

〈俛仰亭題詠〉

超然羽化孰云難,　초연히 羽化함을 누가 어렵다던고,
得臥蓬萊第一巒.　봉래의 제일산에 눕게 되었다오.
脚下山川紛渺渺,　다리아래 산천은 저 멀리 많아 보이고,
眼前天地闊漫漫.　눈앞에 천지는 아스라이 넓기도 하네.
鵬搏九萬猶嫌窄,　붕새가 나는 구만리도 좁게만 느껴지고,
水擊三千直待乾.　삼천리의 물을 치면 마를 것만 같아라.
欲御冷風雲外去,　차가운 바람을 타고 구름 밖으로 날아가,
腰間星斗帶欄干.　허리 사이 북두성을 난간에 매어두리.[57]

이 시는 면앙이 면앙정에 올라가 느낀 정회를 읊은 것이다. 시제에 붙어 있는 自註에 '사간에서 파직되어 돌아온 뒤에 지었다(司諫罷歸後作)'고 한 것으로 보아 대략 41세(1553년)에 지은 것으로 생각된다. 정황상으로만 보면 화자의 심적 상태는 어두운 내적 갈등이 중심이 될 것으로 보이지만, 작품의 어디에서도 그러한 정조는 찾을 수 없으며, 오히려 창작주체의 당당하고 여유로운 풍모가 작품의 전편에 관류하고 있음에 유의할 필요가 있다.

수련에서 보듯 화자인 면앙은 자신이 건립한 면앙정 주변의 경관을 바라보면서 호탕한 감회에 젖고 있다. 이러한 정감을 면앙은 莊子의

---

57) ≪俛仰集≫, 총간26, 217면.

고사를 사용하여 풀어낸다. 그는 羽化登仙하여 蓬萊山에 오른다거나 삼천리의 물을 박차고 구만리 長天을 날아간다는 大鵬의 모습을 통해 자신의 豪氣를 마음껏 발출시키고 있다. 다음의 시도 유사한 분위기가 흐른다.

〈席上走筆再次前韻〉
江鳥江花伴醉眠,   강가 새와 꽃은 짝지어 취해 졸고,
三行珠翠擁華筵.   세 줄 비취 구슬은 華筵을 감싸안네.
玉簫鳳下千尋壁,   玉簫 소리에 鳳이 천길 절벽에서 내려오고,
鐵笛龍吟萬丈淵.   鐵笛 소리에 龍이 만길 심연에서 소리내네.
嫋嫋春風吹短髮,   한들한들 봄바람 짧은 머리털에 부는데,
蒼蒼煙景入新篇.   창창한 연무 낀 경치 새 시편에 들이네.
乾坤跌宕還多興,   하늘과 땅이 질탕하고 흥도 넘쳐나니,
舞袖翩翩落照邊.   춤추는 옷소매 낙조 비친 가에 훨훨 나네.58)

시제에서 보듯 이 시는 금호 임형수가 어느 연회의 석상에서 즉석으로 차운하여 읊은 작품이다. 연회의 화려함이 취주와 무용의 묘사와 어울려 신명나게 그려지고 있다. 함련의 '玉簫 소리에 鳳이 천길 절벽에서 내려오고(玉簫鳳下千尋壁)'과 '鐵笛 소리에 龍이 만길 심연에서 소리내네(鐵笛龍吟萬丈淵)'라고 한 두 구에서 이 시의 豪氣가 유감없이 발휘되고 있다. 금호의 상상력은 천 길이나 솟아오른 절벽에서부터 만 길이나 깊은 심연까지 자유분방하게 길항한다. 이렇듯 호방한 풍격의 시작품에서 전형적으로 보이는 高揚感과 抑勒感의 적절한 배합으로 입체적인 시상의 전개와 활력이 넘치는 분위기를 제고시키고 있다.

---

58) ≪錦湖遺稿≫, 총간32, 228면.

아울러 각각 그 표현하는 내용과 일체가 된 절묘한 조화에서 아무런 구속됨이 없이 자유로운 장쾌한 기상이 두드러진다. 다음의 고봉 기대승의 시도 豪壯한 장부적 기상이 강조되는 점에서 유사하다.

〈次登漢江樓 其二〉

江樓敞豁似登高,	강루가 밝고 넓어 높은 데 오른 듯한데,
江水泓澄正受篙.	강물도 깊고 맑아 배를 띄웠구나.
三島漫疑槎拂斗,	삼도주의 뗏목 북두에 닿았나 의심하고,
四遊寧信極憑鼇.	사유에는 정녕 북극이 자라를 의지하고 있네.
茫茫落日飜崖嶽,	망망한 석양빛 벼랑에 번득이고,
颯颯輕風颭浪濤.	살랑살랑 부는 바람 물결을 흔드네.
却喜使華詩思健,	중국 사신 시 생각 건장함 기뻐해서,
醉拈椽筆倚雄豪.	취중에 큰 붓 잡고 豪氣를 맡기노라.[59]

　화자인 고봉 기대승은 대선배인 退溪 李滉과 道學의 이론에 대해 서간으로 담론을 나눴던 인물로 잘 알려져 있다. 앞서 살펴본 시인들도 그러하지만 고봉도 여러 문헌에서 호협한 인물로 평가된다.[60] 그러한 고봉의 호기는 위에 인용한 시에도 잘 나타나 있다. 함련에서 보이는 초월적 상상력과 경련의 상쾌한 경관 묘사에서 그의 호기는 두드러지게 드러난다.

　豪氣 그 자체가 물론 직접적으로 風流와 동의관계는 아닐 터이지만, 호기의 기질은 분명 그 자체가 세속적 名利와의 타협을 거부하고 자유

---

59) ≪高峯集≫ 續集 권1, 총간40, 256면.

60) 고봉과 퇴계의 성품과 비교한 다음의 기사가 있다. "퇴계는 겸허하고 장중하였으며 공은 호협하고 재주가 뛰어났으므로 기상이 또 서로 같지 않았다. (退溪謙冲莊重, 公豪爽俊拔, 氣像又不同.)"〈諡狀〉, ≪高峯集≫ 續集 附錄 권1, 총간40, 290면.

롭고자 하는 풍류의 정신적 맥락과 상통하는 바가 있다. 이때의 호기
는 당연히 커다란 덩치로 완력을 과시하는 육체적인 것과는 거리가
면, 일종의 고양된 정신적 기질로 이해할 수 있다. 이 기질이 호남의
지역적 특성과 어떻게 연결되는 지는 확실히 알 수 없으나, 호기의 적
극적 표출이 호남 한시의 뚜렷한 특징의 하나이며, 고고한 자유정신을
주조로 하는 풍류와 연계된다는 점은 분명하다.

　다음의 시는 豪氣의 발출이 더욱 고양된 상태로 나타난다. 이러한
정서적 고양은 자유분방한 豪放의 品格으로 작품 속에 구현된다. 편장
은 길지만 내용의 이해를 위해 전체를 들어 살펴보기로 한다.

〈同淸虛子觀海記異〉

1江南綠髮翁	강남의 검은 머리 노인은
本自淸都謫	본래 淸都에서 귀양 온 신선이라.
雖乘使者車	비록 심부름꾼의 수레를 타고 왔지만,
足有王喬舃	발에는 王喬의 신발이 있었네.
5暮投洛寺棲	저녁에 투숙한 洛山寺는
逈與金山敵	멀리 金山寺에 필적할 만하도다.
大洋衝其下	큰 물결 절 밑에 와서 부딪치니
頓覺天地窄	문득 천지가 좁은 곳임을 알겠네.
有物名曰鯨	고래라는 이름의 한 짐승이 있어
10嵯峨露鼻額	콧잔등만 드러내도 높은 산 같고
鬐鬣蔽靑天	등지느러미 내두르면 하늘을 가리니
水族皆辟易	물속의 모든 족속들 다들 도망가네.
揚波六合昏	파도 휘날리면 온 세상이 어두워지고
噴雪千里白	물거품 뿜으면 천리 밖이 희어지네
15鬪罷血連波	싸움이 끝나면 피가 파도에 닿을게고,

朽骨堆沙磧	뼈가 삭아 쌓이면 흰모래가 될 것이라.
俄有白龍升	갑자기 白龍이 승천을 하더니,
裂缺兼霹靂	흩어지며 벽력 소리 함께 들리네.
蜿蜿沒驪雲	꿈틀대며 달리는 구름따라 스러지고
20 爪牙森劍戟	발톱과 어금니는 창과 칼을 벌여 놓은 듯.
去入無窮鄕	끝없는 곳으로 나갔다가 들어갔다가
猛氣拔木石	용맹스러운 기세는 나무와 돌도 뽑을 듯.
銀柱倒揷濤	은 기둥을 파도에 거꾸로 꽂아놓으니
蕩似天河坼	호탕하기는 은하수를 꺾어낼 듯하네.
25 竝驅魚與蝦	물고기와 새우를 한꺼번에 거두어 들여
陽侯又附益	바다의 신에게 넉넉함을 보태주려는 듯.
山僧相謂曰	산사의 중이 서로 일러 말하기를
如此大雨射	이것은 큰 비가 쏟아지는 것 같아
攙攙羽林槍	羽林軍의 창이라도 움츠러드니
30 散落穿窓壁	창과 벽을 무너뜨려 흩어지게 한다
長風掃東南	큰바람이 동남쪽으로 휘몰아 가면
澄澄上下碧	하늘과 바다가 온통 푸르고 맑네.
高枕夜向晨	높이 베고 잠든 밤 새벽이 되어
天鷄鼓兩翮	天鷄가 두 날개로 홰를 치는데
35 火山橫大壑	산에 비친 햇빛 큰 골짜기를 가로지르고
氣射半天赤	밝은 기운 하늘을 비추어 붉게 빛나네.
暘谷烘爲窯	暘谷은 불이 붙은 가마솥 같아서
如羹沸釜鬲	국이 끓어 솥에서 넘치는 것 같네.
騰涌上黃道	용솟음친 빛은 黃道에 들어서고,
40 照灼臨下赫	비추던 불빛은 아래로 향해 붉게 타네.
寥寥據枯梧	쓸쓸히 시든 오동나무에 깃들고
蒼蒼日之夕	창창한 밝은 태양은 저녁이 되어

皎皎白蓮花　　희디 흰 백련화로 피어 올라

浮出龍王宅　　용왕님의 집에서 떠오르네.

45坐令濊貊墟　　濊貊의 옛터를 비추라하니

化爲水精域　　예맥이 변하여 달세계 되었구나.

姮娥喚欲應　　姮娥를 부르면 대답할 듯 하고

桂華手堪摘　　계수나무 꽃도 손으로 꺾을 만 하네.

吾觀宇宙間　　내가 이 세상을 자세히 살펴보니

50萬變一局奕　　수없는 변화가 한 판의 바둑이라.

醉來臥梨亭　　취해서 梨花亭에 누우니

落花盈我幘　　지는 꽃이 내 모자에 가득하더라.[61]

총 52구의 長篇 古風인 이 시는 석천 임억령이 강원도 洛山寺에 올라가서 그 곳 경관을 노래한 것이다. 이 시와 같이 주로 장편 고풍의 한시에서 호방한 풍격의 작품이 많다. 자유분방한 시상의 전개와 방대한 스케일의 상상력을 효과적으로 형상화하는 데에 장편 古詩는 분량이나 格律 등의 형식적 제약으로부터 자유로울 수 있기 때문일 것이다.

1~4구는 화자 자신을 신선에 비유한 것이고, 5~8구는 낙산사의 형세를 간략하게 묘사한 것이다. 이 시의 핵심은 9구에서 시작한다. 화자는 '고래(鯨)'라는 상상의 생물을 시 속에 끌어들인다. 흔히 그렇듯이 이 고래는 바로 광대한 파도를 일으키는 거대한 존재의 상징이다. 24구까지 고래가 바다에서 빚어내는 千變萬化의 경관을 묘사한 것이다.

이 작품은 주로 경물의 모습을 형용하는 것에 의해서 호방의 풍격이 형성되고 있다. 교산의 평도 이 부분에 집중되어 있는데, 주로 장대한 기세(11~14구; 何等氣魄, 21~22구; 雄猛奔放), 시상의 급격한 변전

---

61) ≪石川集≫, 驪江出版社 影印本, 1988, 179면.

(15~17구; 變轉頃刻得好), 거대한 경관 묘사(18~20구; 鉅麗奇觀不厭) 등을 지적하였다. 천지를 뒤흔들며 격동하는 파도의 모습에서 豪壯한 기세를 느낄 수 있다.[62]

지금까지 살펴본 호남 문인들의 일련의 시편들에서 우리는 豪氣의 표출이 강조되고 있음을 확인하였다. 이러한 호기가 나올 수 있는 정신적 바탕 내지는 원천은 무엇일까. 이들이 모두 儒家의 교양을 일생 동안 익히고 간직한 인물들임을 감안한다면, 우선은 예컨대 孟子의 浩然之氣를 상정해볼 수 있을 것이다. 불의에 타협하지 않고 당당하게 자신의 길을 걸어가는 大丈夫의 기상이 그것이다.

하지만 이러한 호연지기는 儒家的 소양을 가지고 있는 선비라면 누구나 가지고 있는 공통된 정신적 자질일 것이다. 여기에 우리는 우리의 조상에서부터 면면이 이어온 풍류 정신을 연계시킬 수 있지 않을까 생각된다. 예로부터 세속에 때묻지 않아 소쇄하고 활달한 사람을 가리켜 '풍류인물'이라고 일컬어왔다.[63] 이러한 '풍류인물'의 형상이 앞서 살펴본 시편을 노래하는 화자에게서 찾아진다는 점에서 호기의 표출과 풍류와의 연계는 충분히 蓋然性이 있다고 하겠다.

5. 결론

지금까지 16세기 호남 한시의 미적 특질을 風流論의 시각으로 간략하게 살펴보았다. 일단 試論的 단계에서 파악한 것을 정리하자면, 風

---

62) 이 시의 분석은 박종우, 「16세기 湖南士林 詩世界의 한 양상」, 『漢文學報』 제9집, 우리한문학회, 2003. 86~89면 참조.
63) 임형택, 「한국 고전에서 '멋'의 미학」, 『한국문학사의 논리와 체계』, 2002. 176면.

流는 당대에 이상적 인간상의 요건이었으며, 풍류를 가진 사람은 선망의 대상으로 여겨졌음을 확인하였다. 그리고 풍류를 향유할 수 있는 환경적 조건은 세속과 단절된 田園 또는 江湖의 공간임을 밝혔다. 아울러 그 곳에서 자연과 동화하며 자유롭고 안온한 삶을 영위하는 것이 삶의 이상형임도 알 수 있었다.

그리고 풍류의 기질로서 豪氣의 표출에 대해 살펴보았다. 호기를 일종의 고양된 정신적 기질로 이해할 수 있는데, 호기의 적극적 표출이 호남 한시의 뚜렷한 특징의 하나이며, 고고한 풍류 정신과 연계된다는 점을 확인하였다. 이러한 경향은 통상적 규범으로부터의 일탈이나 도학적 가치의 부정으로서가 아니라, 세속을 초탈한 처사적 삶 속에서 때때로 마주치는 인상 깊은 장면과 체험에 대한 심미적 몰입이라는 성격을 가지는 것이다. 그러므로 풍류를 중요시하거나 강조하는 16세기 호남의 시세계는 기본적으로 도학적 시세계와 변별되는 것이 아니라 오히려 內的 分化 내지는 擴張으로 이해하는 것이 온당할 것이다.

16세기는 이전까지의 전통적인 이념, 가치관 표상의 정형적 틀이 균열되면서, 미적인 지각과 그 형상화 방식에서 새로운 요소들이 출현하기 시작한 시기이다. 그리고 그 새로움의 진원지는 바로 호남지역이다. 16세기에 들어 호남 지역에서 시문의 대가들이 대거 출현한 것은 여러 문헌에서 확인되고 있다. 기실 동시대 특정 지역에서 뛰어난 시인이 집중적으로 등장하는 것은 그리 흔하지 않은 문학사적 현상일 것이다. 여기에는 작자마다의 개성과 생활상이 작용한 바가 있을 것이지만, 다수 작가와 작품들을 통해 검출되는 군집적 변동 현상에는 개인적 환경이나 기질의 차원을 넘어서는 시대적 문화적 요인이 개입해 있으리라 여겨진다.

이제 그 실상을 총체적으로 파악하고 그 역사적 의미를 해명하는 것은, 그들의 문학적 성취는 물론 이 시기의 문학적 지층을 심도 있게 이해하는 데에도 중요한 의의가 있다고 생각된다. 이러한 변모의 실질은 우선 동 시대의 작가별로 면밀하게 구명될 필요가 있다. 다음으로 각 작가의 이념 표상 방식이 通時的 地平 위에서 비교, 검토되고, 그 과정에서 전체적인 변이 양상이 포착된다면 조선 중기의 문학에 대한 특징적 국면을 해명하는 데도 적지 않은 기여를 할 수 있을 것이다.

16세기 누정의 공간적 특성과
누정제영의 문학사적 의미
— 호남지역 누정제영을 중심으로

1. 문제 제기

이 연구는 16세기 樓亭文學[64]을 대표하는 題詠詩[65]를 분석하여 누정 공간의 문학적 특성을 파악하고, 나아가 그 문학사적 의미를 모색하는 데 목적을 둔다.

누정문학에 대한 학계의 연구는 1980년대 중반부터 본격적으로 이루어졌다. 연구자들의 관심은 크게 누정 소재의 현황 조사와 누정문학 작품의 수집·정리 및 작가 연구 작업으로 양분되었다. 전자는 현지 답사와 지리지·읍지 등 관련 문헌 조사를 통한 실측 작업으로 수행[66]

---

64) 일반적으로 樓亭은 樓와 亭은 물론 본채 건물에 부속하는 堂이나 軒 등을 통칭하는 개념이다. 본고에서의 누정문학은 이러한 누정 건물들을 제재로 다룬 시문을 가리킨다. 그리고 누정문학보다는 園林文學이 용어로서 보다 적절하다는 견해도 있으나, 본고에서는 현재 관용되는 누정문학을 사용하였다.

65) 제영시는 본래 누정의 현판에 붙일 용도로 작성된 한시 작품을 가리키는데, 일반적으로 누정과 그 주변의 풍경 또는 개인적 감회를 주제로 지은 것도 포함한다.

66) 전남대학교 호남학연구소에서 1985년부터 1991년까지 7년간 지역별로 나누어 누정 조사를 진행하였다. 그 결과보고는 『호남문화연구』 14~20집까지에 분재되었으며, 1996년의 24집에서는 특집으로 '전남지역 누정의 종합적 고찰'을 다루어 누정 조사 연구를 총결산하였다.

되었고, 후자는 주로 누정을 제재로 창작된 제영과 樓亭記에 대한 연구가 이루어졌다. 그 결과 누정의 존재 양상에 관한 많은 역사적 사실이 확인 보고되었고, 연구 자료의 폭도 넓어졌다. 이후 간간히 이어지다가 2000년에 접어들어 지방 자치 단체의 문화사업이 활발하게 추진되면서, 문화재 복원사업[67]과 각종 학술활동을 통해 다수의 연구가 제출되었다. 그리고 누정 공간과 누정제영을 문화 교육과 연계한 연구[68]도 이루어졌다. 최근에는 일반인의 문화적 관심에 도움을 주는 교양 서적[69]도 다수 출판되고 있다.

이러한 시점에서 누정문학을 분석하고 문학적 특징을 다시 거론하려는 데는 나름의 이유가 있다. 우선 기존 연구가 대체로 모종의 선입견을 가지고 작품에 접근하였다는 점을 지적할 수 있다. 즉, 뛰어난 문인들이 산수풍광이 좋은 곳에 누정을 짓고, 그곳에서 서로 모여 자연을 완상하며 풍류를 즐겼다는 것이다. 이러한 시각은 많은 연구자들에게 별다른 비판 없이 누정문학을 이해하는 전제로 전용되었다. 그리하여 누정문학의 다양한 면모와 작가 내지 문인 집단의 특성은 소거된 채 누정의 일반 기능 내지는 그와 연계한 유형적·소재적 작품 분류가 개별적·반복적으로 이루어졌다. 그 결과 많은 연구들이 작품의 문면에서 자주 간취되는 풍류적 취향이나 은일자적 의식을 재확인하는 데에 귀결된 감이 없지 않다. 그리고 개별적 연구는 많이 축적되었지만,

---

67) 호남지역의 경우, 지방 자치 단체 차원에서 담양의 주요 누정 일대를 '가사문화권'으로 지정하고 가사문화관을 건립하는 등의 대규모 환경 조성 사업과 함께 각종 학술 행사 및 연구 지원도 활발히 진행하고 있다.

68) 이에 대한 최근의 연구는 박연호, 「원림문학의 공간의 위상과 문화 교육적 의미」(『한국시가연구』17, 한국시가학회, 2005.) 참조.

69) 대표적인 것으로 박준규의 『호남의 누정문학』(태학사, 2000~2001.) 시리즈와 이종묵의 『조선의 문화공간(1~4)』(휴머니스트, 2006.) 등이 있다.

역사적 맥락에서의 종합적 조망은 여전히 미흡하다는 점도 지적할 수 있다. 왜 16세기에 와서 누정 창축이 폭발적으로 증가하고, 뛰어난 문인들이 그곳에서 수많은 시문을 창작·향유하였으며, 나아가 이러한 문화적 현상의 역사적 맥락은 무엇인지에 대한 답은 여전히 충분치 않다. 예컨대 自然歸依思想, 避世로 인한 隱身保重 등이 누정 창축의 동기였다는 것은 온당한가. 과연 누정의 문학 활동이 風流[70]를 좋아하고 유유자적한 삶의 여유를 찾는 과정에서 나온 것일까. 이런 문제들은 문면 내용의 표면적 접근만으로는 그 본질을 제대로 구명하기 어려울 것이다.

본고는, 먼저 누정에 대한 예비적 이해를 거친 다음, 누정의 공간적 특수성과 연계한 작품 분석을 통해 문제 해결의 실마리를 구하고자 한다. 분석 대상은 다른 지역에 비해 누정문학의 문학적 특성이 비교적 뚜렷하게 나타나는 호남지역의 누정제영을 중심으로 하였다. 그리고 불특정 다수의 작가가 산발적으로 창작하는 公設 누정의 제영보다 특정 소수 작가가 집중적으로 창작하는 私設 누정의 제영을 검토 대상으로 한정하였다.

2. 누정의 개념과 누정사 개관

누정은 인류가 지상에 집을 축조하고 개별적으로 주거생활을 시작

---

70) 이 시기 풍류 개념도 재론의 여지가 있다고 생각된다. 풍류의 개념은 전통적으로 매우 복잡다기한 양상으로 확장·변전되며, 시대나 지역에 따라 매우 상이한 의미 편차를 보인다. 이에 대해 필자는 16세기 호남지역 한시를 통해 試論的으로 검토한 바 있다. 졸고, 「16세기 湖南 漢詩의 風流論的 考察」, 『민족문화연구』 48호, 고려대학교 민족문화연구원, 2008. 참조.

한 때부터 이루어진 것으로 그 연원이 매우 깊다. 樓亭은 園林을 구성하는 屋宇의 일부인 樓와 亭을 합친 용어로서, 원래는 별개의 건축물이다. 樓는 어원으로 보면 '중첩하여 지은 집'이며, 堂과 만드는 방식은 비슷하나 높이가 높은 것이 특징이다. 亭은 정지하다는 뜻의 '停'에서 온 말로서 여행하는 사람이 잠시 정지하여 쉬는 곳이다. 만드는 방식은 지붕의 각에 따라 다른데, 삼각에서 팔각까지 창축하는 사람의 취향에 따라 자유롭게 정해진다. 그 종류도 樓, 亭, 臺, 閣, 榭, 廊, 殿, 軒 등 용도나 양식에 따라 다양하게 발전해 왔다.[71]

우리나라의 경우 "제21대 毗處王께서 즉위 10년 戊辰(488년)에 天泉亭에 거둥하셨다."[72]는 기록으로 보아 누정의 창축은 매우 이른 시기부터 시작된 것으로 보인다. 기사의 내용으로 볼 때 천천정은 주로 궁정 건축의 하나로서 지어진 것이며, 왕과 주위의 고위 관료를 위한 위락 공간이었을 것으로 추정할 수 있다. 고려 전기의 누정은 이전 시기와 마찬가지로 주로 王公貴人들의 사교 공간으로서 門閥貴族의 문화를 대표하는 곳이었다.[73] 고려 후기에 접어들면 李奎報의 「四輪亭記」에서 보듯 궁중이 아닌 개인 소유의 누정이 있었을 가능성이 일부 발견되기도 한다. 고려 말기까지의 누정은 대부분 遊息과 심성수양의 공간으로 인식되었으며, 원림에 배치되거나 集景詩에 선택된 경물들도 이러한 목적을 성취하기 위한 것으로 보인다.[74]

---

71) 이상 누정의 개념에 대한 이해는 다음을 참조하였다. 計成 저, 김성우·안대회 역, 『園冶』, 예경, 1993, 84~87면. 魯杰·魯寧 공저, 『華夏古亭』, 中國 四川人民出版社, 1991, 1~2면.

72) 『三國遺事·紀異』 권1, 「射琴匣」條. "第二十一毗處王, 卽位十年戊辰, 幸於天泉亭."(이동환 교감, 민족문화추진회 영인본, 1982, 73면.)

73) 김성룡, 「고려중기 누정문학의 형성과 산수미 발견에 대한 연구」, 『국어교육』 107, 한국어교육학회, 2002, 321~323면.

74) 박연호, 「16세기 이전 민간 원림문학의 공간 특성 연구」, 『개신어문연구』 21, 개신

조선시대에 들어서면 궁궐 내외에 다양한 누정이 지어진다. 궁내에
는 경회루(경복궁 내), 부용정, 연경당(이상 창덕궁 내) 등이 대표적이
며, 茅亭75)으로 청의정이 있다. 궁외의 누정으로 낙천정(지금의 성동
구 살꽂이), 희우정(양화나루 북쪽), 풍월정(지금의 안국동), 세검정
(지금의 창의문 밖) 등이 대표적이다.76)

그리고 이 시기부터 누정의 전국적 분포도 확인할 수 있다. 公設 누
정으로 평남 안주의 백상루, 밀양의 영남루, 평양의 연광정, 의주의
통군정 등이 잘 알려져 있는데, 주로 풍광이 수려한 곳에 큰 규모로
창축된다. 私設 누정은 주로 하천이 인접한 언덕 위에 작은 규모로 창
축되는데, 명칭도 누정이 아닌 (別)堂, 軒 등으로 명명하는 경우가 흔
하게 보인다. 16세기 누정 창축이 성행한 원인은 바로 지방의 사설 누
정이 증가한 데 따른 것이다.

이에 대한 근거 자료로서 유호진·우응순의 연구77)가 주목된다. 이

어문학회, 2004, 106~107면.

75) 茅亭은 초가 지붕만을 얹는 가장 단순한 형식의 누정으로 평지에 짓는 경우도 많이
있다.

76) 鄭賻昕, 『東洋造景文化史』, 전남대학교출판부, 1990, 193~195면.

77) 유호진·우응순, 「누정제영의 시공간적 분포와 그 의미」, 『민족문화연구』제40호,
2004. 이 논문은 고려대학교 민족문화연구원에서 수행된 한국학술진흥재단 기초학문
육성 지원과제 '조선시대 전자문화지도 개발 및 그 응용 연구(The Development and
Academic Application of the Electronic Cultural Atlas of Chosun Korea)'의 결과
물 중에서 제3분과가 작업한 누정제영 데이터베이스에 대하여 자료의 구축 현황을
보고하고 몇 가지 사례 분석을 시도한 것이다. 『신증동국여지승람』에 소개된 누정을
조사하여, 275개의 누정 이름을 확인하고, 누정 이름으로『한국문집총간』 1~240권까
지 작품을 검색하여 총 2,818제의 작품 목록을 작성하였다. 본고의 주요 논점을 구상
하는 데 이 데이터베이스의 연구 결과에서 힘입은 바가 컸음을 밝혀둔다. 하지만 이
데이터베이스는 추가·보완되어야 할 필요가 있다. 예컨대, 16세기 호남 지역의 대표
적인 누정인 '면앙정'이『신증동국여지승람』에 누락되어 있는 관계로 데이터베이스에
서도 빠져 있고, 이에 따라 150여 수가 넘는 면앙정의 제영시가 포함되지 못했다. 그외
에도 개별 문집이나 지리지 관련 자료를 조사하면, 상당수의 누정 및 누정제영이 추가

논문에서 제시된 다음의 「누정의 시기별 분포」[78]는 조선 시대 누정 창축의 통시적 정황을 조감하는 데 매우 유용하다.

창작 연대	대상누정 수
14세기 후반	5
15세기 전반	25
15세기 후반	90
16세기 전반	96
16세기 후반	147
17세기 전반	117
17세기 후반	87
18세기 전반	116
18세기 후반	83
미 상	9

〈표 1〉 누정의 시기별 분포

이 표는 누정의 창축 연대와 대상 누정의 갯수를 시기별로 나타낸 것이다. 표에서 보듯 15세기 후반부터 증가의 폭이 커지다가 16세기 후반에 이르면 누정의 증가 폭이 최고조에 달함을 확인할 수 있다. 아울러 누정제영도 16세기에 들어서면 누정의 증가 추세와 같이 매우 큰 폭으로 증가하는 양상을 보인다. 다음의 표[79]를 통해 구체적으로 살펴보기로 한다.

될 것으로 생각된다.

78) 유호진·우응순, 앞의 논문, 59면.

79) 유호진·우응순, 앞의 논문, 62면.

지역 / 창작 연대	강원	경기	경상	서울	전라	충청	평안	함경	황해	「미상」	총합계
14C 후반			1		1	1				2	5
15C 전반	5	3	18	5	2	5		1	1	4	44
15C 후반	13	14	52	37	31	18	19	1	8	7	200
16C 전반	40	21	66	22	30	17	37	8	13	32	286
16C 후반	64	19	130	77	124	54	60	9	24	66	627
17C 전반	89	19	94	18	58	51	95	5	40	49	518
17C 후반	82	23	47	12	37	34	21	3	11	34	304
18C 전반	148	50	74	34	40	47	43	3	25	33	497
18C 후반	98	23	51	25	13	22	33	1	22	34	322
「미 상」	1	2	5							7	15
총합계	540	174	538	230	336	249	308	31	144	268	2818

〈표 2〉 시공간 좌표에 의한 누정제영의 분포

위 표에서 보듯 전체적으로 앞의 「누정의 시기별 분포」와 유사한 비율의 분포를 보이며, 16세기에 접어들면서 누정제영의 수량이 급격히 증가함을 알 수 있다. 특히, 눈에 띄는 현상은 영·호남지역의 누정제영이 두드러진다는 점이다. 통계 상의 오차를 일정 부분 감안하더라도 증가의 폭은 뚜렷하게 나타나는 것을 확인할 수 있다.

먼저 이 시기에 설립된 호남지역의 대표적인 누정과 관련 문인을 도표로 정리하면 다음과 같다.

명칭	창축시기	창축자 (생몰년)	창축 당시의 정치적 처지
俛仰亭	1533년	俛仰 宋純 (1493-1583)	大司諫 재임 중 金安老 일파와 정치적 대립 이후 1533년에 낙향함.
瀟灑園 (光風閣·霽月堂)	1536년	瀟灑 梁山甫 (1503-1557)	己卯士禍(1519)로 趙光祖가 능주로 유배되자 낙향함.

명칭	창축시기	창축자 (생몰년)	창축 당시의 정치적 처지
環碧堂	1545년	沙村 金允悌 (1501-1572)	羅州牧使를 그만두고 낙향하여 제자 교육에 노력함.
息影亭	1560년	石川 林億齡 (1496-1568)	潭陽府使로 玉果縣監을 겸직하다가 아우 百齡의 정치적 입장에 회의를 느끼고, 1558년에 벼슬을 버리고 담양 星山에 정착함.
松江亭	1585년	松江 鄭澈 (1536-1593)	1585년에 大司憲 재임 중 兩司의 논핵이 있자 스스로 퇴임 이후 약 4년간 昌平에 은거함.

〈표 3〉 호남지역의 대표적인 누정과 관련 문인

　호남 지역의 누정은 대체로 정치적 불우로 인한 낙향 기간에 창축되고, 시문 교류를 중심으로 한 집단적 문학활동이 활발했던 것이 특징이다. 같은 시기 영남 지역의 누정 창축이 경물의 관조를 통한 개인적 심성 수양을 주된 목적으로 삼았던 것[80]과는 다른 특징을 보인다. 이 시기 대표적인 영남지역 누정과 관련 문인을 도표로 나타내면 다음과 같다.

명칭	창축시기(1차/2차)	창축자 (생몰년)	관련서원	낙향시기
愛日堂	1512년/1548년	李賢輔 (1467-1555)	汾江書院	1542년
獨樂堂(溪亭)	1532년	李彦迪 (1491-1553)	玉山書院	1530년
典敎堂/巖栖軒	陶山書堂(1561)/陶山書院(1574)	李滉 (1501-1570)	陶山書院	1549년

〈표 4〉 영남지역의 대표적인 누정과 관련 문인

---

80) 16세기 영남 지역 누정의 존재 양상과 특성은 윤일이, 「농암 이현보와 16세기 누정 건축에 관한 연구」(『대한건축학회논문집』 176호, 대한건축학회, 2003.)와 「조선중기 영·호남사림 누정건축의 유교적 토착화」(『대한건축학회논문집』 221호, 대한건축학회, 2007.) 참조

이 표는 영남지역의 대표적인 문인들의 누정(별당)을 나타낸 것이다. 창축자가 사망한 이후 서원이 인접하거나 함께 지어지는 것이 호남지역과 또다른 특징이다. 영남지역 누정의 講學 중심 분위기를 짐작할 수 있다. 그런데 영·호남 누정은 위치적으로는 서로 유사한 특징을 보이는데, 모두 하천이 인접하여 바라다 보이는 곳에 지어지며, 대체로 실제 지면보다 높은 위치에 지어 하천을 위에서 내려다보는 구조로 되어 있다. 이는 누정 창축에 있어서 화려한 경관까지는 아니지만, 손쉽게 산수 자연을 향유할 수 있도록 한 의도적 배치로 이해된다.

3. 16세기 누정의 공간적 특성과 누정제영

1) 物과 我의 소통 공간 : 자연 경물과의 심미적 교감

누정의 공간적 특성 중 하나는 자아가 사물을 만날 수 있게 하는 소통성이다. 시인은 누정제영을 통해 자연 경물을 노래하거나 대화를 나눈다. 이때 누정제영에서 物我一體的 흥취가 자주 강조된다. 하지만 그것이 道家에서 말하는 '物我兩忘' 경지의 추구는 결코 아니며, 창작 주체가 경물과 교감하면서 자연스럽게 일체감을 느끼는 소통의 과정이다. 다음의 시작품을 통해 구체적으로 확인할 수 있다.

> 「孤山梅鶴亭」(임억령, 『石川詩集』, 027_393b[81])
> 庾嶺蛇皮樹, 유령엔 뱀껍질 두른 듯한 매화가 있고,
> 靑田雪色毛. 청전엔 백설같은 깃털의 학이 있도다.

---

[81] '027_393b'는 민족문화추진회에서 표점·영인한 『韓國文集叢刊』 27권 393면의 b면을 말한다. 이하 『韓國文集叢刊』의 인용은 같은 방식으로 표시한다.

心肝自相照, 心肝을 절로 서로 비춰보노라니,
物我本同胞. 物과 我가 본래 형제인 줄 알겠네.

1구와 2구는 詩題인 梅鶴亭을 풀어쓴 것이다. 유령은 중국 江西省의 산이름으로 매화의 명소이며, 청전은 고대 중국의 학이 살았다는 곳이다. 화자는 梅鶴亭이라는 명칭에서 시상을 일으켜 정자 주변의 대표적인 두 경물을 제재로 삼은 것이다. 이어 3구에서 보듯 그는 이 경물들과 깊이 교감하고 있다. 심장과 간을 서로 비추어볼 정도로 아무것도 속에 감추지 않고 순수한 마음으로 마주 대한다. 그래서 그는 끝구에서 노래하듯 경물과 자신이 형제[同胞]와 같은 사이라는 일체적 감흥을 체감한다. 이때 누정은 화자가 경물을 만나는 창이며, 그 곳에서 보는 경물은 심미적 대상이 된다.

「息影亭雜詠次韻十首・桃花逕」(정철, 『松江集』, 046_175c)
麗景三春暮, 고운 경치의 봄철 저물녘,
夭桃一色齊. 예쁜 복사꽃 나란히 일색일세.
古來花下路, 옛부터 꽃 아래로 난 길은
迢遞使人迷. 아득히 사람을 미혹케 하도다.

화자는 어느 봄날 해가 질 무렵 식영정 주변의 경관 가운데에서 복사꽃이 활짝 핀 길을 보고 있다. 그리고 흰색과 옅은 홍색이 어우러지며 흐드러진 복사꽃을 보면서, 그는 옛부터 먼 길을 재촉하는 나그네 발걸음도 멈추고 빠져든다는 고사를 환기한다. 하지만 여기서 옛 사람의 이야기는 그다지 중요하지 않다. 그 자신이 그러한 풍경의 아름다움에 매혹되어 몰입하는 흥취의 과정에서 연상된 편린일 뿐이기 때문이다.

「晩翠亭十詠·棠溪釣魚」(임제, 『林白湖集』, 058_255a)
風暖野花發, 바람은 따사롭고 들꽃은 활짝 피며,
溪深銀鯽肥. 시내는 깊고 은빛 붕어는 살쪘구나.
一竿聊寄興, 낚싯대 하나에 흥이나 붙여보는데,
煙雨古苔磯. 안개비는 묵은 이끼 낀 낚시터에 내리네.

앞의 시와 유사한 시상을 보이는 시로서 작품 전면에 자연 친화적 흥취가 잘 나타난 작품이다. 문면을 따라가보면, 1~2구의 바람, 들꽃, 시내, 붕어 등은 모두 정자 주변에서 보이는 실경이다. 어느 것이나 그다지 새로울 것 없는 일상적 경물이지만 화자에게는 審美의 대상이며 逸樂의 원천이다. 그에게 누정은 경물의 아름다움을 통해 흥을 얻고, 그것을 편안히 즐길 수 있는 공간이기 때문이다.

「息影亭·白沙睡鴨」(임억령, 『石川詩集』, 027_398c)
溪邊沙皎皎, 시냇가에 모래는 밝디 밝으며,
沙上鴨娟娟. 모래 위에 물오리는 곱디 곱구나.
海客忘機久, 海客은 機心 잊은 지 오랜지라,
松間相對眠. 소나무 사이에서 마주 보며 존다네.

이 시에서 친화적 대상은 물오리이다. 이 물오리는 식영정 옆에 있는 냇가에서 당시에 실제로 흔하게 있었을 것이다. 이 평범하고 일상적인 풍경은 속세에 찌든 화자에게 한가롭고 여유로움을 주는 소중한 존재이다. 세속적 가치에 몰두하고 있을 때는 깨닫지 못하던 것이다. 그래서 3구에서 화자는 자신이 속세의 機心을 잊었기에 그와 함께 졸 수 있는 것이라고 노래한다.

이상 일련의 시편에서 화자는 모두 경물에 심미적으로 몰입하는 모습을 보인다. 이처럼 경물에 매혹되어 즐거움을 구하는 일은, 그 정도가 과도한 경우 당대에는 적절하지 못한 것으로 이해되었다. 전통적인 유가의 입장에서는 시는 餘技이므로 깊이 빠져서 할 일이 아니라 틈틈이 취미로 하는 재주나 일에 불과하다. 따라서 시 창작에 몰두하는 것은 본말이 전도된 것이며 자기 수양에 저해된다고 하는 '玩物喪志'의 혐의에서 자유로울 수 없다.

주지하듯이 '玩物喪志'는 "玩人喪德, 玩物喪志."(『書傳·周書·旅獒』)에서 온 말이다. 『서전』의 주석을 보면, 玩人은 '군자를 狎侮하는 일(狎侮君子之事)'이며, 玩物은 '이목에 사역 당하는 일(役耳目之事)'이라고 풀고 있다. 이를 바탕으로 인용문을 해석하면, "사람을 함부로 하면 德을 잃고, 사물에 빠지면 心志를 잃는다."라는 경계의 말이다. 하지만 16세기 호남의 문인들은 심미적 욕구의 자연스러운 표출에 대해서는 긍정적이었다. 지나치게 과도한 것은 아니었지만, 작시에 대한 애착과 관심은 물론, 경물에 심미적으로 몰입하는 모습은 때로 전통적 시관에서 어느 정도 일탈한 모습을 보이기도 한다.

이처럼 실제의 산수미 그 자체를 적극적으로 찾고 향유하고자 하는 것은 영남의 경우와는 대비된다. 영남의 누정제영에서는, 경물과의 교감을 하는 점은 같지만, 누정을 심성 함양을 위한 觀照의 공간으로 상정하는 점이 다르다. 聾巖 李賢輔는, "여가가 있어서 조용히 가슴을 열고 수양하는 장소로 삼으면, 애일당은 이 늙은이의 가문에 대대로 지켜야 할 규범이 될 것이다. 어찌 이 당이 자손에게 누가 되겠는가?(暇而爲暢敍頤養之所, 則堂爲翁家世守之規範. 豈必以此而爲子孫累也哉?)"[82]라고 하여, 애일당의 창축 목적이 심성 수양에 있음을 밝힌 바 있다. 다음의 회재 이언적의 시작품에서도 확인할 수 있다.

「林居十五詠·溪亭」(이언적, 『晦齋集』, 024_365d)

喜聞幽鳥傍林啼,　숲 속에 우는 새소리 듣기 즐거워서,

新構茅簷壓小溪.　시냇가 내려다보는 茅亭을 새로 지었네.

獨酌只邀明月伴,　홀로 술 마시며 밝은 달을 벗 삼고,

一間聊共白雲棲.　한 칸은 흰 구름과 함께 지내야지.

　　계정은 지금의 옥산서원의 서쪽에 있으며 회재 이언적이 퇴관한 후
에 지은 것이다. 일견 자연친화를 주제로 하는 점은 호남의 누정제영
과 유사해보이지만, 경물의 함의는 다르다. 영남의 누정제영에 등장하
는 경물은 자연의 이법이 구현된 조화로운 존재로서, 대체로 맑고 깨
끗한 이미지의 사물들이다. 화자는 이를 관조하면서 그에 담긴 대자연
의 理法을 내면화하여 청정한 기를 기르고 심성 수양에 노력하는 실천
주체이다. 회재의 「林居十五詠」은 그러한 道學的 시세계의 대표작으
로 꼽힌다.[83] 다음의 퇴계 이황의 시도 같은 문학적 특징을 보인다.

「林居十五詠·溪亭」(이황, 『退溪集』, 029_101a)

年登何必問家啼,　올해 풍년이니 어찌 집에서 우는지 꼭 물으랴.

泌樂忘飢有此溪.　샘물의 즐거움에 굶주림 잊는 일 이 시내에 있네.

更把小亭安一曲,　더우기 작은 정자 한 구비에 두었으니,

可憐猶勝樹爲棲.　나무를 둥지 삼은 이보다 외려 낫도다.

　　'샘물의 즐거움에 굶주림 잊는 일[泌樂忘飢]'은 "샘물이 졸졸 흐름이
여, 굶주림을 즐길 수 있도다(泌之洋洋, 可以樂飢.)"(『詩傳·國風·衡

---

82) 「愛日堂重新記」, 『聾巖集』, 017_410a.

83) 「林居十五詠」에 대한 정밀한 분석은 이동환, 「회재의 도학적 시세계」(『이회재의
　　사상과 그 세계』, 성균관대학교출판부, 1992.) 참조.

門』)라는 말에서 가져온 것이다. 원전의 주석을 참조하면, "샘물이 비록 배불릴 수 없으나, 또한 구경하고 즐거워하면서 굶주림을 잊을 수 있다.(泌水雖不可飽, 然亦可以玩樂而忘飢也.)"는 의미이다. 즉, 安貧樂道를 즐기며 살아가는 삶의 태도를 긍정하는 전형적인 유가적 인간상이다. 끝구의 '나무를 둥지 삼은 이[樹爲棲]'는 은거하는 사람을 의미한다. 탈속한 은자의 삶보다는 현세에서 도를 즐기며 심신을 함양하는 군자가 되기를 희구하는 것이다.

2) 세속과 탈속의 漸移 공간 : 현실적 고민의 낭만적 정화

누정의 두 번째 공간적 특성은 漸移性이다. 누정은 물론 인위로 조성된 현실의 인공 공간이지만, 의미적으로는 세속을 벗어난 탈속적 성격이 강하다. 즉, 누정은 세속과 탈속, 현실과 이상이 서로 뒤섞이고 길항하는 점이지대의 공간이다. 다음의 석천 임억령의 시작품을 통해 살펴보기로 한다.

「登雙醉亭」(임억령, 『석천집』)[84]
長勞南北夢,　南北의 꿈에 오래도록 수고롭더니,
偶把海山杯.　우연히 海山의 술잔을 잡았도다.
萬一君恩報,　만일에 임금의 은혜에 보답한다면,
與君歸去來.　그대와 더불어 귀거래를 하리라.

擊鼓沙鷗起,　북을 치니 갈매기 날아오르고,
吟詩海若藏.　시를 읊으니 海若이 숨는구나.
新亭亦不侈,　새로 지은 정자 또한 사치스럽지 않고,

---

84) 임억령, 『石川集』, 여강출판사 영인본, 1989, 231면.

草屋慕陶唐.   초가에서 요임금을 그리워한다오.

이 두 편의 시는 석천 임억령이 雙醉亭[85])에 올라가서 느낀 감회를 노래한 작품이다. 1~2구에서 노래하듯 화자는 수고로운 현실을 벗어나 강호[海山]에서 모처럼 마음 편히 술을 마시려 한다. 흔히 이 두 구절을 끝구의 '歸去來'와 연결시켜 속세를 벗어나고자 한다는 은일자적 소망을 표출한 것으로 해석하는 경우가 많다. 하지만 3구에서 보듯 화자에게는 그러한 귀거래 이전에 해결해야 할 과제가 있다. 그것은 바로 입신하여 사림으로서 經世濟民에 전력함으로써 '임금의 은혜[君恩]에 보답'하는 것이다. 현실은 고단하지만 쉽게 벗어날 수 없는 데서 화자의 고민이 놓여 있다.

두번째 시의 끝구도 같은 맥락이다. 요임금에 대한 화자의 그리움은 일차적으로는 태평성대를 희구하는 것이다. 동시에 문맥상 요임금 같은 당시의 성군을 비유한 것으로도 볼 수 있다. 따라서 이 시의 귀거래는 단순한 은일 지향으로 해석하기는 어렵다. 다만 일시적이고 한시적인 귀향일 뿐이다.

「俛仰亭」(송순, 『俛仰集』, 026_198c)
百里群山擁野平, 백 리의 여러 산들이 평야를 감싸 안은 곳,
臨溪茅屋幸初成. 시냇가에 초가집이 다행히 갓 완성되었네.
此身不繫蒼生望, 이 몸은 창생의 소망에 매이지 않게 되었으니,
宜與沙鷗結好盟. 의당 모래밭 갈매기와 좋은 모임 맺을 일이로다.

---

85) 쌍취정은 전남 영암에 있었던 정자로 바로 석천 형제가 창축하였다고 전한다. 영암 문화원 편, 『靈巖의 古文學』(영암문화원, 1995.) 「雙醉亭」條 참조.

　　앞의 두 구는 면앙정의 주변 경관과 창축 완료를 요약적으로 제시한 것이다. 이 시의 주제는 뒤의 두 구에 나타난다. 3구의 '창생의 소망[蒼生望]'은 이른바 보통 사람들이면 누구나 소망하는 立身揚名에 다름 아니다. 중앙 정계에서 왕을 도와 태평성대를 이루고자 하는 것은 儒者로서 누구나 가지고 있는 꿈이다. 이런 점에서 이에 매이지 않게 되었다는 말은, 그러한 세속적 가치 추구로부터 벗어나 자유롭게 살아가겠다는 일종의 일탈 선언으로서, 면앙정을 짓고 그곳에서 유유자적하게 살아가겠다는 의지를 뚜렷하게 드러낸 것처럼 보인다. 하지만 우리는 詩題에 붙어 있는 細註에 '사간에서 파직되어 돌아온 뒤에 지었다(司諫罷歸後作)'고 한 것에 유의할 필요가 있다. 예를 들어 노쇠나 신병 때문에 스스로 면직을 청하고 하향하는 것도 물론 괴로운 일이겠지만, 파직을 당하고 낙향하는 것은 유자로서 일생일대의 위기이자 힘겨운 고뇌의 시간일 것이다. 이 시의 이면에는 분명 쓰라린 정치적 패퇴에 대한 면앙의 고민이 깔려 있을 것이다. 그럼에도 불구하고 그러한 처지에서 여유로운 태도로 노래할 수 있는 것은 누정이 완성되었기 때문이다. 누정은 그에게 현실의 고민을 해소할 수 있는 이상의 공간인 것이다. 이러한 시상은 다음의 시에서 보다 분명하게 나타난다.

　　「俛仰亭題詠」(송순, 『俛仰集』, 026_217d)

超然羽化孰云難,	초연히 羽化함을 누가 어렵다했던가,
得臥蓬萊第一巒.	봉래의 제일산에 누울 수 있게 되었네.
脚下山川紛渺渺,	다리 아래 산천은 아득히 멀리 어지럽고,
眼前天地闊漫漫.	눈 앞에 천지는 펀펀하니 넓기도 하구나.
鵬搏九萬猶嫌窄,	붕새가 나는 구만리가 외려 좁다고 꺼려지고,
水擊三千直待乾.	박차는 삼천리의 물은 곧장 마르길 기다린다.

欲御冷風雲外去,　차가운 바람을 몰고 구름 밖으로 떠나가서
腰間星斗帶欄干.　허리 사이에 북두성으로 난간을 두르리라.

이 시는 면앙이 면앙정에 올라가 느낀 정회를 읊은 것이다. 수련에
서 보듯 화자인 면앙은 자신이 건립한 면앙정 주변의 경관을 바라보면
서 호탕한 감회에 젖고 있다. 우화등선하여 봉래산에 오른다거나 삼천
리의 물을 박차고 구만리 장천을 날아간다는 대붕의 모습을 통해 자신
의 豪氣를 마음껏 발출시키고 있다.

우리는 끝구에서 "차가운 바람을 타고 구름 밖으로 떠나가서, 허리
사이에 북두성으로 난간을 두르리라."고 한 힘찬 외침에 주목할 필요
가 있다. 여기에 내포된 그의 轉身의 의욕에서 우리는 앞 시에서 보았
던 그의 세속적 고민을 그 스스로 넘어서고자 하는 의지를 감지할 수
있다. 이런 점에서 보면, 수련의 선계로 형상화된 누정은 당연히 공허
한 허상이 아니라 험난한 현실을 벗어난 이상 공간을 의미하며, 그에
대한 동경을 함축한 것으로 이해된다. 그리고 그곳에서 화자는 고단한
현실의 고민이 정화되는 카타르시스적 흥취를 맛보게 된 것이다.

「次培風軒韻」(고경명, 『霽峯集』, 042_061d)
上盡危城更上峯,　높은 성을 다 오르고 다시 상상봉에 오르니,
火雲千陣掃長風.　붉은 구름 가득찬 것 長風이 쓸어냈네.
軒楹飛舞靑冥外,　누각은 푸른 하늘 밖에서 날아 춤추고,
島嶼橫陳杳靄中.　섬들은 아득한 안개 속에서 멋대로 늘어있네.
落照湧金春蕩漾,　落照는 금빛을 일렁이며 거세게 용솟음치고,
斷霞成綺泛空濛.　斷霞는 비단빛으로 아득하게 떠있도다.
披襟快瀉元龍興,　가슴 열고 陳元龍의 豪俠한 흥 마음껏 쏟아놓으니,
鶻沒天低萬里通.　송골매 사라진 하늘 끝은 만 리에 뻗어 있네.

이 시는 제봉 고경명이 배풍헌에 올라가 그곳의 제영시에 차운한 작품이다. 수련은 배풍헌의 위치와 경관을 노래한 것이다. 함련의 급격한 시선의 轉變과 경련의 活性的 국면에서 호기로운 기개가 강조되고 있다. 미련의 元龍은 東漢 시대 陳登의 자인데, 호협하기로 유명했던 인물이다. 그러한 호협한 흥취를 마음껏 발산하는 화자의 어조는 당당하고 자재롭다. 개인적 삶의 좌절에 무릎을 꿇지 않고, 당당하게 어깨를 펴고 세상을 향해 마주서는 대장부의 형상을 확인할 수 있다. 이때 누정은 온 세상을 삼키고 토해낼 만한 드높은 기상, 자득하여 구속됨이 없이 분방한 기개, 삼라만상을 아우르는 거대한 상상력 등을 자유롭게 쏟아낼 수 있는 공간이다.

3) 개인과 집단의 연대 공간 : 동료 의식의 결집과 제고

누정의 세 번째 공간적 특성은 연대의 공간이다. 여기서의 연대는 시대적 고민에 대해 함께 의견을 나누고 뜻을 같이 하는 동료 의식[comradeship]을 가리킨다. 이 경우 누정은 고단한 현실에 대한 대응을 함께 모색하는 연대의 공간이다.

「遙寄霞堂主人」(정철, 『松江集』, 046_139b)
骨肉爲行路,　골육 간에도 길가는 남처럼 되고,
親朋或越秦.　친한 벗도 혹 모르는 사람 된다오.
交情保白首,　교분의 정을 머리 새도록 보존함은
海內獨斯人.　세상에 오직 그대 하나뿐이라네.

시제에서 보듯 이 시는 송강 정철이 서하당 김성원에게 보내준 것이

다. 1~2구는 당시의 잔혹한 정쟁의 현실을 요약하고 있다. 첫구의 '爲
行路'는 "세상 인정 얄팍해지는 것이 가을 구름과 같아, 형제 간도 외
려 길가는 사람이 되는구나.(世情漸薄似秋雲, 兄弟猶爲行路人.)"[86]라
는 싯구처럼, 골육 상쟁도 서슴지 않는 실정을 가리킨다. 이어지는 다
음 구의 '越秦'은 중국 고대 월나라와 진나라처럼 거리가 너무 떨어져
있어서 서로 상관하지 않는 사이처럼 됨을 뜻한다. 친족 간에도 때에
따라 등을 돌리는 경우가 있고, 가까운 친구 사이라도 소속한 당파의
이해관계에 따라 서로 모른 체 하게 되는 현실을 노래하고 있다.

　이런 상황에서 그들에게 뜻을 같이하는 동지와의 연대 의식의 공유
와 확산은 절실한 것이었다. 이어지는 두 구는 바로 그러한 마음을 노
래한 것이다. 다음의 면앙 송순의 시에서는 연대 의식이 좀더 강조된
어조로 나타난다.

　　　　「雙翠亭」(송순, 『俛仰集』, 026_222a)
　　　　萬木同春容, 모든 나무의 봄 모습은 하나같지만
　　　　歲寒方驗節. 추운 철이 되어야 절의를 알 수 있지.
　　　　庭前植雙翠, 뜰 앞에 푸른 나무 두 그루 심으니,
　　　4所尙誰能折. 고상하게 여기는 걸 누가 꺾으리오.
　　　　知向風雪開, 알겠도다, 눈보라가 몰아칠 때에
　　　　用意常苦切. 마음 씀이 언제나 괴롭고 절실함을.
　　　　襟期潔於玉, 흉금은 옥보다 깨끗하고,
　　　8志操堅如鐵, 지조는 쇠처럼 단단하네.
　　　　如我蒲柳輩, 버들과 같은 우리 무리는
　　　　難與并爲列. 더불어 대열에 끼기 어렵도다.

―――――――――――――――――――

86) 李奎報, 「開元天寶詠史詩四十三首 · 燕鬚」, 『東國李相國集』, 001_329b.

十年困進退,　십년을 진퇴에 허덕이다가
12方時已告歇.　이제는 이미 끝을 고하노라.
縱爲男子身,　비록 남자의 몸이 되었지만,
孰稱人中傑.　누가 사람 속에 호걸이라 일컫겠나.
所幸無物遷,　다행한 일은 외물에 끌리지 않아,
16本心猶氷潔.　본심은 아직도 얼음처럼 깨끗한 것이라.
若非堯舜道,　만약 堯舜의 道가 아니라면,
羞與向人說.　남에게 말하기를 부끄럽게 여긴다.
喜鵬游薄天,　붕새는 하늘에서 노니는 것을 좋아하고,
20厭狐藏得穴.　여우는 구멍 속에 숨음을 싫어하는 법이라.
公不舍是心,　공은 이 마음을 버리지 않아서
已許共霜雪.　벌써 霜雪을 함께 견디기로 했다오.
誠可通金石,　정성은 금석을 꿰뚫을 만하고,
24志常懸日月.　심지는 일월처럼 높게 걸렸도다.
邪正寧復論,　邪와 正을 어찌 다시 의논하리오,
松茂柏自悅.　소나무 무성하면 측백은 절로 좋다네.

이 시는 시제에 있는 '두 그루의 푸른 송백[雙翠]'을 제재로 자신이 추구하는 삶의 지향을 분명하게 밝힌 작품이다. 11~14구에서 보듯 화자는 세상에서 알아주지 않는 처지에 놓여 있다. 하지만 그는 결코 괴롭지 않다. 외물에 이끌리지 않고 '얼음처럼 고결한 정신[氷潔]'을 지니고 살아가고 있기 때문이다. 그리고 그는 '요순의 도', 즉 태평성대의 구현을 서로 논할 뿐, 여타 세속적 가치를 말하는 것은 부끄러운 것임을 분명하게 밝히고 있다. 이어지는 21~22구에서는 그의 삶이 지향하는 것이 무엇인지 말하고 있다. 여기서 雙翠亭의 주인은 바로 쌍취정의 창축자인 석천 임억령이다. 그는 화자인 면앙과 같이 사림의

일원으로서의 동료 의식을 함께 공유하는 동지임이 분명하다. 23~24
구의 금석을 꿰뚫는 誠意와 일월처럼 드높은 心志는 그들이 가지고 있
는 고고한 정신에 다름 아니다. 그리하여 그들은 어려운 현실에서도
비굴하게 숨지 않고 당당하게 맞서나갈 것을 서로 다짐할 수 있는 것
이다.

끝구에서 보이는 눈보라를 이겨내는 松柏은, 물론 대상의 인품이나
절조 등을 형상화한 사물이지만, 좀더 넓게 보면 면앙이나 석천뿐만
아니라 당시 호남 문인이 공유하고 있었을 드높은 정신적 지향을 表象
하는 사물이기도 하다. 견디기 힘든 외적 조건을 견디는 당당한 송백
의 모습에서 흔들리지 않는 자신들의 정신적 지표와 삶의 과제를 재확
인하는 것이다.

면앙은 면앙정을 창축하고, 곧 여러 문인들에게 누정의 제영을 직접
구하였다. 제영시의 청탁을 통해 동료 의식의 결집과 제고에 힘을 기
울였다. 그의 문집에는 선후배 문인들의 참여를 촉구하는 서간이 남아
있는데, 퇴계 이황에게 제영시를 보내달라고 요청한 것, 백호 임제에
게 면앙정을 주제로 한 賦를 써줄 것을 세 번에 걸쳐 부탁하는 것이
문집에 전한다. 특히, 후배 문인 백호에게는 현판에 걸기 위한 최종
수정본을 재촉하고 독려하는 내용도 실려 있다.

영남지역에서는 서원 건립을 통해 동문수학한 이들이 모여 학적 전
통을 이어가는데 반해, 호남지역에서는 누정제영을 통해 뛰어난 문재
를 가진 문인들을 결집한다. 면앙정은 가장 대표적인 사례이다. 면앙
정의 제영시 창작에 참여한 문인들을 기록한 「俛仰亭題詠海東名賢錄」
에 수록된 인물의 수만도 무려 30명에 달한다.[87] 이들의 대부분은 면

---

87) 그 명단은 다음과 같다. 退溪 李滉, 河西 金麟厚, 陽谷 蘇世讓, 梧陰 尹斗壽, 石川
林億齡, 高峯 奇大升, 玉溪 盧禛, 思菴 朴淳, 白湖 林悌, 瀟灑翁 梁山甫, 畸菴 鄭弘

앙과 석천을 중심으로 혈연, 지연, 학연으로 연결되며, 동문의 문인 집단이면서 정치적 입장을 공유하는 집단이기도 하였다.

　면앙의 나이 87세(선조대왕 12, 1579)에 있었던 回榜宴의 고사는 당시 이들의 집단적 연대와 결집력을 극명하게 보여주는 역사적 사건으로 기록되고 있다.

　　이해 10월에 선생의 가족들이 회방연을 면앙정에서 베풀었다. 금상께서 호조에 명하시어 꽃과 술을 내리시니 新恩의 때와 똑같았다. 송강 정철, 제봉 고경명, 고봉 기대승, 백호 임제, 그리고 전라도백 규암 송인수, 각 고을 수령 백여 명이 한 자리에 모였으니 온 도내의 장관이었다. 밤이 깊어가자 선생께서 약간 취기가 있어 따뜻한 방으로 돌아가려 하셨는데, 정공께서 "공의 남여를 메는 것도 나쁘지 않다. 우리들이 남여를 메도록 하자."라고 하니, 일시에 남여를 붙들고 내려갔다. 사람들이 모두 감탄하여 영광스럽게 여기며, "이는 전고에 없던 일이다."라고 하였다.[88]

　선배의 회방연에서 남여를 메는 일은 다른 사례를 찾기 어려울 정도로 특별한 것이었다. 그들은 누정을 통해 동료로서 연대 의식을 공유하고, 혼란할 정치현실에 함께 대응할 결속을 굳게 다지며, 사림으로서의 자긍심을 지키려 노력하였던 것으로 이해된다.

溟, 東嶽 李安訥, 玄江 柳珹, 晩沙 李景義, 止水 李行進, 鶴沙 金應祖, 南澗 洪處亮, 得月堂 玄績, 黃瀷, 李殷相, 朴世, 霽湖 梁慶遇, 崔商翼, 閔熙, 崔援, 許愻, 申混, 李柱天, 林光弼, 魚有鵬.(『俛仰集』, 026_298a)

88) "己卯萬曆七年[宣祖十二年]. 先生八十七歲. 十月, 先生家人, 設回榜宴于俛仰亭. 上命戶曹, 賜花宣醞, 一如新恩時. 鄭松江澈, 高霽峯敬命, 奇高峯大升, 林白湖悌, 又道伯圭菴宋麟壽, 邑宰共百餘員并會, 一道聳觀. 夜深, 先生微醺, 欲還溫室, 鄭公倡曰, 擧公藍輿也不惡, 吾輩當荷輿, 一時扶擁而下. 人皆嗟歎而榮之曰, 此前古所未有也."(『俛仰集』 卷5, 「議政府右參贊俛仰亭先生年譜」, 026_282)

4. 16세기 누정문학의 성행과 문학사적 의미

앞서 살펴본 바 16세기 누정과 누정제영의 폭발적 증가라는 문화적 현상에 어떤 요인이 작용하였는지 추론하기란 어려운 일이다. 문제 해결을 위한 단서로서 먼저 다음의 두 가지 기사를 살펴보기로 한다. 이 기사를 통해 우리는 15세기 중엽에 누정문화가 이미 유행하기 시작하였음을 짐작할 수 있다.

16세기 이전에 사적으로 누정을 짓고 집단적으로 제영시를 창작한 사례로 안평대군(安平大君, 1418~1453)의 기사가 있다.

> 匪懈堂은 왕자로서 학문을 좋아하고 시문을 잘하였으며, 서법이 奇絶하여 천하 제일이었다. 또 그림 그리기와 거문고 타는 재주도 훌륭하였다. 성격이 浮誕하여 옛것을 좋아하고 景勝을 즐겨 北門 밖에다 武夷情舍를 지었으며, 또 南湖에 임하여 淡淡亭을 지어 만 권의 책을 모아두었다. 文士를 불러모아 12景詩를 지었으며, 또 48詠을 지어 혹은 등불 밑에서 이야기 하고 혹은 달밤에 배를 띄웠으며, 혹은 聯句를 짓고 혹은 바둑 장기를 두고 풍류가 끊이지 않았으며, 항상 술마시고 놀았다. 당시의 이름있는 선비로서 교분을 맺지 않은 이가 없었고, 무뢰하고 雜業을 하는 이도 많이 모여들었다.[89]

비해당 안평대군의 고사는 당시에 큰 이야기거리로 회자되었던 것

---

89) "匪懈堂以王子好學, 尤長於詩文, 書法奇絶, 爲天下第一. 又善畫圖琴瑟之技. 性又浮誕, 好古貪勝, 作武夷精舍于北門外, 又臨南湖, 作淡淡亭, 藏書萬卷. 招聚文士, 作十二景詩, 又作四十八詠, 或張燈夜話, 或乘月泛舟, 或占聯或博奕. 絲竹不絶, 崇飮醉謔. 一時名儒無不締交, 無賴雜業之人, 亦多歸之." 이 부분의 번역은 권오돈 외 역주의 『국역대동야승Ⅰ·용재총화』(민족문화추진회, 1985, 51면.)를 일부 수정하여 인용하였음.

으로 보인다. 어쩌면 그의 신분이 왕자이기에 가능했던 것일 지도 모르지만, 이 고사가 당시 누정문화의 유행을 촉발 내지 확산하는 계기가 되었을 가능성이 크다. 우선 인용문을 읽으면 필자인 성현이 다소 부정적인 시각으로 적고 있음이 감지된다. '성격이 浮誕'하다거나 '무뢰하고 雜業을 하는 이도 많이 모여들었다'는 평이 그러하다. 하지만 역으로 보면 성격의 浮誕함은 그가 호방한 성격의 소유자였음을, 무뢰하고 雜業을 하는 이도 많이 모여들었다는 것은 신분고하를 가리지 않고 참여할 수 있는 자유로운 분위기였다는 것으로 이해된다.

앞의 고사와 비슷한 시기『조선왕조실록』에 보이는 소나무 禁伐 기사에서도 누정 창축이 유행하는 분위기를 짐작할 수 있다.

忠淸道 都觀察使가 아뢰기를, "소나무를 禁伐하는 법이『육전』에 실려 있고, 또 여러 차례의 受敎로 지극히 자세하게 되었으나, 각 고을의 관사·누정에 정한 제도가 없으므로 모두 장려함을 숭상하여 옛집이 낮고 좁으면 기울고 썩었다는 핑계로 반드시 새로 지어서 높고 크게 하니, 공재를 쓰고 민력을 다하여 세상에서 이름을 사고, 소나무가 거의 다 없어지는 것이 오로지 이 때문입니다. (… 중략 …) 새로 설치하는 고을 및 세월이 오래 되어 어쩔 수 없이 새로 짓는 것이라면, 間閣의 다소와 棟樑의 長廣을 해당하는 曹로 하여금 법을 세워서 주·부·군·현의 차등을 두어 定數하여 定限을 넘지 못하게 하되, 어긴 자는 罷黜하소서. 민가 및 寺社에서는 잡목을 쓰는 것을 허가하되, 만약에 소나무를 쓰는 자는 헐게 하고 과죄하소서. 이와 같이 엄하게 금법을 세워 절약하고 배양하여 公家의 興作하는 폐단을 없애고, 국가의 舟楫 만드는 쓰임에 대비하소서."하니, 명하여 병조에 내렸다.90)

___

90) "忠淸道都觀察使啓: '禁伐松木載在六典, 且屢次受敎, 至爲纖悉. 然各官館舍·樓亭, 緣無定制, 皆尙壯麗, 舊宇卑窄, 則托以傾側腐朽, 必新構而高大之, 費公之財, 竭

끝부분의 내용을 볼 때 실제 소나무 채벌을 금하는 법의 시행령은 병조를 통해 내려졌을 것이다. 그런데 이 금법은 제대로 지켜지지 못한 것으로 보인다. 이 명령이 있은 뒤 약 50년이 지나 16세기에 들어서면 조선의 전 시기를 통틀어 누정 창축이 가장 활발하게 이루어지기 때문이다. 누정은 많은 인적·물적 비용이 소요되는 공사로서, 조선 당대에도 개인적인 차원에 진행하는 것은 물론 공적으로도 어려운 일이었을 것이다. 하지만 위 기사를 보면 금법을 만들어야 할 정도로 이미 누정문화의 유행은 시작되었던 것이 아닐까 여겨진다.

그렇다면 금법의 논의가 있은지 불과 50여년 만에 이처럼 폭발적으로 누정과 누정제영의 수가 증가한 이유는 무엇일까. 가설적 차원에서나마 소견을 제시하면 다음과 같다.

우선 누정제영 창작이 당대 사대부의 유흥 문화에서 일반적 관행으로 깊이 자리 잡게 되었음을 들 수 있다. 이와 관련하여 지방의 사림문화가 발달한 시기와도 일치하고, '穆陵盛世'라 불리는 문화적 부흥기에 사림문화가 발달하면서 산수자연에 대한 미의식이 확산, 제고된 것이 누정제영 창작의 정신적 배경이 되었다고 분석한 것[91]은 온당한 견해로 보인다. 여기에 누정의 공간적 특수성과 누정을 창축한 문인의 정치적 처지가 함께 고려되어야 한다는 것이 본고의 생각이다. 지방의 私設 누정은 붕당의 과열로 인한 재지사족의 정치적 패퇴 내지는 낙척의 시기에 다수 창축되었고, 그것이 그 지역의 문화적 유행으로 자리

民之力, 以賈名於世松木, 殆盡職此之由. (… 중략 …) 若新設各官及年久不得已新構者, 間閣多少·棟樑長廣, 令該曹立法, 州·府·郡·縣, 差等定數, 毋得過限, 違者罷黜. 民家及寺社, 許用雜木, 如用松木者, 則令撤毁科罪. 嚴立禁章, 撙節培養, 以除公家興作之弊, 以備國家舟楫之用.' 命下兵曹."(『조선왕조실록』문종 1년 7월 16일 壬子) 朝鮮王朝實錄 웹사이트(http://sillok.history.go.kr) 참조.
91) 유호진·우응순, 앞의 논문, 58면 참조.

잡았을 것으로 판단된다.

다음으로 문학의 집단적 향유 문화의 형성을 들 수 있다. 다분히 의도적인 것에서 출발하였지만, 예컨대 면앙정, 식영정 등에 100편이 넘는 시문들이 집중적으로 창작·향유되고, 주변 누정의 제영시에도 연작 형식의 유행하게 되는 사례들은 17세기 서울 및 근기 지역에서 대규모 詩會 및 詩社가 유행하며, 참여 계층도 사족층에서 중인층까지로 확장되는 현상92)의 前史的 양상으로서 영향을 끼쳤을 것으로 생각된다.

끝으로 누정제영이 의례적이고 상투적인 즉흥 창작의 관행을 지양하고, 높은 수준의 작품성을 추구하는 분위기가 마련되었다는 점이다. 예컨대 면앙 송순이 백호 임제에게 「俛仰亭賦」를 써줄 것을 세 번에 걸쳐 요청하는 서찰이 문집에 전하는 데, 백호가 보내온 뒤에도 보다 다듬어진 수정본을 재촉하고 독려하는 내용이 실려 있다. 물론 현판에 걸기 위한 목적이라고 적고 있기는 하나 작품성을 중시하였음을 알 수 있다. 이러한 사례는 누정문학에 대한 당대의 인식이 '餘技'가 아닌 문학적 진지성을 견지한 것이었으며, 적어도 그러한 분위기 내지 공감대가 형성되고 있었던 것으로 추측할 수 있다. 아울러 완강한 주자학적 문학관의 틀에서 어느정도 벗어나 산수미에 심미적으로 몰입하고, 자유분방한 호기를 발휘하는 새로운 시풍이 시도되었다는 점도 지적할 만하다. 16세기의 누정문학은 엄숙한 도학적 분위기가 지배하던 시대에 개성적인 시풍과 감수성을 도입하여, 17세기 문학에 새로운 가능성을 열었다는 점에서 중요한 의의를 갖는다고 하겠다.

---

92) 서지영, 「조선후기 중인층 풍류공간의 문화사적 의미」, 『진단학보』, 진단학회, 2003, 305~307면. 이 논문은 조선후기 詩社, 풍류방, 기방 등 풍류공간의 형성과 전변 과정을 통해 그 문화사적 의의를 해명한 것으로, 본고의 시대적 맥락을 서술하는 데 도움을 얻었다.

5. 결론

　지금까지 16세기 누정의 공간적 특성과 누정제영의 문학사적 의미를 살펴보았다. 누정의 공간성은 자연 경물과의 심미적 교감이 이루어지는 物과 我의 소통 공간이며, 현실적 고민의 낭만적 정화를 가능하게 하는 세속과 탈속의 漸移 공간이며, 동료 의식의 결집과 제고에 기여하는 개인과 집단의 연대 공간으로 요약된다. 그리고 이러한 독특한 공간성에서 산생한 누정제영은 16세기에 집중적으로 창작되는데, 이러한 현상의 문학사적 의미로서 우선 누정제영 창작이 당대 사대부의 유흥 문화에서 일반적 관행으로 깊이 자리잡게 되었음을 지적하였다. 다음으로 문학의 집단적 향유 문화의 형성이 이르렀음을 확인하였다. 끝으로 16세기 누정제영은 의례적이고 상투적인 즉흥 창작의 관행을 지양하고, 높은 수준의 작품성을 추구하는 분위기 속에서 이루어졌음을 살펴보았다.

　16세기의 누정문학은 엄숙한 도학적 분위기가 지배하던 시대에 시적 개성과 다양한 정감을 시창작에 도입하여, 17세기 한시 창작에 영향을 주었다는 점에서 중요한 의의를 갖는다. 누정문학을 주도한 호남 문인들은 도학적 문학론을 기저에 두면서도 훨씬 다양하고 유연한 시적 개성과 상상력 및 감정의 자연성을 구현한 시인들이었다. 그들은 사림으로서의 自矜을 버리지 않으면서, 또 한편으로 경물의 다채로운 아름다움에 탐닉하는 낭만적 시정신을 소유하였다. 그리하여 그들은 산수미에 심미적으로 몰입하며 자신의 감정을 적극 표현하고자 하였고, 자유분방한 호기를 표출하는 새로운 시세계를 體現하였다. 그 결과 그들의 문학적 성취는 그 시대가 열망하던 높은 단계의 문학적 성취에 도달할 수 있었던 것으로 생각된다.

고산 윤선도 한시의 일고찰

— 시세계의 특징적 국면을 중심으로

1. 접근의 시각

孤山 尹善道(1587~1671)는 「漁父四時詞」를 비롯한 일군의 時調 작품을 통해서 일찍이 학계의 주목을 받아왔다. 특히, 그의 국문 시가 작품이 보여주는 뛰어난 문학적 성취는, 그를 松江 鄭澈(1536~1593)과 함께 古典詩歌史上 최고의 작가로 평가하는 데 이견이 없게 할 만한 근거가 되었다. 이 평가의 과정에서 고산과 그의 국문 시가에 대해서는 이미 헤아리기 어려울 정도의 수많은 연구업적이 축적[93]되고 있다. 하지만 그의 漢詩는 국문 문학 중심의 연구열로 인하여, 오랜 기간 동안 학계의 주목 대상이 되지 못하였다. 그러다가 孤山文學에 대한 연구자들의 관심 영역이 점차 심화·확장되면서, 『孤山遺稿』에 전하는 400수에 가까운 그의 한시 작품에 대한 분석과 평가 작업이 이루어지기 시작하였고, 80년대에 와서 본격적으로 논의[94]되었다.

[93) 고산에 관한 연구는 이미 10여 년 전에 118편에 이르고 있음이 보고된 바 있으며, 이후에도 孤山硏究會 등의 연구와 석·박사 학위논문이 지속적으로 산출되고 있다. 趙東一, 「孤山 硏究의 회고와 전망」, 『孤山硏究』 창간호, 孤山硏究會, 1987.

94) 고산의 한시에 관한 연구로는 文永午, 「孤山 尹善道의 漢詩硏究」(동국대 박사논문, 1982), 成範重, 「尹孤山 漢詩 硏究」, 『孤山硏究』 제2호(孤山硏究會, 1988), 元容文,

文永午는, 고산의 한시를 몇 가지 주제로 나누어 시작품의 사상적 배경이 유교철학을 바탕으로 하여 도교사상과 불교사상을 고루 수용하고 있음을 전제하고, 중국의 蘇軾, 陶潛, 杜甫 등의 수용이 두드러짐을 지적하였다. 그리고 고산문학의 중요한 테마인 '自然'을 현실도피, 자기구제, 윤리적 교훈, 修身의 통로 등으로 나누어 분석하였다. 元容文은 크게 작가론과 작품론으로 양분하고, 작가론에서는 시대적 배경, 가계와 생애, 교유 인물, 문학관, 음악의 생활화, 학문적 면모를, 작품론에서는 사상적 배경, 시조작품론, 한시작품론으로 나누어 고찰하였다.

이 두 연구를 통해 고산의 한시가 가지는 여러 특징의 윤곽이 어느 정도 모습을 드러냈다. 하지만 이제 그의 한시를 국문시가와의 관련양상에 검증하는 보조적 자료로 사용하거나 소재와 주제 중심의 나열적 분류 등으로 검토하는 단계를 넘어서, 작품 자체를 보다 심층적인 접근하는 일은 아직 우리의 숙제로 남아 있다.[95]

이러한 문제의식에서 출발하여 본고는, 고산의 한시를 작가론적 전제 위에서 분석하고, 그의 시세계가 보여주는 특징적 국면에 초점을 맞추어 살펴보고자 한다. 문집에 전하는 고산의 한시의 경우, 연대기적으로 정리가 잘 되어 있어서 그가 속했던 시대적 배경과 개인사를 이해하는 일이 그의 한시를 깊이 있게 분석하는 데 유용하기 때문이다.

『尹善道文學研究』(國學資料院, 1989) 등이 있다.

95) 우선 수적으로도 한시 작품이 시조의 4배가 넘을 정도로 우세하고, 창작 시기의 범위도 무려 10대부터 70대까지 60여 년이 된다는 사실만을 감안하더라도, 우리는 고산문학에서 한시가 차지하는 비중의 중요성을 고려하지 않을 수 없다. 그리고 비록 고산이 국문시가 작품에서 보여준 미학적 성취와 시적 형상성을 한시에서는 쉽게 찾기가 힘든 것이 사실이라 하더라도, 그것을 자체대로 음미해볼 가치가 있다.

2. 고산의 삶의 역정과 정치현실

고산의 시와 생애를 구체적인 역사적 계기 속에서 이해하기 위해 우리는 그가 살았던 17세기 전반기의 시대적 상황, 특히 朋黨과 관련된 정치적 혼란상에 주목할 필요가 있다. 宣祖 8년(1575년) 무렵부터 시작된 東西의 대립적 붕당은 시간이 지남에 따라 점점 가속되었고, 그 결과 黨派 간의 士禍로 확대되어 수많은 인물들의 몰락을 가져왔다.[96]

東人은 南人과 北人으로 갈리고, 임란 이후에는 북인이 다시 大北과 小北으로 갈리게 되었다. 초기에는 정치적 이념의 차이에 따른 學派 간의 대립과 밀접한 관련을 맺고 있던 붕당의 추세는 점차 권력 투쟁의 수단으로 변모하였다. 따라서 선조 39년(1606년)부터는 주로 왕위 계승 문제를 둘러싸고 대·소북 간에 치열한 쟁투가 벌어졌던 것이다. 이때 대북은 광해군을 지지하고 소북은 영창대군을 지지하였는데, 광해군이 즉위하면서 모든 권력은 대북에게 돌아가게 되었다. 그리하여 漢城判尹에 鄭仁弘, 禮曹判書에 李爾瞻 등이 발탁되면서 새로운 정권의 핵심인물로 등장한다.

그런데 광해군을 추대한 대북 정권은 반대세력의 재기를 염려하여 곧바로 말살책을 기도한다. 우선 臨海君에게 不軌를 도모했다는 죄목을 씌워 珍島에 유배시켰다가 다시 喬桐으로 옮기게 하였는데, 그 뒤에도 대북의 중진들은 그의 처형을 적극 주장하였다. 그리하여 임해군을 제거한 정인홍·이이첨 등은 영창대군에게도 박해를 가하였다. 광해군 5년(1613년) 4월 鳥嶺에서 일어난 강도사건을 서얼들이 영창대군을 옹립하기 위해 대역죄를 범한 것이라고 모함하고, 그의 外祖 金悌男도 관련되었다고 누명을 씌웠다. 결국 그들은 김제남을 살해하고,

---

96) 李泰鎭, 『朝鮮時代 政治史의 再照明』, 汎潮社, 1985. 36~41면 참조.

영창대군을 강화도로 유배하였으며, 이이첨의 명을 받은 江華府使 鄭
沆이 영창대군을 증살하기에 이른다. 영창대군의 죽음으로 대북 세력
은 확고한 정치적 기반을 구축하고 모든 권력을 장악하게 된다.

　고산은 당시 정치적으로 열세에 있었던 南人의 가문에서 자랐는데,
그가 정계에 나섰을 무렵 남인의 세력은 왕권의 강화와 北人과 西人의
타도를 주장하며 정치적 열세를 만회하려고 노력하고 있었다. 그러나
당대의 정권의 주도권은 쉽게 옮겨지지 않았고, 오히려 정적에 의해
집중적으로 탄핵을 당하여, 그가 수없이 많은 유배를 겪게 되는 계기
가 되었다.[97]

　그가 처음으로 정치현실에 뛰어든 것은, 光海君 시절, 즉 大北 정권
하에서 당대의 권신이던 李爾瞻의 전횡에 대해 비판적 상소를 올린 일
에서 시작된다. 신예 관료로서 정계에 갓 입문한 그가 권력의 정점에
선 인물과 직접적으로 대결한 이 사건은 당시 큰 반향을 일으켰다. 그
리고 이는 고산의 강직한 성품과 투철한 사대부적 의식을 알 수 있게
하는 사건이었다. 하지만 그 결과 그는 반대로 이이첨과 그 세력들의
무함을 입고 경원으로 유배된다. 이 는 그의 나이 30세 때의 일로서,
이후 함북 경원과 경상도 기장 등지에서 약 7년여 간의 긴 유배생활을
보낸다.

　仁祖反正(1623)으로 大北 정권이 무너지자, 비로소 고산은 긴 유배
생활에서 풀려나게 된다. 그러나 서인 중심의 중앙 정계에서 그는 여
전히 배제되어, 곧바로 출사의 기회를 잡지는 못하였다. 우여곡절 끝
에 그가 다시 중앙 정계에 진출한 것은 42세가 되어서였다. 그는 이때

---

97) 이하의 내용은 주로 『孤山遺稿』의 附錄에 실린 洪宇遠의 「諡狀」, 孤山의 13대손인
　尹泳杓가 편한 『綠雨堂의 家寶』(尹泳杓, 1988)의 「孤山先祖年譜」, 정운채의 『윤선도
　ー연군지정과 이념의 시세계』(건국대학교 출판부, 1995)의 연보 등을 참고하였다.

당대의 유력한 정치가였던 谿谷 張維의 도움으로 봉림대군(효종)과 인평대군의 師父에 제수되고, 이후 공조좌랑·한성부서윤·시강원문학 등의 관직을 거치게 된다. 그러나 몇 년이 지나지 않아 다시 숱한 정적들의 견제를 이기지 못하고 성주현감으로 좌천되었다가, 결국 고향인 海南으로 물러날 수밖에 없었다.

다음의 시에는 이 무렵의 고산의 심정이 잘 나타나 있다.

丁卯離鄉辛未歸 정묘년에 고향 떠나 신미년에 돌아오니,
世間無限是和非 세간에 시시비비는 한이 없구나.
惟欣釣水年猶少 오직 흔연히 낚시를 하니 나이가 오히려 적고,
且幸耕田願不違 또 다행히 밭을 가니 바램은 어긋나지 않네.
落日心隨雲北去 지는 해에 마음은 구름을 따라 북으로 가고,
秋風身與鴈南飛 가을 바람에 몸은 기러기와 함께 남으로 나네.
前宵忽有蓬萊夢 전날 밤에 홀연히 봉래의 꿈이 있더니,
枕席空餘香霧霏 침석에 공연히 향무의 자취가 남았구나.[98]

정치현실로부터 벗어나 고향에 돌아오게 된 심회를 주제로 한 시이다. 수련 첫 구의 정묘년은 인조 5년(1627년)으로 41세 때이고 신미년은 45세 때이다. 이 기간은 고산에게는 정치적으로 가장 득의한 시절이었다. 하지만 동시에 끊임없는 정적의 시비가 있던 시기이기도 하였던 것이다. 함련에서는 그러한 혼란의 정계를 떠나면서 느끼는 강개한 회한의 정서를 노래하고 있다.

해남에 은거하고 있던 고산이 병자호란을 겪게 된 것은 그의 나이

---

98) 「次歡喜院店舍壁上韻」, 『孤山遺稿』, 韓國文集叢刊91, 民族文化推進會 影印本, 267면. 이하 인용 작품은 면수만을 밝힌다.

50세 때였다. 전쟁 발발의 소식을 듣자 가업들을 이끌고 강화도로 향하였다. 하지만 인조가 청나라에게 치욕적인 수모를 당했다는 소식을 듣고 제주도로 배를 돌린다. 그러다가 보길도에 이르러 그 유려한 풍광에 압도된 그는 그곳에 새로운 삶의 터전을 마련하기로 마음을 정하고 은거한다. 芙蓉洞은 보길도에 자리한 산간 지역으로, 산세가 연꽃처럼 포개져 있다고 하여 붙여진 명칭이다. 金鎖洞은 그 이듬해 정적들의 모함으로 1년간 영덕에 유배를 갔다가 돌아온 후, 다시 해남에서 은거하던 중에 발견한 곳이다. 그는 이후 약 17년간을 해남의 금쇄동과 보길도의 부용동을 오가며 지냈다.

69세에 고산은 다시 敍用되어 현안에 대한 상소를 올릴 기회를 얻게 되고, 71세에는 첨지중추부사를 제수받는다. 이듬해 공조참의에 승진하는데 다시 정적의 끊임없는 반대로 인해 효종도 어쩔 수 없이 고산의 퇴직을 허락하고 만다. 그런데 73세에 효종이 승하하고 인조의 繼妃인 趙大妃의 상복문제로 마침내 우암 송시열·송준길 등과 禮訟論爭을 벌이게 된다. 이 문제는 당쟁으로 비화되었고, 권력구조상 열세에 있던 남인세력은 궁지에 몰린다. 결국 고산은 74세의 나이에 우리 나라 북쪽 끝의 오지인 함경도 三水로 유배된다. 그리고 圍籬安置와 移配를 거처 81세에야 임금의 특명으로 유배에서 풀려난다.

이 무렵의 고산의 심경은 다음의 시에 잘 나타나 있다.

> 三公不換此仙山 三公으로도 이 仙山과 바꾸지 않으리,
> 遷謫惟愁去此間 適所를 옮기는 때에도 오직 이곳 떠난 것 시름겨웠지.
> 蒙被隆恩來故里 극진한 은혜 입어 옛 마을로 돌아오니,
> 不希官祿喜生還 벼슬도 봉록도 바라지 않고 살아 돌아온 것이 기쁘구나.[99]

---

99) 「遣懷」, 289면.

이 시는 고산이 오랜 유배를 끝내고 부용동으로 돌아와 느낀 심정을 노래한 것이다. 1, 2구에서 보듯 그에게 강호 자연의 공간은 삼공의 지위와도 바꿀 수 없는 더없이 소중한 것이다. 그러므로 그가 유배지를 옮겨갈 때마다 그곳에 대한 아쉬움과 그리움이 더욱 강하게 느끼는 것은 당연한 일이다. 끝구에서는 강호에 돌아온 기쁜 감정이 직서적으로 표출되고 있다.

그 해 8월에 고산은 해남으로 돌아오고 9월에 다시 부용동에 돌아간다. 그곳에서 5년여간 유유자적하면서 보내다가 85세에 별세한다. 이처럼 고산의 일생은 청년기에서 노년기에 이르기까지 어지러운 정치 현실 속에서 파란만장한 부침을 거듭한 것이었다.

3. 고산의 시세계의 제국면

1) 二分法的 世界認識과 現實志向의 意志

고산의 한시를 일별해 보면, 그가 江湖와 世俗을 양분하여 배타적인 구도로 인식하였음을 볼 수 있다. 이러한 이분법적 세계관은 조선 전기의 사대부 문학에서부터 면면히 이어져온 것[100]으로서, 그의 한시 작품을 이해하는 데에도 하나의 중요한 단서가 된다. 그런데 이러한 이분법적 구도는 외형적으로는 유사하더라도 시대적 정황과 개인의 현실적 처지에 따라 다양하게 나타난다.[101] 여기서 주목할 것은, 고산

---

100) 이에 대해서 시조를 중심으로 한 조선 전기 시가 문학의 연구에서 심도 있게 검증된 바 있다. 시대 상황과 개인적 위상에 따라 어느 정도의 차이는 있으나, 사대부 계층의 이러한 이분법적 세계인식을 조선 전기에서부터 이어져온 전반적인 특질로 보는 데에는 이견이 없는 듯 하다. 자세한 내용은 金興圭, 「16, 17세기 江湖時調의 변모와 田家時調의 형성」(『욕망과 형식의 詩學』, 태학사, 1999.)에서 다루어져 있다.

의 경우 강호의 생활이 현실과 단절된 모습이 아니라, 긴장을 끊임없이 지속한다는 점이다.

다음의 작품에서 우리는 이러한 고산의 세계인식의 틀을 찾아볼 수 있다.

> 眼在靑山耳在琴   눈은 청산에, 귀는 거문고에 가 있으니,
> 世間何事到吾心   세간의 무슨 일인들 내 마음에 닿으리.
> 萬腔浩氣無人識   몸 가득한 浩然한 기상을 아는 이 없나니,
> 一曲狂歌獨自唫   한 곡조 狂歌를 홀로 읊조린다오.[102]

1, 2구에서 화자인 고산은 자신의 관심이 각각 청산과 거문고로 대표된 자연과 음악에 있으며, 세속의 현실 문제와는 유리된 상태로 지내고 있음을 말하고 있다. 하지만 다음의 3, 4구를 보면 이러한 모습이 현실에 대한 관심의 단절이 아님을 알 수 있다. 그의 내심은 여전히 세속적 현실에서 펼쳐야 할 '浩然한 기상'으로 가득 채워져 있기 때문이다.

다만, 문제는 그러한 그의 심정을 알아주는 이가 아무도 없다는 데에 있다. 그래서 고산은 혼자서 강개한 심정을 '자유분방한 노래 [狂歌]'로써 풀어내고 있는 것이다. 여기서 우리는, 고산이 겉으로는 현실로부터 초연한 자세를 보이지만, 마음 깊은 곳에 현실 지향의 꿈은 결코 떨쳐버릴 수 없었음을 분명히 알 수 있다.

보다 정확히 말하자면 오히려 이런 표현들에는 고산의 강한 정치적 지향성이 역으로 투영된 것으로 보아야 할 것이다. 앞서 살펴본 것처

---

101) 金興圭, 앞의 논문, 175면 참조.
102) 「樂書齋偶吟」, 276면.

럼 그의 삶의 역정에서의 정치적 부침은, 이 시가 창작되던 시점은 물론, 그의 전생애를 걸쳐 변함없이 지속되었다. 그러므로 그가 정치현실과의 거리를 강조하면 할수록, 그 이면에는 그것에 의해 강하게 견인되고 있음을 스스로 드러내는 것이라 해석해도 무방할 것이다.

고산의 생애는 끊임없는 붕당의 정치현실에 의한 유배, 강호자연에로의 은거 그리고 정치현실로의 복귀 등으로 점철되어 있다. 그가 이처럼 격심한 당쟁의 와중에서 출처를 반복했던 것은, 사실 당대 대다수의 사대부들이 겪었던 일반적 행로이기도 하다. 고산처럼 정치적 관심과 참여가 많았던 인물일수록 더욱 그러하였다. 대부분 自傳的인 고산의 한시에서 불우한 현실로부터의 逃避 내지 隱者로서의 삶을 꿈꾸는 마음을 노래하는 시작품은 큰 비중을 차지하고 있다. 이러한 시편들의 문면만을 보면, 불우한 현실로부터 벗어나 자연에서 고고하게 자신을 지켜가고자 하는 삶을 바랬던 것으로 읽힌다.

> 人間軒冕斷無希　인간 세상 높은 벼슬, 단연코 바랜 일 없고
> 惟願江湖得早歸　오직 원하기는 강호에 일찍 돌아감이라.
> 已向孤山營小屋　이미 고산에 작은 집을 지었으니
> 何年實着芰荷衣　어느 해에 실로 연잎 옷 입으려나.103)

이 작품은 고산이 '歸去來'에 대한 자신의 의지를 강렬하게 표방하고 있는 것104)으로 흔히 인용되는 시이다. 1, 2구를 보면 그는 모든 사람들이 희구하는 벼슬살이는 꿈꾼 일이 없고, 다만 강호에 일찍 돌아가게 되기를 희망한다고 술회한다. 그리고 4구의 '연잎 옷[芰荷衣]'은 은

---

103) 「次韻謙甫叔丈詠懷 二首」 2, 258면.
104) 元容文, 앞의 책, 163~165면 참조.

자들이 입는 옷이다. 따라서 이 옷을 입는다는 것은 은자의 생활을 따르고 실천한다는 의미이다. 여기까지만 보면, 그는 부귀공명과 입신양명 등과 같은 세속적 가치로부터 벗어나, 강호자연에서 자유롭게 살아가는 은자의 삶을 동경하는 現實逃避的인 모습이 나타나 있다. 일반적으로 逃避는 隱遁과 거의 동의의 개념으로서, 현실을 거부하고 現實圈外에 은퇴하여 高踏的 삶을 지향함으로써 현실로부터 자기를 지키려고 함을 뜻하기 때문이다.[105]

하지만 고산이 실제로 그러한 은둔을 실천하고 탈속적 경지의 신선적 삶을 지향했던 것은 아니다. 이어지는 두 구를 보면 그것은 어디까지나 동경의 차원에 머무는 것이고, 구체적인 실행에까지 이르지는 못한다는 점에서 더욱 그러하다. 비록 그가 은거를 위해 고산에 벌써 작은 집까지 마련해 두었다고는 하지만, 언제 그것을 이룰지는 알 수 없다는 의문형으로 시상을 맺는 것을 보면 그의 귀거래는 불분명한 희망사항일 뿐이다.

실제로 이 작품은 고산이 「丙辰疏」를 올렸던 30세에 지은 것이다. 「병진소」는, 광해군 8년 12월 21일에 올려진 것으로, 고산이 처음으로 정치현실에 대해 자신의 견해를 밝힌 것이다. 주 내용은 당시의 권신인 李爾瞻을 탄핵하는 것이었다. 이 사건은 당시 큰 파장을 불러일으켰으나 이이첨의 권세에 눌린 承政院·三司·館學 등이 金悌男의 반역사실과 연루된다고 하여 반대로 모함하였다. 결국 23일에 고산은 絶島에 安置되는 처분을 받고, 이듬해 1월에 함경도 경원으로 압송된다. 이는 그가 아직 벼슬에 오르기도 전의 일로서, 자신에게 닥칠 모든 위험을 무릅쓰고 시도한 소신 있는 행동이었다. 이처럼 儒者로서의 召命

---

105) 李東歡, 「林椿論」, 『語文論集 19·20합집』, 高大國語國文學硏究會, 1977. 600면 참조.

意識을 실천한 고산이 은둔을 희구하는 것은 부정적 현실에 대한 강개
한 회포의 토로에서 나온 것으로서 일시적인 모습일 뿐이다.
　다음의 작품도 같은 관점으로 이해된다.

　　　吾非海隱非山隱　나는 바다에 숨은 이도 산에 숨은 이도 아니지만,
　　　山海平生意便濃　평생에 산과 바다에 뜻을 둠이 많았네.
　　　用拙自違今世路　사람이 못나 절로 지금 세상의 길과 어긋나니,
　　　幽居偶似古人蹤　은거하여 우연히 古人의 자취를 닮았네.
　　　不嫌白髮三千丈　백발이 삼천 길이나 되어도 싫어하지 않고,
　　　剩喜彤雲一萬重　게다가 붉은 구름 일만 겹을 좋아한다네.
　　　奴隷少霞猶可得　노비와 적은 노을을 외려 얻을 수 있으니,
　　　朱門誰羨抗塵容　부귀한 집안의 抗塵容106)을 누가 부러워하랴!107)

　고산의 나이 65세(1651년)때의 작품108)이다. 이 시도 아름다운 정경
이 존재하는 강호 자연인 '산과 바다 [山海]'와 불합리한 현실인 '세상
길 [世路]'이라는 양분된 세계인식에 기초를 두고 있다. 수련에서 화자
인 고산은, 자신이 은자의 삶을 평소에 자주 동경해왔음을 말하고 있
다. 이어지는 함련에서는 현실로부터 떠나온 자신의 입장을 분명히 천
명하고 있다. 그런데 여기서 유의할 것은 그가 자신의 歸去來를 세속
과 절연하고 산이나 바다에 은거하며 사는 은자들의 삶과 다르게 인식
하고 있다는 점이다. 이는 그에게 은자의 삶은 결코 최종적인 목표가
아니었음을 의미한다. 다시 말해 그의 은거는 자발적인 선택의 결과가

---

106) 抗塵容은 世俗的 名利에 열중하는 容貌를 가리킨다. '焚芰製而裂荷衣, 抗塵容而
　　走俗狀.'(孔稚珪, 「北山移文」).
107) 「次韻寄韓和叔」, 280면.
108) 이해 가을에는 보길도의 부용동에서 유명한 「漁父四時詞」 40수를 지었다.

아니라 외적인 조건에 의해 강요된 것이었음을 말하는 것이다.[109)

이 해 가을에 고산은 보길도 부용동에서 유명한 「漁父四時詞」 40수를 지었다. 고산 시의 隱遁希求에 담긴 현실적 논리는 「어부사시사」에서도 발견된다. 실제로 고산이 부정적 현실로 인하여 몸은 은거하였지만, 시적 주체의 사회에 대한 관심은 현실 정치에 대한 비판이든, 이상적 질서 회복에 대한 바램이든 여러 방식으로 표출되었던 것을 확인할 수 있다.[110) 그가 다른 시에서 스스로 '내 어찌 능히 세상을 어기랴만, 세상이 바야흐로 나와 어그러졌네.'[111)라고 밝힌 것도 같은 맥락으로 이해할 수 있다. 따라서 우리는, 그의 시에서 강호와 세속은 분명히 구분되어 있지만, 강호에 있을 때에도 그의 현실에 대한 관심과 지향은 멈추지 않았음을 다시금 확인하게 된다.[112)

2) 自然親和的 態度와 審美的 沒入

앞에서 살펴보았듯이 고산에게 강호의 생활은 타의적으로 강요된

---

109) 이에 대해 "이 시의 起句에서 '吾非海隱非山隱'이라고 한 것은 山海에 산다는 것을 부정한 것이 아니라 오히려 山海에 숨어산다는 강조한 말인 것 같다. '山海平生意便 濃'이란 말이 산과 바다에 숨어산다는 것을 밑받침해주고 있기 때문이다.'(元容文, 앞의 책, 167면.)라고 하여 고산이 은거를 적극적으로 선택한 것으로 보는 견해가 있다. 하지만 고산의 삶의 역정과 시의 문맥을 연계하여 고려해 볼 때 반대로 보는 것이 온당하다고 생각된다.

110) 李亨大, 「漁父形象의 詩歌史的 展開와 世界認識」, 고려대 박사학위논문, 1997. 133면.

111) '我豈能違世, 世方與我違.' 「仝何閣」, 289면.

112) 이와 관련하여 고산의 한시에 輓詩의 비중이 압도적으로 많은 점도 아울러 고려할 만하다. 그 대상도 고위 관직에서 은거해 사는 인물까지 다양하다. 대체로 의례적인 찬사로 일관하여 문학적 성취라는 관점에서 볼 때 눈에 띄는 작품이 드물기는 하지만, 이 사실은 고산이 적극적으로 현실 참여를 하였으며, 그 부침의 과정에서 폭넓은 교분 관계를 형성하였음을 반증한다. 만시의 창작시기도 전 생애에 걸쳐 고르게 나타나고 있음을 보아도 그의 현실과의 유대는 일생을 두고 지속되었음을 알 수 있다.

선택이었다. 하지만 격동의 정치적 소용돌이에서 부침을 거듭하던 고산의 일생은 오히려 강호 자연의 아름다움에서 흥취를 얻고 향유할 수 있게 되는 계기를 마련하였다. 그리고 이 과정에서 얻은 심미적 체험은 그에게 시작품을 통해 자연 경물을 자유롭게 표현할 수 있는 창작 동기와 여건을 아울러 얻게 해 주었다. 따라서 고산의 시세계에서 사물의 다양한 모습은 그에게 중요한 시적 주제가 된다.

「堂成後漫興」이라는 시에서 그는 집을 완성한 뒤 주변의 풍경을 바라보면서 다음과 같이 노래하였다.

> 入戶靑山不待邀　문에 드는 청산은 맞이함 기다리지 않고
> 滿山花卉整容朝　산 가득한 화초는 용모 단정히 조회하네.
> 休嫌前瀨長喧耳　앞 여울 오래 귀에 시끄러워도 꺼리지 말라.
> 使我無時聽世囂　세상 떠드는 소리 들릴 때 없게 하느니.[113]

이 시는 고산이 30세에 처음 유배를 당하여 함경도로 옮겨가던 때의 시작품이다. 그는 지금 새로 온 집에서 주변을 바라보고 있다. 현실에 좌절한 자신의 처지에 괴로운 심정을 가지고 유배지로 가 있으면서도, 그의 시에 나타난 자연은 쓸쓸하고 서글픈 모습이 아니라, 이렇듯 우호적이고 긍정적인 모습을 가지고 있다. 푸른 산은 부르지 않아도 다가와 인사를 하고, 산을 가득 메운 온갖 꽃들은 단정한 용모로 자신에게 조회한다. 그리고 문 앞에 흐르는 여울물도 어지러운 세상사로부터 잠시나마 벗어나도록 돕는다. 이처럼 자연 경물은 그에게 삶의 위안과 정신적 안식을 주는 정다운 대상이다.

다음에 살펴볼 세 편의 연작도 유사한 정감을 주제로 한 작품들이다.

---

113) 「堂成後漫興」, 261면.

隱几山窓晴景晚　안석에 기대니 산창엔 맑은 경치 저물어가고,
春風正是浴沂時　봄바람 부니 바로 기수에 목욕할 만한 때로다.
前灘遮莫輕帆過　앞 여울에 가벼운 돛배가 지나가건 말건,
閑看蒼松澗畔遲　한가로이 푸른 솔 보며 시냇가에서 머뭇거리노라.

偶與白鷗親　우연히 갈매기와 더불어 친함이지,
吾非隱者眞　내가 참으로 은자는 아니라네.
江皐倚杖立　강 언덕에 지팡이 짚고 섰노라니,
花柳不勝春　꽃과 버들은 봄을 못내 겨워하네.

一室非爲小　집이 좁다고 생각하진 않지만
千山未覺多　천 산이 많은 줄도 알지 못하겠네.
幽人敧枕臥　幽人이 베개 기울여 누웠는데
斜日在汀花　비끼는 햇살 물가의 꽃에 비추네.[114)]

　詩題에 있는 自註를 보면 '해민료는 고산의 명월정 서쪽에 있다'[115)]
고 하였다. 이름에서도 알 수 있듯이 그곳은 '현실의 온갖 번민 [悶]'을
'풀어주는 [解]' 안식처이다. 이 곳에서 고산은 일시적이나마 힘겨운
현실로부터 벗어나 주변 정경의 완상을 통해 얻은 감흥을 편안한 어조
로 노래하고 있다.
　이 대목에서 우리가 또 하나 생각해볼 문제는, 고산의 강호 자연에
대한 지향이 결코 정경의 아름다움에 대한 막연한 동경으로 나타나지
않는다는 점이다.[116)] 즉, 그의 강호 지향적 태도는 미화되고 이상화된

---

114) 「解悶寮偶吟, 復用前韻」, 285면.
115) '解悶寮, 在孤山明月亭西.'
116) 낭만주의적 시인들이 흔히 그러하듯 꿈과 현실이라는 양분된 세계를 설정하고,

꿈의 세계로 빠져드는 감상적 탐닉이 아니라, 강호에서의 삶을 긍정하면서 거기에서 감흥을 얻고 있다. 이는 자신의 선택에 강한 자긍심을 가지며 나아가 그러한 체험을 적극적으로 표출하려는 태도를 보이는 것으로서 이해할 수 있다.

이러한 강호 생활에서의 흥취와 강한 자긍은 다음에서도 볼 수 있다.

> 黃原浦裡芙蓉洞 황원포 안쪽은 부용동인데,
> 矮屋三間盖我頭 오두막 집 삼간이 내 머리를 덮고 있네.
> 麥飯兩時瓊液酒 보리밥 두 끼니와 옥으로 빚은 듯한 술 있으니,
> 終身此外更何求 종신토록 이밖에 다시 무얼 구하리오.[117]

이 작품은 고산이 해배되어 부용동으로 돌아와 지은 것이다. 여기서 화자인 고산은, 작은 초가 삼간에 보리밥을 먹는 빈궁한 삶이라도 편안히 여기겠다는 安貧樂道의 자세를 보여주고 있다. 이렇듯 가난한 삶은, 물론 그가 당시에 소유하였던 경제적 실제 처지와는 거리가 있는 내용이지만, 강호 생활의 자긍심이 소박한 삶에 대한 긍정적 수용으로 변주되어 표현된 것으로 이해할 수 있을 것이다.

이렇게 그가 자연에 깊은 관심을 가지면서 얻은 감흥은, 때로 심미적인 경도로 나타나기도 한다. 다음의 시에서 우리는 고산의 즉물적 감흥과 그 심미적 고양이 어떠한 양상으로 형상화되는지 볼 수 있다. 결론부터 말하자면 그것은 자연의 아름다움에 동화되어 강한 유대 내지 일체감을 가지고 있는 모습이다.

고통스러운 현실에서 벗어나 이상의 세계에 안주하려는 태도를 보이는 것과 고산의 태도는 분명 궤를 달리한다.
117) 「記實」, 289면.

魚鳥自相親　물고기와 새는 절로 서로 친하고,
江山顏色眞　강과 산은 얼굴빛이 참되도다.
人心如物意　사람 마음이 사물의 뜻과 같다면
四海可同春　온 누리가 봄을 함께 누릴 수 있으련만.

人寰知己少　인간 세상엔 날 알아주는 이 적은데
象外友于多　세상밖에는 형제의 우애가 많구나.
友于亦何物　우애 있는 형제는 또한 무엇이런가?
山鳥與山花　산에 사는 새들과 산에 피는 꽃들이라네.118)

　이 작품은 유배지인 함경도 三水에서 해배되어 돌아오는 길에 지은
시로서, 세 편 중 두 번째와 세 번째 시이다. 그는 지금 긴 유배생활을
무사히 마치고, 살아서 다시금 강호의 흥취를 누릴 수 있게 된 것에
대해 술회한다. 첫 작품의 1,2구를 보면, 자유로이 자신의 천성을 발휘
하며 살아가는 물고기와 새, 그리고 늘 제자리를 지키며 변함없이 자
신의 모습을 간직하는 강과 산 등의 자연 사물에서, 화자인 고산은 깊
이 심취하고 있다. 이러한 심미적 감흥은 3,4구에서는 物我一體의 심
미의식으로 전이되어 표출된다. 그는 사람 [人心]과 사물 [物意]이 하
나로 통할 수 있다면, 세상에 존재하는 모든 것이 자연의 축복인 '봄'
을 함께 누릴 수 있을 것임을 노래한다.
　시상의 맥락이 이어지는 다음 작품을 보면, 그러한 의식이 보다 심
화 내지는 확장되어 나타난다. 고산은 산새와 꽃과 같은 평범한 자연
사물을 우애가 있는 자신의 형제의 위상으로 설정할 정도로 심미적 감
흥이 드높게 고양되는 모습을 보인다. 인간 세상에서 知己를 얻지 못

---

118) 「病還孤山, 舡上感興」, 284면.

한 그는 일상적 사물의 自在를 관찰하면서 그 생동감 넘치는 경물의 아름다움에 깊이 심취하고 있는 것이다.

3) 日常的 事物에의 省察과 삶의 觀照

사물에 대한 관찰을 통해 감동을 느끼고 그것을 시로 형상화하는 것은 시창작의 기본 원리이다. 漢詩에서 계절의 순환, 사물의 生動 등이 많이 다루어지는 것도 같은 맥락으로 볼 수 있다. 이는 性理學을 학습하고 삶의 이법과 지표로서 받아들였던 당대에서는 누구에게나 통용될 만한 일반적인 명제이다. 하지만 이러한 觀物의 자세는 이론적으로는 서로 유사하나, 실제에 있어서는 개인이 서있는 시대와 처지에 따라 그 주목하는 바가 상이하게 나타난다.

고산도 많은 詩作에서 다양한 경물을 제재로 하여 형상화하였다. 다만 고산의 경우는 사물의 본래적 의미에서 화석화되고 관념화된 경물, 예컨대 흔히 四君子로 일컬어지는 '梅蘭菊竹'이나 '鳶飛魚躍'과 '雲影天光' 등에는 그다지 관심을 두지 않는 점이 특기할 만하다. 그가 주목하는 것은 주위에 함께 공존하는 세계 속의 지극히 평범하고도 일상적인 사물들이다.[119)

花落林初茂　꽃 지자 숲은 갓 무성하고,
春歸日更遲　봄 돌아가니 해는 더욱 더디가네.
一元宜靜觀　만물의 근본은 의당 고요히 목도해야 하니,
四序任遷移　사철의 차례는 옮겨감에 맡겨있네.

---

119) 고산의 시작품에서 한낱 사소한 자연물이 중요하게 다루어지고 있음은 분명 조선 중기적이며 고산의 개성적인 것이라고 보는 시각에는 다음의 연구를 참고할 만하다. 李相原, 「17世紀 時調 研究」, 고려대 박사학위논문, 1998. 52~53면 참조.

燕語薔薇架	제비는 장미 가지에서 재잘대고,
鶯歌楊柳枝	꾀꼬리는 버들 가지에서 노래하네.
風光隨處好	풍광이 가는 곳마다 좋은데,
佳興少人知	좋은 흥을 아는 이는 적구나.[120]

　화자는 지금 계절의 변화에서 자연의 이치를 체득하고, 경물들의 생동감 넘치는 움직임을 관찰하고 있다. 그의 시선은 남들이 무심코 지나칠 만한 작은 사물도 놓치지 않고 있으며, 그것들을 정감어린 모습으로 바라본다. 이때의 자연 사물은 관념화되거나 상투적으로 고정된 대상이 아니라, 살아 움직이는 생동감에 가득 찬 대상으로서 시적 자아인 고산과 마주한다.

　여기서 우리는, 고산이 이러한 데에 관심을 두는 이유는 어디에 있는 것인가 하는 의문을 가지게 된다. 고산은 평소 시의 실용적인 측면, 즉 인간의 삶에 있어서 시의 효용성을 중시하였다. 이러한 그의 效用論的 詩觀은 다음의 언급에서 나타나 있다.

　시란 性情을 음영하여 정신을 유통하게 하는 것이니 꼭 알아야 합니다. 그러한 즉 백성의 常道와 사물의 이치에 관한 것은 읽어서 이롭게 행하는 보탬이 되며, 人情이나 物態를 잘 말한 것은 열람하여 많이 알게 되는 바탕이 됩니다. 하지만 그 악함이 경계가 되기에 부족한 것과 그 선함이 법도가 되기에 부족한 것은 다 程子가 이른 바 '쓸데없는 말[閑言語]'이니 진실로 볼 것이 없습니다.[121]

---

120) 「次韻答人」, 266면.
121) "詩者, 所以吟詠性情, 流通精神, 不可以不知者也. 然其有關於民彝物則者, 讀之有利行之益, 其能言於人情物態者, 覽之爲多識之資, 而其惡之不足以爲戒, 善之不足以爲法者, 皆程子所謂閑言語, 固無足觀也."「送一大君房掌務書」, 374면.

이 인용문은 시의 필요성을 강조하면서 좋은 시와 나쁜 시의 기준에 대해 서술한 부분이다. 고산은, 좋은 시는 '백성의 常道와 사물의 이치에 관한 것'과 '人情이나 物態를 잘 말한 것'을 좋은 시로 꼽고 있다. 이 두 가지 주제는 모두 일상적 체험을 말하는 것으로서, 이 체험들에 대한 깊은 성찰에서 좋은 시가 산생될 수 있게 됨을 말한 것이다. 이러한 그의 詩觀은 그의 시에서도 잘 반영되어 있다. 다음의 시에서 보다 구체적으로 살펴보기로 한다.

消氷花在鴨江潯　소빙화는 압록강의 물가에 있는데,
短短單莖細似針　짧디 짧은 한 개의 줄기 가늘기가 바늘 같네.
千尺雪中排殺氣　천 길 눈 속에서도 살기를 밀쳐내고,
一錢葩裡保天心　金錢 같은 한 떨기 꽃잎에 天心을 담았구나.
端宜玉帝庭前植　단정하니 마땅히 玉皇의 뜨락 앞에 심을 만한데,
底伴騷人澤畔唫　어찌 騷人을 짝하여 못가에서 피어났나.
春信寄傳關塞外　봄소식이 관북의 변새 밖에도 부쳐 전해오니
東君用意始知深　東君의 마음씀이 깊다는 것을 비로소 알겠네.[122)]

이 시는 '消冰花'라는 꽃을 주제로 한 4수의 연작인데, 인용한 시는 2번째의 작품이다. 화자는 수련에서 먼저 이 꽃의 외적인 생태를 요약한다. 이어지는 함련에서는 그가 이 꽃에 주목한 이유를 밝히고 있다. 그 이유는 바로 이 꽃이 살기가 가득한 차가운 눈 속에서 피어난다는 점이다. 이 계절의 시적 소재로는 주로 국화나 매화가 주로 다루어진다. 국화는 흔히 늦가을의 서리에 피어난다고 하여 '傲霜孤節'로, 매화는 겨울의 눈을 견디어 내고 빼어난 기품을 자랑한다고 하여 '氷姿玉

質', '雅致孤節' 등의 성어로 상투화되어 詩題에 자주 사용된다. 하지만 지금 고산이 주목하는 것은 유배지인 변방에서 우연히 보게 된 보잘 것 없는 평범한 꽃풀이다. 그런데 꽃의 이름처럼 '얼음을 녹이고 피어나는 [消冰]'이 꽃에서 고산은 정쟁의 시련과 고난을 지나온 자신의 삶과 유사함을 본 것이다.

자연 사물에 대한 관찰과 사색을 통해 인간의 삶의 원리와 질서를 返照하는 것은, 물론 고산만의 독창적인 것은 아니다. 하지만 우리는 그가 이러한 태도를 꾸준히 지속하면서 자연 사물뿐만 아니라, 평범한 일상적 체험에서 삶의 의미를 발견하는 데에 이르기까지 세심한 시선으로써 시작품으로 형상화하고 있다는 데 유의할 필요가 있다. 이 점이 고산 시세계의 개성적 면모 가운데 하나로서 日常 事物에의 省察과 삶의 觀照를 설정할 수 있는 근거이다. 다음의 시에서 고산은, 자신의 경험과 거기에서 얻은 감상을 장편의 古詩 형식을 사용하여 近體詩의 형식적 제한을 벗어나 자유롭게 술회한다.

1途中逢一犬	길가다 한 마리 개를 만났는데,
尾長而色白	꼬리는 길고 색은 하얗다네.
兩日隨我馬	이틀을 내가 탄 말 뒤따르더니,
4下馬繞我舃	말에서 내리자 내 신을 감싸 도네.
麾之終不懋	불러도 끝내 오지는 않고,
掉尾如有索	꼬리만 흔들며 뭔가 찾는 듯 하네.
奴婢欣投飯	종들은 흔쾌히 밥을 던져 주며,
8爭思逐兎策	토끼 잡을 궁리만 하는 듯 하네.
今朝忽不見	오늘 아침 홀연 보이지 않으니,
一行深歎惜	일행은 깊이 탄식하고 아쉬워하였네.

來何不待招	옴에 어찌 부름을 기다리지 않으며,
12去何不待斥	감에 어찌 쫓기를 기다리지 않는가?
造物於人世	조물주가 인간 세상에
百事渾戲劇	모든 일을 뒤섞고 장난침이 심하도다.
得之不足喜	얻어도 기쁠 것 없고,
16失之不足嘖	잃어도 탄식할 것 없다네.
人之生與死	사람이 나고 죽는 것,
與此何殊跡	이와 어찌 다른 자취일까.
乃知化去兒	이에 알겠노라! 죽은 자식은
20是我八年客	나의 팔 년 손님이었음을.
因此頓有悟	이로 인해 갑자기 깨달음 생겼으니,
塡胸氣始釋	가슴에 응어리진 기운 비로소 풀린다.
無乃舊仙侶	혹 아니런가? 옛 仙界의 짝이
24哀我悲懷迫	내게 슬픈 회포가 닥쳐옴을 불쌍히 여겨,
爲之遣此物	그 때문에 이 동물을 보내어,
以開迷惑臆	미혹된 가슴을 열어 주려한 것.
路傍沙水明	길가의 모래 쌓인 강물 맑기도 한데,
28我意還有適	나의 뜻과 도리어 맞는 바 있구나.123)

이 시의 창작 동기는 고산이 여정에서 우연히 만난 개와의 일화에서 기인한다. 첫 구에서 12구까지는 그 일을 요약적으로 제시하고 있다. 여정의 과정에서 길거리를 떠도는 개와의 만남은 그다지 특이할 것이 없는 일상적 상황이다. 하지만 고산은 이러한 평범한 일상사를 그냥 보아 넘기지 않는다. 다음의 13구부터는 이 일에서 깨달은 자신의 감상이 표출되어 있다. 그가 얻은 깨달음은 '얻음과 잃음', '만남과 헤어

---

123) 「遣懷」, 274면.

짐', '삶과 죽음' 등은 자연의 이법의 하나일 뿐이라는 것이다.

이 일에 앞서 같은 해 그는 아끼고 사랑하던 庶子인 尾가 8살의 어린 나이에 잃고 깊이 상심하고 있었다. 마흔 여섯에 얻은 늦둥이인 미는, 늘 그를 따르며 재롱을 부리는 귀염둥이였기에 상심은 더욱 컸던 것이다. 그런데 이런 가운데 떠돌이 개와의 우연한 만남은, 그에게 아들 미의 죽음과 관련하여 삶과 죽음의 의미에 대해 다시금 생각하는 계기가 된다. 그렇게 얻은 깨달음은, 15~18구에서 보이듯 살아가는 데 있어서 得失은 그다지 마음에 둘 일이 아니며, 삶과 죽음의 문제도 결국 無常한 것으로서 슬프고 괴로움에 빠질 문제는 아니라는 생각이다.

이처럼 평범한 일상적 체험을 자아 성찰의 계기로 삼고, 인생의 의미를 새롭게 발견하는 태도는 그의 여러 시편들에서 찾아볼 수 있으며, 이는 고산의 시세계에 있어서 한 특징적 국면으로 보인다.

4. 결론

이상에서 우리는 소략하게나마 고산의 삶에 대한 이해를 바탕으로 그의 한시를 분석하고, 그의 한시의 시세계가 보여주는 특징적인 국면은 어떠한 모습으로 나타나는지 살펴보았다. 이제 논의한 내용을 요약하는 것으로 결론을 대신하고자 한다.

먼저, '孤山의 삶의 歷程과 政治現實'에서는 조선 중기 붕당의 과열로 인한 정치적 혼란기에 고산이 정치적으로 수많은 부침을 거듭하는 모습을 확인하였다. 그리고 그의 생애의 굴곡은 그의 한시 창작에도 많은 영향을 주었음을 보았다.

다음으로 우리는 그의 시세계를 세 가지 국면으로 나누어 살펴보았다.

우선 '二分法的 世界認識과 現實志向의 意志'에서는, 고산이 江湖와 世俗을 양분하여 배타적인 구도로 인식하였으며, 강호의 생활이 현실과 단절된 모습이 아니라 긴장을 끊임없이 지속한다는 점을 지적하였다. 곧 그의 시에서 강호와 세속은 분명히 구분되어 있지만, 강호에 있을 때에도 그의 현실에 대한 관심과 지향은 멈추지 않았음을 확인하였다.

다음으로 '自然親和的 態度와 審美的 沒入'에서는, 고산이 유배생활에 의해 가지게 된 강호 자연에서의 삶을 긍정하면서 거기에서 감흥을 얻고 있음을 보았다. 아울러 그가 자신의 선택에 강한 자긍심을 가지며 그러한 체험을 적극적으로 표출하려는 태도를 보이고 있음을 알 수 있었다. 그리고 자연에 얻은 흥취는 때로 심미적인 몰입으로 나타나기도 하는데, 이 경우 고산은 자연의 아름다움에 동화되어 강한 유대 내지 일체감을 가지고 있는 모습으로 형상화되고 있었다.

세 번째로 '日常的 事物에의 省察과 삶의 觀照'에서는, 고산이 쉽게 지나칠 법한 평범한 사물과 체험에 가치와 의미를 부여하고, 이에 대한 깊은 성찰에서 좋은 시가 산생될 수 있다는 생각을 가지고 있음을 지적하였다. 그리고 실제 시의 분석을 통해 일상적 경험을 자아 성찰의 계기로 삼고, 인생의 의미를 새롭게 발견하는 그의 창작 태도를 재확인하였다.

이 연구는, 고산 문학을 보다 깊이 있게 이해할 수 있는 단서를 고산의 한시 작품의 분석을 통해 구하고자 하는 데에 목표를 두었다. 이제 보다 정치하고 세밀한 작품의 분석적 연구를 지속하여, 고산 문학의 전체상을 유기적이고 입체적으로 조망하고 해명하는 것이 앞으로 우리에게 남겨진 과제라고 하겠다.

제2부
한국 한문학의 주제와 형상

　유구한 우리 한문학의 흐름에서 제기된 쟁점적 주제는 무엇이며 문학적 형상화의 양상은 어떠하였는가의 문제는 늘 연구자의 관심을 끈다. 제2부에 고른 글은 이 문제와 관련되어 있다. '『동인시화』의 쟁점과 문학사적 의의'는 서거정의 『동인시화』를 통해 한국 한문학의 비평적 관점의 단초를 찾아본 것이다. '16세기 호남사림 한시의 무인 형상'은 문인의 한시 작품에 자주 나타나는 무인 형상을 주제로 하여 그 시적 상상력과 정신적 지향의 의미를 다룬 것이다. '여헌 시에 있어서 경의 이념과 형상화 방식'은 '경'이라고 하는 도학의 이념이 시작품에서 구체적으로 어떻게 체현되는가를 살펴본 시론적 고찰이다. '재난 주제 한시의 형상화 양상과 그 의미'는 재난이라는 특정한 정황이 문학 작품에서 어떠한 모습으로 나타나는가를 유형화해본 것이다.

『동인시화』의 쟁점과 문학사적 의의

1. 문제 제기

이 글은 조선 전기 대표적인 詩話[1]인 四佳 徐居正(1420~1488)의 『東
人詩話』를 통해 당대 시문학 담론의 쟁점과 詩的 典範을 탐색하고 나
아가 그 文學史的 意義를 해명하는 데 목적을 둔다.

시화의 연구는 1960년대 후반 이후부터 시작된 이래 현재도 꾸준히
제출되고 있다.[2] 특히, 1996년에는 역대 시화 원전 자료의 집성인 『修
正增補 韓國詩話叢編』(趙鍾業 編, 太學社 刊)이 간행되어 연구 활성화
의 기반이 마련되었고, 1998년에는 『詩話學』(東方詩話學會 刊)이라는

---

1) 시화는 筆記體 산문의 하나로 주로 문인의 일화나 시와 관련된 이론을 함께 다룬다.
제목도 반드시 '–詩話'라고 한정되지 않고 '–漫錄, –雜記' 등 일반 필기류 저작과 같
이 자유롭게 붙는다. 따라서 형식 상으로 필기 양식과 큰 차이는 없으나, 내용 상으로
시를 중심으로 한다는 점에서 다른 필기와 구분되기도 한다. 『四庫全書總目』에서도
시화는 내용에 따라 '集部·詩文評類'와 '子部·雜家類'에 다르게 분류된다. 시화의 개
념에 대한 이해는 劉德重·張寅彭 共著, 『詩話槪說』, 中華書局, 1990, 1–2면. 霍松林
主編, 『中國詩論史』(中冊), 黃山書社, 2007, 590면. 참조.
2) 시화에 대한 연구사 개관은 趙鍾業의 「韓國詩話硏究의 問題點과 展望」(『韓國漢文
學硏究』19, 韓國漢文學會, 1996.)과 「韓國詩話資料考」(『修正增補 韓國詩話叢編』1,
太學社, 1996.), 安大會의 『朝鮮後期詩話史』(소명출판, 2000.), 조융희의 『조선 중기
한시 비평론』(한국문화사, 2003.) 참조.

전문 학술지도 창간되어 중국 및 일본과의 공동 연구도 적극적으로 이루어지고 있다. 지금까지 제출된 연구 결과를 통해 현존 시화 자료의 윤곽이 대부분 밝혀짐과 동시에 주요 내용의 파악이 가능하게 되었다. 아울러 조선 후기의 새로운 시화 자료의 발굴·소개도 많지는 않으나 꾸준히 보고되고 있다. 그러나 이러한 연구 성과의 양적 축적에도 불구하고 기존의 연구사를 개관해볼 때 다음의 몇 가지 문제점을 지적할 수 있다.

하나는 특정 시화를 개별적으로 다루는 연구에 집중된 점이다. 물론 한 시화를 깊이 있게 연구함으로써 이해의 폭은 더해질 수 있지만, 이러한 연구의 반복에서 새로운 시각이나 종합적인 전망을 기대하기 어렵다. 이제 개별적 고찰을 넘어 역사적 맥락에서 각 시화들이 놓인 지점을 확인하고, 상호 간의 관계나 대외적 정황과 연계한 통합적 이해가 요청된다.3)

다른 하나는 시화 자료가 그 자체보다는 시화의 작자 내지 기재된 문인들의 문학론 연구를 위한 보조 자료로서 주로 이용된 점이다. 이

---

3) 『東人詩話』에 관한 주요 연구 성과는 다음과 같다. 조종업, 『東人詩話』 연구(『대동문화연구』 2, 성균관대 대동문화연구원, 1965.), 李鍾建, 『東人詩話』의 文學思潮上 考究(『동악어문논집』 제16집, 동악어문학회, 1982.), 여진호, 『東人詩話』 속에 나타난 서거정의 비평관(『부산한문학연구』 제1집, 부산한문학회, 1985.), 권오진, 『東人詩話』 연구(『동방한문학』 3, 동방한문학회, 1987.), 남권희, 『東人詩話』의 서지적 고찰(『서지학연구』 8, 서지학회 1992.), 안병학, 徐居正의 문학관과 『東人詩話』(『한국한문학연구』 16, 한국한문학회, 1993.), 하정승, 조선전기 시화집에 나타난 시품 연구─『東人詩話』·『소문쇄록』을 중심으로(『대동한문학』 제16집, 대동한문학회, 2002.), 백연태, 『東人詩話』에 보이는 중국 시화 변용의 묘미와 의미(『동방학지』 129, 연세대학교 국학연구원, 2005.) 이 밖에 특정한 시기를 통합적으로 이해하려는 연구로서, 조선 후기 시화사를 조망한 安大會의 『朝鮮後期詩話史』(소명출판, 2000.)와 17세기 시화를 다룬 조용희의 『조선 중기 한시 비평론』(한국문화사, 2003.)의 시도가 주목된다. 하지만 조선 전기 시화에 대한 종합적인 검토는 아직 과제로 남아 있다.

경우 시화 내용이 파편적으로 인용·해석되어 해당 시화 자체의 이해가 제한되는 것은 물론, 때로는 문맥 상의 誤讀에 이르게 될 수도 있다. 그리고 시화는 이론이 주가 되는 부분도 있으나, 대부분 실제 작품과 연계된 비평이 보다 비중있게 다루어지기 때문에, 일부 내용을 단편적으로 인용하여 분석하기 보다는 전체적인 컨텍스트 속에서 고찰할 필요가 있다.

또 다른 하나는 동아시아 비교문학적 연구 방법에서 나타나는 傳播論的 시각이다. 최근 중국의 시화 연구 성과를 보면, 조선 시화는 물론 일본 시화까지도 모두 중국 시화의 派生物[4]로 전제하는 경향을 볼 수 있다. 이러한 시각은 자체 논리에도 문제가 있지만, 외국 연구자들이 조선 시화를 어떻게 이해하는지를 보여준다는 점에서 주시할 필요가 있다. 더구나 다른 외국 연구자들도 이를 준용하고 있다는 점[5]에서 우려할 만한 상황으로 파악된다.

여기서 최초의 시화가 중국에서 나왔다는 역사적 사실[6]을 부정하거나, 우리 시화의 우월함을 주장하려는 것은 물론 아니다. 문제의 핵심은 과연 조선 시화가 중국 시화의 파생물인가 하는 점이다. 위의 논법에 따르면 최초의 시화는 중국에서 나왔고, 이것이 조선과 일본에 전파·수용된 이후 자국의 시화가 탄생되었으므로, 조선과 일본의 시화

---

4) "중국은 詩歌의 왕국이며, 시화의 체제의 탄생지이며, 시화의 고향이다. 그리고 조선 시화와 일본 시화는 바로 중국 시화의 派生物이다. 이에 따라 시화의 연원과 논리상으로 말하면, 중국 시화의 始祖는 또한 응당 고대 조선 시화와 일본 시화의 시조이다." 蔡鎭楚·龍宿莽 著, 『比較詩話學』, 中國 北京圖書館出版社, 2006, 251면.

5) 같은 관점으로 일본 시화를 분석한 최근 연구가 있다. 일본 시화는 중국 시화의 移植·模倣을 거친 후에 비로소 本土化, 民族化로 점차 옮아갔다는 시각이다. 譚雯, 『日本詩話的中國情結』, 中國社會科學出版社, 2007, 5면.

6) 최초의 시화는 宋代 歐陽脩(1007~1072)의 『詩話』이다. 후에 다른 시화와의 분별을 위해 그의 호인 '六一居士'에서 이름을 빌어와 『六一詩話』라고도 한다.

는 중국 시화의 파생물이라는 것이다. 이러한 식의 전파론적 시각이 가지는 문제는, 조선조 문인들의 자발적 창안이나 발전의 능력을 부인 또는 과소평가하고, 가능한 모든 현상을 중국 중심으로부터의 일방적 전파라는 각도에서 이해하려 한 결과라는 데 있다.[7]

이러한 부적절한 이해를 가지게 된 배경에는 우리 시화 연구자들의 책임도 없지 않다. 최근 시화 연구 동향을 보면 중국 어느 시대 어느 시화의 내용이 우리 시화에도 발견된다는 식의 연구가 다수 제출되고 있음을 확인할 수 있다. 이러한 연구 방법으로는 중국 시화와의 수사적 비교를 넘어서서 우리 시화의 특성이나 문학사적 의의를 밝히는 데에 이르기 어려울 것이다. 이제 우리는 우리의 시화를 어떻게 읽을 것인가에 대해 다시 한번 고민해볼 시점에 온 것이 아닌가 생각한다.

이러한 문제의식의 출발점으로서 본고는 다시 『東人詩話』에 주목하고자 한다. 그 이유는, 첫째 시화라는 명칭이 붙은 최초의 저작이고, 둘째 이 시기가 전대인 고려조로부터의 왕조 교체라는 시대적 전환과 맞물려, 한동안 침체되었던 문학 특히 시에 대한 관심이 새롭게 촉발되는 조짐이 감지되기 때문이다. 여기서 우리는 다음의 몇 가지 문제를 생각해볼 수 있다. 과연 조선 전기에 있어서 시는 어떤 의미를 가졌던 것인가? 그리고 이 시기에 시에 대한 관심이 촉발된 동인은 무엇인가? 이러한 배경에서 산생된 시화는 어떤 의미를 갖는가? 그리고 그것이 이후 시화에 끼친 영향은 어떠한가? 이 글에서 이 대답의 전부를 제시하려는 무모한 생각은 가지고 있지 않다. 본고는 다만, 기존 연구사의 과정에서 노정된 문제들에 유의하면서, 『동인시화』에 나타난 조선 전기 문단의 쟁점과 성격을 재검토함으로써 새로운 시화 읽기의 필

---

7) 문화현상의 전파론적 해석이 가지는 문제점은 金興圭, 「傳播論的 前提와 比較文學의 문제」, 『文學과 歷史的 人間』, 創作과批評社, 1980, 162~164면 참조.

요성과 전망을 함께 모색하고자 하는 것이다.

2. 『동인시화』의 쟁점과 성격

1) 당대 문단에 대한 반성

현전하는 詩話 중에서 가장 이른 시기의 것은 李仁老의 『破閑集』이며, 고려조에서는 崔滋의 『補閑集』과 李齊賢의 『櫟翁稗說』 정도가 확인된다.[8) 조선조에 들어와 서거정의 『東人詩話』를 시작으로 일련의 시화서들이 등장한다. 특히, 『동인시화』는 『역옹패설』 이후 약 130년여 만에 나온 것으로, 시화라는 명칭을 사용한 첫 작품이며, 뒤이어 다수의 시화류 저작 창작을 촉발한 계기가 되었다는 점에서 중요한 자료이다. 그런데 조선의 개국 이후부터 편찬자인 徐居正이 활동하던 시대에 이르기까지 약 반세기가 넘는 기간 동안 시화를 포함한 필기류 저작이 거의 없었던 점에 유의할 필요가 있다. 조선초 사대부 문인들이 추숭했던 이제현이 『역옹패설』을 남겨 선례를 보인 바 있고, 중국 宋・元代에도 문인들이 그러한 저술을 하는 유행이 있었다는 점에서 볼 때 분명 특이한 문학사적 현상이다. 이러한 현상의 원인은, 조선의 지배층에서 개국 초부터 국가에서 공적으로 찬술하는 正史 이외의 私撰 野史의 저술을 금지하는 정책을 썼다는 사실과 당시 사대부 관료들이 성리학 연구에 몰두하여 필기류 저작에 관심이 없었다는 문단의 정

---

8) 李奎報의 작으로 『白雲小說』이 고려 후기의 시화로서 거론되는 경우가 있으나, 기존 연구에서 일찍부터 후대의 僞作 가능성이 크다는 점이 지적된 바 있다. 이에 대한 자세한 논의는 柳在泳의 「白雲小說에 對한 一考」(『韓國言語文學』 제15輯, 韓國言語文學會, 1977.)를 참조.

황 때문인 것으로 보고되고 있다.9) 이처럼 조선 초기의 문단은 고려조
에 비해 상대적으로 침체되어 있었던 것으로 보인다.

서거정의『동인시화』는 바로 이러한 시대적 분위기에서 산생된 것
으로 당대 문단의 정황과 문제점을 보고한 것이다. 다음의 기사는 전
대의 文興에 대한 회고를 통해 당대 문풍에 대한 自省을 간접적으로
촉구한 사례이다.

> 고려 광종이 처음 과거를 설치하여 사부로 인재를 등용하였으며, 예종
> 은 文雅를 좋아하여 날마다 문사들을 모아놓고 시를 주고받게 하였다.
> 이어서 인종도 또한 儒雅를 숭상하였고, 충렬왕은 문신들과 더불어 시를
> 창수하여『용루집』이 남아 있다. 이로부터 풍속이 詞賦를 숭상하여 시를
> 짓기에 힘썼다. (… 중략 …) 고려 중엽 이후로 북송과 남송, 요, 금, 몽고
> 등 강대국을 섬겼는데, 文詞를 잘한다는 칭송을 자주 받았고 나라의 근
> 심을 풀 수 있었으니, 어찌 사부를 하찮게 여기겠는가. 그뒤에 작자들이
> 각기 스스로 일가를 이루었는데 일일이 셀 수 없다.10)

실제로 고려 문인의 문학적 수준은 당대의 중국과 거의 대등한 수준
을 보인 사례가 많았다. 익재 李齊賢(1287~1367)은 1314년 원나라에
가서 趙孟頫 등과 고전을 연구하였고, 1316년 충선왕이 모함으로 유배
되자 원나라에 그 부당함을 밝혀 1323년 풀려나게 하였다. 목은 李穡
(1328~1396)은 1354년 書狀官으로 원나라에 가서 會試에 장원하고 殿

---

 9) 李來宗,『鮮初 筆記의 展開 樣相에 관한 硏究』, 高麗大 博士論文, 1997, 199-202
    면 참조.

10) "高麗光宗始設科, 用詞賦, 睿宗喜文雅, 日會文士唱和. 繼而仁明亦尚儒雅, 忠烈與
    詞臣唱酬, 有龍樓集. 有是俗尚詞賦, 務爲抽對. (… 중략 …) 高麗中葉以後, 事兩宋遼
    金蒙古强國, 屢以文詞見稱., 得紓國患, 夫豈詞賦而少之哉. 厥後作者, 各自成家, 不
    可枚數矣."(『東人詩話』,『叢編』1, 468-469면.)

試에 차석으로 급제하였으며, 國史院編修官 등을 지내다가 귀국하였다. 이듬해 다시 원나라의 翰林院에 등용되었다. 李裕元(1814~1888)의 『林下筆記』에는 중국 과거 시험에 합격한 역대 문인들에 대한 기록[11]이 전한다. 이러한 역사적 정황을 반영하듯 고려 문인의 시는 중국에서도 높이 평가되어, 중국의 시선집인 『御選宋金元明四朝詩』[12]와 淸代 문인인 朱彛尊의 『明詩綜』 등에 작품이 다수 선정·수록되어 있다. 그러나 조선 개국 초기에 이르면 문단의 분위기가 시의 창작과 비평에 대한 관심 자체가 적어지는 방향으로 나아갔다.

다음의 인용은 그러한 문단의 분위기를 비판적 시각으로 제시하고 있다.

시가 비록 작은 일이지만 옛사람이 시를 지을 때에는 반드시 후세에 전하기를 기약하였으니, 까닭에 두보의 시에 '늙어가는데 새로 지은 시를 누구에게 전할까.', 또 '맑은 시는 구절구절 절로 전할 만하네.', '시를 만인에게 전할 필요는 없다네.'라고 한 구절이 있고, 한자창도 또한 이르

---

11) "우리나라 사람이 가서 치른 과거 시험은 賓貢科로, 중국에서 외국인을 상대로 실시한 과거이다. 당나라 때 처음 실시했으며 원나라 때 制科로 변경되었다. 신라 말 당나라 유학생이 늘어나면서 빈공과에 합격하는 사람이 많아졌는데, 육두품 출신으로 최치원·최승우·최언위 등이 이에 해당한다. 신라에는 과거제도가 없었고 골품제도로 인해 신분제약을 많이 받은 육두품 출신들이 많이 응시하였다. 고려에서 송나라의 빈공과에 합격한 사람은 崔罕·王琳·金成績 등이 있으며, 과거의 종류는 알 수 없으나 송나라에서 합격한 사람으로 康撫民·權適·趙奭·金瑞 등이 있었다. 이들은 대체로 고려에서 과거에 합격한 다음 송나라에 가서 급제하였다. 원나라의 제과에 합격한 사람은 安震·崔瀣·安軸·趙廉·李穀·李穡·李仁復·尹安之·安輔 등이 있었고, 명나라의 과거에 합격한 사람으로는 金濤가 있으나 명나라는 곧 외국인을 상대로 한 과거를 폐지함으로써 더 이상의 빈공은 없었다." 李裕元, 『林下筆記』(成均館大學校 大東文化硏究院, 1961.)의 제11권 文獻指掌編 「東人爲中州科」條 참조.

12) 「御選明詩·姓名爵里八·屬國條」의 回回國의 偰遜 다음 부분에 鄭夢周, 李穡, 李崇仁 등의 시작품이 다수 수록되어 있다.

기를, '시문은 마땅히 문인의 印可를 얻어야 이에 스스로 의심이 없게
된다.'라고 하였으니, 선배들이 알아주기를 구하는 데 애썼던 것이다. 근
세의 문사들은 뜻 있는 자가 적어 시에 마음을 두지 않으니, 하물며 감히
후세에 전하기를 기약하겠는가. 간혹 뜻 있는 자가 시문을 가지고 선생이
나 어른들에게 교정 보아줄 것을 구하면 무리를 지어 비방하고 비웃으니,
문장의 氣習이 날로 비루해지는 것이 어찌 괴이하다 할 수 있겠는가.13)

이 기사의 요점은 당시 문단의 폐단에 대한 반성과 '傳世'의 중요성
이다. '후세에 전해짐[傳世]'은 이른바 '流芳百世'라는 전통적 가치관과
같은 맥락으로서, 훌륭한 시작품으로써 후세에 이름을 남겨야 한다는
文士로서의 召命意識을 강조한 것이다. 그러므로 이 강조는 作詩에 무
관심한 당대 문인들에게 문학적 자기 쇄신과 自省을 촉구하고자 한 것
으로 이해된다.

2) 前代의 시에 대한 비판적 수용

시에 대한 관심 부족 이외에 당대 문단이 노정한 또 다른 문제점은
일부 문인들에 의해 고려조의 시에 대한 답습이 유행하는 것이었다.
전대의 문학적 유산을 청산할 것이냐 수용할 것이냐 하는 극단적인 논
의까지는 아니었지만, 새로운 文風의 부흥을 실현하려는 시점에서 서
거정은 이 문제에 대해 깊이 고민했던 것으로 보인다.

---

13) "詩雖細事, 然古人作詩, 必期傳後, 故少陵有'老去新詩誰與傳', 又'淸詩句句自堪
傳', '將詩不必萬人傳'之句. 韓子蒼亦云, "詩文當得文人印可, 乃自冤疑.", 所以前輩
汲汲於求知也. 自魏晉唐宋以來, 及我高麗文士尙然. 近世文士, 有志者少, 不留意於
詩, 況敢期於傳後哉. 間或有志者, 以詩文求見正於先生長者, 羣聚而誹笑之, 文章氣
習日就卑陋, 何足怪哉." 趙鍾業 編, 『東人詩話』, 『修正增補 韓國詩話叢編』1, 太學
社, 1996, 458면. 이하 이 자료의 인용은 '『東人詩話』, 『叢編』1, 458면.'과 같이 책수
와 면수만을 제시하기로 한다.

근세에 시를 배우는 자들은 으레 상국 이규보와 목은 이색을 본받으려
하고 唐詩와 宋詩는 배우지 않는다. 옛사람의 말에 "적게 받도록 법을
만들어도 그 병폐가 오히려 탐하는데, 탐하도록 법을 만들면 병폐를 장
차 어떻게 구제하겠는가?"라고 하였다.[14]

이규보와 이색이 당대 문인들에게 문학적 전범으로 추숭된 정황을
보여주는 기사이다. 여기서 서거정은 전대의 유명한 문인을 몰주체적
으로 추종하는 일부 문인의 풍조에 대해 경계하고 있다. 당대 문단의
분위기가 시의 창작이나 비평에 관심이 부족한 것도 문제였지만, 시적
개성을 추구하는 노력이 없는 것도 문단의 부흥을 저해하는 병폐로 파
악하였다. 『동인시화』에는 前代의 詩에 대한 비판적 수용이 필요함을
역설하는 기사가 반복적으로 나타난다.

시를 답습하지 않는 것은 옛 사람도 어렵게 여겼다. 문순공 이규보가
평소에 스스로 말하기를, "진부한 말들은 떨쳐버리고 자기만의 솜씨를 내
놓아야 한다. 옛말을 답습하는 것은 죽더라도 꺼린다."라고 하였다. (…
중략…) 이문순공처럼 뛰어난 재주로도 오히려 이와 같이 차용한 것이
있으니, 하물며 이문순공보다 재주가 낮은 사람은 말할 것이 있겠는가.[15]

이 기사는 앞의 기사와 마찬가지로 이규보와 같은 대가의 시에도 문
제가 있는 작품이 있음을 지적한 것이다. "나(이규보)는 옛사람의 말을
도습하지 않고 '새로운 뜻[新意]'을 지어 낸다.(文順公日, 吾不襲古人

---

14) "近世學詩者, 例喜法二李, 不學唐宋. 古人云, '作法於涼, 其弊猶貪, 作法於貪, 弊
將何救?'"(『東人詩話』, 『叢編』 1, 519면.)
15) "詩不蹈襲, 古人所難. 李文順平生自謂, 擺落陳腐, 自出機杼, 如犯古語死且避之.
(… 중략 …) 以李高才尚如是, 況不及李者乎."(『東人詩話』, 『叢編』 1, 419~420면.)

語, 創出新意.)"라고 한 『보한집』의 기사에서도 알 수 있듯이, 이규보
는 新意를 시 창작의 지상 과제로 삼았던 인물이다. 하지만 그의 시에
도 新意를 표출하지 못하고 답습에 머문 한계를 보이는 경우가 있음을
보여줌으로써, 당대 문단에서 이규보를 무비판적으로 존숭하는 풍조
를 경계한 것이다.

> 시를 답습하는 것을 기피한다. 옛사람이 말하기를, "문장은 마땅히 자
> 신의 솜씨로 표현하여 일가의 풍모와 골격을 이루어야 한다. 어찌 남과
> 같은 표현으로 살아갈 수 있겠는가."라고 하였다. (… 중략 …) 도은 이숭
> 인이 지은 시에, "어찌 낚시질 하던 손으로, 말을 재촉하며 서울로 향하
> 는고."라고 하였으니, 모두 서로 답습하는 병폐를 면하지 못하였다. 두
> 목이 지은 시에, "서글퍼라 강호에서 낚시질하던 손으로 석양을 가리고
> 장안으로 향하네."라고 하였는데, 후인들이 杜牧의 시어를 본받아서 이
> 와 같이 되었으니 쓸데없는 일을 한 것이다.16)

이숭인도 고려 말기 시의 대가로 알려진 문인이다. 이 기사도 앞의
기사와 마찬가지로 이숭인과 같은 뛰어난 문인도 이규보의 경우처럼
시작품 속에 참신한 뜻을 담지 못하고 고인의 詩語를 답습한 사례가
있었음을 들어 당대 문인들에게 경계한 것이다.

3) 시 창작 필요성의 提起

『東人詩話』에는 시의 중요성을 언급하는 기사가 다수 나타난다. 예

---

16) "詩忌蹈襲. 古人曰文章, 當出機杼, 成一家風骨. 何能共人生活耶. (… 중략 …) 李陶
隱詩, "如何釣竿手, 策馬向京都." 皆不免相襲之病. 杜牧詩曰, "惆悵江湖釣竿手, 却
遮西日向長安." 後人祖其語, 致此屋下架屋也."(『東人詩話』, 『叢編』1, 441~442면.)

컨대, 문인이자 지식인인 "儒生으로서 훌륭한 시구를 만나는 것이 百金을 얻는 것보다 낫다."[17]라거나, "예로부터 시인들은 알력을 일으키며 (시에 대해) 논란하기를 좋아하였다."[18]라는 언급은 물론, 시가 문인의 生死를 결정하기까지 한 사례[19]까지 기록하고 있다. 지금의 시각으로 보면 다소 과장되어 보이는 기사도 있지만, 서거정은 이를 통해서 당대 문단에 시에 대한 관심 제고가 절실함을 보여주고자 한 것으로 생각된다.

시 창작은 文風의 復興이라는 문학사적 요구이면서 한편으로 현실적인 필요도 컸던 것으로 보인다. 서거정이 활동하던 시대에 시는 실제로 對明 외교에 있어서 중요한 수단의 하나였다. 물론 시 자체가 외교상의 공식 문서로서 쓰인 것은 아니었지만, 공적인 朝會 이외에 명나라 신하들과의 교류하는 자리에서는 시의 酬唱이 필수적이었다. 이때 使臣이 짓는 시의 평가는 작자 개인의 명예를 높일 뿐만 아니라 조선의 문화적 역량을 널리 알리는 데에도 크게 기여하였다.

> 가정 갑오년에 퇴휴 蘇世讓이 진하사로 연경에 갔는데, 서반의 무리가 공이 문묘에 배알한 것과 卽事에 대한 두 편의 시를 제독주사와 상서 하언에게 보였다. 하언이 보고 말하기를, "재주가 있는 줄을 일찍 알았더라면, 마땅히 특별한 예로 대접하였을 것이다."라고 하고, 드디어 자신의 詩稿 한 권을 주었다.[20]

---

17) "儒生見句, 勝得百金."(『秋江冷話』, 『叢編』 1, 578면.)
18) "自古詩人, 喜相傾軋."(『東人詩話』, 『叢編』 1, 514면.)
19) "古人云. 詩能窮人. 亦能達人. 予則曰詩能殺人. 亦能活人也."(『東人詩話』, 『叢編』 1, 433면.) 金富軾과 鄭知常, 李崇仁과 鄭道傳 등이 시를 인해 서로 갈등하고 시기한 끝에 상대를 죽게 한 기사도 이러한 사례이다.
20) "嘉靖甲午, 蘇退休進賀使赴燕, 序班等以公謁文廟, 及卽事二詩示提督主事, 示尙書夏言, 夏覽曰, 早知有才, 當待以異禮, 遂贈其詩稿一卷." 魚叔權, 『稗官雜記』 권2,

　　소세양의 뛰어난 詩才가 명나라 문인과의 교류에 중요한 계기가 된 일화이다. 명나라 문인들에게 조선은 대체로 변방의 소국으로서 열등한 문화 수준을 가지고 있는 나라로 인식되었다. 그래서 조선의 사신이 가서도 그다지 대등한 대우를 받지 못하는 경우가 많았다. 위의 기사에서 보듯 소세양의 시를 보고 나서야 비로소 대등한 관계로 인정하는 모습에서도 짐작할 수 있다. 시를 통한 대외적 교류는 조선 문인과 조선의 문화적 수준을 알리는 데에도 큰 영향을 끼쳤으리라 여겨진다. 그리고 조선 사신이 명에 가는 경우와 마찬가지로 명의 사신이 조선에 오는 경우에도 유사한 사례가 다수 나타난다.

　　우리나라에 온 중국 사신들은 모두 중국의 이름난 문사이다. 내가 들은 바에는 주탁이 글을 잘하여 『도은집』의 서문을 지었고, 축맹헌은 시와 그림을 잘하였는데, 새나 짐승의 그림을 잘 그려 사람들에게 그려준 것이 많아 지금도 민간에 그의 작품이 많다. 경태 초년에 시강 예겸과 급사중 사마순이 우리나라에 왔다. 사마순은 시 짓기를 좋아하지 않았고 예겸은 비록 시에 능하였지만 처음에는 여행 도중에 시를 읊는 데에 마음을 두지 않다가 謁聖하는 날에 시를 짓기를, '많은 선비들은 좌우로 갈라섰고, 울창한 푸른 잣나무는 열을 지어 뻗어 있다.'하니 당시 집현전 유사 전성이 이 시를 보고, "참으로 어둡고 썩은 교관이 지은 것이다. 한쪽 어깨를 걷어 올리고도 이를 제압하겠다."라고 하며 비웃었다. 예겸이 한강에서 놀 적에 시를 짓기를, "웅걸한 누각에 겨우 올라 기이한 경관을 보며, 누선을 노저어 푸른 물에 띄웠다. 비단 닻줄을 서서히 당겨 푸른 암벽을 돌며, 옥호의 술을 자주 권하니 아롱진 난간이 막히는구나. 강산은 천고에 그 빛을 잃지 않건만, 주객은 일시에 즐거움을 다하네.

71면. 『稗官雜記』의 판본은 金鑢 撰, 『寒皐觀外史』1(韓國精神文化研究院, 2002.)에 수록된 것을 참조하였다.

먼 훗날을 생각하니 달은 밝고 사람은 떠난 뒤에, 거울 같은 강물에 날아
든 갈매기만이 자리를 차지하겠구나."라고 하였다. 또 「설제등루부」를
지었는데, 붓을 휘두르면 휘두를수록 더욱 좋은 글이 나오니 유사들이
이것을 보고 자기도 모르게 무릎을 꿇었으며, 관반사 문성공 정인지도
대적하지 못했다. 세종께서 범옹 신숙주, 근보 성삼문에게 가서 함께 놀
면서 漢韻을 질문하라고 명하였는데, 시강이 두 선비를 아끼어 형제의
의를 맺고 서로 시를 주고 받음이 그치지 않고, 일을 마치고 돌아갈 적에
는 눈물을 닦으며 이별하였다.[21]

　　명나라 사신의 來朝와 接賓의 과정이 요약적으로 제시된 이 기사는
명에서 온 사신들과 당대 조선의 문인들이 시로써 교류하던 정황을 잘
보여주고 있다. 명나라 사신의 詩才에 정인지가 잘 대응하지 못하자
세종이 직접 개입하여 신숙주와 성삼문에게 그들과 함께할 것을 지시
하는 대목이 주목을 끈다. 이 대목을 보면 외국 사신들과의 시의 酬唱
은 단순히 문인들간에 자존심을 겨루는 차원을 넘어 국가적 위신과 관
계되는 중대사였던 것으로 이해된다. 시가 대외적 교류에 활용되는 사
례는 명나라뿐만 아니라 일본 문인과의 일화에서도 볼 수 있다.

---

21) "天使到我國者, 皆中華名士也. 我得聞之者, 周倬能文, 作陶隱集序, 祝孟獻能詩與
　　畫, 尤長於翎毛, 揮洒與人者無限, 至今民間多有手跡. 景泰初年, 侍講倪謙給事中司
　　馬詢到國. 詢不喜作詩, 謙雖能詩, 初於路上不留意於題詠, 至謁聖之日, 謙有詩云,
　　'濟濟靑襟分左右, 森森翠柏列成行.' 是時集賢儒士全盛, 見詩哂之日, '眞迂腐敎官所
　　作, 可袒一肩而制之.' 及遊漢江, 作詩云, '纔登傑構縱奇觀, 又棹樓船泛碧瀾. 錦纜徐
　　牽緣翠壁, 玉壺頻送隔雕欄. 江山千古不改色, 賓主一時能盡歡. 遙想月明人去後, 白
　　鷗飛占鏡光寒.' 又作雪霽登樓賦, 揮毫洒墨, 愈出愈奇, 儒士見之, 不覺屈膝, 館伴鄭
　　文成不能敵. 世宗命申泛翁成謹甫, 往與之遊, 仍質漢韻, 侍講愛二士, 約爲兄弟, 相
　　與酬唱不輟, 竣事還也, 拔淚而別."(成俔, 『慵齋叢話』권1, 朴洪植 外編, 慶山大學校
　　影印本, 2000, 37~39면.)

이후에 일본에서 시를 잘하는 중인 붕중이 사신으로 와서 공이 선위사로 충원되었는데, 예로써 접대하는 데에 체통을 얻었고, 시를 주고받는 것이 넉넉하고 민첩하였다. 붕중이 시상이 고갈되어 대적하지 못하자 어려운 운을 내어 곤란하게 하려고 하여, '『주역』을 읽는다'를 詩題로 하고 갑자기 鹽·尖·鎌을 운자로 불렀다. 공은 운자 부르는 소리에 응대하여 말하기를, "大羹에는 원래 시고 짠 것은 넣지 않으며, 지극한 도는 붓이나 혀같은 뾰족한 것으로 형용하기 어렵다네. 고요한 속에서 사그러지고 늘어나는 이치를 가만히 보노라니, 달이 둥글 때는 거울 같더니 또 낫처럼 되도다."라고 하니, 붕중이 무릎을 치면서 탄복하였다.[22]

　문인들 간의 酬唱을 매우 희화적으로 그린 기사이지만, 앞의 인용들과 마찬가지로 한시를 통한 문인 간의 교류가 국내적 차원을 넘어선 중세 동아시아의 문화적 소통 수단의 하나였음을 알 수 있다. 이처럼 조선의 문인들에게 시 창작의 능력은 국내뿐만 아니라 국제적으로도 자신의 위상을 평가받는 수단이기도 하였다. 그럼에도 불구하고 개국 초기 문단의 주된 흐름은 성리학 학습과 인격 수양이 중심이고 시 창작은 상대적으로 소홀하게 취급되는 경향이 지배했고, 서거정은 위 일화들의 제시를 통해 그러한 정황에 대해 나름의 쇄신을 강구했던 것이 아닌가 한다. 다음의 인용은 같은 맥락에서 '시 공부[詩學]'에 소홀했던 당대 문단의 현실을 비판한 것이다.

---

22) "是後日本詩僧弸中來聘, 以公充宣慰使, 禮接得體, 唱酬贍敏. 弸中思涸不敵, 欲試強韻而窮之, 以讀易爲題, 輒呼鹽尖鎌. 公應聲而對曰, '大羹元不和梅鹽, 至道難形筆舌尖. 靜裡默觀消長理, 月圓如鏡又如鎌.' 弸中擊節嘆服."(「己卯錄補遺」上, 辛鎬烈 外 譯, 『국역 대동야승』Ⅲ, 民族文化推進會, 1973, 31면.) 번역의 일부를 수정하여 인용하였음.

우리나라는 詩學이 크게 번성하였고 작자가 왕왕 스스로 일가를 이루어 여러 체제를 갖추었지만 평자는 끊어져 알려진 이가 없다. 익재 이제현의『역옹패설』, 대간 이인로의『파한집』등이 편찬됨에 미쳐서 우리나라 시학의 정수는 상고할 바가 있음을 얻었다. 그후 백여 년간 계승하는 이가 없으니 어찌 시학의 일대 개탄할 일이 아니겠는가?[23]

이러한 정황을 역대 중국의 풍성한 筆記類 저작들과 대비시키면서, 조선의 문인들이 고려의 시화 전통을 계승하지 못한 점을 지적하고, 필기류 저술이 절실하게 필요함을 강조한 기록[24]도 같은 문맥으로 이해된다.

3. 『동인시화』의 시적 전범

1) 氣象의 詩

조선 전기의 시화에는 전대 시단에 대한 비판적 수용과 함께 새로운 詩的 典範을 제시하고자 하는 시도가 나타난다. 이러한 시도는 서거정에서부터 나타나는데, 어떤 시가 좋은 시인가하는 문제는 비단 이 시기만의 것은 아니지만, 그가 활동하던 시대에는 더욱 절실한 현안이었다. 『동인시화』에 자주 보이는 氣象의 强調는 이러한 맥락으로 이해된다.

---

23) "吾東方詩學大盛, 作者往往自成一家, 備全衆體, 而評者絶無聞焉. 及益齋先生櫟翁稗說. 李大諫破閑等編作, 而東方詩學精粹, 得有所考. 厥後百餘年間, 莫有繼者, 豈非詩學之一大慨也?"(姜希孟,「東人詩話序」,『東人詩話』,『叢編』1, 397~398면.)

24) 曹伸,『謏聞瑣錄』, 李佑成 編,『栖碧外史海外蒐佚本』32, 亞細亞文化社, 1990, 259면 참조.

시란 마음의 발동이고, 氣의 충만함이니, 옛 사람이 그 사람의 시를
읽고 그 사람을 알 수 있다고 한 것은 믿을 만하다.[25]

여기서 氣는, 서거정이 다른 기사에서 "그 시를 읽으면 그 氣象을
알 수 있다.[26]"라고 한 것으로 미루어 볼 때 작가의 기상을 가리키는
말이다. 기상은, 원래 宋代의 문인 嚴羽가 그의 『滄浪詩話』에서 제출
한 作詩五法의 하나로서 시의 意態나 風貌[27]를 뜻하는데, 서거정이 말
하는 기상은 작가의 風格과 깊은 연관이 있는 개인의 氣質에 가깝다.
作詩에서 氣가 중시되는 것은 주지하듯이 魏나라 文帝 曹丕가 그의 「典
論論文」에서 처음 文氣說을 편 이래, 많은 문인들에 의해 줄곧 논의되
어 왔다. 서거정은 그의 다른 글에서 "문장은 氣요 時運이다. 기는 하
늘에서 받아 淸濁과 粹駁의 다름이 있다. 그러므로 글에 나타나는 것
이 工拙과 高下의 차이가 있게 된다.[28]"라고 하여 文氣論을 밝힌 바
있다. 그리고 이를 기상과 연계하면서 "대체로 臺閣의 시는 기상이 호
방하고 풍부하며, 草野人의 시는 정신과 기상이 맑고 담백하며, 禪道
를 닦는 사람의 시는 정신이 메마르고 기운이 모자라니, 옛날에 시를
잘 보는 사람은 유형을 그렇게 나누었다.[29]"라고 하여 창작 주체의 기

---

25) "詩者, 心之發氣之充, 古人以謂讀其詩, 可以知其人, 信哉."(『東人詩話』, 『叢編』
   1, 496면.)
26) "讀其詩, 其氣象可知."(『東人詩話』, 『叢編』 1, 490면.)
27) 趙則誠·張連弟·畢萬忱 主編, 『中國古代文學理論辭典』, 吉林文史出版社, 1985,
   556면 '氣象'條 참조.
28) "文章者, 氣也, 時運也. 氣稟於天, 有淸濁粹駁之殊, 故發於詞者, 有工拙高下之
   異."(徐居正, 「觀光錄序」, 『四佳文集』 권4, 『韓國文集叢刊』 11, 民族文化推進會,
   1988, 239면.)
29) "盖臺閣之詩, 氣象豪富, 草野之詩, 神氣淸淡, 禪道之詩, 神枯氣乏, 古之善觀詩者,
   類於是乎分焉."(徐居正, 「桂庭集序」, 『四佳文集』 권4, 『韓國文集叢刊』 11, 民族文化
   推進會, 1988, 279면.)

상과 시작품의 기상이 상관되는 것이라는 언급을 하기도 하였다. 다음의 인용문에서 구체적 사례를 볼 수 있다.

> 예산 최해는 재주가 뛰어나고 뜻이 높은지라 방탕하여 무리와 함께 하지 못하였다. 일찍이 해운대에 올라갔는데, 만호 장선이 소나무에 제한 시를 보고 말하기를, "이 나무가 무슨 재앙으로 이 나쁜 시를 만났는가?"라고 하고는 마침내 파내버리고 썩은 흙을 발랐다. 장선이 노하여 장졸에게 명하여 예산의 하인을 쫓아가 잡아다 차꼬에 채워 문 밖에 세우니, 예산이 달아나 돌아갔다. 예산이 재주를 믿고 남을 무시하는 것이 이와 같았는데, 이 일로 인하여 좌천되었다. (… 중략 …) 또 일찍이 시가 있는데 이르기를, "나는 헌 솜옷 입는데 남은 가벼운 갖옷 입고, 남은 화려한 집에 사는데 나는 오두막에 산다네. 조물주가 부여함이 본디 고르지 않으니, 나는 남을 싫어하지 않는데 남은 나를 꾸짖네."라고 하였으니, 그의 시를 읽으면 곤궁한 기상을 볼 수 있다.[30)]

여기서의 기상은 작가의 인격적 자질과 그 體現인 風格과 관련이 있는 것으로, 시작품과 창작 주체의 상호 연관성을 중시하는 시각의 詩評이다. 즉, 기상이 다르면 시작품의 풍격도 또한 다르게 나타난다는 생각이다. 다음의 인용문도 같은 맥락으로 읽힌다.

> 학사 정지가 일찍이 節鉞에 의지하여 지은 「제금강루선」에 이르기를, "수나라 하약필과 진나라 조장군은 칼을 잡고 강을 건넜는데, 구름을 쓸

---

30) "崔猊山瀣, 才奇志高, 放蕩不羣. 嘗登海雲臺, 見萬戶張瑄題詩松樹, 曰此樹何厄遭此惡詩, 遂刮去塗以糞土. 瑄怒, 命將追獲傔從, 械立門外, 猊山遁還. 其恃才傲物如此, 然坐此蹭蹬. (… 중략 …) 又嘗有詩云, "我衣縕袍人輕裘, 人居華屋我圭竇. 天工賦與本不齊, 我不嫌人人我詬." 讀其詩, 可見困頓氣象."(『東人詩話』, 『叢編』1, 418~419면.)

어내고 돌아올 것을 맹세했다네."라고 하였다. 시어가 호방하고 특출하
니 대장부의 立語가 진실로 이와 같아야 하지 않겠는가.31)

이 기사는 앞과는 반대로 창작 주체의 호방한 풍격이 시에 높은 기
상으로 드러난 사례이다. 이러한 作詩에서의 기상의 강조는 당대에 폭
넓게 수용되었으며, 시 창작의 준거이면서 동시에 평가의 척도로서 적
용된다. 조선 전기의 다른 시화에서 다수의 사례를 찾을 수 있다. 예컨
대, 『송계만록』에서 상국 이준민의 시에 대해 '의사가 원만하고 활달
하여 고인의 기상이 있다.(意思圓滑, 有古人氣象.)'라고 평한 것이나,
『청강시화』에서 유응부의 시에 대해 남효온이 '그 기상을 보기에 충분
하다(足以見其氣象)'라고 평한 것이 그 예이다. 이로 미루어 볼 때 기
상은 서거정을 비롯한 동시대 문인들에게 공통적으로 시가 갖추어야
할 문학적 자질로 중요시되었음을 알 수 있다.

2) 世敎의 詩

시로써 세상을 교화할 수 있다는 世敎의 관점은 風敎論에서 연원한
것이다. 멀리 『詩經』에서부터 이어져왔으며 중세의 대표적인 詩觀의
하나인 風敎論은 儒家의 경전을 존숭했던 조선조에서도 여전히 중시
된다. 주지하듯이 風敎는 「詩大序」의 "바람으로써 움직이고, 가르침으
로써 변화한다(風以動之, 敎以化之.)"에서 나온 것이다. 바람이 불면
초목이 바람이 부는 방향으로 움직이듯이 군주로서 백성을 잘 가르치
는 것이 民風을 좋은 방향으로 변화하게 한다는 뜻이다. 이러한 생각

---

31) "鄭學士地, 早杖節鉞, 題錦江樓船云, "隋家賀若弼, 晉室祖將軍, 杖劍過江水, 歸來
   誓掃雲." 其詞語豪壯傑特, 大丈夫之立語, 固不當如是乎."(『東人詩話』, 『叢編』 1,
   526면.)

은 기본적으로 위정자의 입장에서 시의 효용적 측면을 중시한 것이다. 서거정은 19세에 생원 진사시에 장원으로 급제한 것으로 시작하여 여섯 왕조를 거치며 45년간이나 요직을 맡았고, 특히 23년간 신진 관료의 人選을 관장하는 文衡을 담당하여 조선 전기 문단의 대표로서 평가되는 인물이다. 이러한 서거정의 정치적 처지를 그의 문학관과 곧장 대응하는 것은 분명 무리이지만, 그가 많은 곳에서 작자의 자질을 중시하는 기상을 강조하는 한편, 시를 통한 교화를 추구하는 세교를 강조한 것은 분명하다.

> 내가 이제 이 편(『동인시화』)을 보니 위로는 신라 문창후부터 아래로는 본조의 여러 학자들에 이르기까지 수백 년에 걸쳐 남김없이 수집해서 정수가 되는 것을 모으고 평론을 가하여 그윽하고 숨겨진 것들을 펼쳐 드러냈으니, 마치 오래된 칼을 담금질하여 광채가 더욱 빛나는 것과 같다. 그리하여 단지 문장의 아름다움을 취할 뿐만 아니라 은연 중 世敎를 유지하는 것으로 근본을 삼았으니, 아! 마음씀이 거룩하다.[32]

강희맹은 서문을 통해 『동인시화』의 편찬 취지가 世敎에 근본하고 있음을 말하고 있다. 문인은 세상을 이끌어가는 주체로서, 시를 통해 현실의 다양한 문제를 직시하고 담아내야 한다는 것이다. 다음의 예시를 보면 서거정은, 세교를 시 창작에 활용할 수 있도록 하기 위하여 다양한 實例를 제시한다. 이 사례들을 통해 세교에 대한 그의 생각을 구체적으로 확인할 수 있다.

---

32) "今觀是編 上自新羅文昌. 下逮 本朝諸儒. 俯仰數百載. 搜剔靡遺. 摘精會粹. 參以論議. 敷闡幽賾. 如淬古劍光彩益增. 不徒取其文詞之美. 隱然以維持世敎爲本. 吁盛矣. 用心之勤也."(姜希孟,「東人詩話序」,『東人詩話』,『叢編』1, 398~399면.)

①시란 작은 技藝이지만, 간혹 世敎에 관계되는 것이 있으니 군자가 마땅히 취해야 할 것이다. 정언 이존오가 역적인 신돈에게 미움을 받고 장사로 귀양가며 지은 시에, "광망한 이몸 바닷가에 버려짐이 합당하나, 성은이 하늘처럼 커서 전원에 돌아가게 하셨네. 초가집에서 뜻대로 만족하게 생활하니 일편단심 옛날보다 갑절이나 더하네."라고 하였다. 보궐 진근이 일을 말하다가 쫓겨나 옥천으로 부임해 가면서 지은 시에, "백성인 물이 군주인 배를 띄우는 것을 알려고 할진댄, 충성을 다하고 편안히 놂을 경계하여야 하네. 간원에서 약석의 말씀 다 아뢰지 못하였으니, 장사로 귀양감은 군이 걱정할 것 없네."라고 하였다. 위의 두 시는 외로운 신하가 귀양가는 것을 원망하는 말이 없고 간절히 경계하는 뜻이 있다.

②간의 오순의 「觀稼亭」 시에는, "봄갈이하고 김매는데 여름철 무덥더니, 가을 걷이 마치기도 전에 겨울이 이미 차갑구나. 어이하면 이 정자를 연이 다니시는 길목에 옮겨놓아, 군왕께서 이 어려움을 한 번 보시게 할는지."라고 하여, 농사짓는 어려움을 경계하는 뜻이 있다.

③졸옹 최해의 「雨荷」 시에는, "호초 팔백 곡을 쌓아두니, 천년동안 그 어리석음 비웃었네. 어이하여 벽옥의 말로 종일토록 명주를 헤아리는가."라고 하여, 청렴하지 못함을 비판하고 꾸짖는 뜻이 있다.

④정당 신천의 「木橋」 시에는 "긴 나무 잘라다가 한 여울 물에 걸쳐놓으니, 서리 날리고 눈발 뿌리는데 급한 물결 흐르고 있네. 모름지기 걸음마다 깊은 못에 임한 듯 조심하는 뜻으로 공명을 향하는 벼슬길에 옮겨놓아야 하네."라고 하여, 스스로 경계한 뜻이 있다.

⑤현감 이나가 아들을 경계한 시에는, "북풍은 몰아치고 눈발을 휘날리는데, 굶주리고 헐벗은 너희들 생각하니 장탄식이 절로 나오네. 여색은 몸을 망치니 모름지기 경계하여야 하고, 말은 몸을 해치니 더욱 헤아려 조심해야 하네. 나쁜 벗을 함부로 사귀면 끝내 유익함이 없고, 교만하여 남을 업신여기면 도리어 손상됨이 있다오. 세상만사 충효 밖에서 구할 것이 없으니 충효하면 하루 아침에 명예가 우리 임금께 도달하리라."

라고 하여, 부자 간에 권면하고 경계하는 뜻이 있다. 이 시를 작은 기예
라 하여 하찮게 여기겠는가."[33]

이 다섯 가지 사례는 모두 시 창작에 있어서의 世敎의 중요성을 강
조하고 있다. 요약하자면 ①은 군신 간의 경계이고, ②는 백성들의 실
태에 대한 경계이고, ③은 부패 관료에 대한 경계이고, ④는 개인 처세
에 대한 경계이고, ⑤는 가족 간의 경계이다. 이 다섯 가지 기사는『동
인시화』중에서 하나의 조에 묶여 있는데, 세교의 유형과 그것이 적절
하게 체현된 사례를 한 자리에 모아 나열함으로써, 세교시의 모범을
제시하고 실제 作詩에 적용할 수 있도록 한 것이다. 서거정이 세교를
담은 警戒 주제의 시를 긍정적으로 평가하였음은 다음의 기사에서도
볼 수 있다.

　내가 일찍이 옹시룡이 지은 「감호」시를 좋아하였으니, "작년 하가호를
찾아왔었는데, 오늘은 안개 낀 물결이 거의 보이지 않네. 오직 하늘 가득
히 비추는 가을 달빛만이 전지 따라 부과하는 세금 내지 않는구나."라고
하였다. 이것은 감호마저 관청에 예속되었으니, 세금의 징수가 미치지
않는 곳은 오직 달빛만 있을 뿐이라고 한 것이다. 교은 정이오의 「제무풍

33) "詩者小技, 然或有關於世敎, 君子宜有所取之. 李存吾正言忤逆旽, 貶長沙詩, '狂
妄眞堪棄海邊, 聖恩天大賜歸田. 草廬隨意生涯足, 一片丹心倍昔年.' 陳補闕瑾言事
落職, 將赴沃川詩, '欲知民水載君舟, 要盡忠誠誡逸遊. 諫院未能陳藥石, 長沙見謫不
須愁.' 無孤臣怨謫之辭, 有警戒規箴之意. 吳諫議泃觀稼亭詩, '春耕易耨夏多熱, 秋
斂未盡冬已寒. 安得茲亭移輦道, 君王一見此艱難.' 有陳誠稼穡艱難之意. 崔拙翁雨
荷詩, '胡椒三百斛, 千載笑其愚. 如何碧玉斗, 終日量明珠.' 有譏訕不廉之意. 辛政堂
蔵木橋詩, '斫斷長株跨一灘, 濺霜飛雪帶驚瀾. 須將步步臨深處, 移向功名宦路看.' 有
自警之辭. 李縣監邪戒子詩云, '朔風號怒雪飄揚, 念爾飢寒感歎長. 色必敗身須戒愼,
言能害己更商量. 狂荒結友終無益, 驕慢輕人反有傷. 萬事不求忠孝外, 一朝名譽達吾
王.' 有父子勸誡之意. 是鳥可以小技而少之哉."(『東人詩話』,『叢編』1, 503~504면.)

현」시에, "송곳 꽂을 땅마저 모두 고관의 소유가 되었고, 단지 산천만이
남아 대부분 현에 예속되어 있네. 어린 아이들은 군국의 일을 알지 못하
고, 구름이 뚫어져라 나무하는 노래 주고 받네."라고 하였다. 이것은 토
호들이 토지를 모두 점령하여 가난한 사람들은 송곳을 꽂을 만한 땅도
없고 병탄하지 못한 것은 산천만 남아 있을 뿐이라고 말한 것이다. 이것
은 옹시룡의 시와 같은 의미를 지니고 있으며 諷刺하여 譏弄하는 뜻을
함축하고 있으니, 백성들에게 지나치게 세금을 많이 부과하는 탐관오리
는 조금이나마 반성할 수 있을 것이다.[34]

　여기서도 서거정은 현실의 문제를 비판하고 풍자하는 시를 긍정한
다. 앞의 ③번이 보다 구체적으로 체현된 사례인데, 시 자체의 문학적
성취와는 별도로 시의 내용이 세교에 관련된 내용을 담고 있는 자체로
도 좋은 작품이 될 수 있다는 생각이다. 이러한 세교에 대한 긍정적
평가는 같은 시기의 시화들에서도 자주 나타난다. 예컨대, 어숙권의
『패관잡기』에, "지금 살펴보건대 이 시가 잘된 것은 아니나, 그래도
욕심이 많아 백성의 재물을 거두어들이는 관리의 경계가 될 수 있을
것이다.(按此詩, 雖不工, 亦可爲貪黷者之戒也.)"라고 하여, 시적 완성
도가 비록 충분하지 않더라도 세교의 내용을 담은 시에는 좋은 평가를
내리는 기사가 있다.

---

34) "予嘗愛翁施龍鑑湖詩云, '昨年曾過賀家湖, 今日烟波太半無. 惟有一天秋夜月, 不
　隨田畝入官租.' 此言鑑湖亦屬官府, 徵租所不及者, 唯月色耳. 鄭郊隱題茂豊縣詩, '立
　錐地盡入候家, 惟有溪山屬縣多. 童稚不知軍國事, 穿雲互答採樵謌.' 此言豪強兼并,
　貧者無立錐之地, 所不兼併者, 溪山而已, 與翁詩意同. 頗含譏諷, 培克貪黷者, 可以
　少省矣."(『東人詩話』, 『叢編』 1, 498면.)

4. 『동인시화』의 문학사적 의의

시화는 어떻게 시가 지어지고 읽혀지는가라고 하는 창작과 수용의 분위기에 대한 구체적인 모습들을 전하는 보고서이고, 이는 종래의 문학이론 및 비평의 텍스트에서는 거의 보여주지 못한 것이었다. 이와 연계하여 『동인시화』의 문학사적 의의를 요약하면 다음과 같이 정리해 볼 수 있을 것이다.

첫째, 개국 초기에 끊어졌던 前代 筆記類 저작의 전통을 새롭게 계승·발전시킨 점이다. 특히, 이제현의 『櫟翁稗說』이후 약 130년여 만에 나온 서거정의 『동인시화』는 후대 시화가 다수 나오는 계기가 된다는 점에서 筆記文學史上 획기적인 의미를 갖는다.

둘째, 당대 문단의 다채롭고 구체적인 양상을 전함으로써 조선 전기 문단에 대한 입체적 이해를 가능하게 한 점이다. 비록 구체적인 문학이론은 제시하지 않았지만, 그 이론들이 산생된 문단의 분위기와 문인들의 다양한 풍경을 생동감 있게 보여준다는 점에서 중요한 전거 자료로서 평가할 수 있다.

셋째, 당대의 문풍을 쇄신하면서 새로운 시적 전범을 모색하고자 한 점이다. 조선 전기의 시화는 전대의 문학을 비판적으로 재점검하고 수용하는 한편, 氣象과 世敎를 새로운 시적 모델로 제시하고자 하였다. 시적 개성을 중시하면서도 관료 문인으로서 책무도 잊지 않아야 한다는 생각은 후대 문인들에게 계승되어 시 창작과 비평에 많은 영향을 끼치게 된다.

넷째, 『동인시화』를 효시로 하여 등장한 일련의 시화들이 이후 시화의 전성기를 여는 단초가 되었다는 점이다. 16세기 시화보다 양적 질적으로 발전된 시화들이 17세기 전기에 나타난다. 예컨대, 허균의 『惺

曳詩話』, 이수광의 『芝峯類說』, 신흠의 『晴窓軟談』, 양경우의 『霽湖詩
話』가 바로 그것이다. 17세기 후기부터는 洪萬宗의 『詩話叢林』을 시작
으로 集成的 성격의 대형 시화집이 다수 나타나는 등 이후 19세기까지
시화사의 양적 질적으로 풍성하게 된다.

5. 결론

이상에서 『동인시화』를 통해 당대의 문학 담론의 쟁점과 문학사적
의의를 간략하게 살펴보았다. 주지하듯이 중세 동아시아에서 한자는
보편 언어로서 통용되었다. 우리는 물론 일본이나 베트남의 경우도 그
러하였다. 시대가 내려가면서도 口語는 달라도 文語는 상통하였다. 각
종 외교 문서나 국가 공문서 등 공적인 기록물은 물론 개인의 문집도
한글이 만들어진 이후에서 개화기 이전까지는 모두 한자로 작성되었
고, 각국의 문인 지식인은 서로 詩文을 읽고 소통할 수 있었다.

한자를 매개로 문화적 소통이 가능했던 중세에 특히, 詩는 대표적인
소통 수단의 하나였다. 중세에는 시 한 수로써 작가의 삶과 죽음이 갈
리기도 하고 국가 간의 외교 문제가 해결되기도 하며, 대규모 전쟁의
종식에 계기가 되기도 하는 등 그 효용이 근대의 시와는 달리 매우 실
용적인 것이었다. 따라서 중세의 시는 근대의 시와는 전혀 다른 차원
으로 이해될 필요가 있다.

아울러 『동인시화』를 시작으로 이어 나오는 조선 전기의 시화들은,
분명 중국 시화의 파생물이 아니라 시대적 문제의식의 소산으로 보는
것이 온당할 것이다. 서거정을 비롯한 당대의 선구적 문인들은 시화를
통해, 개인적 기록 취미가 아닌 당대 조선 문단의 현실과 문제점을 함

께 생각하고, 앞으로 나아가야 할 방향에 대해 함께 고민하고자 했기 때문이다.

시화는 바로 그러한 시들에 얽힌 흥미로운 이야기들을 생생하게 보여준다. 때로는 詩論이나 詩評의 모습도 있으며, 正史에서는 담을 수 없는 뒷이야기도 있다. 그리고 그 바탕에는 당대 문단과 문인들의 희로애락이 깔려 있다. 따라서 시화는 문학 이론서가 아니라 당대 문학 현장의 조사 보고서로 읽어야 한다고 생각한다. 이러한 시각에 의한 시화 연구는 앞으로의 중요한 과제일 것이다.

16세기 호남사림 한시의 무인 형상

1. 문제의 소재

본고는 16세기 湖南士林[35] 漢詩에 나타나는 武人 形象의 몇 가지 樣相과 그 意味 志向에 대하여 고찰한 것이다. 당시 호남사림의 여러 문인 가운데 石川 林億齡(1496~1568), 河西 金麟厚(1510~1560), 錦湖 林亨秀(1514~1549), 霽峯 高敬命(1533~1592), 松江 鄭澈(1536~1593), 白湖 林悌(1549~1587) 등의 시작품에서 武와 관련된 소재나 제제를 다루거나 武人을 형상화한 예가 자주 나타나고 있다.[36] 이러한 시들은 당대 邊塞風 한시 수용과 분명 관련이 있을 터이지만, 단순한 답습이 아닌 재창조된 시세계로서 개성적 국면을 보여준다는 점에서 우리의 관심을 끈다.

文人이었던 그들이 왜 武人들을 노래하였으며, 작품 속에서 스스로를 武人으로 상정하기까지 하였는가? 이러한 尙武의 취향이 보여주는

---

35) 본고에서 湖南士林은 그들이 주로 활동한 지역명인 '湖南'과 在地士族의 群集性을 나타내는 '士林'이라는 용어를 합한 것이다.

36) 이들이 모두 訥齋 朴祥(1474~1530) 系譜의 인물들이라는 점도 아울러 눈여겨볼 만하다. 이들 시문학의 공통된 특징과 문학사적 의의에 대해서는 현재 별도의 고찰을 진행하고 있다.

작가 의식과 지향점은 무엇인가? 이러한 문제들을 제기하고 적절한 해답의 단서를 모색해보고자 하는 것이 이 글의 목표이다.

武人 形象은 글자그대로 文人인 작가가 작품 속에서 상상과 감각을 통하여 재구성한 武將의 모습이다. 대체로 무장이 작품의 중심 소재로 다루어지거나 1인칭 화자로서 전체 시상을 주도한다. 이러한 무인 형상은 개인적 소회에서도 다루어지지만, 역사적 사실이나 사적을 제재로 하는 시편들에서 주로 등장한다. 일반적인 詠史와 마찬가지로 독서나 여행 등을 통해 접한 역사적 대상에 대한 감흥을 노래하는 데에서 많이 보인다. 그리고 칼과 활 등 무인과 관련된 소재를 제재로 다룬 작품도 다수 나타나는데 이들 가운데 일부는 무인 형상과 관련이 깊다.

이 일군의 작품이 호남사림 시세계의 한 국면을 형성하는 현상은, 창작된 작품의 양적 측면에서 계측하자면 소소한 정도일 것이다. 그러나 그 이면에 그들이 추구하고자 했던 모종의 가치가 엄존하고 있었으며, 아울러 정신적 지향의 한 양상이 반영되어 있었을 것이라는 점에서 간과할 수는 없는 문제라고 하겠다. 이에 본고에서는 武人 形象을 16세기 湖南士林 詩世界의 중요한 국면의 하나로서 가정하고 논의를 진행하고자 한다.

2. 무인 형상의 몇 가지 양상

호남사림의 시작품에 두드러지는 주제의 하나는 豪氣의 표출이다. 茶山 丁若鏞이 "湖南의 풍속은 豪俠한 氣槪만 있고 순박함이 적으므로, 오직 高氏·奇氏·尹氏 등 몇 집 외에는 현달한 집안이 대체로 적다."[37]고 한 것이나, 韋菴 張志淵이 "南方의 풍속이 豪氣를 좋아하고

義俠을 자임한다."[38]고 한 것처럼 호남의 기질 중에 豪俠은 매우 두드
러진 특성이었다. 이러한 말처럼 그들의 詩文에는 豪氣가 적극적으로
표출되는 작품이 많다. 금호 임형수와 백호 임제의 경우처럼 집안 내
력에 武官이 있음은 물론, 면앙 송순, 석천 임억령, 하서 김인후, 제봉
고경명, 고봉 기대승, 송강 정철 등도 모두 호방한 기질의 소유자로
여러 기록에 전한다.

물론 인간의 본성으로서의 기질이 곧바로 예술형태인 문학으로 표
출된다고 한다면 그것은 소박한 도식적 대입에 불과하다는 지적을 면
하기 어려울 것이다. 하지만 "재능의 힘은 마음속에 있지만 血氣로부
터 말미암는 것이고, 氣는 志를 채우고 志는 말을 결정하는 것이니,
표현되어 나오는 모든 文辭는 感情과 本性에서 비롯되지 않은 것이 없
다."[39]고 한 劉勰의 말처럼 인간의 본성은 문학의 근본이고 출발점이
라는 인식에 동의한다면 기질의 문학적 전이도 충분히 가능한 것이다.

그들의 豪俠한 氣槪는 실제로 그들의 시작품에 뚜렷이 드러나 있다.
이러한 정서는 자유분방한 상상력과 결합하여 개성적인 시세계의 일
국면을 이룬다. 다음 작품에서 우리는 씩씩한 기상과 호기가 강조되는
무인 형상을 찾아볼 수 있다.

〈卽事〉其二

---

37) "湖南俗任俠少質, 故唯高氏霽峰孫·奇氏高峰孫·尹氏孤山孫數家之外, 雄顯者蓋
少." 丁若鏞, 〈跋擇里志〉, ≪與猶堂全書≫, 『韓國文集叢刊』281, 民族文化推進會
影印本, 307면. 인용문에서 高氏는 霽峯 高敬命의 후손을, 奇氏는 高峯 奇大升의 후
손을, 尹氏는 孤山 尹善道의 후손을 각각 지칭한 것이다. 이하 『韓國文集叢刊』의
인용은 총간의 권수와 면수만을 적기로 한다.
38) "南方之俗, 好氣任俠.", 張志淵, 『朝鮮儒敎淵源』卷3, 明文堂 影印本, 1983, 138면.
39) "才力居中, 肇自血氣, 氣以實志, 志以定言, 吐納英華, 莫非情性." 劉勰 著, 范文
瀾 註, 『文心雕龍註』〈體性〉, 中國 商務印書館, 1960, 506면.

醉倚胡床引兕觥　취해 胡床에 기대어 뿔술잔의 술을 마시는데,
佳人狎坐憂銀箏　佳人은 가까이 앉아 銀箏을 연주하네.
陰山獵罷歸來晚　陰山에 사냥 파하고 느지막이 돌아오는데,
馳到遼河劍戟鳴　말 달려 遼河에 이르도록 칼과 창이 우는구나.[40]

우선 시의 문면을 따라가 보기로 한다. 첫 작품의 화자인 무인은 이미 滿醉해 있다. 첫 구에서 보듯 이미 몸을 스스로 가누기 어려워 胡床에 기대야 할 정도이기 때문이다. 하지만 화자는 무소뿔로 만든 큼지막한 술잔을 여전히 끌어당겨 마시려 한다. 斗酒도 마다하지 않는다는 이른바 '斗酒不辭'의 丈夫的 豪氣가 강하게 느껴진다. 蛟山 許筠이 이 시의 1구를 '호탕함이 지극하다(極其豪宕)'고 평한 것[41]도 바로 그러한 호탕한 醉興이 절실하게 형상화되었기 때문일 것이다.

화자의 활달한 기상은 여기서 그치지 않는다. 3구를 보면 화자는 해가 저물도록 陰山에서 마음껏 사냥을 하다가 돌아오고 있다. 하지만 그는 여전히 귀가를 서두르지 않는다. 오히려 격동하는 감흥을 이기지 못하고 말을 몰고 먼 遼河땅까지 치닫는다.

그런데 화자의 심정은 그다지 유쾌하지만은 않아 보인다. 끝구에 보듯 그의 칼과 창은 여전히 울고 있기 때문이다. 그는 아직 무언가 이루어내지 못한 답답한 심회를 劍戟의 울음으로 轉移하고자 한다. 주변의 배경도 강개한 심사를 고조시킨다. 3구의 陰山이나 4구의 遼河와 같은 이국적 공간은 廣闊과 荒凉의 이미지를 동시에 가지는 소재로서 邊塞를 주제로 하는 시작품에 자주 등장한다. 적과의 대치로 인한 긴장감

---

40) 『錦湖遺稿』, 총간32, 220면.
41) 許筠, 『國朝詩刪』, 亞細亞文化社 影印本, 320면. 여기서는 詩題가 <受降亭>으로 되어 있다.

과 어두운 주위의 분위기는 흔히 무인의 강개한 심사를 촉발하는 매개
가 된다.

　전체적으로 軒昂했던 금호의 氣像과 慷慨한 風格이 여실히 드러난
작품이다. 교산은 이 작품의 전편에 대해 '豪俠한 氣象이 펄펄 나는
듯하다(俠氣翩翩)'고 총평하였다.[42] 자신감 넘치는 氣象, 자유분방한
覇氣 그리고 고조된 정감 상태가 빚어내는 호방의 풍격을 지적한 평어
이다.

〈古劍歌〉
有劍有劍含紫光　　칼이여 칼이여 紫光을 머금었구나.
我初得之豐城水　　내가 처음 널 얻은 건 豐城의 강물에서였지.
千年古色帶長珥　　천년의 옛 빛은 긴 고리에 둘러 있고,
擲地鏘鏘聲在耳　　땅에 던지면 쟁그렁하고 소리가 귀에 울린다.
淸霜鉈刃晦瘢疵5　서릿발 같은 칼날은 녹에 묻혀 어두우니,
老蛟鱗枯身陸死　　늙은 蛟龍 비늘 말라 몸이 뭍에 죽었는 듯.
氣干斗牛貫層霄　　기운은 두우성을 범하고 높은 하늘 꿰뚫으니,
天爲動色不敢視　　하늘도 기가 질려 감히 보질 못하는구나.
冤氛凝作萬丈虹　　원한 엉겨 만 길의 무지개가 되었으니,
橫張六合相灑迤10　六合에 두루 퍼져 가로 세로 엉키어라.
試余新將磨出彩　　시험 삼아 내가 갈아보니 광채가 새로 나서,
一硎刮去塵埃累　　한 숫돌에 갉아내랴 몇 겹의 먼지 때를.
精神百分倍前朝　　百分의 정신이 전날보다 배로 빛나서
暗懾神鬼玄陰裏　　음산한 그늘 속에 귀신을 떨게 하네.
空堂白晝飛電光15　대낮이라 빈 집에 번개 빛 흩날리니
有時雲氣隨旖旎　　때로는 뭉게뭉게 구름 기운 뒤따라라.

---

42) 許筠, 앞의 책, 320면.

藏之玉匣亦有待　옥갑에 감춰두세 기다릴 날 있겠지
終揮宇宙從吾指　끝내 내 손으로 우주를 휘두르리.
下斬長蛟報荊溪　긴 이무기 허리 베어 荊溪에 보답하고
深山大澤剕虎兕20　깊은 산 큰 늪에 범과 들소 목 자르고.
高崖巨岸劃崩裂　높은 벼랑 큰 언덕 한번 그어 넘어뜨려
上撫攙搶安赤子　혜성을 어루만져 백성을 안정하고.
騰身九天拜玉皇　구천에 몸을 날려 옥황님께 절 올리며
耿耿與爾長依倚　분명히 너와 함께 길이 서로 의지하세.
遨遊萬里免凌暴25　만리를 遨遊하며 凌暴를 면하리니
愼爾且莫輕離此　부디 너는 경솔히 이곳을 뜨지 말고.
百世悠悠同生死　百世가 길고 길다 죽고 살기 함께 하자
一曲長歌聊爾爾　한가락 긴 노래로 애오라지 이와 같이.[43]

　1~2구에서 범상치 않은 紫光을 머금은 古劍과 화자인 무인이 처음 대면하는 장면에서 시상은 시작한다. 이 칼은 '하늘을 꿰뚫는(貫層霄)' 드높은 기운과 '귀신을 떨게 하는(慴神鬼)' 당당한 위세를 자랑한다. 칼에 대한 이러한 찬양적 어조는 작품의 전편에 계속 이어진다. 끝구까지 읽어가다보면 이 한 자루의 칼은 결국 화자의 분신으로 읽힌다. 시의 마지막 부분에 있는 '百世가 길고 길다 죽고 살기 함께 하자(百世悠悠同生死)'에서 보듯 화자인 무인은 칼에 강한 유대 내지는 일체감을 가지고 있는 데서 확인할 수 있다. 다시 말해 오래 묵힌 채 쓰이지 않는 검을 통하여 자신의 현실적 처지를 투사하고 있는 것이다.
　이 불우한 심회의 해소는 '끝내 내 손으로 우주를 휘두를(終揮宇宙從吾指)' 그 날에 대한 기대와 희망으로 일시적으로나마 가능하다. 따라

43) 『河西先生全集』, 총간33, 63면.

서 이 검은 실제 戰場에 쓰일 兵器라기보다는, 혼란한 현실에서 뜻을 펼치지 못하고 자신을 알아줄 知音을 기다리는 자신의 모습을, 쓰이지 않고 묵혀있는 검으로 설정한 의도적인 메타포로 이해된다. 칼을 소재로 하는 것이 꼭 무인의 형상화와 곧바로 연결되는 것은 아니지만, 이 작품의 경우처럼 詩想을 이끄는 중요한 매개의 역할을 담당하기도 한다. 확실히 여기서의 칼은 단순한 부차적인 소품의 하나라기 보다는 주제를 부각시키는 핵심적 소재로서 작품의 중요한 비중을 차지하고 있다.

위의 두 시는 시적 공간이 모두 邊方의 국경이고, 화자도 1인칭의 무인으로 설정되어 매우 실감나는 분위기를 연출한다. 그런데 두 작품 모두 시적 화자는 분명 武將이지만 작품의 내용이 戰場의 실제 상황과는 거리가 있다는 점에 주목할 필요가 있다. 개인적 정회를 노래하고 있지만 殺氣가 가득한 전장의 긴장감은 그다지 느껴지지 않는 것은 바로 그러한 이유에서 일 것이다.

이들 시작품의 정경은 작가에 의해 만들어진 가공의 것이며, 화자의 형상도 그의 상상력의 공간에서만 존재한다. 따라서 이들의 시세계에 나타난 무인 형상은 상상의 공간에서 펼쳐지는 일종의 낭만적 허구로 이해된다. 왜냐 하면 실제 전장을 다루는 시에서 감지되는 리얼리티는 소거되고, 드높은 豪氣와 興趣에 逸樂的으로 몰입하는 로맨티시즘이 시의 주조를 이루고 있기 때문이다.

무인을 제재로 하는 한시는 실제로 중국 한시의 오랜 전통적 주제의 하나이다. 이 경우 배경은 전운이 감도는 邊塞의 국경지대를 중심으로 하고 작중 화자는 武將으로 나타난다. 이러한 변새의 風情을 주제로 하는 시는 이미 『詩經』 시대에서부터 존재했던 것인데, 漢魏 樂府詩를 거쳐 南北朝 시대에 이르러 비로소 많이 창작된다. 초창기인 한위 시대까지는 실제 변새에서의 전쟁과 일상생활을 사실적으로 그려내다가 서진 이후 六朝에 이르면 이전의 역사적 사실을 재현하는 것이 주류를 이룬다. 그러다가 唐代에 들어 高適과 岑參 등의 걸출한 邊塞派 시인들의 등장으로 다양한 변새 주제의 시가 창작된다고 한다.[44]

우리나라의 경우도 이러한 중국의 변새시 전통을 수용하면서 여러 가지 變奏되는 모습을 보인다. 중국의 故事를 그대로 원용하여 樂府體 한시를 습작한 것에서부터 작가의 상상력을 통해 가상의 공간 속에서 무인 형상을 再構하는 것까지 다양하게 나타난다. 여기서 우리의 관심은 바로 후자에 해당하는 작품에 있다. 전자에 비해 시인의 武的 精神 資質이 보다 뚜렷하게 부각되기 때문이다. 다음의 시편을 통해 허구적으로 재구되는 무인의 형상에 대해 구체적으로 살펴보기로 한다.

〈醉時歌〉
古劍淬出東溟水1 옛 칼이 동해물에 담금질하여 나오니,
彩射天衢飛電起 광채는 하늘을 찌르고 번갯불 일어나네.
西劈蔥山注河源 총수산 깎아내고 은하수 끌어내니,
富媼叫泣風雷喧 산신령 부르짖고 바람이 몰아치네.
脩篁去斫渭川曉5 渭川으로 달려가 큰 대나무를 찍으니,
風竿萬尺長虹繞 기나긴 죽간에 긴 무지개 에두르네.
東跨碧海釣巨鰲 동쪽으로 바다 건너 큰 자라 잡으려 하니,
三山震蕩隨溟濤 三神山 진동하고 바다도 뒤집히는 듯했다.
胸中芥蔕快一洗 가슴속에 꽉찬 티끌 한번 다 씻어버리고,
歸來大臥南山底10 남산 밑으로 돌아와 큰 대자로 누웠다.
人間小兒無識面 세상의 小兒들과는 面識이 없고,

---

44) 林濬哲, 『漢詩 意象論과 朝鮮中期 漢詩 意象 研究』, 고려대 박사학위논문, 2003, 66~72면 참조.

相守只有書萬卷　　가진 것은 다만 만 권의 서책이라네.
柴門却掃三日雪　　사립문 밖에 사흘 쌓인 눈을 쓸어내고,
仰面長嘯壁欲裂　　휘파람 길게 부니 벽이 무너지려 했다.
丈夫安能鬱鬱久15　大丈夫가 어이 오래 우울하게 지내랴.
往矣學仙差可壽　　모두 집어치우고 신선이나 배우려 했지.
口誦內府黃庭經　　黃庭經 전편을 모조리 외우면서,
洗我十年塵土腥　　십년 동안의 塵土의 비린내 씻어버렸다.
宿昔邂逅方瞳翁　　숙석에 어느 신선 꿈속에 만나니
見我名存玉籍中20　내 이름 玉籍 속에 있는 것 봤다고 했네.
如何兩腋羽未化　　어이하여 아직 羽化登仙을 못하는가,
藥竈已冷燒丹火　　약솥도 벌써 식고 丹火도 사그라졌다.
依然還作一老叟　　의연히 되려 한 늙은이가 되어서
鬢髮滄浪形貌醜　　허옇게 센 머리에 얼굴도 추하다.
藏名萬衲策亦下25　불교에 이름을 숨기는 것도 또한 下策이라
筋力猶堪試鞍馬　　筋力은 여전히 안장말을 탈 만하니,
歲晚結交幽幷兒　　늙으막에 변방 젊은이들과 교제하여,
校獵平原走馬歸　　먼 들에 사냥 갔다가 말 달려 돌아왔지.
何當擁節出邊域　　언제나 깃발 날리며 변방으로 나가서,
彎弓仰射旄頭落30　억센 활로 적들을 쏘아 떨어뜨려볼까.
黃沙夜宿古交河　　누런 사막 옛 交河 땅에서 하룻밤 묵으면,
萬幕無聲霜自白　　뭇 막사엔 소리 없고 서리만 희겠지.[45]

첫 구에서 보듯 이 칼은 새로 만들어진 것이 아니라 오랫동안 쓰이지 않고 묵혀있는 처지이다. 하지만 이 칼이 갖고 있는 능력은 범상치가 않아 보인다. 1~2구에서 보듯 이 칼은 동해의 큰 물에서 담금질해

─────────────

45) 『霽峯集』, 총간42, 8면.

야 하고, 뿜어내는 劍光은 번갯불을 일으키며 하늘을 찌를 정도이기 때문이다. 3~8구까지는 바로 그러한 칼의 高强한 위세를 묘사한 부분이다. 한 칼에 거대한 산을 깎아 내고, 큰 바람을 일으키며, 바다를 뒤엎을 만큼 웅장한 모습으로 그려내고 있다.

그런데 정작 현실에서 이 칼은 아무런 일도 하지 못하는 신세이다. 12구에서 보듯 '만 권의 서책'에서 쌓은 능력을 펼 수 있는 기회도 오지 않기 때문이다. 결국 不遇의 현실로부터의 괴로움에 화자는 13구에서 보는 대로 사흘이나 쌓인 눈을 치우지 않은 채 杜門不出한 것이다. 답답한 마음에 벽이 무너져 내릴 정도로 강개한 휘파람을 불어보지만 우울한 심사는 좀처럼 나아지지 않는다.

이 상황에서 그의 선택은 16구에서 보듯 신선술을 배우는 것이다. 종일 黃庭經을 독파하고 꿈에서는 신선을 만나기도 한다. 하지만 곧 이 역시 헛된 꿈임을 화자는 자각한다. 지금 그에게 남은 것은 23~24구를 보면 흰 머리로 늙어버린 자신의 모습뿐이다. 현실에서 자신의 꿈을 실현해 볼 가능성이 거의 없어진 모습을 스스로 보는 것에서 慷慨의 정서는 고조된다.

25구부터는 이런 우울함을 씻을 또 다른 길을 모색해보는 화자의 모습이 그려지고 있다. 그는 예전의 호기롭던 젊은 시절을 떠올리며 변방의 젊은이들과 어울려 함께 말을 달려보지만, 이것도 그저 일시적인 흥취에 지나지 않는 것이다. 하지만 미래에 대한 기대는 여전히 남아 있다. 마지막 두 구의 '언제나 깃발 날리며 변방으로 나가서, 억센 활로 적들을 쏘아 떨어뜨려볼까'라고 한 一喝은 그러한 희망을 기다리는 자기 다짐인 것이다. 끝구에서 보이듯 아무 소리 없는 황량한 사막의 막사들과 차갑게 내리는 흰 서리는 그러한 화자의 심정과 대조를 이루며 비장한 분위기를 이룬다.

〈元帥臺〉

彈劍登臺意氣高	검을 두드리며 대에 오르니 의기는 높은데
一麾行色嘆蕭蕭	대장기 하나에 외로운 행색이라 탄식은 쓸쓸하구나.
滄溟秋冷蛟龍蟄	드넓은 바다 가을이 차니 교룡은 움츠리고,
長白雲深虎豹驕	장백산 구름 깊으니 호표는 교만하네.
生世未吞金虜國	살아 생전 오랑캐를 삼키지 못하고,
幾時重到洛陽橋	어느 때나 다시 낙양교에 도달하랴.
清尊醉罷催歸騎	맑은 술에 취해 파하니 돌아가는 말을 재촉하는데,
極目遙空瘴霧消	눈길 다한 아득한 허공에 장기 품은 안개는 스러지네.46)

두 번째 시의 시상도 앞의 시와 마찬가지로 칼에서 시작된다. 이 시는 무인인 화자가 元帥臺에 올라 강개한 마음을 노래한 작품이다. 1구에 보이듯 화자는 일출을 바라보며 대장부의 웅대한 기상을 읊었던47) 그곳에 오른다. 그는 一長劍을 퉁기며 높은 의기를 되새기고 있다. 비록 대장기 하나에 의지한 초라한 모습이지만 의기의 탄식은 비장한 분위기를 이끌고 있다. 이어지는 3, 4구에서는 강개한 심정을 원수대에서 바라본 주위 배경에 투사하여 노래하고 있다. 움츠려 있는 '교룡'과 교만하게 다니는 '호표'는 대조적으로 설정된 소재이다. 여기서 교룡은 파도의 큰 물결에 잠복하여 꿈틀대는 기운을 비유한 것이다.

그런데 넓고 푸른 바다에 응당 있어야 할 교룡같은 파도의 기세가 차가운 가을의 냉기에 눌린 듯 움츠려 있다. 화자는 그 모습을 바라보며 출정의 기회를 아직 얻지 못한 자신의 모습을 연상하고 있다. 호랑이와 표범은 변방의 외적의 심상을 나타낸다. 자신의 不遇의 처지와는

---

46) 『林白湖集』, 총간58, 256면.
47) "立馬磨天嶺, 雲霞趁曉淸. 臺存元帥號, 客償壯遊情. 萬里碧波外, 一輪紅日生. 鯨
鯢敢驕橫, 長嘯氣難平."〈元帥臺〉(『林白湖集』, 총간58, 258면).

달리 외적들은 마치 산의 구름에 가리어 더욱 득의한 듯 교만하게 돌아다니는 호표와 같음을 말한다. 이들을 제압하고 정벌할 기회를 얻지 못하는 화자의 마음은 더욱 괴로운 것이다. 그리하여 北征에의 의지를 되새기며 굳게 다짐해 본다. 여기서 북정은 화자의 일생의 목표이며 살아가는 의미이기도 하다. 비록 그러한 기회를 아직 얻지 못하여 강개한 심정에 술을 마시며 괴로워하고 있지만, 마음속의 굳은 의지는 지속되고 있음을 볼 수 있다.

　이처럼 두 작품 모두 어두운 현실에 절망하기보다는 끊임없이 스스로를 독려하고 재기를 기다리는 비장한 무인의 모습이 두드러지는 점이 특징이다.48) 이러한 悲憤과 慷慨의 무인 형상은, 風格論的 관점에서 볼 때 '主體가 지향하는 理想으로의 진로에 개입한 세계의 障碍에 대결하는 주체의 내적 역량의 일종의 비극적 표출의 한 형태'로 이해된다.49) 따라서 위 시의 정황을 해당 작가의 生平과 기계적으로 대응시키는 것은 무리가 있겠지만, 16세기 정치현실의 핵심적 사건이었던 朋黨의 소용돌이 속에서 중앙 정계로부터 밀려난 당시 호남사림 문인의 정치적 처지와 어느 정도 맥락이 닿아있다고 볼 수 있을 것이다.

　지금까지 우리는 호협한 기상과 강개한 풍모의 무인의 모습을 살펴보았다. 이상의 작품에서 우리는 무인의 건장한 외모나 戰功의 나열에

---

48) 같은 무인 형상이라 하더라도 동시대 三唐 시인의 그것과는 상이한 면모가 있다. 삼당 시인의 시작품에 그려지는 무인은 대체로 애상적이고 쓸쓸한 정서의 표출로서 나타나고 있다. 예를 들면 玉峯 白光勳의 <邊詞>(『玉峯詩集』, 총간47, 120면)와 孤竹 崔慶昌의 <邊思>(『孤竹遺稿』, 총간50, 10면) 등 변새를 주제로 다룬 일련의 작품들이 이에 해당한다. 이러한 어둡고 우울한 시적 정서는 삼당파 시세계의 주도적 국면을 이루고 있는 것으로 평가된다. 安炳鶴, 「三唐派 詩世界 硏究」, 고려대 박사학위논문, 1988, 116면 참조.

49) 李東歡, 「河西의 道學的 詩世界」, 『河西 金麟厚의 思想과 文學』, 河西紀念會, 1994, 381면 참조.

는 그다지 주목하지 않고, 다만 1인칭 화자인 무인의 豪氣와 悲憤의 표출이 주된 제재임을 확인하였다. 그렇다면 1인칭 화자가 아닌 3인칭으로 실제 무인을 바라보는 시선은 어떠한지 확인해볼 필요가 있다. 아래에서 살펴볼 일련의 시편은, 3인칭 화자가 주로 역사적 인물들의 삶의 궤적을 관찰자적 입장에서 재조명하고 평가한다. 여기서 우리는 무인 형상의 또 다른 국면을 보게 되는 동시에 역사적 무인에 대한 호남사림의 시적 인식의 단서를 간취해 볼 수 있다. 다음의 시작품을 통해 구체적으로 살펴보기로 한다.

〈馬伏波據鞍圖〉

將軍白髮老邊事	백발의 장군은 변새의 일에 늙었는데,
壯氣雄姿龍虎盤	장한 기운 웅대한 자태 용과 범이 도사렸네.
紛紛交趾小兒女	드설내는 저 交趾 조무라기 아녀들아.
一掃何敢干威顏	위엄찬 이 모습을 어찌 감히 번접하리.
武陵蠻獠逞蠱毒	武陵의 蠻獠들은 독기를 내부리니
出師亦自勞縣官	군사 출동 그 역시 縣官을 괴롭히네.
生平馬革擬裹尸	죽어서 말가죽에 싸이겠단 그 생각은
不爲老壯移心肝	늙었다서 추호인들 옮겨질 턱이 있나.
貔貅百萬請自行	용맹한 백만 군사 거느리고 나가기를 자청하며
奮臂意氣何桓桓	奮臂하는 그 意氣 어찌 그리 용감한고.
帝念年高厭遠役	황제는 높은 연령에 멀리 출정함이 힘들까 염려하여
未許汗馬隨艱難	汗馬를 타고 어려운 길 나서는 것 허락하지 않네.
臣援再拜敢不死	신하 援은 절 올리며 과감히 앞에 나서
被甲上馬臣能安	「갑옷 입고 말 오르기 신이 아직 능합니다.」
軒然據鞍御駃騠	안장 잡고 선뜻 올라 駃騠 말을 채질하니
納納八荒盈一觀	높고 넓은 우주가 한 눈에 들어오네.

誰將小寇置牙齒	어느 뉘 좀도둑을 齒牙에나 둘까본가.
百年怒髮衝高冠	백년이라 성낸 터럭 높은 관을 치솟누나.
天顏微笑喜可用	天顏은 벙실 웃고 쓸 수 있다 기뻐하며
老子矍鑠儘可看	「늙은 장수 용감하니 진실로 볼만 하다.」
授兵出牧壯旗旄	군사 주어 내보내니 깃발이 씩씩하여
威靈赫赫橫乾端	威靈이 빛나빛나 하늘 끝에 빗기어라.
檀車直向五溪前	檀車는 쏜살같이 五溪로 나아가며
執手友人心欣歡	친구와 손을 잡고 마음으로 기뻐하네.
分明宿昔志不抒	예전의 품은 뜻을 분명히 못 폈으니
縱有九死吾非嘆	아홉 번 죽는데도 내 한탄을 안 하리라.
男兒方寸有一鐵	대장부 마음 속엔 하나의 鐵柱 있어
永托不朽始蓋棺	삭지 않을 공 세워야 관 뚜껑을 덮을걸세.
終然衆草穢孤芳	마침내는 뭇풀이 孤芳을 더럽히어
薏苡文犀生欺謾	薏苡니 文犀니 꾸며대어 참소를 일으켰네.
於焉天子未知己	아아! 천자님은 내 마음 몰라주니
區區竟未明忠丹	구구한 붉은 충성 끝끝내 못 밝혔오.
千年兩手撫丹靑	천년이라 두 손으로 단청을 만지노니
卒歲膂力誰爲殫	한 평생 그 膂力을 누구 위해 다 바쳤노.[50]

이 시는 제목에서 보듯 그림을 보고 감회를 노래한 작품이다. 시제에 나오는 馬援은 東漢 茂陵人으로 光武帝를 섬겼던 무장이다. 광무제의 명을 받아 交阯를 평정하고 돌아와, 伏波將軍에 제수되고 新息侯에 봉해진 전설적인 인물이다. 호장한 기질의 소유자로서 傳記에 여러 일화가 전하고 있다.

그는 젊은 나이에 "大丈夫가 뜻을 한번 정하면 궁할수록 더욱 굳건

---

50)『河西先生全集』, 총간33, 80면.

하고 늙을수록 더욱 壯해야 한다.(丈夫爲志, 窮當益堅, 老當益壯.)"라
고 하였으며, 또 "사나이는 마땅히 변방의 들판에서 죽어 말가죽으로
시체를 싸서 還葬할 뿐이지, 어찌 牀上에 누워 아녀자의 수중에 있을
수 있단 말이냐?(男兒要當死於邊野, 以馬革裹屍還葬耳, 何能臥牀上
在兒女子手中邪?)"라고 하였다고 한다.[51] 그리고 五溪의 蠻이 모반을
꾀하자, 나이가 62세였는데도 불구하고 군사를 거느리고 가서 토벌하
겠다고 자청한다. 이에 광무제는 그에게 출군을 명하였는데, 그는 역
병에 걸려 군에서 삶을 마친다. 몇 개의 일화이지만 그의 무인으로서
의 삶의 자세를 알 수 있다.

  그런데 위의 시에서 보듯 화자가 주목한 것은 마원의 사후에 많은
참소가 잇달아 결국 그는 당대에 정당한 대우를 받지 못한다는 점이
다. 시의 끝부분에 나오는 薏苡와 文犀는 바로 그 사실을 담은 고사이
다. 그의 삶의 주요 사건을 다룬 〈馬援列傳〉에 "처음 마원이 交阯에
있을 때 항상 薏苡 열매를 복용하여 능히 몸을 가볍게 하고 慾을 줄임
으로써 瘴氣를 이겼다. 남방의 薏苡는 열매가 크므로 마원은 종자를
삼기 위하여 군사가 돌아올 적에 수레 하나에 실었다. 당시 사람이 이
것을 南土의 보물로 여기어 權臣貴族들이 다 원했는데, 마원이 이때에
帝의 총애를 한창 받고 있으므로 말을 못했었다. 급기야 마원이 죽자
上書하여 참소하는 자가 있어 말하기를 '이전에 싣고 돌아온 것이 모
두 明珠와 文犀이다.'라고 하였다는 이야기가 전한다.[52]

  화자인 하서 김인후는 마원을 그린 그림을 보고 있다. 분명 그가 보

---

51) 이 일화는 〈馬援列傳〉 제14, 『後漢書』 권24, 中國 中華書局 標點本, 828면과 841
면에 보인다.
52) "初, 援在交阯, 常餌薏苡實, 用能輕身省慾, 以勝瘴氣. 南方薏苡實大, 援欲以種,
軍還, 載之一車. 時人以爲南土珍怪, 權貴皆望之. 援時方有寵, 故莫以聞. 及卒後, 有
上書譖之者, 以爲前所載還, 皆明珠·文犀."(〈馬援列傳〉, 앞의 책, 846면.)

았을 그림에서는 대장군 마원의 당당하고 화려한 풍모만이 그려져 있
었을 것이다. 그런데 하서의 관심은 그 화려한 모습의 이면에 있는 어
두운 역사적 내력에 있다. 그는 일생을 盡忠報國에 힘썼지만 사후에
참소를 당하고 말았던 한 무인의 쓸쓸한 몰락상을 노래한다. 그리하여
의로운 인물에 대한 정당한 역사적 평가가 이루어지지 않은 데 대한
불만을 시작품 속에서 강경하고 비판적 어조로 토로한다.

이처럼 歷史的 正義의 회복을 희구하는 화자의 형상은 하서뿐만 아
니라 호남사림 대부분의 문인들의 시에서도 흔히 보인다. 節義精神은
사림으로서의 기본 덕목의 하나이기도 하지만, 당시 문인이면 누구나
공감하던 현실적 정의의 지표였기 때문이다. 무인형상은 아니지만 당
시 호남문인의 절의정신을 간접적으로 확인할 만한 예로서 다음의 시
를 들 수 있다.

> 男兒生死義之歸　사나이 생사는 節義에 귀결하니
> 事或權經聖者知　일에 혹 權經이 있어도 성인이 아네.
> 伐罪有辭周尙父　죄를 벌함에 명분 있음은 周尙父이나
> 如君功業定何其　그대의 功業은 무엇을 정했는가?[53]

이 시는 白湖 林悌가 세조의 왕위 찬탈을 도운 韓明澮의 행동이 의
롭지 못하였음을 비판한 것이다. 1구에서 보듯 節義는 生死를 걸고 지
켜나가야 하는 소중한 정신적 가치이다. 따라서 한명회처럼 立身揚名
하여 수많은 功業을 이룬 인물이라 하더라도 이에 위배되면 비판받아야
할 대상이 되는 것이다. 호남의 문인들이 바랐던 것은 節義가 행위의
규범이 되는 사회, 혹은 그에 의해서 사람의 능력이 정당하게 평가되며

---

53) 〈過韓明澮墓〉, 『林白湖集』, 총간58, 274면.

그러한 사람이 자신의 삶을 충분히 이룰 수 있는 세계였던 것이다.

　다음에는 우리나라의 무인을 다룬 석천 임억령의 〈송대장군가〉를 살펴보기로 한다. 작품이 너무 긴 관계로 부분적으로 인용하였다.

　〈宋大將軍歌〉

　(전략)　　　　　(전략)

　力拔山兮氣摩宇　송대장군 힘은 산을 뽑고 기개 천지를 휩쓸어

　目垂鈴兮須懸帚　두 눈은 왕방울 같고 수염은 빗자루 달아맨 듯.

　上接擣藥月裏兔　위로 손을 뻗으면 달 속의 토끼를 붙잡고

　生縛白額山中虎　흰 이마 호랑이를 산채로 묶으리라.

　腰間勁箭大如樹　허리에 찬 화살 크기는 나무둥치만하고

　匣中雄劍遙衝斗　칼집에 든 칼은 북두칠성 찌르겠네.

　六十里射若百步　활을 힘껏 당기면 그 화살 육십 리를 백보 거리처럼 날고

　嵯峨石貫如弊屨　활촉이 높다란 벼랑에 헌 짚신 꿰듯 박히더라네.

　(중략)　　　　　(중략)

　彼何人兮怪而笑　저 어인 사람들인고. 신당을 괴상하다 비웃으며

　毁而斥之江之滸　부수고 허물어 물가에 버리다니.

　(중략)　　　　　(중략)

　嗟呼此豈淫祠類　아. 이 어찌 음사로 칠 것이냐.

　甚矣諸生識之陋　너무하구나. 그대 유생들 식견이 그리도 고루한가.

　翦紙招魂着自古　종이를 오려 초혼하는 풍습 예로부터 있었나니

　往往下降叢林藪　신령이 수풀에 하강하는 일 전에도 더러더러 보았더니라.

　公之勇健是天授　대장군 용맹이야 하늘이 점지하신 바이니

　天之生也誰得究　하늘이 점지하신 뜻이야 그 누가 안단 말인가.

　閔見蒼生塗炭苦　도탄에 빠진 우리 백성 고통을 민망히 여겨

　故遣將軍欲一掃　일부러 장군을 내려보내 한번 청소하도록 한 것이로다.

時無駕御英雄主 당세에 영걸스런 군주가 없었으니

長使奇才伏草莽 적소에 쓰이지 못하고 갸륵한 인재로 하여금 초야에 영영 묻히게 하였구나.

(중략)　　　(중략)

聖朝如今帶戎虜 오늘의 세상에 왜구들이 횡행하여

邊隅隨處羅防戍 해변의 곳곳에 진지며 수루 벌여 있는데

時時怯掠海島賈 도서로 다니는 장사꾼들 때때로 약탈을 당하고

歲歲蕩盡司贍布 해마다 이로 인해 사섬포를 탕진하는 형편이라.

明君包容每含垢 밝은 임금이사 너그러이 허물을 덮어서 용납하는데

邊將怯弱長縮首 변경을 지키는 장수들 나약하여 움츠려만 들다니

只是朝庭乏牙爪 오직 이 나라 방어를 한 몸에 책임진 신하들아

坐令蜂蠆喧庚午 예전 경오년에 독벌 전갈이 한바탕 난리친 걸 보았었지.

壯公我髮豎 장하도다 장군이시어 나의 머리털 일어서고

貴公吾腰俯 거룩하시다 장군이시어 나의 허리 절로 굽혀진다.

在古時未遇 그 옛날 때를 만나지 못했으니

於今骨已朽 오늘엔 뼛골이 하마 사그라졌겠구료..

生爲海中寇 살아서 해적의 두령이요

死棄海中霧 죽어서 바다의 안개 속에 버려져서

靑山本無墓 청산에 무덤조차 남기지 못했으니

遺民誰爾後 여기 백성 중에 그대의 후예 누굴런가.

問之於古老 고로에게 물어 물어

首尾得細剖 자초지종 자세히 알았구나.

太史徵人口 역사를 기술하는 이 구전을 증거로 삼아야

列傳猶不誤 열전에 착오가 적다오.

莫道吾詩漏 나의 이 시 엉성하다 마오.

庶幾國史補 애오라지 국사에 보완이 되다.54)

이 작품은 총 78구의 장편 古體로서, 남도 지방에 전해오는 宋徵 전설을 제재로 한 장편 서사시이다. 이 시의 이해를 위하여 당대의 역사적 정황을 살펴볼 필요가 있다. 주지하듯이 16세기의 조선은 내외적으로 혼란이 심화되던 시기였다. 정치적 혼란과 기근으로 인한 민심의 동요가 심화되면서 전국적으로 크고 작은 민중적 저항이 일어났다. 1559년부터 1562년에 걸쳐 일어난 임꺽정을 중심으로 한 농민 저항은 그 대표적 사례이다. 이 사건은 황해, 경기, 평안, 강원에 걸친 지역적 저항이었으나, 파장은 확대되어 조선 전체에 큰 영향을 끼쳤다. 그리하여 16세기 후반에 들면 전국적으로 도적들의 활동과 농민들의 저항은 확대된다.[55] 대외적으로는 북쪽 여진과 남쪽의 왜와 자주 대치하는 긴박한 정황이었다. 중종 17~18년(1522~1523)의 왜구 침입부터 명종 10년(1555)의 乙卯倭變까지의 빈번한 노략이 있었다.[56] 수차례의 왜구 침입으로 전라남도 도서 지역 백성들의 삶은 고통 그 자체였다. 관군조차도 아무런 도움이 되지 못하는 현실에서 그들은 자발적으로 살길을 모색할 수밖에 없었다.

이 시의 제재인 송징은 고려 말 전라남도 완도를 거점으로 활동했던 인물로서, 관군에 대항하며 세미선을 나포했던 반체제 무장세력의 우두머리였다. 그는 반역향이란 역사적 특수성과 島嶼라는 지역적 조건 때문에 국가권력으로부터 억압과 착취를 편중되게 받고 있던 백성들을 구제한 민중영웅으로 전해오고 있다.[57] 그래서 그의 사후에 백성들이 자발적으로 사당을 지어 추모했던 것을 중앙 정부에서는 송징을

---

54) 『石川先生詩集』, 총간27, 416면. 이 시의 국역은 林熒澤 선생의 것을 채용하였다. 『李朝時代 敍事詩 下』, 창작과비평사, 1992, 11~17면 참조.

55) 『한국사』 8, 한길사, 1994, 148~155면 참조.

56) 『한국사』 29, 국사편찬위원회, 1995, 13~16면 참조.

57) 林熒澤, 앞의 책, 22면 참조.

도적으로 지목하는 한편 그 사당을 陰祠로 규정하고 폐지하게 하였다.

앞의 시의 마원처럼 송징도 사후 불의한 세력의 모함 속에 잊혀져간 비운의 무인이었다. 그들은 개인적 안위보다는 대의를 바로 세우는 데 일생을 바친 志士였다. 그런데 각기 살았던 시대와 정황은 달랐지만 두 사람 모두 역사상으로 정당한 평가를 얻지 못한 인물들이었다. 하서와 석천은 이들을 안타까움과 연민의 시선으로 노래한다. 아울러 자신의 노래를 통해 미래의 언젠가에는 이들의 행적이 정당하게 평가될 것이라는 믿음을 가지고 있음을 암시하고 있다. 그래서 두 시 모두 화자는 서정적 자아로서의 자기 체험이나 내면적 정회의 표출보다는 외부 세계에서 현상된 사건, 또 그 사건을 둘러싼 인물들의 갈등과 운명을 주목한다. 그리고 현실 비판의 한 경로로서 역사적 실재성의 환기시키고, 어두운 시대에 각성한 한 개인의 카리스마를 부각시키고 있다.

사람들은 추하고 불행해 보이는 세계에서 버티어갈 힘을 어디에서 얻을 수 있을까? 전통적으로 서양의 경우를 생각해 보면, 그것은 궁극적으로 어떤 초월적인 도덕적 질서에 대한 신념, 간단히 말하여 神에 대한 믿음에서 얻어질 수 있었다. 세상이 아무리 험해도 그것을 부정하는 정의와 평화의 질서가 있다면 하는 믿음은 종교가 사람에게 줄 수 있는 힘의 원천이 된다. 한편 節義精神에 충만함을 자부했던 호남사림의 경우는 역사적 정의에 대한 信念에서 서양의 그것에 대응하는 어떤 정신적 근거를 찾지 않았나 생각된다.

이처럼 부정적 현실을 극복하려는 의리와 신념의 지표로서, 호남사림 문인들은 올바른 역사에 대한 굳은 믿음에서 찾고자 한 것으로 보인다. 오늘날의 시련은 역사의 궁극적 구원을 위한 예비 단계이며, 결국 正義는 이 시련을 견디고 이겨나가는 쪽에 있다는 생각이다. 따라서 어두운 不遇의 현실을 이겨나가는 힘을 줄 수 있는 매개체로서 무인의 형상이 제작된 것으로 보인다.

위의 작품을 가지고 말하자면, 일신의 영달과 안위를 뒤로 하고 나라에 헌신한 馬援과 부조리한 국가권력에 대항하여 백성의 고통을 돕고자 한 宋大將軍의 모습에서 그러한 믿음의 실체를 구하고자 한 것이다. 하지만 무인 형상을 노래하는 것만으로는 속악한 현실의 개선할 수 없다는 데서 이들의 노래는 낭만적 이상의 추구에 머문 한계를 보이며, 시적 화자의 자기 내부의 모순을 동시에 드러낸다. 그럼에도 불구하고 우리는, 그들이 암울한 현실에 매몰되지 않고 극복하고자 하는 의지를 시에 담아내고자 했던 데에서 문학적 의의를 확인할 수 있으며, 아울러 호남사림의 시세계를 보다 깊이 이해하는 한 단서를 찾을 수 있다.

3. 무인 형상의 의미 지향

무인 형상이 제재로 나타나는 일군의 시작품을 읽으면, 분방하고 활발한 시상의 전개와 역동적 상상력이 어우러져 우리는 매우 호쾌한 느낌을 받게 된다. 해당 작가들이 실제 무인은 아니었지만, 무인 특유의 웅대한 형상과 다채로운 수사나 심상 등의 문학적 요소들이 잘 어우러져 형상화되어 있기 때문에 더욱 그러하다. 그런데 그 이면에 담긴 정신적 지향은 그렇게 쉽게 감지되지 않는다. 이 지향의 실체를 이해하기 위해서는 작품의 외적 요소인 작자가 처한 역사적 현실이나 의미 지향에 대한 고찰이 필요할 듯하다.

호남사림의 시에 나타나는 무인은 확실히 전장의 실제적 정황이 아닌 어떤 지향적 가치를 대변하는 존재로 보인다. 예를 들어 동아시아

사대부 문학의 전통에서의 어부 형상도 주로 생활상의 실제 어부보다
는 사대부 작자 자신의 심미적 대리인으로 조형되는 경우가 월등히 많
았던 것58)도 같은 맥락으로 이해된다. 예의 어부는, 작자가 자유로운
삶의 표징인 어부 형상을 매개로 하여 궁극적으로는 강호적 삶의 지향
을 드러내기 위한 제재였다. 그렇다면 호남사림의 문인들은 가상적 무
인의 형상을 그려내면서 무엇을 생각하고 지향한 것인가? 막연한 현실
도피인가, 아니면 고답적 정신의 유희인가하는 의문마저 생기게 된다.

　여기서 우리는 이들 시작품 속의 무인이 어디까지나 실제와는 동떨
어진 상상 속의 인물 형상이라는 점을 환기할 필요가 있다. 따라서 문
면을 그대로 받아들이기보다는 오히려 그러한 문학적 장치의 기저에
놓인 의미 지향에 대하여 다시 한번 생각해보아야 한다. 큰 칼을 들고
누대에 올라가 강개한 휘파람을 불거나, 오래 묵었지만 예리한 검을
간직하며 장래의 소용을 기다리는 무인의 형상이, 드높은 風流의 소산
이라거나 자신감 넘치는 문장력의 과시라는 일부의 해석은 다분히 표
면적 모습만을 바라본 결론일 것이다.

　이와 같은 해석은 해당 작가의 문학적 역량과 다양성을 가늠하는 데
일정 정도의 도움을 얻게 되기는 하지만, 그 여러 가지 주제와 수사들
을 넘어서 있는 것, 혹은 그 바탕에 있는 것을 함께 생각하는 데까지
나아가기는 어렵다. 이런 이유에서 그러한 견해는 재론할 여지가 충분
하다고 할 것이다. 이러한 형상화가 일시적이며 개인적인 취향이 아니
라 반복적이며 집단적인 共鳴으로 나타나는 것도 재검토해야 할 또 하
나의 이유이다.

　위에서 인용한 호남사림의 문인 중에 제봉 고경명 외에는 생전에 외

---

58) 이형대, 『한국 고전시가와 인물형상의 동아시아적 변전』, 소명출판, 2002, 12면.

적과의 전쟁에 실제로 참가한 사람은 거의 없다. 물론 그들은 당시에 빈번했던 왜구의 침노와 변방의 노략을 듣거나 보았을 것이다. 하지만 현실에서 이들의 목표는 과거를 통한 정치 참여와 士林의 이상인 至治 主義의 실현에 있었지, 칼과 활을 들고 변방에 가서 오랑캐와 대적하는 등과 같은 무인적 功業의 성취는 결코 아니었다. 제봉도 외적에 의한 국권 상실이라는 절대절명의 위기상황 속에서 유일하게 선택한 길이 의병 출정이었으며, 그러한 특수한 역사적 상황이 아니었다면 문인으로서 재기하려했을 것이 분명하다.

우리는 위의 인용 시작품 속에 나타난 무인의 존재 공간인 전장은 실제적으로는 아니지만, 이념적으로는 사대부에게 부과된 현실적 삶의 대안으로 설정되어 있음에 주목할 필요가 있다. 다시 말해 사대부의 삶에서 당위적으로 요구되는 立身揚名과 治人의 길과는 또 다른 지향적 삶의 공간인 것이다. 이에 대한 해답의 실마리는 이들이 공통적으로 처해있던 不遇의 현실에서 우선 찾을 수 있지 않을까 생각된다.

개인적 처지의 편차는 분명히 있으나, 대체로 이들은 朋黨과 士禍 등으로 인해 타의적으로 중앙 정계로부터 밀려나거나, 일가 친지들이 몰락하는 괴로운 경험을 가지고 있다. 그리고 낙향하여서는 지방의 在地士族으로서 서로 빈번히 교유하며 소회를 나누었고, 미래에 있을 捲土重來의 꿈을 간직하고 있었다는 공통분모가 있다. 이를 바탕으로 유추해보면 무인 형상은 부정한 외부 세력을 극복하고 자기 定位를 지켜나가고자 한 내적 지향의 대리인으로서 재창조된 것임을 짐작할 수 있다.

어려운 상황에서도 나약해지지 않은 내면적 자아를 분명히 드러내면서, 동시에 현실 부정 내지 도피라는 시빗거리를 피해가는 데에 무인 형상은 분명 유효해 보인다. 그래서 답답한 현실로부터 벗어나 마음껏 초월하고 비상하고 싶은 정신적 자유 추구의 욕망을 무인의 모습에 투영한 것으로 이해할 수 있다.

호남사림은 도학적 문학론을 기저에 두면서도 훨씬 다양하고 유연한 시적 개성과 상상력 및 감정의 자연성을 구현한 시인들이었다. 그러므로 그들의 시가 性情의 맑음과 원융한 조화를 일탈한 快樂主義 내지 唯美主義의 방향으로 흐르지는 않았다. 예컨대 그들의 시가 보여주는 放逸한 흥취 또는 醉樂은 도학적 가치의 부정으로서가 아니라, 세속적 가치를 초탈한 處士의 삶 속에서 때때로 마주치는 인상 깊은 장면과 체험에 대한 심미적 몰입이라는 성격을 가지는 것이다.

열렬하고 감정적이며, 세계에 대해 절망하면서도 사림으로서의 자긍을 버리지 않고, 또 한편으로 세계의 다채로운 아름다움에 탐닉하는, 그들의 낭만적 시정신은 도학적 엄숙주의의 틀을 일정정도 벗어날 수밖에 없었다. 그리하여 그들은 단순하고 자연스러운 방식으로 자신의 감정을 적극 표현하고자 하였고, 어두운 현실에 물러서지 않고 스스로의 定位를 지키고자 하였다. 그 결과 그들의 문학적 성취는 그 시대가 열망하던 높은 단계의 문학적 성취에 도달할 수 있었으며, 하나의 새로운 미학적 전범을 창출하였던 것이다.

이런 관점에서 16세기는 문학적 지평이 다양성 속에 확장된 시기라고 말할 수 있다. 이는 도학적 사유의 高格의 형상화와 함께 遊藝的, 主情的 도학의 등장으로 도학문학의 일대 확장이 이루어졌음을 의미한다. 아울러 문학과 도학은 분업적으로 성장하면서도 유기적인 연계를 이루는 계기가 된 것이기도 하다. 이러한 새로운 지평으로의 변화는 시기적으로 壬亂 전후로부터 시작되어 17세기에 이르러 그 면모를 뚜렷이 드러내고 있다. 무인형상은 그러한 한시사적 흐름을 이끌었던 주정적이고 낭만적인 호남사림 시세계의 대표적인 제재의 하나로서 확인된다.

4. 결론

　이상으로 우리는 16세기 호남사림의 시세계에 나타나는 무인 형상의 몇 가지 양상과 의미 지향에 대해 간략히 살펴보았다. 이 시기가 道學이 精神史的 주류로서 유행하던 시기라는 점을 감안할 때 이러한 武的 精神資質을 內涵하는 작품들이 호남사림에 의해서 다수 창작된 것은 당시의 문단이 결코 획일화되거나 단조롭지 않았음을 짐작하게 한다. 그리고 이러한 개성적 자질은 이후 17세기에 이르러 石洲 權韠, 五山 車天輅, 東溟 鄭斗卿 등의 시인들에게 이어져 확대 내지는 심화되는 점도 주목할 만하다.

　끝으로 본 연구가 아직은 문제 제기에 머문 한계를 자인하면서, 다만 이 문제가 꼭 다루어져야 할 과제임을 재확인하고자 한다. 무인 형상의 해명을 통해 우리는 호남사림의 시세계를 보다 깊이 이해할 수 있고, 나아가 그들이 가지고 있었던 현실 인식과 추구하고자 했던 이상적 세계상의 윤곽을 가늠해볼 수 있을 것이다.

여헌 시에 있어서 '경'의 이념과 형상화 방식

1. 문제 제기

주지하듯이 旅軒 張顯光(1554~1637)의 삶은 오로지 道學[59]의 실천을 위한 것이었다고 해도 결코 과언이 아니다. 도학의 이념을 체득하고 일상에서 그것의 실천을 추구한 그는 진정한 의미의 도학자라고 할 수 있을 것이다. 그가 남긴 문헌도 모두 한결같이 도학의 體現에 입각하고 있다. 도학의 이론을 연구한 저술은 물론이고, 인간의 정감을 주로 다루는 시에서도 이러한 특징은 쉽게 간취된다. 그에게 시 창작은 바로 도학의 문학적 실천에 다름 아니었다. 따라서 그의 시를 이해하는 단서를 문예미학적 특성보다는 도학이라는 이념적 자질에서 찾으려 한 시도는 적절해 보인다.

기존 연구가, 여헌의 시작품에서 자신의 철학적 탐색과 지향을 작품 형식을 빌어 표현한 점, 실용성이 강한 和次韻詩 · 挽詩 · 贈答詩 등이 많은 점, 문필 활동 전체에서 시가 차지하는 비중이 적은 점 등을 근거

---

59) 본고에서 사용하는 '道學'은 그 함의에 대한 사상사적 해석에 따라 '理學' 또는 '性理學'과 구분되는 경우가 있으나 여기서는 유사 개념으로 혼용하는 것으로 한다. 곧, 周敦頤, 程顥 · 程頤, 朱熹 등으로 대표되는 중국 남송 시대 신유학을 가리키는 술어로 사용한다.

로 하여 여헌 문학이 도학파 문인의 한 전형임을 지적한 것60)은 온당한 견해이다. 그리고 뒤이어 여헌 한시의 다양한 주제와 소재를 점검한 연구들61)을 통해 여헌 문학에 대한 윤곽이 대체로 확인되었다. 최근에 연구 시야를 보다 확장하여 당대의 문학적 특징인 '溪山風流'의 흐름 속에서 여헌 문학을 고찰하고, 도학 문학이 각 개인의 성향에 따라 보이는 다양한 변주의 편폭을 해명하려는 시도62)는 여헌 문학의 연구가 나아갈 한 방향을 제시한 것이라고 할 수 있다.

이러한 연구사적 맥락에서 본고가 다루고자 하는 과제는 여헌 시에 어떠한 도학적 이념이 어떠한 방식으로 형상화되었는가에 대한 試論的인 해명이다.

우선 해명을 위한 한 가지 단서로서 '敬'의 이념을 통하여 여헌의 시세계를 살펴보고자 한다. 기실 도학자의 삶과 문학을 이해하는 출발점으로 '敬'이 새삼스러울 것은 없다. '敬'은 도학적 가치를 삶의 지표로 삼고 실천하는 문인이라면 대부분 공유하는 기본 자질의 하나이기 때문이다. 그럼에도 불구하고 여기에서 '敬'에 주목하는 이유는 그의 시문에서 '敬'이 유독 자주 사용되며 반복적으로 강조되고 있다는 데 있다. 따라서 본고에서는 '敬'의 이념이 여헌 문학을 깊이 있게 이해하는 출발점임을 실제 詩文 작품을 통해 확인할 것이다. 그리고 이 작업은 도학적 이념의 문학적 형상화라는 대주제의 본격적인 연구를 위한 문

---

60) 황위주, 「여헌 장현광의 삶과 문학」, 『여헌 장현광의 학문과 사상』, 금오공과대학교 선주문화연구소, 1994. 437면.

61) 이동영, 「張顯光과 立巖詩歌 環境」, 『인문논총』 24, 부산대학교, 1983. 51~75면. 구본현, 「張顯光의 문학관과 시세계」, 『한국한시작가연구』 7, 한국한시학회, 2002. 281~283면.

62) 우응순, 「旅軒 張顯光의 문학론과 시세계 試論」, 『東洋哲學』 20, 한국동양철학회, 2003. 413~414면.

제 제기이기도 하다.

2. '경' 개념의 사적 추이와 범주

구체적인 시 작품의 분석에 앞서 '敬' 개념의 사적 추이와 의미 범주
에 대한 이해가 필요하다. 경에 대한 자세한 사상사적 검토는 본고의
논의를 넘어서는 것이므로 여기서는 다만 논의의 이해에 필요한 수준
에서 개념사적 흐름과 그 내용을 살펴보는 것으로 대신한다.

'敬'의 어원적 유래는 머리에 커다란 장식을 얹고 다소곳이 꿇어앉은
사람의 상형[63]으로 보는 것이 일반적이다. 머리 장식이 흐트러지지
않도록 조심한다는 데서 '조심하다'의 뜻이 나온 것이다. '敬'의 원래
자형은 오른쪽의 '칠 복(攴)'과 왼쪽 가운데 '입 구(口)'가 없는 것이라
고 한다. 왼쪽 가운데 '입 구(口)'가 추가되어 특히 입조심의 의미로
되었고, 오른쪽 '칠 복(攴)'의 변형이 합쳐지면서 자신뿐만 아니라 남
까지 근신하도록 한다는 뜻으로 확장된다.

전통 문헌에 보이는 용례로는 "집에 있을 때는 공손하고, 일을 처리
할 때는 조심한다(居處恭, 執事敬.)."(『論語 · 子路』)와 "경으로써 안을
곧게 하고, 의로써 바깥을 바르게 한다(敬以直內, 義以方外.)."(『周易 ·
文言』)이다. 여기서 경은 본래의 자의대로 '조심하고 삼간다'는 의미로
쓰인 것이다. 이 경이 도학적 사유개념으로 이념화되는 것은 대체로
중국 宋代 理學家인 程頤에 의해서 이다. 그는 경을 일종의 도덕수양
의 한 방법으로 제기하였다. 그는 進學은 致知에 있고 그것의 涵養은
경에 있다고 보았다. 자신의 생각을 항상 바로 잡고 마음이 외물에 의

---

63) 김언종, 『한자의 뿌리』 1, 문학동네, 2001. 78~79면 참조.

해 흔들리지 않는 상태로 유지하는 것이 '경을 주로 하는', 곧 '主敬'에 의해 가능하다는 것이다. 이러한 程頤의 '主敬'은 '絶物棄智'의 禪學과는 다른 차원의 것이고, 같은 理學 계열인 周敦頤의 '主靜'이나 程顥의 '識仁'과도 궤를 달리하는 개념이다.

　敬의 공부가 萬善의 근본이며 爲學의 강령으로 더욱 강조되는 것은 바로 朱熹에 의해서 이다. 주희는 더욱 敬의 공부를 강조하고 萬善의 근본이며 爲學의 강령이라고 보았다.[64] 朱熹는 이 개념을 보다 확장·심화하여 '居敬', '持敬' 등을 강조하였다. 그는 '居敬'을 '窮理'와 함께 거론하여 마치 사람의 두 발처럼 서로 돕는 관계인 것으로 보았고, '持敬'을 '窮理'의 근본이라고 하여 人欲을 제거하고 天理를 궁구하는 도학의 실천 이론으로 확립하였다. 여헌의 경의 이념은 이러한 도학적 개념사와 궤를 같이 한다. 곧 그는 경을 학문과 삶에 있어서의 실천 이념으로 받아들인 것으로 보인다.[65] 여헌이 경의 실천을 중요시한 것은 說理的 散文뿐만 아니라 詩文에 직접 나타나기도 한다.

「無題」[66]
男子遊天地　남자가 천하를 유람할 제
何須出戶庭　어찌 집 밖을 나설 필요가 있으랴
邵丸窩裏弄　邵康節의 공은 安樂窩 속에서 희롱하고

---

64) 이상의 내용은 『中國大百科全書』哲學Ⅱ, 中國大百科全書出版社, 1987, 1240면, '主敬'條 참조.

65) 이에 대해 최근 기획 논문으로 발표된 '旅軒 張顯光의 經世 사상과 수양론의 조명'(『유교사상연구』 22, 한국유교학회, 2005)을 참고할 만하다.

66) 원문은 『旅軒先生文集』卷10, 『韓國文集叢刊』60, 民族文化推進會 影印本, 1988, 20면. 이하 출전 표기는 '『叢刊』, 60면.'으로 한다. 번역은 『국역 여헌집』(성백효 역주, 민족문화추진회)을 참조하되, 文意를 좀더 명료하게 하거나 해석에 이견이 있는 경우에는 일부 수정을 가하였다.

周草牖前青　周濂溪의 풀은 창가에 푸르도다
參贊由心正　천지의 조화를 도움은 마음이 바른 때문이요
治平自婦刑　치국평천하는 아내에게 모범이 되어서지
功無敬外大　공부는 敬보다 더 큰 것이 없으니
一字是吾銘　이 한 글자 바로 내가 명심한 것이라오

　이 시는 화자인 여헌이 도학자로서 세상을 바라보는 입장과 태도를 표출한 시이다. 1~4구는 處士的 삶의 긍정과 前例를 드는 부분이다. 화자는 집 안에서도 속세의 문제를 꿰뚫는 慧眼을 가지고 있으니 굳이 천하를 주유해야 할 필요는 없다고 반문한다. 중국 송대의 대표적 도학자인 소강절과 주염계의 사례에서도 확인할 수 있듯이 자아 수양과 성찰을 통해서도 세계에 대한 통찰은 얼마든지 가능하지 않느냐는 말이다.

　그렇다고 해서 화자인 처사의 역량이 이에 국한되지는 않는다. 5~6구에서 나타난 것과 같이 화자는 천지의 조화에 기여하고 治國과 平天下의 理想을 펼칠 수 있는 자질을 닦고 있기 때문이다. 끝의 두 구는 이러한 공부에 가장 중대한 요소를 밝힌다. 그것은 다름 아닌 '敬'이다. 끝구에서 보듯 화자가 '자신의 좌우명[吾銘]'으로 삼을 정도로 중시하는 삶의 지표임을 천명한 것이다. 가까운 사례로 退溪 李滉(1501~1570)의 경우에서도 '敬'의 중시를 확인할 수 있다. 퇴계는, 자신의 학문에 대한 총체적 집약이라 할 『聖學十圖』에서 임금에게 '敬은 聖學의 처음이자 끝'[67]이라고 강조한 것처럼 '敬'의 정신으로 학문과 삶을 일관해온 巨儒이다. 여헌은 비록 聖學이라고까지는 지적하지 않았으나, 같은 도학자의 한 사람으로서 이러한 '敬'을 삶의 대전제로 삼

---

67) 「성학십도」, 李滉, 『退溪全書』1, 成均館大 大東文化硏究院 影印本, 1985.

앉을 것임은 짐작하기 어렵지 않다. 여헌의 다른 곳에서 "도 밖에 어찌 도를 구하겠나, 공부는 모두 敬 자로 말미암아 이루어진다네(道外何求 道, 功由敬字成)."[68]라고 한 것이나, "敬은 천 가지 사악함을 대적하 고, 誠은 만 가지 거짓을 소멸한다(敬敵千邪, 誠消萬僞.)."[69]라는 언명 은 같은 문맥으로 이해된다.

또한 여헌은 敬을 德과 연계하여 설명한 바 있다. "性은 善하다. 하 늘에서 받은 것을 성이라 하고 인·의·예·지의 순수함을 선이라 한 다. 道는 中이다. 性을 따르는 것을 도라 하고 일의 이치와 사물의 법 칙에 알맞음을 중이라 한다. 德은 敬이다. 도를 응집하는 것을 덕이라 하고 표리가 한결같이 바름을 경이라 한다. 心은 誠이다. 몸을 주관하 는 것을 마음[心]이라 하고 뜻을 써서 이겨 극진하게 함을 성이라 한 다. 학문[學]은 생각함이다. 마음을 다스림을 학문이라 하고 미루어 지극히 하여 궁극에 도달함을 생각이라 한다.[70]" 여헌이 자신의 성리 설을 '다섯 마디의 宗旨[五言宗旨]'로써 압축적으로 제시한 것이다.

그는 이를 부연하여 "인·의·예·지의 순수함을 善이라 하고, 일의 이 치와 사물의 법칙에 알맞음을 中이라 하고, 표리가 한결같이 바름을 敬이라 하고, 뜻을 극진히 함을 誠이라 하고, 미루어 지극히 하여 궁극 한 경지에 도달함을 思라 하니, 이는 곧 다섯 가지의 旨義이다. 그러므 로 오직 性만이 선의 旨義에 해당하고 오직 선만이 성의 명목을 다할 수 있으며, 오직 道만이 中의 지의에 해당하고 오직 중만이 도의 명목 을 다할 수 있으며, 오직 德만이 敬의 지의에 해당하고 오직 경만이

---

68) 「和大光明正法次文文山韻」, 『叢刊』, 267면.

69) 「標題要語」, 『叢刊』, 354면.

70) "性惟善. 受天之謂性, 純仁義禮智之謂善. 道惟中, 率性之謂道, 準事理物則之謂 中. 德惟敬. 凝道之謂德, 表裏一於正之謂敬. 心惟誠. 主身之謂心, 用意克盡之謂誠. 學惟思. 治心之謂學, 推致窮到之謂思." 「晚學要會」, 『叢刊』, 356면.

덕의 명목을 다할 수 있으며, 오직 마음만이 誠의 지의에 해당하고 오
직 성만이 마음의 명목을 다할 수 있으며, 오직 학문만이 思의 지의에
해당하고 오직 思만이 학문의 명목을 다할 수 있는 것이다. 만약 善을
버려두고 性을 말하며 中을 버려두고 도를 말하며 敬을 버려두고 덕을
말하며 誠을 버려두고 마음을 말하며 思를 버려두고 학문을 말한다면
나는 그 실제를 알고 요점을 안다고 보지 못하겠다."[71]라고 설명한다.

그리고 여헌은 결론으로서 "德은 善을 소유함을 이른다. 인·의·예·
지·신의 五常을 하늘에서 받아 자신의 본성으로 삼으면 이것을 明德이
라 이르고, 이 性을 밝혀 온전히 다하면 大德이라 이르고 다하여 더할
수 없으면 至德이라 이르며, 한 마디 말과 한 가지 행실의 善에 이르러
서도 이것을 덕이라 이른다. 그러므로 덕은 크고 작음과 높고 낮음이
있으니, 만일 총명하고 예지하여 誠으로부터 밝아지는 성인이 아니면
모름지기 닦은 뒤에야 이루어지는 바, 닦는 것은 반드시 작은 데에서
부터 큰 데에 이르고 낮은 데에서부터 높은 데에 이르러야 한다. 덕에
들어간다는 것은 밖으로부터 들어가는 것이요 덕에 나아간다는 것은
아래로부터 올라가는 것이니, 들어가고 나아감이 모두 닦는 자의 일인
데, 혹은 공부의 절목을 말하고 혹은 차례의 등급을 말한다. 그러나
그 실제를 구명해 보면 敬보다 중요한 것이 없으니, 경은 성인을 만드
는 기본으로 시작을 이루고 끝을 이루는 큰 방법이다."[72]라고 하여 실

---

71) "純仁義禮智之謂善, 準事理物則之謂中, 表裏一於正之謂敬, 用意克盡之謂誠, 推致
窮到之謂思, 此卽五者之旨義也. 故惟性可以當善之旨義, 而惟善可以盡性之名目, 惟
道可以當中之旨義, 而惟中可以盡道之名目, 惟德可以當敬之旨義, 而惟敬可以盡德
之名目, 惟心可以當誠之旨義, 而惟誠可以盡心之名目, 惟學可以當思之旨義, 而惟思
可以盡學之名目. 若外善而言性, 外中而言道, 外敬而言德, 外誠而言心, 外思而言學,
吾未見其得其實領其要者也. 能於五者之名目, 得夫五者之旨義, 則其於大小名目, 大
小旨義, 何究而不得其實不領其要哉." 「晚學要會」, 『叢刊』, 356면.
72) "德者, 有善之謂. 仁義禮智信之五常, 受于天而性於己, 則謂之明德, 克明此性, 全

천 이념으로서 敬을 재차 강조하였다. 다음의 시는 이상의 설명 내용
과 같은 맥락에서 이해할 수 있다.

「萬活堂賦 幷序」[73]

……(전략)……

天地之大德曰生	천지의 큰 덕은 물건을 낳는 것이며
生之理流行曰活	낳는 이치가 유행함을 '活'이라 하네
此理一日不流行	이 이치는 하루만 유행하지 않으면
天地不能爲天地	천지가 천지가 되지 못하니
萬物況得爲萬物	하물며 만물이 만물이 될 수 있겠는가
然則立此天地之中	그렇다면 이 천지의 가운데에 서서
首此萬物之上	이 만물의 우두머리가 되어
盍思有以體會夫此理	이 이치 알고 체행할 것을 생각하지 않겠는가
體之伊何	체행은 어떻게 하여야 하는가
曰敬而已	敬 한 가지 뿐이라오
放之則彌六合	풀어놓으면 육합에 가득하고
卷之則退藏於密者	거두면 은밀한 이치에 감추어짐은
由一敬之終始	한 敬으로 말미암아 공부의 시작과 끝이 이루어지니
一日不敬	하루라도 경을 행하지 않으면
心死一日	하루 동안 마음이 죽게 되고
一刻不敬	한 시각이라도 경을 행하지 않으면

而盡之, 則謂之大德, 盡之而無以加焉, 則謂之至德, 至於一言一行之善, 亦謂之德.
故德有大小高下, 苟非聰明睿智, 自誠而明之聖人, 必須修之然後成也, 修之者, 必由
小而大, 自下而高. 曰入德者, 自外而入也, 曰進德者, 自下而上也, 其入其進, 皆修者
之事也, 而或言其工夫節目, 或言其次第等級. 然而究其實, 則莫要於敬, 惟敬, 其作
聖之基本, 成始成終之大方哉."「晩學要會」, 『叢刊』, 356면.

73) 『叢刊』, 12면.

心死一刻	시각 동안 마음이 죽으니
其心死兮	마음이 죽으면
生之理息	낳는 이치가 종식되는 법
勖哉主人	주인은 부디 노력하여
常令此心活也	항상 이 마음 살아 있게 하라

인용 부분은 「萬活堂賦」의 끝부분에 부기된 銘文이다. 堂號와 연관하여 만물이 활력을 가지는 것에 대한 의론을 다룬 箴言的 작품이다. 一日이 아니라 一刻이라는 짧은 시간에도 敬의 공부를 결코 소홀히 해서는 안 된다는 내용으로, 敬의 공부가 心의 생명력을 유지하게 하는 바탕임을 요약적으로 제시하고 있다. 끝의 2구를 보면 이 가르침을 萬活堂의 주인에게 전하는 것으로 되어 있지만, 다른 한편으로 보면 스스로에게 전하는 다짐이기도 하다. 이러한 경은 마음의 다스림과 함께 사물을 관찰하고 이치를 탐구하는 공부에도 해당한다. 다음의 부 작품에서 확인할 수 있다.

「觀物賦」[74)
……(전략)……

願從事於窮格	나는 진리를 연구하는 공부에 종사하기를 원한다
物求所以然兮	물건은 所以然의 이치를 찾고
事求所當然	일은 所當然의 도리를 찾아야 한다
由是而往兮	이로부터 나아가면
可以盡性至命	본성을 다하고 천명에 이를 수 있다
道理盡處數在其中	도리가 다하는 곳에는 數가 그 가운데에 있으니

---

74)『叢刊』, 15면.

窮神知化亦何外乎此敬 신명의 이치를 연구하고 조화를 아는 것인들
또한 어찌 이 敬에서 벗어나겠는가

　이 시는 앞서 살펴본 '敬'의 공부가 어떠한 내용과 범위를 가지고 있
는지를 천명한 것이다. 화자는 '사물에 대한 관찰[觀物]'을 통한 窮理
를 노래하는 것으로 詩想을 전개한다. 이 觀物은 앞서 살펴보았듯이
'敬'의 기본 태도인 것이다. 1~3구까지는 敬 공부의 시작이 事物의 理
法을 관찰하고 탐구하는 것임을 말한다. 이 작품의 제목인 '觀物'의 의
미가 제시된 부분이다. 이때 사물은 물체와 일을 포괄하는 개념으로
萬物과 萬事를 함께 아우르는 말이다.
　일체의 사물이 '왜 그러한지[所以然]'와 '왜 그래야 하는지[所當然]'
를 탐색하는 일은, 이어지는 4~5구에서 보듯 주어진 본성을 지극하게
하고, 나아가 하늘이 사람에게 부여한 명령에 도달하는 길이다. 그리
고 끝구에서 말한 것과 같이 천지자연의 이치를 연구하고 이해하는 것
은 결국 '敬'의 범위 안에 포섭된다. 이처럼 화자에게 '敬'은 학문적 지
식의 습득이라는 차원을 넘어 대자연의 원리를 考究하는 수준까지 포
괄한다. 도학자로서의 여헌의 학문적 자세와 당당한 포부가 뚜렷하게
體現된 작품이다.
　그렇다면 이제 여헌 시에서 '敬'의 이념은 어떻게 형상화 되는 것인
지 살펴볼 차례이다. 주지하듯이 직서적으로 분석하거나 설명하는 산
문과는 다르게 시는 이념을 이미지, 비유, 상징 등을 통해 간접적으로
드러나는 경우가 많다. 다음의 시를 통해 '敬'과 연결되는 시적 형상화
방식을 찾아보기로 한다.

3. '경' 이념의 형상화와 도학적 시세계

1) 淸淨한 世界의 希求

「感興」75)

此心如水意如波	이 마음은 물과 같고 뜻은 파도와 같으니
動是浙江靜汨羅	움직이면 浙江이요 고요하면 汨羅水로다
若做敬功終始一	만약 敬 공부를 시종 변함없이 한다면
鯨藏風止淨如何	고래가 숨고 풍랑이 멈춰지듯 얼마나 깨끗할까

이념의 사전적 의미가 '한 개인이 이상적인 것으로 여겨지는 생각이나 견해'라고 한다면, 이 시의 3구에서 보듯 여헌이 일생 공부의 대주제이자 이념적 지표로 설정한 것은 역시 '敬'이라고 할 수 있다. 그런데 1~2구에 흥미 있는 비유가 있어 주목할 만하다. '마음=물[心=水]'과 '뜻=파도[意=波]'도 그렇지만 '움직임=절강[動=浙江]'과 '고요함=멱라수[靜=汨羅]'는 독특한 상관 관계이다. 멱라수는 중국 長沙 지방에 있는 물이름으로, 주자가 연못[汨羅淵]이라고 표현할 만큼 잔잔한 물이다. 그리고 절강은 중국 浙江省에 있는 강이름으로 曲江이라고도 불리울 만큼 갈래와 굽이가 많은 강이다.76) 끝 구에서도 알 수 있듯이 마음과 뜻의 물결은 잔잔하고 깨끗한 것이 중요한 가치를 갖는다. 여기서 '고요함[靜]'과 '청정함[淨]'의 이미지는 '敬'의 형상화에 있어서 대표적인 표현 방식임을 알 수 있다. 다음의 시를 보면 이러한 이미지들을 통한 형상화 방식이 보다 구체적으로 확인된다.

---

75) 『叢刊』, 266면.
76) 황위주, 앞의 논문, 448면 참조.

「前澗」[77]

1 小澗流齋下　작은 시냇물 재실 아래로 흘러
　日夜響潺湲　밤낮으로 졸졸 흐르누나
　源從底處出　근원은 깊은 곳에서 나와
4 出出會無艱　나와도 나와도 어려움이 없고
　流向底處歸　흐름은 깊은 곳 향해 돌아가
　歸歸且不慳　돌아가고 돌아가 그치지 않네
　始見花爛浮　처음에는 꽃잎 떨어져 떠감을 보았는데
8 旋作黃流灣　문득 황톳물 가득히 흘러가며
　纔觀玉宇涵　금방 깨끗한 집이 담겨져 있음을 보았는데
　復聽冰下灘　다시 얼음 밑에 여울소리 듣노라
　爽或起松籟　상쾌함은 솔바람이 이는 듯하고
12 怒或雷凝寰　노할 때에는 우주에 뇌성벽력이 치는 듯하네
　過續足立懦　지나가면 다시 이어짐은 나약한 이 뜻을 세우게 하고
　潔淸能廉頑　깨끗하고 시원함은 완악한 이 청렴하게 하는구나
　誰勸往無已　누가 권하기에 끊임없이 흘러가며
16 孰催忙未閒　누가 재촉하기에 바삐 달려가는가
　隨時呈百趣　때에 따라 온갖 태도 드러내나
　不息終一般　쉬지 않음은 끝내 일반이라오
　愛玩每臨流　사랑스레 보느라 매양 물가에 임하는데
20 不覺身恫瘝　모르는 새 몸에 아픈 병이 있는 듯하네

　이 시는 재실 아래로 흐르는 작은 시냇물을 관찰하면서 느낀 감흥을 노래한 것이다. 여기서 시냇물은 비록 작지만 깊은 근원과 끝없는 流水를 이어가는 존재이다. 그러한 속성은 보는 사람의 마음을 길러주는

---

77) 『叢刊』, 22면.

대상이기도 하다. 마지막 구의 '모르는 새 몸이 아파오도다[不覺身恫
瘝]'에 유의할 필요가 있다. 애정 어린 시선으로 물가에 다가가 관찰하
다가 화자가 얻은 것은 무엇인가. 그것은 바로 敬의 일상적 실천이다.
'恫瘝'은, 『書經』에 "왕이 말씀하셨다. '아아! 소자 봉아. 아픈 병이 몸
에 있는 것처럼 삼가고 조심할지어다. 천명은 두려워해야 하지만 정성
스러우면 도와주는 법이니라.'"78)라고 한 말에서 온 것이다. 따라서
이 구절은 시냇물의 청정한 덕성을 깨닫고 새삼 敬의 중요성을 환기한
표현으로 이해된다.

「題李缶川幽居」79)

數間茅屋小溪濱	두어 칸 초가집 작은 시냇가에 있으니
靜裏端宜着老身	고요한 가운데 늙은 몸 붙여 있기 좋다오
翠色已交南澗柳	파아란 빛은 이미 남쪽 시냇가 버들에 어우러지고
凉陰欲合北窓筠	시원한 그늘은 북쪽 창가의 대나무에 머무네
趣成自到忘言地	의취 이루어지니 자연 말을 잊는 경지에 도달하고
意得眞如傲世人	뜻 맞으니 참으로 세상을 오만히 여기는 사람인 듯 하여라
飮罷松醪仍醉睡	송료주(松醪酒) 다 마시고 그대로 취해 잠드니
枕邊啼鳥喚醒頻	베갯가에 들려오는 새 울음소리에 자주 잠을 깨누나

　시제에서 알 수 있듯이 이 시는 '그윽한 거처[幽居]'를 주제로 한 것
이다. 1~4구는 바로 그곳의 환경을 제시하고 있다. 앞의 두 구는 '고요
함[靜]'을 나타내고, 뒤의 두 구는 '청정함[淨]'을 제시한다. 이러한 환

---

78) "王曰：嗚呼！小子封，恫瘝乃身，敬哉！天畏，棐忱." 『書經·周書·康誥』 11장. 蔡
　　沈 集傳, 『書經(內閣本)』, 學民文化社 影印本.
79) 『叢刊』, 269면.

경은 바로 화자가 지향하는 이상적 공간이다. 그래서 5~6구에서처럼 意趣가 이루어지고 들어맞으며 절로 '말을 잊는 경지'에 도달하고, '세상을 오만히 여기는 사람'이 된 듯한 느낌을 가질 수 있는 곳이다. 다음의 시작품도 유사한 시상으로 지어진 작품이다.

「次朴大庵」80)

花開葉落臥分時	꽃이 피든 잎이 지든 누워서 분수에 맡겨 두니
山外紛紜豈我知	산 밖의 분분함 내 어이 알겠는가
宅上松聲來耳可	집 위에 솔바람 소리 귀에 좋게 들려오고
階前石澗照顏宜	뜰 앞의 돌 사이 시냇물에 얼굴을 비추누나
扉常掩處看區邃	사립문 항상 닫아 둔 곳에서 구역의 아늑함 보고
人不爭時覺業奇	사람들 다투지 않는 때에 사업의 기이함 깨닫네
猶慮調餘還有病	오히려 조섭하던 끝에 병이 더칠까 염려하여
却從偏性作良醫	편벽된 성품 다스려 좋은 의원 되려 한다오

　2구의 '산 밖의 분분함[紛紜]'은 다름 아닌 혼탁한 세속이다. 그러한 塵世로부터 격절된 공간이 화자가 진정으로 원하는 곳이다. 3~4구의 듣기 좋은 솔바람 소리와 거울같이 맑은 시냇물은 적절한 배경이 된다. 이런 곳에 있으면 다른 때 잘 떠올리지 못하는 일들이 저절로 떠오르게 마련이다. 문을 닫아두고 앉아서야 비로소 자신이 처한 곳이 꽤나 깊고 아늑한 곳임을 깨닫는다. 그리고 남들과 다툴 일이 없는 때에야 비로소 사업의 기이함을 알게 되는 것이다. 이러한 맥락에서 끝구의 '편벽된 성품을 다스려 좋은 의원 되고자 한다(却從偏性作良醫)'는 말은 바로 마음을 다스리는 사람이 되고 싶다는 希求의 표현으로 읽힌

---

80) 『叢刊』, 269면.

다. 이처럼 敬을 삶의 실천 이념으로 삼고 속세와 분리된 청정한 세계
의 추구하고자 하는 모습을 형상화 하는 것은 여헌 시의 특징적 일 국
면이다.

2) 孤高한 氣像의 强調

혼탁한 속세를 거부하고 청정한 세계의 추구하려는 시적 화자와 더
불어 孤高한 氣像의 강조도 여헌 시에 자주 보이는 특징이다. 대, 소나
무, 학, 산 등 '孤高'의 이미지에 부합하는 제재가 빈번하게 詩化되는
것은 그러한 특징과 연계하여 이해할 필요가 있다.

「吳山感興」[81)]

(… 전략 …)

松留萬古趣　소나무는 만고의 정취 남아 있고
竹是千年色　대나무는 천년의 기색 간직하였네
問爾何趣色　너에게 묻노니 무슨 정취와 기색이
使我心神別　나의 마음과 정신 각별하게 하는가
松與竹無語　소나무와 대나무는 말이 없고
隨風聲更潔　바람따라 소리만 더욱 깨끗하네
一般淸意味　이 맑은 意趣를
那得吟形出　어찌 읊어 형용해 낼까

(… 후략 …)

이 시는 詩題에서 보듯 자연 경물에서 느낀 정감과 흥취를 노래한
작품으로 '敬'을 직접적으로 나타내는 어휘나 구절은 표면에 드러나

---

81) 『叢刊』, 24면.

보이지 않는다. 화자가 흥취의 제재로 바라보고 있는 것은 소나무와 대나무이다. 주변에서 흔히 보이는 것인데다 사시사철 내내 별 다른 변화 없이 서 있는 존재로서, 시적 흥취를 일으키는 경물로서는 밋밋한 감마저 드는 소재이다.

하지만 화자는 경물의 외양보다는 바로 그러한 나무의 본성에 주목한다. 이러한 시각은 단지 사물의 겉모습만을 바라보는 것이 아니다. 이미 화자의 안목이 사물의 본성을 파악하여 성찰하는 경지에 있음을 반증한다. 자신의 '심신에 각별하게 다가오는 것[心神別]'은 무엇인지를 화자는 松竹에게 묻는다. 하지만 송죽은 '말이 없고[無語]' 바람에 '더욱 맑은 소리[聲更潔]'를 내보일 뿐이다. '말 없음'의 '고요함[靜]'과 '맑은 소리'의 '청정함[淨]'의 이미지는 앞서 말한 '敬'의 형상화에 주된 표출 방식이다. 이어지는 두 구에서 보듯 화자는 '이 맑은 意趣를 어찌 읊어 형용해 낼까(一般淸意味 那得吟形出)'라는 시구로 넘쳐 오르는 흥취를 드러내고 있다. 관물을 통한 공부 곧 심성수양의 과정에서 오는 정서적 고양을 형상화한 것으로 이해할 수 있다. 이러한 공부는 바로 '敬'의 이념을 체화하고 실천해 가는 도학자만의 '맑은 意趣'이며, 마음과 정신을 각별하게 하는 기상을 기르는 과정인 것이다. 다음의 시도 유사한 사례로 들 수 있다.

「訪金烏」[82]

竹有當年碧 　대는 당해의 푸른 빛 지니고 있고
山依昔日高 　산은 옛날의 드높은 모습 의구하도다
淸風猶竪髮 　청풍에 아직도 머리털 송연한데
誰謂古人遙 　누가 옛 사람이 멀다 하는가

---

82) 『叢刊』, 17면.

이 시는 詩題에서 알 수 있듯이 金烏山을 방문하고 느낀 것을 적은 것이다. 5언 절구의 짧은 형식이고, 문면만으로는 그다지 특기할 만한 내용은 없어 보이지만, 내면의 시적 志趣와 風格으로 볼 때 여헌 시의 개성이 잘 드러난 작품이다. 우선 1~2구는 세월의 흐름과 상관없이 지속하는 존재에 대한 화자의 감흥을 노래한 것이다. 대나무와 산은 분명 변함없이 자신의 가치를 지켜 나가는 존재인데, 화자의 詩想은 그러한 사물들이 지니고 있는 氣像에서 발동한다. '푸른 빛[碧]'과 '드 높은 모습[高]'은 기상의 시각적 형상화에 다름 아니다.

이어지는 두 구는 화자가 모골을 송연하게 하는 시원하고 맑은 바람을 맞으며 옛 사람을 떠올리는 내용이다. 여기서 '옛 사람[古人]'은 바로 길재(吉再: 1353~1419)[83]를 가리킨다. 주지하듯이 길재는 목은 이색과 포은 정몽주와 함께 고려 말의 三隱으로 병칭되는 여말선초의 성리학자이다. 이 시는 길재의 문집 『冶隱集』에 「遊金烏山」[84]이라는 시제로 부록되어 있는데, 병기된 주석에서 창작과 관련된 배경을 확인할 수 있다. "정미년에 산을 찾아 大穴寺[85]에서 쉬었는데, 절은 바로 선생께서 은거하시던 곳이었다. 지금도 심은 대나무가 여전히 남아 있어 이에 선생의 「閒居」詩를 차운하여 같이 둔다(歲丁未, 尋山憩大穴寺, 寺乃先生幽棲之所. 今其種竹尙在, 仍次先生閒居之韻而及之.)."라고 한

---

83) 본관은 해평, 자는 再父, 호는 冶隱 또는 金烏山人이다.

84) 『叢刊』 7, 415면.

85) 大穴寺는 경북 구미 금오산에 있는 사찰로, 대한불교조계종 제8교구 본사인 직지사의 말사이다. 신라 말기에 道詵(827~898)이 창건하였으며, 창건 당시에는 大穴寺라고 하였다. 고려 말에 吉再(1353~1419)가 이 절과 절 뒤에 있는 道詵窟에 은거하며 道學을 익혔다고 한다. 1592년(조선 선조 25)에 임진왜란이 일어나 폐사되었다. 이후 오랫동안 폐사지로 남아 있다가 1925년 복원되었는데, 이때 절 이름을 海雲庵이라고 바꾸었다. 1956년 대웅전을 신축하였으며, 이후 꾸준히 불사를 진행하면서 다시 절 이름을 해운사로 바꾸었다.

것으로 보아, 1구의 대나무는 길재가 직접 심은 것이며 여헌은 그것의 변함없는 모습을 보고 作詩하게 되었음을 알 수 있다. 조선 말기의 문신 李裕元(1814~1888)은 이 시를 평하여 '회오리바람을 타고 구만 리를 올라간다(搏扶搖而上者九萬里.).'[86]고 한 바 있다. 『莊子』 제 1편 「逍遙遊」의 "扶搖(회오리바람)를 양뿔처럼 휘감아 구만 리를 올라간다(搏扶搖羊角而上者九萬里.)."를 구절을 인용한 것으로 위의 시가 大鵬의 드높은 기상과 같은 풍격임을 칭찬한 評語이다.

대나무와 함께 소나무도 유사한 제재로 종종 등장한다. 다음의 작품은 老松의 기상을 읊은 시이다. 매서운 서릿발에 뜰 안의 화초들은 모두 시들어버린 가운데 푸른 빛을 유지하는 모습은 바로 화자의 정신적 지향점이다.

> 「臥遊堂十一詠·老松」[87]
> 風霜一夜經　하룻밤 동안 풍상 겪으니
> 百卉皆黃落　온갖 화초 모두 누렇게 시드는데
> 庭畔獨偃蹇　뜰 가에 홀로 우뚝 솟아
> 蒼然依舊色　창연한 옛 빛 의구하구나

1구의 '風霜'을 세속의 어두운 현실과 연계시켜 보면 2구의 '온갖 화초'는 바로 현실의 외압이나 욕망에 떠밀려 자신의 의지나 지조를 지켜내지 못하는 소인배들임을 쉽게 연상할 수 있다. 하지만 '敬'의 이념을 삶의 지표로 삼는 도학자라면 홀로 늘 푸른 소나무처럼 그러한 外

---

86) 李裕元, 『林下筆記』(成均館大 大東文化研究院 影印本, 1961)의 제35권에 수록된 「薜荔新志」 참조.
87) 『叢刊』, 18면.

物에 결코 굴복하지 않을 것이다. 이렇게 보면 詩題인 '老松'은 바로 화자가 목표로 삼는 이념적 표상이다. 드높은 도학적 기상의 체현은 송죽 이외의 제재에서도 보인다. 다음의 인용 작품에서는 鶴의 이미지를 통해 고절한 도학자의 기상이 보다 확장·심화된 모습으로 제시되어 있어 주목할 만하다.

「鶴浴潭」[88]

1兩峽劈作洞	두 산이 칼로 자른 듯 골짝 이루어
一潭成以石	한 못 돌로 이루어졌네
上注懸於瀑	위의 물줄기 폭포에 매달려 있고
4下流盈出積	아래로는 가득히 모였다가 넘쳐 흐르네
淵泓更澄澈	깊고 또 깨끗하니
一塵寧容得	한 티끌인들 어찌 용납하겠는가
凡蹤不可近	속세의 종적 가까이할 수 없으니
8潭名卽浴鶴	못 이름을 바로 학이 목욕한다 하였네
鶴爲鳥中仙	학은 새 중의 신선으로
水不淸不浴	물이 맑지 않으면 목욕하지 않는다오
遊必騰雲衢	놀 때에는 반드시 구름 높은 거리에 날고
12巢必無人跡	둥지는 반드시 인적이 없는 곳에 마련하지
肯從鵝鴨群	어찌 오리 따위를 따라다녀
不擇池汚濁	더러운 못 가리지 않겠는가
飛止自淸高	날고 멈춤 절로 청고하니
16誰能馴逸翮	누가 높이 나는 나래 길들일까
眞如遯世士	참으로 세상에 은둔하는 선비
不處塵埃域	진세에 처하지 않음과 같다오

---

88) 『叢刊』, 271면.

而今鶴何處	지금 학은 어느 곳에 있는가
20潭空山影夕	못은 비고 산 그림자만 저녁에 드리워져
我來始濯纓	내 와서 처음으로 갓끈 씻으니
神魂爽碧落	정신과 혼이 하늘 높이 상쾌하여라
夜歸夢仙客	밤에 돌아와 꿈을 꾸니 신선이
24○我同淸約	[원문 빠짐]나와 맑은 약속을 함께 하였네

　화자인 여헌의 장쾌한 기상이 작품의 전편에 뚜렷하게 나타나는 작품이다. 우선 문면을 따라 시상의 전개를 살펴보자. 1~8구는 시제의 배경을 설명한 것이다. 가파른 지형과 깨끗한 환경은 이곳이 속세와 격절된 곳임을 말한다. 9~16구는 학의 고고한 품성을 노래한 부분이다. 그러한 탈속적 공간에서 사는 학은 오리 따위와 같은 소인배들과 어울리지 않고 청고한 삶을 살아가는 존재이다. 17~24구는 학과 화자 자신을 일체화시키는 대목이다. 세속적 현실에 타협하지 않고 깊은 산속에 은거하며 지내는 선비는 바로 화자이다. 그리고 꿈의 세계에서 신선을 만나는 것은 고양된 흥취에 비롯된 비약적 상상력에서 나온 것이다. 따라서 전체적으로 학의 淸高한 기상을 흠모하며 희구하는 화자의 浩歌로 읽히게 된다.

4. 결론

　이상에서 우리는 여헌 시에 '敬'의 이념이 어떻게 문학적으로 형상화되었는가에 대해 간략하게나마 검토하였다. 우선 예비적 고찰로서 敬 개념의 사적 추이와 범주를 정리하면서 여헌이 생각한 '敬' 이념은 무엇이었는지 살펴보았다. 이를 통해 여헌이 程頤에서 朱熹까지 이어지는 道學史的 맥락에서 실천 이념으로서 敬을 강조하였음을 확인하였다.

본고는 이러한 敬 이념의 시적 형상화를 '淸淨의 추구'와 '氣像의 강조'로 나누어 해명하고자 하였다. 잔잔하고 맑은 냇물과 같은 깨끗한 德性을 가진 사물은 여헌 시에 있어서 중요한 제재이다. 여기서 냇물의 '고요함'과 '청정함'의 이미지는 '敬' 이념의 시적 형상화와 깊이 연계된 것임을 알 수 있었다. 아울러 깊은 산 속과 같은 속세와 분리된 無垢의 세계에 대한 希求도 그와 같은 삶의 태도를 형상화한 것으로 여헌 시의 특징적 일 국면을 이루고 있음을 밝혔다.

다음으로 혼탁한 속세를 거부하고 청정한 세계의 추구하려는 시적 화자와 더불어 孤高한 氣像의 강조도 여헌 시에 자주 보이는 특징임을 확인하였다. 대, 소나무, 鶴, 산 등 '孤高'의 이미지에 잘 부합하는 제재들이 여헌 시에 빈번하게 나타나는 것이 孤高한 氣像의 강조와 밀접한 관계가 있음을 살펴보았다. 그리하여 고고한 도학자로서 일생을 마치고자 진력한 여헌의 삶의 자세를 재확인할 수 있었다. 이와 더불어 이러한 주제의 시에 나타나는 고양된 詩的 興趣와 그에서부터 비롯된 비약적 상상력 등은 여헌의 시세계를 깊이 이해하는 단서임을 밝혔다.

본고에서는 도학적 이념이 도학자의 문학을 깊이 있게 이해하는 출발점임을 실제 詩文 작품을 통해 확인하고자 한 試論이다. 그리고 이 작업은 도학적 이념의 문학적 형상화라는 대주제의 본격적인 연구를 위한 문제 제기이기도 하다. 이제 본격적인 연구와 함께 여헌의 시세계를 晦齋나 退溪 등 여타 도학파 문인들의 시세계와 비교하고 변별점을 考究하는 것이 남은 과제이다. 비슷한 시기의 도학자라고 하더라도 시대적 여건과 삶이 궤적이 상이했던 점을 고려해야 할 필요가 있다. 전란의 시대에 고향을 떠나 이주를 거듭했던 여헌의 경우 16세기에 出

仕한 士林이나 在地的 基盤이 확고했던 士族들과는 문학적 사유나 형상화 방식에는 분명히 편차가 존재할 것이기 때문이다.

재난 주제 한시의 형상화 양상과 그 의미

1. 문제의 소재

이 글은 재난을 주제로 한 漢詩를 대상으로 하여, 작품에 나타나는 형상화 방식의 몇 가지 유형을 살펴보고, 나아가 그 역사적 의미를 파악하고자 한 試論的 고찰이다.

당연한 말이겠지만 동서고금을 막론하고 재난이 우리 인간의 삶에 미치는 부정적 영향은 매우 크다고 할 수 있다. 일차적으로는 재난이 정상적인 일상을 영위함에 있어 커다란 장애가 되는 데 이유가 있겠지만, 대체로 생명 자체에까지 위협이 되는 경우가 많기 때문일 것이다. 그런데 아이러니컬하게도 이러한 재난이 예술 활동, 특히 문예 창작에 있어서는 작가의 창조적 자극 내지 계기로 작동한 사례가 적지 않다는 점에 유의해볼 필요가 있다. 재난을 주제로 다룬 것이 곧장 작품의 높은 수준과 가치를 보장하는 것은 아니지만, 그 극한적 상황과 비극성이 가져다주는 정서적 충격은 작가가 창작 의지를 적극적으로 발동하는 데 지대한 영향을 미친다는 점에서 그러하다.

본고의 문제 의식은 바로 이 점에 착안하여 재난의 상황이 문학 작품에서 어떻게 표현되고 어떤 의미를 가지는 가를 종합적으로 考究하려는 데에서 출발한다. 따라서 단순히 재난의 사실을 기록하였거나, 과거의 기억을 복원하려 한 문헌 자료는 본고의 관심 범위에 들지 않는다. 작가가 자신의 재난 경험을 깊이 내면화하고, 이것을 문학적으로 체현한 작품들이 주된 관심 대상이다. 과문한 탓이지만 재난 주제의 문학 작품을 개별적이거나 부분적으로 거론한 연구는 다수 있지만, 통합적으로 고찰한 연구는 아직 희소해 보인다.

재난을 주제로 한 문학 작품은 분명 다양한 장르에 걸쳐 존재할 터이지만, 본고에서는 우선 한시 작품에 제한하여 살펴볼 것이다. 연구 대상으로 다룰 작품의 범위를 한정하여 논의의 집중도를 제고하려는 의도도 있지만, 시가 다른 갈래에 비해 문학적 형상화의 양상이 보다 다양한 스펙트럼으로 나타날 것이라는 기대도 없지 않기 때문이다. 그리고 특히 한시의 경우 재난을 주제로 한 작품이 예상 외로 많은 수가 남아 전하고 있다는 점도 별도로 다루어 볼 만한 이유라고 할 것이다.[89]

본고는, 우선 예비적 고찰로서 재난 개념의 역사적 연원과 범위를 살펴보고, 재난 주제 한시의 실제 유형과 그 형상화 방식을 고찰할 것이다. 그리고 이를 토대로 재난 주제 한시가 갖는 문학사적 의의는 어떠한 것인지 상정해보는 것을 최종 목표로 한다.

---

89) 한국고전번역원에서 간행한 『고전국역총서』나 『한국문집총간』에서 재난 관련 주제어를 단순하게 검색해 본 결과 가뭄, 홍수, 지진 등만으로도 각각 1,000편이 넘는 작품이 확인된다. 여기에 유의어나 연관어를 추가로 검색하면 보다 많은 수의 작품이 찾아질 것으로 예상된다. 한국고전번역원 〈한국고전종합DB〉 웹사이트 참조. http://db.itkc.or.kr/itkcdb/mainIndexIframe.jsp

2. 재난 개념의 연원과 범위

일단 사전적 정의부터 살펴보면, 災難은 災殃과 유사한 의미로 쓰인다. 재난은 '뜻밖에 일어난 재앙과 고난'을, 재앙은 '뜻하지 아니하게 생긴 불행한 변고. 또는 천재지변으로 인한 불행한 사고'를 뜻한다. 그리고 이로 인한 피해나 영향은 災害나 災厄이라는 말로 나타낸다. 재해는 '재난 또는 재앙으로 말미암아 받는 피해, 즉 지진, 태풍, 홍수, 가뭄, 해일, 화재, 전염병 따위에 의하여 받게 되는 피해'를, 재액은 '재앙으로 인한 불운'을 뜻한다. 이상에서 보듯 재난의 현재적 개념은 災의 難, 곧 예기치 못한 불가항력적 현상[災]으로 인해 인간이 받는 곤난[難]의 총체적 상황을 포괄하는 것이다. 현재 재난은 각국에서 법률 내지 그에 준하는 규정90)을 두어 구체적으로 정의하고 있다.

전통적인 재난 개념은 災의 字源부터 살펴볼 필요가 있다. 현재 갑골문에 남아 전하는 災는 윗부분인 '巛(천)'만으로 되어 있다. 이 자형

---

90) 미국, 중국, 일본 등도 그러하지만 우리의 경우 '재난 및 안전관리기본법(법률 제8623호)'에서 각종 재난으로부터 국토를 보존하고 국민의 생명·신체 및 재산을 보호하기 위하여 국가 및 지방자치단체의 재난 및 안전관리체제를 확립하고, 재난의 예방·대비·대응·복구 그 밖에 재난 및 안전관리에 관하여 필요한 사항을 규정한다. 이 법에서 사용하는 용어의 정의는 다음과 같다.

1. "재난"이라 함은 국민의 생명·신체 및 재산과 국가에 피해를 주거나 줄 수 있는 것으로서 다음 각 목의 것을 말한다.

가. 태풍·홍수·호우(豪雨)·강풍·풍랑·해일(海溢)·대설·가뭄·지진·황사(黃砂)·적조 그 밖에 이에 준하는 자연현상으로 인하여 발생하는 재해

나. 화재·붕괴·폭발·교통사고·화생방사고·환경오염사고 그 밖에 이와 유사한 사고로 대통령령이 정하는 규모 이상의 피해

다. 에너지·통신·교통·금융·의료·수도 등 국가기반체계의 마비와 전염병 확산 등으로 인한 피해

2. "해외재난"이라 함은 대한민국의 영역 밖에서 대한민국 국민의 생명·신체 및 재산에 피해를 주거나 줄 수 있는 재난으로서 정부차원의 대처가 필요한 재난을 말한다.

은 큰 물결 모양을 추상화한 것인데, 최근 한자학의 연구 성과를 빌면 이는 홍수의 모양을 나타낸 것으로 본다. 이후 여기에 아랫부분인 타오르는 불꽃을 나타내는 '火'가 추가로 결합하여 지금의 '災'자가 되었다.[91] 요컨대 대표적인 자연 재해인 수재[홍수]와 화재가 결합한 것으로, 주로 예측할 수 없는 자연적인 재해를 포괄한다.[92] 따라서 재난의 전통적인 개념은, 대형 폭발, 환경 오염 등 현대 과학 문명의 발달로 야기된 人災를 제외한 자연 재해를 재난으로 보면, 대체로 지금과 대동소이한 것으로 이해된다.

다만 크게 다른 점은 전통 시대의 재난 개념에는 災異가 포함된다는 것이다. 예컨대 일식, 월식, 혜성, 무지개 등과 같은 천문 현상이 현재에는 간단한 과학적 지식으로 충분히 이해될 만하지만, 전통 시대에는 재난에 준하는 것으로 받아들여졌다. 아울러 전통적으로 재난과 재이는 모두 군주를 포함한 위정자의 자질 내지 정치적 능력과도 밀접하게 연계된다. 『星湖僿說』에 나오는 다음의 기록에서 우리는 재난 또는 재이에 대한 전통적 이해가 대략 어떠한 것인지를 짐작할 수 있다.

대개 災異란 하늘에 속한 것, 땅에 속한 것, 사람에 속한 것이 있으나 이를 구별하지 않으면 안 된다. (… 중략 …) ≪詩經≫에, "하늘의 위엄을 두려워하여 때에 따라 자신을 보호한다." 하였으니, 임금이 이런 문제에 대하여 조심하고 두려워하고 백성을 살리기를 좋아하고 죽이기를 싫어하며 화평한 분위기에서 백성이 즐겁게 살게 하여 자신은 훌륭한 덕을

---

91) 김언종, 『한자의 뿌리 2』, 문학동네, 2001. 790~791쪽.

92) 자연 재해를 말한 역사적 전거는 매우 이른 시기의 문헌에서도 쉽게 찾아볼 수 있다. 『맹자·공손추 상』 4장에 "「태갑」에 이르기를 '하늘이 지은 재앙은 오히려 피할 수 있으나, 스스로 지은 재앙은 살 길이 없다.'하였다(太甲曰, 天作孽, 猶可違, 自作孽, 不可活.)."라고 하였다.

지니고 신선한 기운이 신을 감동시킨다면, 그릇에 물이 가득할 때에는 장마가 져도 그 이상 물의 피해가 없고, 불길이 하늘에 닿아도 지저분한 편이지만 저절로 없어지게 되는 것과 같게 될 것이니, 하늘과 땅이 면할 수 없는 재난이라 할지라도 이것을 극복할 수 있는 것은 사람이다. (… 중략…) 임금이 땅을 두려워하는 것도 하늘에 대해서나 마찬가지로 해야 된다. 사람이 땅 위에서 살면서 호흡이 땅의 대기와 서로 통하고 크고 작은 것이 관련되어 혼합하여 한 분위기를 이룬다. 좋은 꽃 한 송이가 끊임없이 향기를 피울 때 방에 두면 방안에 향기가 가득하고 마루에 두면 마루에 가득한 것과 같이, 직접적인 영향이 틀림없이 나타나서 좋은 일이나 궂은 일에 변동이 일어나는 데 따라 재난을 예시하는 현상이 곧장 나타나는 것이다. 이것은 인간이 그렇게 불러들이는 것이다. 양고기에 노린내가 나면 개미가 모여들고 젖이 시어지면 모기가 달려드는 것도 그와 같은 이치이다.

내가 보건대, 용이 제 굴에 가만히 있을 때는 구름을 피워내며 비를 내리고 초목이 무성하여 곡식이 잘 익는다. 그러나 한 번 성이 나서 일어나면 모든 물이 끓어오르고 큰 나무가 뽑힌다. 저런 물건 하나가 성질을 부릴 때에도 잠깐 사이에 변화가 일어나는 것이다. 더구나 임금이란 모든 백성의 마음을 자기의 마음으로 생각해야 한다. 비유하면 모든 불이 한꺼번에 켜지면 아무리 먼 곳이라도 다 비치는 것과 같다. 그러므로 그 기운이 작용하면 불길함을 상징하는 현상이 나타나며, 무지개·흐린 날씨·이상한 곡식·꿩·괴상한 짐승·전염병·가뭄·홍수·도깨비·메뚜기 따위들이 날마다 발생한다. 이런 현상은 땅에 속한 것이 아니므로 시국 정치에 소속되는 것임을 알 수 있다. (… 하략…) [93]

전통 시대에 재난이나 재이는, 지금처럼 국가적 차원에서 법률 규정

---

93) 〈災異〉條, 「天地門」, 『國譯星湖僿說』 卷1, 韓國古典飜譯院.

을 두어 별도로 정의한 기록은 보이지 않지만, 위의 인용문을 보면 전염병·가뭄·홍수 등 자연 재해와 함께 '무지개·기상 이변·동식물의 돌연변이 따위의 이상 현상들'까지를 재난으로 이해한 것[94]임을 알 수 있다. 그리고 재난의 발생은 결국 인간의 문제로 환원되며, 현실 정치 상황에 결부시키는 것이 전통 시대의 전형적인 災異觀임을 확인할 수 있다.

이상의 자연 현상과 더불어 『고려사』, 『조선왕조실록』 등에서 산견되는 것처럼 일식, 월식, 혜성 등도 재난에 준하는 것으로 보았는데, 이러한 현상이 나타날 때마다 반드시 공식적 문서 기록으로 남기고 있다. 이처럼 재난이나 재이를 국가 기록으로 보존하는 것도 재난이 정치적 문제와 깊이 연관된 것이기 때문이었다.[95] 곧 심각한 재난이나 재이는 위정자의 자질과 역량에 의해 좌우되는 것이며, 이는 정권의 유지 내지 지속 가능 여부와도 관련되는 중대한 문제였던 것이다.

3. 재난 주제 한시의 유형과 형상화 양상

1) 사실적 보고와 고발

재난 주제 한시의 유형 중 하나로서 먼저 재난의 상황을 마치 실제로 눈앞에서 보듯 사실적으로 그려낸 작품군을 들 수 있다. 이 작품들은, 공통적으로 시적 화자가 관찰자의 시선으로 재난에 고통 받는 백성들의 삶을 보여주는 방식으로 나타난다. 우리는 다음의 시편들을 통해 구체적으로 확인할 수 있다.

---

94) 〈災異〉條, 「天地門」, 앞의 책.
95) 이에 대한 구체적인 내용은 다음 장에서 다루기로 한다.

「임하 십영(林下十詠), '가뭄 걱정[悶旱]'」96)
春事闌殘雨不來   봄이 저물어 가도 비가 아니 오니
野田無水起黃埃   들판 논엔 물이 없고 누른 먼지 이는 구나
老農淸曉開門出   늙은 농부 새벽부터 문을 열고 나와서는
山下尋泉午未回   산 아래서 물줄기 찾느라 낮에도 돌아오지 않네

이 시는 石洲 權韠(1569~1612)의 작품으로, 가뭄을 주제로 하여 곤궁한 농민의 삶을 담담한 어조로 그려내고 있다. 첫 구를 보면 여기서 다루는 가뭄은 봄철 내내 지속하여 온 것임을 알 수 있다. 春窮期 또는 麥嶺期라는 말이 있을 정도로 중세 시대의 봄 가뭄은, 지난 해 가을에 수확한 양식이 바닥나는 5~6월(음력 4~5월)에 연례행사처럼 있었던 것이다.

그런데 보리가 미처 여물지 않은 시기여서 농가의 식량 사정이 매우 어려운 고비인데, 시에서 그려진 정황은 더욱 심각해 보인다. 2구에 보듯 논에는 물이 없고 흙먼지만 날리는 황량한 모습이다. 따라서 일정 기간의 굶주림이 아니라 농가로서는 한 해의 농사 전체를 망칠 위험이 있는 절대적 위기 상황인 것이다.

이때 화자의 시선은 한 늙은 농부의 모습에 맞추어져 있다. 마지막 두 구에서 보듯 새벽부터 온종일 집에 돌아오지 못하고 물을 찾아 동분서주하는 모습을 그리는 것으로 사태의 심각성을 묘사한다. 한 가지 사실만을 포착하여 농촌의 힘겨운 삶을 압축적으로 조명하고 있다.

---

96)『石洲集』, 韓國文集叢刊 75, 한국고전번역원 영인본, 60쪽. 해당 문집의 한국고전번역원 국역본이 있는 경우 주로 참조를 하였는데, 다만 의미를 분명히 할 필요가 있거나 해석 상의 이견이 있는 부분은 수정하여 번역하였다. 이하 인용시의 국역본 출전은 편의상 생략하였다. 아울러 이하 시작품의 출처표기는 '『石洲集』, 叢刊 75, 60쪽'처럼 출전 서명, 총간 권수 및 해당 쪽수만을 적기로 한다.

　　다음의 시도 사실적 보고가 시상 전개의 중심이 된다는 점에서 위의
인용 작품과 유사한 방식을 취하고 있는데, 재난이 가져다 준 고통이
좀 더 구체적인 모습으로 나타나 있다.

　　　「큰 물[大水]」[97]
　　　南風吹海立　남쪽 바람 불어 바다 물결 곤두세우니
　　　勢壓千林木　위세가 온 숲의 나뭇가지 압도하네
　　　千林枝幹壯　온 숲의 가지 줄기는 튼튼하건마는
　　　排幹有餘力　사정없이 밀쳐내고도 남은 힘 있구나
　　　獨憐平疇上　다만 불쌍한 것은 저 평야 위에
　　　芃芃黍與稷　무성하게 우거진 온갖 곡식들이라
　　　黃流卷將去　누런 탁류 휩쓸고 지나가려는데
　　　但見沙水白　다만 보이는 건 흰 모래뿐이라네
　　　旱苗猶可蘇　가뭄에도 벼 싹은 외려 살아날 수 있지만
　　　水沒無蹤迹　물에 잠기면 흔적도 없이 사라진다오
　　　極備均爲蕾　극성부리는 재앙은 둘 다 똑같지만
　　　陽元賢陰慝　가뭄이 홍수보다는 더 낫다 하겠네

　　이 시는 谿谷 張維(1587~1638)가 홍수를 주제로 쓴 작품이다. 화자
는 1구부터 8구까지 폭풍과 홍수가 휩쓸고 지나간 평야 지대의 처참한
광경을 사실적으로 묘사하고 있다. 튼튼한 숲을 제치고 밀고 내려온
누런 흙탕물이 풍성하게 자란 곡식을 뒤덮어 모래만이 남아 쌓인 모습
은 이번 홍수의 무서움을 직접적으로 보여주는 대목이다. 그리고 가뭄
도 큰 재난인 것은 분명하지만 일말의 회생의 여지조차 남기지 않는

---

　97) 『谿谷集』, 叢刊 92, 419쪽.

水災에 비하면 덜하다는 끝구의 말은 화자가 체감한 홍수의 공포와 충격이 어떠한 것인지 짐작하게 한다.

이러한 사실적 표현 방식은, 재난으로부터 작가가 받은 정서적 충격이 작품의 문면을 통해 직접적으로 환기된 것이다. 비유나 상징 등의 문학적 장치는 대부분 배제되고, 재난의 실제에 주목하여 형상화한 결과이다. 이러한 유형의 작품들은 많은 경우 곤경에 처한 시적 대상에게서 화자가 느끼는 연민 내지 동정의 감정이 형상화되는데, 때로는 차분하고 때로는 격렬한 어조가 사용되기도 한다.

> 지평과 양근 두 고을의 경계를 지나는데, 전달 27일에 두 고을이 모두 우박으로 재해를 입었다. 양근은 더 참혹하여 전답에 남은 이삭이 거의 없었고, 그 모습을 보노라니 참담하였다(過砥楊二邑界, 前月卄七日, 同被雹災. 楊根尤慘酷, 田中殆無遺穗, 見之慘然.).[98]
>
> 01 旱潦孰非災　가뭄 홍수 어느 것이 재앙 아닐까만
> 　 爲害莫如雹　재해로는 우박만한 것 없다오
> 　 不知是何氣　무슨 기운인지 알 수는 없지만
> 　 多在秋晚作　늦가을에 많이 내려 떨어진다네
> 05 禾稼熟未收　곡식 익어 아직 거두지 않았는데
> 　 遇之盡摧剝　우박을 만나면 모두 꺾이는구나
> 　 有如項籍軍　項羽의 군대 같은 모습이 있어
> 　 所過肆殘虐　지나는 곳마다 멋대로 짓밟는다
> 　 今夏民大飢　올 여름 백성들 큰 기근이라
> 10 太半轉溝壑　태반이 굶어죽게 되었다네
> 　 未死尙耕種　죽음 면한 이들 여전히 농사지으며

---

98) 『農巖集』, 叢刊 161, 384쪽.

引領望秋穫	학수고대 추수만을 바란다오
四野旣如雲	사방 들판 구름처럼 풍성해지자
庶幾飽餺飥	떡으로 배불릴 희망에 차서
15持鎌不日刈	낫을 들어 조만간 수확하려고
築場已濯濯	타작마당 탄탄하게 다져놓았지
一敗遂莫救	허나 한번 망가지자 어쩔 수 없어
生意慘蕭索	참혹하게 생기가 사라졌는데
我行過楊根	내 발걸음 양근을 지나갈 적에
20所見尤駭愕	보이는 것 한층 더 놀라웠다네
粳稻兀枯莖	벼 포기는 덩그러니 마른 줄기뿐
豆萁但空殼	콩깍지는 물알 없는 빈껍데기뿐
木麥最可傷	무엇보다 참담한 메밀 좀 보소
塗地如霜蘀	서리 맞은 낙엽처럼 땅에 깔렸네
25農夫仰天歎	농부는 하늘 향해 탄식을 하고
婦女淚雙落	아낙네는 두 줄기 눈물 떨구며
田中視墮粒	밭 가운데 떨어진 알알의 곡식
一一珠隕握	손에서 떨어뜨린 구슬만 같아
提筐盡日收	광주리 들고 나와 종일 거둬도
30所得僅合龠	얻은 것은 한 홉에 지나지 않네
亦有拾遺穗	달려 있는 이삭을 모두 따 모아
歸家褁囊橐	집으로 돌아가서 봇짐에 담고
謂言將流移	유랑을 떠나겠다 작정한 마음
未忍餧鳥雀	참새 쪼는 꼴 차마 볼 수 없다네
見此意慘傷	이 모습 보고 나니 참담해져서
夕店食爲却	주막에서 저녁밥도 물리쳤다오
(… 하략 …)	

이 시는 農巖 金昌協(1651~1708)이 우박을 주제로 쓴 작품이다. 앞의 시에서는 가뭄보다 홍수가 더 심각한 피해를 입힌다고 하였는데, 이 시의 서두는 그보다 우박이 주는 피해가 다른 재해에 비해 더욱 심각하다는 것으로 시작한다. 피해 규모의 여부를 떠나서 추수 직전의 늦가을에 발생하여 풍성한 수확의 기대를 꺾었다는 점에서 백성들의 절망은 더욱 크다는 데 주목한 때문이다.

19구에서부터 보듯 화자는 자신이 실제로 목도한 장면을 사실적으로 그려내고 있다. 문면만을 따라가도 당시의 처참한 상황이 눈앞에 재현되는 듯한 구체적인 묘사만으로 이루어져 있다. 아울러 古詩 用韻의 한 형식인 一韻到底格이 사용되었는데, 탁한 入聲의 운자는 시적 정황의 비극성을 더욱 격렬한 어조로 부각시키는 데 유용하게 사용되고 있다. 이 형식은 유사한 형상화 방식의 작품들에서도 자주 쓰인다.

「파탕리에서 자다[宿波蕩里]」99)
01暮投波蕩里　날 저물어 파탕리에 들렸더니
　主人延我宿　주인이 날 맞아 재워주는데
　短衣寒不掩　짧은 옷은 추위를 못 가리고
　婦子飢無色　아내 자식 굶주려 몰골 아니네
05自言生理艱　그가 한 말 이리 살기 어려운데
　貧歲復行客　흉년이면 과객까지 또 들끓어
　固無終歲計　한 해를 날 계책은 전연 없고
　且復延朝夕　겨우 아침저녁 연명이나 한다네
　前年水旱敗　지난 해는 수해에 한재 겹쳐
10瓶粟今已竭　단지 곡식은 벌써 동이 났는데

不能一日死　하루라도 굶어 죽을 순 없는지라
拾盡西山栗　서산에 가 밤도 다 주워먹었다네
政府催賦令　정부의 조세 독촉 명령 때문에
伐薪下江水　섶을 쳐서 강물에다 띄우려면
15足寒體不扶　발은 얼어 몸을 가눌 수 없고
腹空難用肢　창자 비어 사지를 쓰기 어렵다네
兒啼長者惱　애는 보채고 어른들 고민에 싸여
只爲生子非　자식을 낳은 것이 잘못이라 하네
我里八九家　여덟 아홉 집 살던 우리 마을이
逃者已四五　너댓 집은 이미 도망가고 없다네
(… 하략 …)

이 시는 白湖 尹鑴(1617~1680)의 長篇 古詩의 작품이다. 시제에서 보듯 화자가 앞 시편들과 마찬가지로 실제로 겪은 상황을 주제로 하고 있다. 작품의 편폭에 걸맞게 담고 있는 내용도 매우 구체적이고 상세한 것이 특징이다. 인용한 부분은 전체의 절반 정도에 해당하는 전반부인데, 시종 일관 가뭄과 수재가 이어지고 거기에 조세의 부담마저 짊어진 농가의 처지에 대한 현장 보고이자 고발하는 형식을 취하고 있다.

2) 정치적 해석과 환원

앞 절에서 우리는 재난을 사실적으로 그려내는 것으로 자신의 정서적 충격을 체현하는 방식을 살펴보았다. 이 절은 자연 재해를 정치적 문제로 이슈화하거나 환원하는 형상화 방식에 대해 알아볼 것이다.

「가뭄 걱정[悶旱]」[100)

滌滌山川仰赫曦　가뭄 찌든 산천 위에 햇빛만 쨍쨍한데

農夫輟耒只嗟吟　농부들 삽 던진 채 나오는 건 한숨뿐이라
朝廷豈乏爲霖雨　조정에 단비 같은 인재가 어찌 없을까마는
雲漢何人解賦詩　「운한」 시 제대로 해설할 이 누구일까
潭底老龍難自保　못 속의 늙은 용도 제 몸 지키기 어려운데
轍中枯鮒有誰悲　곤궁한 우리 백성 누구 있어 슬퍼하랴
峽雲江霧渾無賴　산 구름과 강 안개 다 의지할 것 없는데
奈此凄風盡日吹　어찌 처량한 바람은 온종일 불어대는가

　이 시는 谿谷 張維(1587~1638)가 가뭄을 주제로 쓴 작품이다. 재난
의 참상에 대한 사실적 보고를 위주로 한 앞 절의 인용시들과는 다르
게, 이 시는 재난을 정치적으로 환원하려는 태도가 특징적이다. 이러
한 태도는 대체로 재난이 위정자들의 무능과 긴밀하게 관계되어 있음
을 비판적인 시각으로 詩化하는 방식으로 나타난다.
　3구의 '霖雨'는 '가뭄의 해갈에 도움이 되는 단비'를 뜻하면서, '세상
을 구제하고 백성을 안정시킬 인재'를 가리키는 말로도 자주 쓰인
다.[101] 다음 구의 '雲漢'은 ≪詩經 大雅≫의 편명으로, 가뭄을 당해 노
심초사하는 임금의 모습을 그린 시이다. 이 시에서는 따라서 임금을
잘 보필할 인재의 부재가 재난의 원인이면서, 동시에 아무런 해결책마
저 제시할 수 없는 무능한 집단이라는 데에 비판의 초점이 맞추어져
있다.
　주지하듯이 전통 시대에는 자연 재해 이외에 특이한 천문 현상, 즉
災異도 재난으로 인식하였다. 현대에는 상식으로 받아들여지는 일식,

---

100) 『谿谷集』, 叢刊 92, 486쪽.
101) 『書經 說命 上』에 "큰 가뭄이 들면 내가 그대를 단비로 삼으리라(若歲大旱, 用汝作
　　霖雨.)."라고 한 전거가 있다.

월식, 혜성, 흰 무지개[白虹] 등이 그것이다. 앞 장에서 살펴보았듯이
이 현상들은 개인 문제라기보다는 국가적 차원의 재난으로 받아들여
졌다. 따라서 이를 다룬 작품들도 대부분 재이 현상의 정치적 상관성
이 강조되어 재해석되고 형상화된다.

「십이월 초하룻날 일식을 보고(十二月朔日蝕)」[102]

陰陽消息理冥冥	음양의 변화 이치가 오묘하니
更有何辭問缺盈	다시 무슨 말로 차고 기우는 변화 따지랴
無可奈何看漸旣	어쩔 수 없이 점점 해가 이지러지는 것 보는데
擊鉦猶以救爲名	징을 두드리며 외려 재난을 구한다는 명분으로 삼네
眩眼不堪天上望	눈이 어지러워 하늘을 바라보지 못하고
低頭唯向水中窺	머리 숙여 물속의 그림자만 들여다보네
下臣得可安然坐	신하로서 어찌 편히 앉아 있을 수 있으랴
還跪焚香到復時	무릎 꿇고 분향하며 끝나도록 앉았다오

이 시는 李奎報(1168~1241)가 일식을 보고 느낀 소회를 읊은 작품이
다. 옛날에는 일식이 인간의 그릇된 행위에 대한 하늘의 경고로서 나
타나는 현상이라 생각하였다고 한다. 첫 수의 4구에서처럼 일식 때 징
을 두드리며 반성하여, 이에 따른 재난을 면하고자 하는 풍습이 있었
다. 그리고 태양은 임금의 상징이기 때문에, 일식은 태양이 가려서[또
는 사라져서] 보이는 것처럼 임금에게 좋지 않은 상황을 의미한다.
  "임금은 지극히 높으나 임금 위에는 하늘이 있다. 임금이 하늘을 두려
워하지 않는 것은 마치 백성이 임금을 두려워하지 않는 것과 같다."[103]

---

102) 『東國李相國集』, 叢刊 2, 148쪽.
103) 〈災異〉條, 「天地門」, 『國譯星湖僿說』 卷1, 韓國古典飜譯院.

는 말에서도 알 수 있듯이, 하늘의 재이 현상은 위정자는 물론 군주와
도 깊은 연관 관계에 있었다. 이 시의 화자도 끝부분에서 밝히고 있듯
이 '신하[下臣]'라는 말에서 시인이 아닌 위정자의 일원으로서의 입장
임을 나타내고 있다.

「도중에 재이를 기록하다(途中志異)」104)

聖主殷憂世	성스러운 임금님 노심초사하시는 때
皇天大動災	하느님은 왜 이렇게 재이를 내리시나
晴冬虹貫日	맑은 겨울날 무지개가 해를 꿰고
靜夜地驚雷	고요한 한밤중 천둥이 땅을 울리도다
水旱虫霜併	홍수 가뭄 서리에 병충해 함께하고
兵糧賦役催	군량 부역 독촉하는 데에 시달리네
孤臣北望眼	외로운 신하 임금 계신 북쪽을 바라보니
迢遞暮雲堆	무더기 진 저녁 구름만 아득히 멀구나

이 시는 澤堂 李植(1584~1647)이 실제로 경험한 재이 현상을 정치
현실과 연계하여 그 상징적 의미를 해석한 작품이다. 작품 속의 재이
는 함련에서 보듯 '무지개[虹]'이다. 고대 중국인들은 무지개를 용의
일종으로 인식했는데, 虹은 수컷, 蜺는 암컷으로 구분했다. 그 중 흰
무지개를 白虹105)이라 하고, 이것이 머리 두 개에 각각 뿔 두개와 큰
입을 가진 괴상한 날짐승이 양쪽 머리를 땅에 박고 물을 빨아올리는

---

104) 『澤堂集』, 叢刊 88, 24쪽.
105) 백홍은 보통은 태양 둘레에 생기는 백색의 弧를 말하는데, 때로 지상 부근의 흰
    무지개를 가리키기도 한다. 『三國史記』에도 백홍의 용례가 보인다. "가을 7월에 흰
    무지개가 궁중 우물 속으로 뻗쳤다(秋七月, 白虹飮于宮井.)."(『三國史記』 권4, 〈新羅
    本紀〉 4, '眞平王'條 참조)

듯 해 주위를 둘러싸거나 꿰뚫는 듯한 형상으로 나타나는 것을 白虹貫
日이라 한다. 따라서 흰 무지개는 兵亂을 상징하고 해는 임금, 즉 국가
를 상징하므로 이는 매우 불길한 천문 현상으로 인식된다.[106] 경련에
서 보듯 이 현상은 여러 가지 재난의 豫兆이고 부정부패가 만연한 혼
란한 정치 상황을 상징한다.

「일식에 느낌이 있어(日蝕有感)」[107]

01秋之深兮天氣和	가을도 깊은 터에 날씨가 워낙 따뜻해서
梨花如雪粘庭柯	흰 눈 같은 배꽃이 뜰의 나무에 다닥다닥
冥冥眞宰幹洪鈞	아득한 곳에서 만물을 주관하는 조물께서
倒行逆施將奈何	장차 어찌하려고 거꾸로 행하고 계시는가
05冬雷夏霜照方策	겨울 우레 여름 서리 역사책에 보인다만
祅孼之興無少差	재앙이라는 측면에선 조금도 차이가 없도다
我生不辰當順受	좋지 않은 때 태어난 건 감수해야 하겠지만
鬱鬱不樂空吟哦	울적한 이 심정은 시로나 괜히 읊을밖에
白日忽缺靑天中	그런데 또 홀연히 청천의 태양이 이지러져
10仰面有淚雙滂沱	우러러보는 얼굴에 두 줄기 눈물이 주르르
謫見于天在於政	하늘의 재변은 정사 때문에 나타나게 마련이니
不識何事分偏頗	모르겠다만 어떤 일인가 편파적으로 되었겠지
適然而然委之數	당연히 그렇게 된 거라면 운수로 돌려야겠지만
世道日降無回波	날로 낮아지는 세도는 되돌릴 길이 보이잖네
15心焦吻燥欲發狂	마음은 타고 입술은 마르고 발광이라도 할 듯한데

---

106) 무지개가 별을 꿰뚫을 경우는 흉조로 해석되었다. 대표적인 것이 백홍이 해를 꿰뚫
고 지나간다는 예언이다. 이것은 국왕이 바뀔 징조로 여겨졌다. 예컨대 고려 현종 5년
(1013)에도 "흰 무지개가 해를 꿰뚫었다."는 기록이 『고려사』에 나오는데, 『정감록』에
도 유사한 표현이 여러 군데서 발견된다.

107) 『牧隱詩藁』, 叢刊 4, 431쪽.

何時五色明山河　오색 기운 찬란하게 산하를 비칠 땐 언제일까
腐儒家居尙祿食　못난 선비는 집에 앉아 아직도 국록을 축내면서
遇變往往成悲歌　재변을 만나면 이따금씩 슬픈 노래만 부른다오

이 시는 牧隱 李穡(1328~1396)의 작품이다. 10~11구에서 보듯 비극적 재난의 책임은 정치적 문제로 환원되고 있다. 이어지는 시상의 흐름을 따라가 보면 화자의 눈에 위정자의 무능에 기인한 '世道'는 전환이 어렵다는 데에 문제가 있다. '오색 기운 찬란하게 산하를 비칠[五色明山河]' 희망적 시기의 도래는 기약할 수 없는 것이다. 그런데 스스로도 위정자의 한 사람으로서 괴로운 심정을 극에 달한다. 15구의 '마음은 타고 입술은 마르고 발광이라도 할 듯'하다는 표현은 그러한 내면적 고통을 직서적으로 토로한 것이다. 끝구에서 보듯 이러한 상황에서 화자가 할 수 있는 것은 '슬픈 노래[悲歌]'를 부르는 것일 뿐이다.

3) 초월적 상상과 전이

시를 통해 재난의 비극적 상황을 받아들이고 극복하고자 하는 또 하나의 방식은 현실의 내면화와 초월적 상상에 의한 전이이다.

「큰 비(大雨)」[108]
大雨通宵欲漏天　큰 비 밤새 내려 하늘이 새려는 듯하니
簷聲四壁一燈前　사방 처마엔 낙수 소리요 한 등잔은 앞에 두었네
雄如萬馬磨刀槊　웅장하긴 천군만마 창칼 가는 소리와 같고
細似孤鸞入管絃　섬세하긴 관현악에 입힌 고란곡과도 같구려
敢遏衆流成鉅海　뭇 냇물이 큰 바다 이룸이야 감히 막으랴만

---

108) 『牧隱詩藁』, 叢刊 4, 223쪽.

祗憂多稼沒平田　많은 벼가 홍수에 잠긴 게 걱정일 뿐이로다
化工用意眞難料　조화옹의 심술은 참으로 헤아리기 어렵나니
且守我窮當益堅　의당 더욱 견고히 나의 궁함을 지킬 뿐일세

　이 시는 牧隱 李穡(1328~1396)의 작품으로 큰 비를 제재로 한 것이다. 함련을 보면 비유적 수사와 시적 상상력을 결합하여 재난의 비극성을 또 다른 방식으로 해석하고 표현하려는 시도를 볼 수 있다. 재난 주제의 시작품이라고 하기에는 일견 너무 느슨해 보일 정도이고, 때로 재난을 대하는 자세에서 여유로운 느낌마저 감지된다.
　하지만 시상의 전개나 짜임새는 그렇게 느슨하지 않다. 근경과 원경, 청각과 시각이 적절하게 배합되어 있고, 對偶나 廉法도 흐트러진 부분이 보이지 않는다. 큰 비[大雨]에서 출발하여 끝구에서 보듯 스스로 내면화하는 데에 이르기까지 안정된 전개를 보여 시적 완성도도 높아 보인다. 이는 앞서 본 비극적 현실의 사실적 보고나 정치적 이슈화와는 다른 방식으로 재난을 형상화하는 방식이다.

「비가 내리지 않음을 걱정하다(悶雨)」[109]
自春無雨夏相仍　봄부터 비가 없고 여름까지 이어지니
女魃憑凌爾可憎　기세 떨친 가뭄 귀신 네가 가증스럽구나
天地爲爐烘似火　천지는 화로 되어 불처럼 그을려 대고
田原無髮禿如僧　전원엔 풀이 없어 중의 민둥머리 같네
螽蝗得勢能爲患　메뚜기들은 득세하여 걱정거리가 되는데
蜥蜴疎才不足憑　도마뱀은 재주 서툴러 믿을 게 못 되누나
安得銀潢雙手挽　어떻게 하면 은하수를 두 손으로 끌어다가

---

109) 『四佳詩集』, 叢刊 10, 307쪽.

人間萬里洗炎蒸　인간 만 리에 푹푹 찌는 무더위를 씻어볼꼬

　이 시는 四佳 徐居正(1420~1488)의 작품으로, 봄가뭄에 비를 기원하는 마음을 주제로 하고 있다. 수련을 볼 때 가뭄의 상황은 매우 심각해 보인다. 보릿고개를 넘어선 가뭄의 장기화는 한 해 농사를 망칠 수도 있기 때문이다. 그런데 앞의 시와 마찬가지로 이러한 재난을 화자는 여유롭게 풀어가고 있다. 함련에서 보이는 '화로[爐]', '중의 민둥머리[無髮禿如僧]' 등 비유적이고 해학적인 표현들에서 쉽게 감지할 수 있다.

　계속해서 이어지는 가뭄에다 '蟲害[메뚜기]'까지 더해지는 중대한 위기 상황인데도 도마뱀으로 기우제를 올린 고사110)를 희화적으로 소개한 대목도 그러하다. 그리고 미련에 이르면 비극적 정황의 해소는 이미 현실의 차원을 넘어선 것이다. 끝구에 이르면 사태의 비극성이 거의 소거되고, 비유와 초월적 상상에 의해 시상이 전이된다.

　　「지진 시의 운에 차운하다(次地震韻)」111)
　　席下雷聲起　앉은 자리 아래에서 뇌성 이는데
　　殘燈隔幔靑　가물대는 등은 푸른 장막 격했구나
　　初如擣雲壘　처음에는 운루를 절구질 하듯 하더니

---

110) 『국역 사가집』(한국고전번역원)의 주석에 옛날 關中의 촌민이 기우제를 할 때, 胡法을 잘하는 승려가 도마뱀 10여 마리를 구하여 항아리 안에 넣어두고, 동남동녀 수십 명에게 푸른 옷을 입히고, 그들에게 버들가지를 가지고 이구동성으로 주문을 외게 한 고사에서 온 말이다. "도마뱀아, 도마뱀아. 구름을 일으키고 안개를 토해라. 비가 지금 쏟아지면, 너를 놓아주고 돌아가게 하리라(蜥蜴蜥蜴, 興雲吐霧. 雨今滂沱, 放汝歸去.)."라는 주문인데, 이것이 비를 내리게 하는 데에 꽤 응험이 있었다고 전한다. 이 주문은 《全唐詩》 卷874에 《蜥蜴求雨歌》라는 제명으로도 수록되어 있다.
111) 『淸陰集』, 叢刊 77, 192쪽.

倏覺戰風欞	삽시간에 풍령을 떠는 걸 깨닫겠네
星斗光躔次	북두성은 별자리서 빛을 비추고
鯨鯢沸瀚溟	고래들은 넓은 바다 들끓게 하네
陰柔戒妄動	망녕되이 음유 동함 경계하나니
天地有神靈	천지에는 신령스런 기운 있다오

이 시는 淸陰 金尙憲(1570~1652)의 작품으로, 지진을 주제로 한 것이다. 처음부터 함련까지는 화자는 지진의 실제 상황을 서사적으로 그려내고 있다. 지진의 강도가 점차로 커지는 상황을 시각과 청각을 통해 감각적으로 형상화한다.

그런데 경련부터는 시상이 상상의 공간으로 전이하면서, 하늘의 북두성과 바다의 고래에 이르기까지 크게 확장된다. 그리고 미련에서 보듯 화자의 관심은 지진이 가져오는 위해나 공포가 아니라 대자연의 이치를 깨달아 받아들이면서 스스로 경계로 삼는 데에 집중된다.

「가뭄이 심하여 7월 하순에야 비로소 가랑비가 내렸다. 회문체.(旱甚, 七月下旬, 始有小雨. 回文體.)」[112]

欣歡色變焦憂意	기쁜 기색이 애타는 마음으로 바뀌니
望苦當玆久旱天	이 오랜 가뭄에 몹시도 비를 바랐었지
雲片大還雲片小	구름 조각 큰 것이 다시 작아지고
雨山後過雨山前	산 뒤에 비 내리다가 산 앞에 비 내리네
前山雨過後山雨	앞산에 비 내리다가 뒷산에 비 내리니
小片雲還大片雲	작은 조각구름 다시 큰 조각구름 되었네
天旱久玆當苦望	가뭄이 오랜 터라 몹시도 비를 바랐었지

---

112) 『西溪集』, 叢刊 134, 35쪽.

意憂焦變色歡欣 마음이 애타서 기쁜 안색을 바꾸었네

이 시는 西溪 朴世堂(1629~1703)의 작품으로, 긴 가뭄과 단비를 주
제로 한 것이다. 우선 형식 상 回文體[113]라는 점이 독특하다. 두 번째
인용한 시는 첫 번째 시를 거꾸로 읽은 것이다. 주지하듯이 회문체는,
양식적 특성으로 인해 시어나 운자를 선택하는 데 있어서 매우 까다로
운 정련의 과정을 거쳐야 하며, 한 글자라도 잘못 놓이면 온전한 시가
되질 않는다. 그 때문에 흔하게 지어지지는 않으며, 지어진 것도 대부
분 戲作이거나 실험적 습작인 경우가 많다.

비록 기다리던 해갈의 기쁜 마음을 노래한 것이기는 하지만, 오랜
가뭄이라는 재난의 상황을 이처럼 희작적인 작시 태도로 접근한 것은
드문 사례이다. 그렇지만 이러한 창작 의식이 작자가 재난의 비극성을
결코 가볍게 보거나 무시하려는 데에서 나온 것은 아닐 것이다. 그보
다는 재난이라는 주제를 형상화하는 방식의 확장 내지 다양화로 보는
것이 온당하리라 생각된다.

「가뭄을 걱정하여 사실을 기록함(悶旱記實)」[114]
一盂飯易二頃田 두 이랑 밭을 한 그릇 밥과 바꾸었다고
父老猶傳壬子年 부로들은 여전히 임자년의 일을 전하네
未有文章風伯訟 아직 바람귀신에게 송사할 문장이 없으니

---

113) 漢詩體의 한 형식으로, 廻文詩라고도 한다. 중국 前晉 시대 蘇伯玉의 처가 지은
〈盤中詩〉가 그 효시이며, 竇滔의 처 蘇氏가 남편 두도가 秦州刺史로 있다가 流沙
지방으로 옮겨 가자, 그를 생각해 베에다 짜 넣은 840자로 된 織錦詩에 이르러 그 체제
가 갖추어졌다고 한다. 시의 형식은 바둑판처럼 배열해 놓아서 처음부터 읽든가 끝에
서부터 읽든가, 또는 중앙으로부터 돌려 읽어도 모두 한 편의 시가 되고 平仄과 韻도
다 맞는다. 『晉書·列女列傳』의 '竇滔妻蘇氏'條 참조.
114) 『畏處詩稿』, 叢刊 257, 31쪽.

將看馗達早龍鞭　장차 팔방 거리에 가뭄용을 매질하는 걸 볼까
闌闠微臣隱百憂　저자 문의 미천한 신하 온갖 걱정을 속에 담으니
飢民轉向峽中流　굶주린 백성들이 산골짜기를 향해 떠돌아 다니네
欲傾萬斛滄江水　만 곡의 창강수를 가져다가 기울여서
普施人間大有秋　널리 인간에 베풀어 큰 풍년이 들게 하려 한다오

이 시는 雅亭 李德懋(1741~1793)의 작품으로, 두 편 모두 가뭄이 가져다준 쓰라린 상황을 제재로 하고 있다. 시제에 있는 것처럼 '사실을 기록한[記實]' 것이다. 그런데 앞의 시편들처럼 재난의 고통 자체만을 심각하게 다루지 않고, 초월적 상상력과 결합시켜 전이 내지 해소하는 표현 방식을 사용한 것이 공통된 특징이다.

첫 작품은 두 이랑의 전답이 한 그릇의 밥과 교환될 정도로 경제적 가치 체계가 무너져버린 재난의 극한 상황을 환기하고 있다. 그런데 화자는 3-4구에서 이러한 내용을 적극적으로 묘사하거나 정치적인 문제로 환원하지 않는다. 문장가로서 바람귀신[風伯]에 송사를 하여 가뭄용[旱龍]을 채찍으로 벌을 주도록 하겠다는 표현은 비극적 현실에서 상상의 공간으로 시상이 전환한 것이다. 다음 작품도 같은 구조로 앞의 두 구는 현실의 고통을 말하고, 다음 두 구는 초월적 상상으로 재난의 괴로움을 해소하고 극복하려는 태도가 보인다.

4. 결론

이상에서 우리는 재난 주제 한시의 유형과 형상화 방식에 대해 대략적으로 살펴보았다. 유형적 분류가 일반적으로 가지는 도식화의 한계

를 절감하면서도, 재난 주제 한시만의 몇 가지 특징과 주제화의 가능성을 확인할 수 있었다. 이제 앞서 살펴본 내용을 요약 정리하는 것으로 결론을 대신하고자 한다.

본고는, 재난의 기억과 체험이 작가에게는 내면화의 계기가 되고 자발적인 창작 동기를 자극하는 한 점에 유의하여 보았다. 우선 비극적 정황의 실상이 가져다주는 정서적 충격은 재난의 고통을 적극적으로 보고하거나 고발하는 유형으로 나타난다. 그리고 재난이나 재이 현상을 현실 정치와 연계하여 재해석하고 환원하려는 시도는 군왕과 위정자들을 향해 경계하고 반성하게 하는 유형으로 형상화된다.

아울러 재난의 심각성을 다루는 데 있어 또 하나의 형상화 방식으로서, 재난의 기억을 문학적 상상력을 동원하여 전이 내지는 해소하려는 유형을 확인하였다. 이처럼 재난 주제를 통해 창작의 소재가 다양화되고 주제 영역의 확장된 점에서 재난 주제 한시의 문학사적 위상과 의의의 단서를 찾아볼 수 있을 것이다.

제3부
한국 한문학의 소통과 전변

모든 사물이 그렇듯이 한국 한문학도 시간의 추이에 따라 다채로운 변모 양상을 보여 왔다. '전기소설 삽입시의 기능과 성격'은 김시습의 『금오신화』 소재 삽입시를 다룬 것인데, 시가 소설과 융합하는 지점을 살펴보면서 장르 간의 교섭 문제를 생각하는 계기가 되었다. '조선 후기 한시의 변이 유형에 대한 일고찰'은 한자만을 쓰는 한시가 한글과 만나면서 전통적 형식과는 다른 변격의 한시가 생겨나고, 아울러 새로운 형식인 육담풍월과 언문풍월의 탄생으로 이어지는 문학사적 현상에 주목한 것이다. '19세기 문인의 지식 정리·소통의 한 양상'과 '19세기말 한문 지식인의 현실 인식과 문학적 형상화'는 19세기에서 구한말까지 한국 한문학이 종언으로 치닫던 시기에 한문지식인이 가졌던 치열한 갈등과 모색의 양상에 대해 논의한 것이다.

전기소설 삽입시의 기능과 성격

-『금오신화』 소재 삽입시를 중심으로

1. 서론

이 연구는 우리나라 傳奇小說의 대표작인『金鰲新話』에 소재한 挿入詩[1]를 중심으로 하여 전기소설 삽입시의 기능과 성격에 대해 논한 것이다. 대부분의 전기소설에는 여러 편의 삽입시가 등장한다. 형식에 있어서도 古體詩, 近體詩는 물론이고 詞, 曲에 이르기까지 다양한 양식으로 나타난다. 때로는『詩經』이나 樂府詩 등에서 부분 또는 전체가 인용되기도 하지만, 대부분은 작가의 창작이 주를 이룬다. 아울러 전기소설에 소재한 詩文은 운율을 가진 장식적 언어로써 작품을 보다 다채롭고 풍부하게 하는 데 기여한다.

---

1) 여기에서 挿入詩 用語規定의 問題를 간략하게 살펴보면, 傳奇小說에 소재한 시에 대하여 이를 하나의 개념으로 명칭화한 용어는 아직 없는 듯하다. 연구자에 따라 小說詩, 本事詩, 間詩, 挿入詩 등으로 편의에 의해 임의적으로 사용하고, 중국의 연구에서도 挿入詩歌, 挿入韻文, 挿入詩賦 등으로 일률적이지 않다. 이러한 불확정의 원인은 일차적으로 용어규정의 필요성에 대한 인식의 부족에 기인하고 있겠지만, 전기소설 소재 시문들의 성격이 작품 속에 갖는 성격이나 역할이 충분히 규명되지 못한 데 있지 않은가 여겨진다. 이상의 용어들은 비록 표면적으로 상이하나 각각 갖고 있는 개념의 內包는 거의 같다. 본고는 작품 중의 시의 기능적 측면을 고려한 '삽입'과 광의의 운문 개념인 '시'를 합하여 삽입시를 용어로 사용하기로 한다.

그런데 전기소설에서 삽입시가 차지하는 비중과 역할의 중요도에 비해, 이에 대한 지금까지의 연구는 대체로 충분하지 못한 형편이다. 현재까지 몇 편의 논문에 의해 삽입시의 몇몇 기능에 대해 일정 정도의 이해와 성과를 이루었다.[2] 하지만 삽입시가 전기소설 내부에서 어떠한 다양한 기능과 성격을 갖는가에 대한 충분한 해명과 정리 작업은 여전히 우리에게 과제로 남아 있다.

본고에서는 삽입시의 기능과 성격에 대한 보다 구체적이고 세부적인 양상을 검토·정리하는 데 목표를 둔다. 이를 위해 우선 논의 전개의 편의를 위한 예비적 고찰로서 古典敍事文學의 역사적 흐름에서 삽입시가 수용되는 과정과 양상에 대하여 살펴보기로 한다. 그리고『金鰲新話』소재 삽입시를 예시하면서 그 기능에 대하여 종합·요약할 것이다. 나아가 그 결과를 바탕으로 전기소설에서 삽입시가 갖는 본질적 성격의 여러 국면에 대해 논의하기로 한다.

본고에서 사용한 텍스트는 최근 중국에서 발견된 초기 목판본인 朝鮮刊本『金鰲新話』[3]이다. 그리고『梅月堂全集』(성균관대학교 대동문화연구원 영인) 중의 外集에 수록된『金鰲新話』와 일본 大塚本『金鰲新話』(아세아문화사 영인)를 참고하였다.

---

2) 전기소설 삽입시의 기능에 관한 기존의 연구는 다양한 주제의 전기소설을 대상으로 이루어졌다. 이에 대한 연구사적 검토는 Ⅲ장에서 살펴보기로 한다.

3) 이 판본은 1999년에 고려대 중문과 崔溶澈 교수가 중국의 따롄(大連) 도서관에서 발견하여 학계에 발표한 것이다. 최용철,「『金鰲新話』朝鮮刊本의 發掘과 그 意義」(『民族文化研究』제36호, 高麗大學校 民族文化研究院, 2002)를 참조.

2. 전기소설 이전의 삽입시 수용과정[4]

전기소설 삽입시의 기능과 성격에 대한 논의에 앞서 우리는 삽입시
의 연원에 대해 간략히 살펴볼 필요가 있다. 서사문학에 시가문학이
개입되어 온 역사적 흐름에 대한 이해는 전기소설 삽입시의 본질의 이
해에 도움이 되기 때문이다. 中國 古典敍事文學에 있어서 삽입시의 연
원은 역사인물의 傳記인 史傳에서 찾을 수 있다.[5] 예를 들면『史記
·項羽本紀』에 한나라 군대에 쫓기다가 포위를 당한 項羽가 늦은 밤
사방에서 들려오는 초나라 노래를 듣고 대세가 이미 기울어졌음을 깨
닫는 부분이 있다. 그는 일어나 술을 마시며 부인 우미인과 애마 오추
마를 마주 대하고 강개한 심정을 다음과 같이 노래로 부른다. "힘은
산을 뽑으며, 기상은 세상을 덮도다! 시국은 불리한데 오추마 가지 않
네. 오추마 가지 않으니 어찌 할 수 있으리오? 우미인이여! 우미인이
여! 당신은 어찌 하리오?"[6] 이 시구를 보면 천하를 울리던 한 영웅의
불행한 말로에서 보이는 비애와 함께 대장부의 웅대한 기개가 어우러
져 잘 나타나 있음을 느낄 수 있다.

그리고『燕丹子』에 나오는 고사도 참고가 된다. 거기에는 형가가 연
나라를 떠나 진나라로 떠나는 부분이 있다. 태자 단과 그의 일행들이
역수에 나아가 진왕의 암살을 위해 떠나는 형가를 전송한다. 목숨을
포기하고 떠나는 형가를 위해 태자 단의 일행은 흰색 의관을 갖추고

---

4) 이 장의 논의는 중국의 소설 연구자인 石昌渝의『中國小說源流論』(北京, 生活·
   讀書·新知三聯書店, 1994), 162~165면의 내용에 힘입은 바 크다.
5) 삽입시 외에도 史傳의 인물의 형상화 방식은 전기소설에 대폭 채용된다. 사전의
   다음 단계인 지괴에서는 일화의 수준이었던 것에 비하면 당대 전기소설의 인물 형상화
   는 질·양적으로 보다 확장된 형태를 보인다.
6) "力拔山氣蓋世兮, 時不利兮騅不逝. 騅不逝兮可奈何, 虞兮虞兮奈若何."

나와 있다. 이러한 비장한 분위기에서 형가는 노래를 부른다. "바람
쓸쓸히 불고 역수는 찬데, 장사는 한번 떠나 다시 오지 않네."[7] 이 시
도 앞서 본 항우의 그것처럼 대장부의 장대한 기상이 비장한 정서와
어울려 강개한 미적 정감을 고조시키고 있다.

　이처럼 正史와 雜史·雜傳 중의 삽입시는 양적으로는 드물게 나타나
지만, 주로 인물의 내재적 감정을 표현하는 경우에 많이 쓰인다. 이러
한 경향은 시의 기능에 대한 전통적 견해인 '言志'에 충실한 것이라고
할 수 있다.

　이후 지괴를 주 내용으로 다루는 소설에 와서도 삽입시의 사용은 많
지 않다. 작품의 양적 규모의 측면에서 보더라도 경물이나 인물의 묘
사 등을 위해 삽입시를 할당하기에는 여전히 부족한 점이 있기 때문이
다. 『搜神後記』의 〈丁令威〉를 보면 정영위가 고향을 떠나 仙道를 배워
학이 되어 다시 돌아오는 부분이 있다. 돌아와 보니 고향 사람들이 자
신을 알아보지 못하자 그는 공중을 배회하며 노래를 부른다. "새가 있
네. 새가 있네. 정영위로다. 집 떠난 지 천 년, 이제서야 돌아왔네. 성
곽은 예련듯한데 사람들은 아니로세. 어찌 신선술을 배우지 않고 무덤
만 쌓여있나?"[8] 이 시는 시적 완성도의 측면에서 논한다면 뛰어나게
좋은 시라고는 할 수 없다. 다만 학이 된 정영위의 고사가 널리 전하여
시도 자연스럽게 함께 알려진 것이다.

　그런데 南北朝 後期로 내려오면서 편폭이 점차로 길어지고, 수식도
세부적이 되며, 줄거리도 보다 다채롭고 풍부하게 된다. 『續齊諧記』
〈淸溪廟神〉에 문소가 청계묘의 여신과 사랑을 나누는 부분이 있다. 여
기에 남녀가 서로 노래를 부르는데 『樂府詩』에 〈繁霜〉이라는 이름으

---

7) "風蕭蕭兮易水寒, 壯士一去兮不復還."
8) "有鳥有鳥丁令威, 去家千年今始歸, 城郭如古人民非, 何不學仙塚纍纍?"

로 남아 있다. 이 장편의 노래는 神女가 사랑을 갈구하고 깊은 그리움을 표현한 것으로 전한다.

唐代의 전기소설에 이르면 삽입시는 하나의 문체적 현상으로서 작품에 비교적 많이 등장한다. 이는 삽입시의 연원과 전통에서 볼 때 새로운 취향의 대두로 이해된다. 그 구체적인 원인으로는 먼저 唐代 近體詩(특히, 律詩)의 형식적 완성이다. 그리고 민간의 說唱文學의 영향을 들 수 있다. 辭賦文學이 사대부 계층에서 雅文學으로서 유행한 반면에 민간에서는 일상적 삶의 정감을 주제로한 民歌類의 俗賦와 変文이 생명력을 유지하며 지속적으로 발전되어 왔다. 이처럼 唐代의 전기소설은 전대에 비해 개방적이며 활달한 사회적 분위기를 편승하여 개인적 정서의 표현에 대한 제약이 상대적으로 자유로운 민간의 사부작품을 수용할 수 있었던 것이다. 결론적으로 역사적으로 삽입시를 처음 수용했던 史傳이 사실적 기술을 강조하고 화려하지 않고 과장되지 않은 시구를 담아내는 데 머무른 반면에, 전기소설에 이르러서는 삽입시의 창작이 본격화되고 확대되었다고 할 수 있다.

우리나라의 고전서사문학에서도 삽입시의 전통은 여러 문헌을 통해서 확인할 수 있다. 『三國史記』의 史傳에 나타나는 漢譯 古代歌謠와 『三國遺事』의 鄕歌 등이 대표적인 예이다. 그리고 傳奇的 요소가 많이 보이는 작품으로서 『殊異傳』의 逸文으로 잘 알려진, 『太平通載』 소재 〈崔致遠〉과 『大東韻府群玉』 소재 〈仙女紅袋〉 등은 작품에서는 거의 전체 내용의 절반이 삽입시로 채워질 정도로 그 비중이 크게 나타난다. 이후 『금오신화』에서도 삽입시의 창작은 지속되어 왔음을 확인할 수 있다.

3. 『금오신화』 삽입시의 기능

『금오신화』 삽입시의 성격의 논의를 위한 전단계적 고찰로서, 우리는 먼저 기존 연구를 통해 논의된 삽입시의 기능에 대하여 살펴볼 필요가 있다. 설중환은 『금오신화』를 대상으로 하여, 人間과 神과의 通路, 죽은 靈과 산 靈의 연결, 難關의 극복, 인물의 행동과 말의 代行으로 나누었다.[9] 민병수는 한문소설 전반을 대상으로 하여, 予示的 告知, 結緣 契機의 媒介, 大尾의 裝飾으로 나누었다.[10] 문영오는 금오신화와 燕巖小說을 대상으로 하고, 소설의 구성단계와 연계하여 발단적 기능, 전개적 기능, 위기적 기능, 전환적 기능, 대단원적 기능으로 나누었다.[11] 金瑒煥은 夢字類 소설과 夢遊錄 소설의 삽입시를 대상으로 하여, 그 기능을 雰圍氣 造成, 感情 傳達, 思想 傳達, 對象 描寫, 才能 例示, 慰撫로 나누었다.[12] 이승복은 고전소설 전반을 대상으로 하여, 人物의 形象化, 場面과 雰圍氣의 形象化, 事件의 展開와 狀況의 構成으로 삼분하였다. 다시 인물의 형상화에 內面과 性格의 提示, 才能의 提示, 人物을 통한 作者意識의 直接的 提示를, 장면과 분위기의 형상화에 背景과 場面의 提示, 雰圍氣의 形象化를, 사건의 전개와 상황의 구성에 事件의 發端과 轉換, 狀況의 劇的 構成을 들었다.[13] 정병호는 『금오신화』를 대상으로 하여, 有機的 기능과 揷入的 기능으로 크게 양분하였다. 그리고 유기적 기능에 만남의 媒介, 離別의 告知, 人物의

---

9) 薛重煥, 「金鰲新話의 揷入詩研究試論」, 全州又石女大論文集 제1집, 1980.

10) 閔丙秀, 「漢文小說의 揷入詩에 대하여」, 『韓國古典散文研究』, 同和文化社, 1981.

11) 文永午, 「漢文小說에 삽입된 漢詩의 機能研究-金鰲新話와 燕巖小說을 중심으로」, 『韓國文學研究』 제4집, 東國大學校 韓國文學研究所, 1981.

12) 金瑒煥, 「揷詩의 機能과 外的 諸要素」, 『漢文學論集』 창간호, 근역한문학회, 1983.

13) 李昇馥, 「古典小說의 敍述構造와 揷入詩歌의 機能」, 석사학위논문, 서울대학교, 1986.

內面 暗示를, 삽입적 기능에 才能의 例示, 雰圍氣의 裝飾을 지적하였다.14) 그밖에 통계적 자료를 추출하여 형식과 내용에 따른 유형을 분류한 연구가 있다.15)

이상의 연구성과를 볼 때 삽입시의 기능적 다양성에 대한 확인은 일단 이루어졌다고 할 수 있다. 하지만 각 연구의 소항목을 통해 알 수 있듯이 유사한 기능이 중복적으로 제시되거나, 추상적 논의와 논거의 불충분함 등으로 인하여 다분히 인상주의적 분류에 머문 아쉬움이 있다.16) 아래에서는 이상의 성과와 문제점에 유의하면서 삽입시의 기능에 대해 종합적으로 정리하고자 한다.

1) 意思疏通의 기능

意思疏通의 기능은, 삽입시의 기본적이고 대표적인 기능으로서, 작품 속의 한 인물이 독백하거나 둘 이상의 인물들이 서로의 생각과 감정을 표현하고 교환하는 데에서 나타난다. 그리고 독자에게 등장인물들의 정황을 비유적이거나 암시적으로 전달하는 역할을 담당한다.

다음의 인용은 〈萬福寺樗蒲記〉의 한 부분으로, 양생과 여인이 처음

---

14) 鄭炳浩, 「金鰲新話에 나타난 揷入詩歌의 樣相과 機能」, 『韓國의 哲學』 제19호, 경북대 퇴계연구소, 1991.

15) 金鎭斗의 「金鰲新話의 揷入詩研究」(석사학위논문, 高麗大學校 敎育大學院, 1979)와 姜信球의 「金鰲新話 속의 詩歌 硏究」(『국어국문학』 9집, 동아대학교, 1989) 등이 있다.

16) 중국의 연구성과를 참고로 보자면, 李保初는 중국 古典小說 전반을 대상으로 하여, 사실성의 증명, 간접적 개괄, 뜻·정서의 전달, 結局의 暗示, 인물·경물의 묘사, 독자에 대한 권계, 주제·인물·사건의 강화로 나누었다. 李保初·吳修書 主編, 『中國古典小說卷中詩詞鑒賞』(北京, 華文出版社, 1993), 9~11면. 石昌渝는 중국 傳奇小說을 대상으로 하여, 男女 사이의 情意 傳達, 人物의 志情의 言抒, 景物의 描寫, 줄거리의 어떤 結局의 暗示, 評論로 보았다. 石昌渝, 앞의 책, 162~165면.

만나 시를 주고 받는 대목이다.

> 양생이 물었다. "어찌 아가씨가 거처하는 데가 이러하오?" 여인이 대
> 답하였다. "예, 홀로 사는 여자의 거처는 으레 이러하옵니다." 여인은 다
> 시 장난스레 말했다. <u>"축축히 내린 길가의 이슬, 초저녁에 어찌 가지 않</u>
> <u>으랴만, 이슬이 많아서 가지를 못했지요."</u> 양생도 또한 화답하였다. <u>"어</u>
> <u>슬렁어슬렁 저 숫여우는 기수 다리 위를 어정거리네. 노나라서 오는 길</u>
> <u>은 평평한데 제나라 아가씨 의젓이 수레타고 오네."</u> 읊고서 한바탕 웃은
> 다음 같이 개령동으로 갔다.17)

위의 내용은 양생이 만복사에서 만난 한 여인과 하룻밤을 지내고 다
음날 새벽 그 여인의 거처로 함께 가는 부분이다. 인용시는 두 사람은
서로의 사랑을 확인한 후 대화를 나누고 있는 장면에서 나온다. 여기서
의 삽입시는 대사를 사용하여 직접적으로 의사를 전달하지 않고, 『詩經』
의 구절을 인용하여 간접적으로 제시하는 방법으로 쓰이고 있다.

여인이 인용한 싯구는 『詩經·召南』〈行露〉편이고, 양서생이 답한
시구는 마찬가지로 『詩經·衛風』〈有狐〉편과 『詩經·齊風』〈載駒〉편
에서 나온 것인데, 위의 2구는 〈유호〉편에서, 아래의 2구는 〈재구〉편
에서 따왔다. 옛 경전의 시구를 사용하여 서로간의 사랑의 감정을 충
분히 전달하고 있다. 이처럼 傳奇小說 소재의 삽입시는 대체로 남녀의
애정 감정을 전달·매개하는 즉흥적 흥취의 산물로 이해되기 쉽다. 실

---

17) "生曰: '何居處之若此也?' 女曰: '孀婦之居, 固如此耳.' 女又謔曰: '厭浥行路, 豈不
夙夜, 謂行多露.' 生乃謔之曰: '有狐綏綏, 在彼淇梁. 魯道有蕩, 齊子翶翔.' 吟而笑
傲. 遂同去開寧洞." 〈萬福寺樗蒲記〉(朝鮮刊本 『金鰲新話』, 『民族文化研究』 제36호,
高麗大學校 民族文化研究院, 2002), 78~79면. 이하 인용시문은 작품 제목과 면수만
을 밝히기로 한다.

제로 작품 속의 시를 읽어 보면 많은 수의 작품(주로, 愛情 주제의 작품)에서 그러한 의견은 별 무리 없이 받아들여진다. 하지만 좀더 작품의 세부로 들어가 보면 삽입시가 맡은 기능이나 역할은 보다 다양하게 나타남을 알 수 있다.

여기서 주목되는 것은 여인이 『시경』을 인용하여 말한 의도에 단순히 자신의 처지만을 전달한 것이 아니라 양서생을 시험하는 의미도 담겨있다는 점이다. 다시 말해 상대 남자가 자신과 함께할 만한 인물인지를 가늠하는 척도로 학문적 소양과 수준을 물은 것이다. 이러한 의도를 알아차린 양서생도 바로 같은 『시경』에 있는 구절로써 맞대응한다. 이 부분을 읽는 독자는 짧은 대화이지만 두 사람의 才子的 교양과 자질을 짐작할 수 있다.

그리고 이러한 소통의 과정을 거쳐서 끝부분에 보듯 비로소 '한바탕 웃으며 같이 개령동으로 갈 수 있는' 상황이 자연스럽게 받아들여진다. 이처럼 삽입시를 통해 등장인물 간의 의사소통과 함께 독자와의 의사소통도 이루어지는 것을 알 수 있다.

2) 描寫의 기능

묘사는 서사문학의 대표적 서술기법이다. 그런데 설명적 서술이 아닌 삽입시를 사용하여서도 등장인물의 내·외면의 묘사에서 경물의 묘사에 이르기까지 다양한 묘사가 이루어진다. 이러한 삽입시의 묘사는 독자에게 또 다른 재미를 느끼게 하면서 작품의 이해에도 도움을 준다. 다음의 시는 그 좋은 예이다.

집창에 홀로 기대 앉아 수놓기 더딘데

많은 꽃떨기 속에 꾀꼬리 소리내네.
까닭없이 가만히 봄바람에 원망을 맺어
말없이 바늘 멈추고 생각에 잠기네.
獨倚紗窓刺繡遲, 百花叢裏囀黃鸝.
無端暗結東風怨, 不語停針有所思.

길 위에 서생은 어느 댁 도련님인가?
청금대대가 수양버들 사이로 비쳐오네.
언제 바야흐로 당 가운데 제비가 되어
구슬 발 나직이 걷어 담 위를 넘어갈까?
路上誰家白面郎, 靑衿大帶映垂楊.
何方可化堂中燕, 低掠珠簾斜度墻.[18]

이 시는 최랑이 수를 놓다가 잠시 쉬며 주변의 정황을 완상하면서
노래한 작품이다. 두 편의 절구에서 보이는 경물의 묘사는 독자로 하
여금 작품의 공간을 시각적으로 분명하게 연상되게 한다. 시구 속에
나오는 사창, 꽃떨기, 꾀꼬리, 봄바람, 버들 등은 모두 한가한 봄날의
정경을 나타내는 시어들이다. 최랑은 지금 규방의 깁창 아래 수를 놓
다가 온갖 꽃이 만발한 뜨락 깊이 꾀꼬리 소리가 들려오는 것을 듣는
다. 그리고 자신의 마음을 설레게 하는 봄바람에 원망을 실어 봄시름
에 잠겨 있다. 둘째 편에서 보이듯 이 시름은 이성에 대한 그리움에
기인한 것이다.

2구의 '청금대대'는 깃이 푸른 옷과 높은 선비의 웃옷에 띠는 넓은
띠를 가리키는 것으로, 당시 성균관의 선비가 착용하던 옷차림이다.

---

18) 〈李生窺墻傳〉, 92면.

곧 상대가 단정하고 멋진 모습의 남성임을 보여준다. 다음의 3, 4구에서는, 자신의 몸은 비록 구슬 주렴이 드리운 규방에 있으나 마음만은 당장 담장 너머에 있는 이성에게 날아가고 싶은 심정을 사물의 묘사를 통해 드러낸다.

아울러 삽입시는 등장인물의 성격을 묘사하는 데도 사용된다.

이생은 자기가 신선 세계에 들어오지나 않았나 하는 생각이 들어서 마음으로는 은근히 기뻤으나, 그 동안의 비밀이 알려질까 걱정되어 머리칼이 다 곤두섰다. 이생이 좌우를 살펴보니 최랑은 꽃떨기 속에서 향아와 같이 꽃을 꺾어 머리에 꽂고 구석진 곳에 자리를 펴고 앉아 있다가 이생을 보고는 방긋 웃으며 시 두 구절을 먼저 읊었다.

"桃李가지 속엔 꽃송이 탐스럽고, 원앙새 베개 위엔 달빛도 고웁고나."

이생도 바로 뒤를 이어서 시를 읊었다.

"이다음 어쩌다가 봄소식이 샌다면, 무정한 비바람에 더욱 가련하리라."

최랑은 얼굴빛이 달라지면서 말하였다. "저는 애당초 도련님과 함께 부부되어 끝내 남편으로 모셔 오래도록 즐겁게 지내려 하였는데, 도련님께서는 어찌 이렇게 말씀을 하십니까? 이 다음날에 閨中의 비밀이 누설되어 부모님께 꾸지람을 듣게 되더라도 제가 혼자 책임을 지려고 합니다."[19]

이 부분은 〈이생규장전〉의 한 장면인데, 이생이 최랑과 마음이 서로 통한 뒤 담을 넘어 들어가 최랑과 시로써 수작하는 대목이다. 먼저 최랑이 읊은 시에서 '桃李'는 복숭아와 오얏인데, 여기서는 곧 자신과 이

---

19) "生意謂已入仙境, 心雖竊喜, 而情密事秘, 毛髮盡竪, 回眄左右, 女已在花叢裏, 與香兒, 折花相戴, 鋪䕽僻地, 見生微笑, 口占二句, 先唱曰: '桃李枝間花富貴, 鴛鴦枕上月嬋娟.' 生續吟曰: '他時漏洩春消息, 風雨無情亦可憐.' 女變色而言曰: '本欲與君, 終奉箕箒, 永結歡娛, 郎何言之若是遽也? 妾雖女類, 心意泰然, 丈夫意氣, 肯作此語乎? 他日閨中事洩, 親庭譴責, 妾以身當之.'" 〈李生窺墻傳〉, 94면.

생을 말한다. 다음의 '원앙베개(鴛鴦枕)'는 부부 간의 동침을 의미하는데, 마찬가지로 자신과 이생을 말한 것이다. 최랑은 두 개의 시구를 통해 이생과의 행복한 심정을 은유적으로 표현하고 있다. 그리고 이어지는 이생의 답시를 보면 시를 통해 그의 성격이 드러나는 예를 볼 수 있다. 이생의 시구에 나오는 '봄소식'은 두 사람의 사랑을, '비바람'은 양가 부모님의 노여움을 말한다. 바로 이 부분에서 이생의 소심한 성격이 간접적으로 드러난다. 열렬한 사랑에 과감히 몰입하는 최랑에 비해 현실적 제약에 걱정하는 이생의 모습이 대조되고 있기 때문이다. 이어지는 부분에서 최랑이 안색을 바꾸어 의연하게 이생에게 반박하는 대목을 보면 최랑의 적극적 성격이 보다 대비적으로 부각되는 것을 알 수 있다.

3) 伏線의 기능

서사작품의 중간에 간간이 나타나는 복선은 작품의 전개에 인과적 필연성을 부여하는 역할을 한다. 이때 시와 같은 운문이 가지는 은유나 상징의 특성을 활용하여 복선을 장치하는 경우가 있다. 다음의 시는 암시적인 시어를 사용하여 복선을 담은 예이다.

> 개령동에서 봄시름 가득 안고 있는데,
> 꽃 지고 피니 온갖 근심을 느끼네.
> 초협 구름 속에서 그대를 보지 못하여,
> 상강 대숲 아래서 눈에 가득 눈물이라.
> 개인 강에 날 따뜻하니 원앙새 어울리고,
> 푸른 하늘에 구름 녹아지니 비취새 노니네.
> 동심의 두 매듭 짓기 좋으니,

비단부채로 맑은 가을 원망마오.

開寧洞裏抱春愁, 花落花開感百憂.

楚峽雲中君不見, 湘江竹下泣盈眸.

晴江日暖鴛鴦竝, 碧落雲銷翡翠遊.

好是同心雙絹結, 莫將紈扇怨淸秋.[20]

이 시는, 만복사에서 만난 여인이 양생을 위해 연회를 하는 장면에서 초대한 네 명의 시읊기가 모두 끝나고 끝으로 자신이 읊은 작품이다. 수련에서 경련까지는 자신의 슬픔과 안타까움을 독백적 어조로 일관되게 노래하고 있다. 앞으로의 이별을 예감하고 바라보는 정경은 일상적인 모습도 으레 슬프게 받아들여진다. 그리하여 꽃이 피고 지는 것에서도 무상한 현실의 비애감이 느껴지고, 새들의 어울림도 안타깝게 여겨지는 것이다.

그런데 이러한 슬픈 정황에 이어지는 미련에서는 앞으로의 전개를 암시하고 있다. 바로 끝구의 '비단부채'가 여인의 처지를 암시적으로 의미한다. 여름 한 계절 항상 손에 쥐고 가까이하던 부채는 가을이 되면 멀어지고 잊혀지게 마련이다. 결국 이 이후에 여인이 양생과 헤어지게 될 것이라는 전개를 가을철 부채의 처지를 통해 미리 보여주고 있는 것이다.

4) 總論의 기능

총론의 기능으로 사용되는 삽입시는, 작가가 한 편의 시작품을 통하

---

20) 〈萬福寺樗蒲記〉, 84면.

여 작품 전체를 개괄 내지 정리하는 경우에 쓰인다. 『금오신화』의 경우 총론적 성격의 삽입시는 별로 보이지 않지만, 다음의 예를 통해서 그 기능을 찾을 수 있다.

홍생은 조용히 서서 가만히 생각해 보니, 꿈도 아니고 생시도 아니었다. 난간에 기대어 정신을 가다듬고 여인이 한 말을 모두 기록하였다. 그는 기이하게 만났지만 속내에 쌓인 이야기를 다하지 못한 것이 서운하여, 조금 전의 일들을 회상하면서 시를 읊었다. "양대에서 꿈결에 님을 만났네. 어느 해에 옥피리 불며 다시 돌아오실까. 대동강 푸른 물결 비록 무정하지만, 님 떠난 저 곳으로 슬피 울며 가는구나."[21]

이 인용은 〈취유부벽정기〉의 마지막 부분에 나오는 것으로서 홍생이 선녀와의 만남과 그 정감을 압축적으로 보여주는 시작품이다. 이 시 한편을 통해 작품 전체의 내용과 감상이 요약적으로 제시되고, 이후에 자연스럽게 결말로 넘어가게 된다.

다음의 인용시에서도 이전의 모든 이야기들을 한 편으로 정리하는 예를 볼 수 있다.

한생은 이 시를 받아 꿇어앉아 읽고 세 번이나 거듭 감상하고 난 뒤, 곧 그 자리에서 장편시 이십 운을 지어 성대한 일을 진술하였다. 그 가사는 이러하였다.

"높이 솟은 천마산, 공중에 나는 폭포, 곧바로 내려 숲을 뚫고, 빨리 흘러 큰 시내 되었어라. 물 속엔 월궁이 잠겨 있고, 못 밑엔 용궁이 깊었

---

21) "生惺然而立, 藐爾而思, 似夢非夢, 似眞非眞. 倚闌注想, 盡記其語, 因念奇遇, 而未盡情款. 乃追懷以吟曰: '雲雨陽臺一夢間, 何年重見玉簫鐶. 江波縱是無情物, 嗚咽哀鳴下別灣.'"〈醉遊浮碧亭記〉, 128면.

어라. 신기한 변화 자취 남고, 하늘 올라 공을 세워, 가는 안개 자욱히 끼고, 상서로운 바람 부네. 하늘에서 명령 받아 청구의 높은 작위 구름 타고 자신전에 조회하고, 비 내려 청총마 달리네. 금궐 위에 잔치 열고, 옥계 앞에 풍류 지어, 차주발엔 운기 뜨고, 연잎엔 이슬 젖네. 위의가 정중하고, 예법은 더욱 높네. 의관 문채 찬란하고, 환패 소리 영롱하네. 물고기·자라 조하 드리고, 물신령도 모였도다. 조화 어이 그리 황홀하냐? 숨은 덕이 더욱 깊네. 북소리에 꽃 더 피고, 술단지 속에 무지개 있네. 천녀는 옥피리 불고, 서왕모는 거문고 타고, 백 번 절하여 술잔 올려, 祝華嵩[22] 세 번 부르네. 눈빛 같은 과실에다 수정 같은 채소로다. 온갖 진미 배부르고 깊은 은혜 뼈에 스며, 신선의 이슬[23] 마신 듯 봉래산에 구경 온 듯, 즐거움자 이별이라, 풍류마저 꿈속이네."

시를 지어 바치니 온 자리의 사람들은 모두 기뻐하고 칭찬하지 않는 이가 없었다.[24]

이 시는 한생이, 용왕이 강하의 세 군장이 지은 시를 읊고 건네준 시를 받아 읽고 답한 것이다. 작품의 줄거리를 살펴보면, 천마산의 박

---

22) 華嵩은 중국의 華山과 嵩山을 말한다. 곧 화산과 숭산처럼 오래 보존되기를 축원한다는 뜻이다.

23) 沆瀣는 북방의 밤중 기운이다. 일설에는 이슬 기운 또는 바다 기운으로, 신선이 먹는 것이라 한다. 『列仙傳』에 "능양자는 봄에 아침 이슬을 먹고, 여름에 밤 기운을 먹었다.(陵陽子春食朝露, 夏食沆瀣.)"라 하였다.

24) "生受之跪讀, 三復賞翫, 卽於坐前, 題二十韻, 以陳盛事, 詞曰: '天磨高出漢, 巖溜遠飛空. 直下穿林壑, 奔流作巨淙. 波心涵月窟, 潭底閟龍宮. 變化留神迹, 騰拏建大功. 氤氳生細霧, 駘蕩起祥風. 碧落分符重, 靑丘列爵崇. 乘雲朝紫極, 行雨駕馬驄. 金闕開佳燕, 瑤階奏別鴻. 流霞浮茗椀, 湛露滴荷紅. 揖讓威儀重, 周旋禮度豊. 衣冠文璨爛, 環佩響玲瓏. 魚鼈來朝賀, 江河亦會同. 靈機何恍惚, 玄德更淵沖. 浣苑擊催花鼓, 樽垂吸酒虹. 天姝吹玉笛, 王母理絲桐. 百拜傳醪醴, 三呼祝華嵩. 煙沈霜雪果, 盤映水晶蔥. 珍味充喉潤, 恩波浹骨融. 還如飡沆瀣, 宛似到瀛蓬. 歡罷應相別, 風流一夢中.' 詩進, 滿座皆歡賞不已." 〈龍宮赴宴錄〉, 166~167면.

연 폭포에서 온 사신을 따라 한생은 용궁에 초대되어 간다. 이어 용왕을 만나 이야기를 나누며 글을 지어 주고 연회의 대접을 받는다. 그리고 여러 신들·용궁의 신하들과 함께 시를 수창하며 즐긴다. 위의 한생의 시는 바로 이전까지의 〈龍宮赴宴錄〉 내용 전체를 총괄적이고 압축적으로 제시하고 있다.

4.『금오신화』 삽입시의 성격

이상에서 우리는 삽입시의 일반적인 기능에 대해 대략적으로 정리해보았다. 위에서 언급한 기능들은 서사문학을 창작한 文翰이라면 누구나 자연스럽게 사용했던 기본적인 글쓰기 방식의 하나일 것이다. 그렇다면 이 기능들의 이면에 담긴 보다 본질적인 성격은 무엇이며 어떻게 해명할 수 있을 것인가의 문제가 과제로 남는다. 이 문제의 해결을 위해 우리는 실제 작품의 분석을 통해 구체적으로 살펴볼 필요가 있다.

1) 抒情性의 高揚

주지하듯이 전기소설은 서사문학의 한 갈래이고, 삽입시는 서정문학의 한 갈래이다. 즉, 전기소설의 삽입시는 서사문학 중의 서정문학이다. 다시 말하자면 소설에 시가 삽입됨으로써 서사에 서정이 개입된 것이다. 그렇다면 서사 속의 서정은 어떠한 의미를 갖을까에 대한 의문이 생기게 된다. 이 의문의 답으로서 일차적으로 생각할 수 있는 것은 바로 抒情性의 高揚이다. 삽입시의 서정성은 바로 독자의 정서적 참여를 유도하는 데 기여하기도 한다. 다음의 시를 통해 우리는 구체적으로 확인할 수 있다. 장편이기는 하나 이해를 돕기 위해 전체를 인용하기로 한다.

> 이 밤은 어인 밤인가?
> 이 선녀 만나 보았네.
> 꽃같은 얼굴 어이 그리 고우며,
> 붉은 입술 앵두 열매 같았네.
> 싯귀는 더욱 교묘하니,
> 이안25)도 응당 말이 없으리.
> 직녀아가씨 북 던지고 은하 나루로 내려오고,
> 월궁의 항아 약방아 버리고 이곳을 찾았구나.
> 곱게 꾸민 단장은 이 대모 자리 빛내주고,
> 오가는 술잔 속에 잔치 자리 흥겹구나.
> 운우의 즐거움은 익숙하진 못할 망정
> 술따르고 노래불러 서로 기뻐 즐겨하네.
> 절로 기쁘구나, 봉래섬 잘못 찾아들어,
> 이 선계의 풍류도를 만난 것.
> 옥잔의 맑은 술은 술통에 가득 찼고,
> 용뇌향의 고운 향내 금향로에 서려 있네.
> 백옥상 놓은 앞에 매운 향내 나부끼고,
> 푸른 비단 장막에는 실바람이 살랑살랑.
> 참으로 임을 만나 이 잔치를 베풀게 되니,
> 오색구름 뭉게뭉게 얼기설기 찬란하네.
> 그대는 알고 계신지 문소와 채란 만난 얘기며
> 장석과 난향의 그 사랑을.
> 인생의 만남도 반드시 인연이란 것을,

---

25) 易安은 송나라 때의 여류시인 李淸照의 호이다.

마땅히 잔을 들어 어지럽게 취할 일이라.

아가씨여! 어찌 가벼이 말씀하시오?

가을 부채 버린다는 서운한 그런 말씀.

몇번이고 다시 환생하여 배필이 되어

꽃 피고 달 밝은 아래에서 이별 없이 살아보세.

今夕何夕, 見此仙姝.

花顏何婥妁, 絳脣似櫻珠.

風騷尤巧妙, 易安當含糊.

織女投機下天津, 嫦娥抛杵離淸都.

艶妝照此玳瑁筵, 羽觴交飛淸讌娛.

殢雨尤雲雖未慣, 淺斟低唱相怡愉.

自喜誤入蓬萊島, 對此仙府風流徒.

瑤漿瓊液溢芳樽, 瑞腦霧噴金猊爐.

白玉床前香屑飛, 微風撼彼靑莎廚.

眞人會我合卺巵, 綵雲冉冉相縈紆.

君不見文蕭遇彩鸞, 張碩逢杜蘭.

人生相合定有緣, 會須擧白相闌珊.

娘子何爲出輕言, 道我奄棄秋風紈.

世世生生爲配耦, 花前月下相盤桓.[26)]

이 시는 양생이 만복사에서 만난 여인이 지은 시에 화답한 것이다. 양생은 인연의 고사를 들어 사랑의 필연성과 의의를 강조하고 있다. '君不見' 이후 4구에 인용된 '문소와 채란' 그리고 '장석과 난향'의 사랑의 고사는 양생과 여인 두 사람의 인연을 빗대어 말한 것이다. 문소는 晉나라 때의 서생이고, 채란은 선녀 吳彩鸞을 가리키는데, 문소가 오채란을 만나 서로 부부가 되었다는 고사가 있다. 그리고 장석은 한나라 때의 신선이고 난향은 선녀 杜蘭香을 가리키는데, 장석이 두난향을 만나 부부가 되었다는 고사에서 나온 것이다. 따라서 이 두 고사의 인용은 모두 젊은 남녀의 만남이 자연스러운 것임을 부각시킨 것이다.

이 인용에 이은 4구에서 양생은 자신의 마음을 여인이 받아주기를 부탁한다. 인용된 시 전체에 두드러지게 나타나는 것은 성공적인 결연에서 얻은 기쁨과 즐거움이다. 물론 이 시를 삽입하지 않고 단순히 등장인물들이 서로 기쁘고 즐거웠다고 서술해도 내용 진행상의 별 문제는 없을 것이다. 하지만 시를 삽입함으로써 등장인물 간의 정서적 교감이 한층 고양되고 있으며 나아가 그러한 감흥이 독자에게도 제고되어 전달되는 데에 유의할 필요가 있다.

무산 열두 봉에 안개는 겹겹이 감아도는데,
반쯤 드러난 뾰족 봉우리는 붉고도 푸르구나.
초나라 양왕의 외로운 꿈 수고롭게 하지마오.
구름 되고 비가 되어 양대에 내려가세.
巫山六六霧重回, 半露尖峰紫翠堆.
惱却襄王孤枕夢, 肯爲雲雨下陽臺.

사마상여처럼 탁문군을 꾀어내려니,
적잖은 품은 생각 이미 흠뻑 깊어지네.
붉은 단장 담머리 복사·오얏꽃 고운데
바람에 어디론지 어수선히 떨어지네?
相如欲挑卓文君, 多少情懷已十分.
紅粉墻頭桃李艶, 隨風何處落繽紛.

좋은 인연 되려는지 궂은 인연 되려는지,
부질없이 시름 겨워 하루가 일년 같네.
시 한 수에 백년 가약 이미 맺었거니,
남교 어느 날에 신선을 만날까?
好因緣耶惡因緣, 空把愁腸日抵年.
二十八字媒已就, 藍橋何日遇神仙.[27]

이 세 편의 시는 이생이 길을 가다 최랑의 시를 듣고 마음이 움직여 지은 것이다. 이생은 흰 종이에 시를 적고 기와조각에 매달아 담장 안으로 던져 최랑에게 마음을 전한다. 둘째 편을 보면 사마상여가 탁문군을 유혹한 고사를 인용하여 자신의 시도는 자연스러운 것임을 말하고 있다. 사마상여는 전한 때의 문신으로, 사부를 잘 지어 한위육조 문인의 모범이 된 인물이다. 그는 젊었을 때 촉땅에 가서 임공을 지나다가 거문고를 타서 부잣집 딸인 과부 탁문군을 꾀어내고, 그녀와 함께 부부가 되어 성도로 돌아와서 살았다는 고사가 있다. 그리고 끝구의 남교는 세상에 알려 전하기를 그곳에서 신선이 사는 굴이 있는데, 당나라 때 배항이 운영을 만났다는 고사가 있다. 이 두 고사를 통해 작가는 등장인물들의 만남이 우연한 것이지만 사실은 깊은 인연의 끈이 이어져 있음을 강조한 것이다.

이러한 전기소설 속의 남녀 간의 애정 이야기는 자연스럽게 독자의 관심을 유도한다. 우선 작품 속에서 독자는 한미한 서생과 상층 귀족의 여성과의 이루어질 수 없는 만남이 실현되는 것을 보게 된다. 작가는 이 '기이한' 사랑의 공간[28]에서 삽입시의 아름답고 화려한 시어로

---

27) 〈李生窺墻傳〉, 93면.
28) 이 용어는 다음의 논의에 따른 것이다. "바로 이 특수한 공간, 남녀간의 '기이한'

써 높은 서정적 감흥을 고취함으로써 독자의 흥미를 유발하고 증가·
확대하는 것이다.

> 이밤이 어찌 됐나, 밤은 이미 깊어졌고,
> 여라 담장29) 위에 걸린 달은 정히 둥글둥글.
> 그대는 지금부터 세속 인연 벗었으니,
> 나와 만나 한없는 즐거움을 나눠보세.
> 강물위의 누각에는 사람들도 흩어졌고,
> 섬돌 앞의 예쁜 나무엔 이슬 이제 내리네.
> 이 뒤에 다시 한번 만날 곳을 알려 한다면,
> 봉래산 복숭아 익고 푸른 바다 마를 때라.
> 夜如何其夜向闌, 女墻殘月正團團.
> 君今自是兩塵隔, 遇我却賭千日歡.
> 江上瓊樓人欲散, 階前玉樹露初搏.
> 欲知此後相逢處, 桃熟蓬丘碧海乾.30)

이 시는 神女가 홍생의 시에 감동하여 음식을 차려 대접하는 부분에
나온다. 인용한 작품은 그 마지막 편으로서 신녀의 적극적인 구애의
모습이 잘 나타나 있다. 신녀는 홍생이 음식을 먹는 사이 여섯 편의
시를 지어 자신의 마음을 전한다. 이 시를 읽으면 홍생에 대한 신녀의

사랑의 공간—비현실적 공간에서의 남녀의 만남 뿐 아니라 현실 공간 내에서의 만남
까지 포함하여, 서로 '상이한' 신분계급에 속하는 남녀의 '자유로운' 만남이라는 설정
자체가 전근대 사회에서는 '기이한 만남'으로 간주되지 않을 수 없다—에서 예의 시문
의 재능이 십분 발휘되고 있는 것이다." 윤재민, 「전기소설의 인물성격」, 『民族文化硏
究』 제28호(高麗大學校 民族文化硏究所, 1995), 63면.
29) 여라 담장은 위 부분에 요철을 두어 둘러친 작은 담장을 이르는 말이다.
30) 〈醉遊浮碧亭記〉, 121~122면.

깊은 연정이 느껴진다. 시가 가지는 서정성에 의해 등장인물들 간의
감정이 보다 절실하게 독자에게 전달된 것이다. 이처럼 감상을 구체적
으로 표현하여 글의 탄력성을 이루게 한다거나 글의 흐름상 형식의 변
화를 주어 단조로움이나 지루함을 벗어나게 한다는 점 등도 바로 서정
적 고양을 유도하는 삽입시의 특성에 기인한다.

2) 主題意識의 提高

서정성의 고양과 함께 삽입시의 주된 성격으로 주제의식의 제고를
들 수 있다. 즉, 작가가 삽입시를 통해 작품의 주제를 보다 부각시킨다
는 것이다. 전기소설의 남녀 주인공은 스스로의 선택과 원망 혹은 순
간적인 영혼의 교감에 의해 서로 사랑하게 되기에 그 애정은 지고지순
하거나 돈독한 모습으로 나타나게 마련이다.[31]

『금오신화』에 등장하는 다른 주인공의 경우도 상대방(특히, 여성의
경우)이 갖는 신분과 처지의 세부는 다르나, 대체로 이와 같은 현실적
불가능성을 극복하는 형상으로 나타난다. 이 극복에 절실하게 작용하
는 것은 바로 사랑의 순수성이다. 작품의 끝부분에 이르면 대체로 이
별 내지 사별이라는 불행한 결말을 맞는다. 이때 삽입되는 시가는 한
결같이 불행한 이별의 정한을 노래함으로써 작품의 주제인 '순수한 사
랑'을 강조한다.

> 명수가 한정이 있으니,
> 처참한 마음으로 떠나려네.
> 바라건대 내 님이시여!

---

31) 박희병, 「傳奇的 人間의 미적 특질」, 『민족문학사연구』 7호(민족문학사연구소,
1995), 125면.

행여 잊지는 마십시요.
슬프다. 부모님이시여!
내 배필을 이루지 못하셨네.
아득한 저승에서
이 마음에 한이 맺히리.
冥數有限, 慘然將別.
願我良人, 無或踈闊.
哀哀父母, 不我匹兮.
漠漠九原, 心糾結兮.[32]

이 인용은 양생이 다른 사람들과 함께 최랑의 혼백을 전송하자 어디
선가 들려온 시이다. 시의 전체를 지배하는 주제는 비극적 이별의 정
한이다. 양생과 자신의 부모를 향한 바람과 연민은 독자로 하여금 숙
연하게까지 한다. 현실에서의 이루지 못한 순수한 사랑의 감정이 비애
의 어조를 통해 절실하게 제시되고 있기 때문이다. 이처럼 작가 김시
습은, 인간이 가지는 자연스러운 감정인 이성에 대한 욕망 추구라는
주제를 삽입시를 통해 본격적으로 부각시키고 있다. 물론 당대의 사회
적 분위기 속에 수용될 수 있는 범위에서지만, 봉건적 윤리가 지배하
는 사회에서 남녀 간의 애정을 과감하게 창작의 주제로 다루면서 시를
통해 그러한 주제를 뚜렷하게 드러낸 것이다.

마찬가지로 처연한 이별의 정황을 노래한 다음의 시도 이와 같은 맥
락으로 해석할 수 있다.

방패와 창이 눈에 가득 뒤섞인 곳에서

---

32) 〈萬福寺樗蒲記〉, 88면.

옥은 부서지고 꽃은 날리니 원앙은 짝을 잃었네.

남은 뼈만 어지럽게 널려 끝내 누가 묻어주리.

피에 더럽혀진 떠도는 넋은 더불어 말할 이가 없네.

고당에 한번 내려온 무산의 선녀가

깨진 거울 다시 나뉘니 마음은 처참하네.

이로부터 한번 이별하면 서로 아득하니

천상과 인간에 소식도 막히리라.

干戈滿目交揮處, 玉碎花飛鴛失侶.

殘骸狼藉竟誰埋, 血汚遊魂無與語.

高唐一下巫山女, 破鏡重分心慘楚.

從玆一別兩茫茫, 天上人間音信阻.[33]

이 시는 이생이 최랑과 몇 해를 함께 보낸 뒤 헤어지는 부분에 나온다. 헤어지게 되자 최랑이 이생에게 마지막으로 남기는 시이다. 작품도 위의 시처럼 불행한 이별의 정한을 주제로 하고 있다. 여기에서의 이별은 다시 만남을 기약할 수 없는 것이며, 사실 예견된 것이기도 하다. 따라서 최랑은 비극적이고 불행한 이별의 슬픔에 깊이 몰입할 뿐이다. 이러한 슬픔의 몰입 과정을 통해서 작품의 주제가 절실하게 제고되고 있다.

이별의 슬픔은 때로 심미적으로 승화되어 나타나기도 한다.

운우의 정을 나눈 양대의 한바탕 꿈,

어느 해에 옥퉁소 불며 돌아옴을 다시 보리오?

---

33) 〈李生窺墻傳〉, 111면.

강 물결 비록 무정한 사물이나,

슬피 울며 물굽이로 흘러가 이별하네.

雲雨陽臺一夢間, 何年重見玉簫還.

江波縱是無情物, 嗚咽哀鳴下別灣.[34]

이 시는 홍생이 정신이 깨어 그전까지의 일을 회상하며 부른 노래이다. 첫구의 양대는 초나라 양왕이 선녀를 만난 곳이다. 여기서는 바로 홍생이 처음 선녀를 만난 부벽정을 가리킨다. 그는 선녀와의 사랑을 생각하며 슬픔에 잠기어 있다. 하지만 이 만남은 다시 이루어질 수 없는 데에 마음의 상처는 더욱 깊어진다. 3,4구에서 보듯 깊은 슬픔은 무정한 강물의 흐름으로 전이된다. 도도히 흐르는 물굽이를 바라보며 홍생은 자신의 감정을 그 물결에 이입하고 있다. 독자는 이 시를 읽으면서 불행한 애정의 슬픔이 삽입시를 통해 심미적 차원으로 승화되고 있음을 보게 된다.

3) 作家的 才能과 個性의 體現

전기소설에 있어서 삽입시는 작가의 문학적 재능을 가늠하는 중요한 요소의 하나이다.[35] 따라서 삽입시의 문학적 평가는 전적으로 작가의 작시 능력에 달려있다고 해도 과언이 아니다. 『금오신화』에 소재한 모든 시에서 우리는 김시습의 뛰어난 작가적 역량을 볼 수 있다. 예를 들어 〈이생규장전〉을 보면 사계절의 정경을 그린 병풍이 나온다.

---

34) 〈醉遊浮碧亭記〉, 128면.

35) "대개 이것들 [『幽怪錄』이나 『傳奇』 등의 傳奇小說을 가리킴.]은 문장이 '여러 文體'(衆體)를 갖추고 있어, 이를 통해 '歷史를 보는 眼目'(史才)과 '詩文 창작의 재질'(詩筆)과 '論題를 論議하는 능력'(議論)을 볼 수 있다.(盖此等文備衆體, 可見史才·詩筆·議論.)" 趙彦衛, 『云麓漫鈔』, 권8. 윤재민, 앞의 책, 54면에서 재인용.

그리고 거기에 담긴 네 편의 題畵詩가 차례로 소개된다.[36] 그 병풍에
실린 연작시들은, 사실 작품의 서사적 구성의 측면에서 보면 그다지
큰 비중을 차지하지 않는다. 오히려 장황한 내용의 소개로서 불필요한
것으로 오해될 만하다. 다만 병풍 속 그림의 묘사를 통한 실감 있는
장면연출로서의 역할을 가질 뿐이다. 그럼에도 불구하고 병풍에 담긴
시들을 자세하게 언급한 것은 김시습 자신의 문학적 능력에 대한 강한
자부심의 표현으로 생각할 수 있다. 기본적으로 병풍마다의 그림들이
한결같이 보기 드문 명화라고 설정한다거나 곁들여 쓰인 필체가 명필
가의 그것임을 전제한 것은 그 시작품 역시 뛰어남을 간접적으로 보여
주고 있기 때문이다.

다음에 그 중 한 편을 예로 들어 본다.

갈바람이 쌀쌀해서 찬이슬이 맺히고,
달빛도 고와서 물빛 더욱 푸르구나.
한 소리 또 한 소리 기러기 울며 돌아가는데,
우물에 오동잎 지는 소리를 다시금 듣고파라.
秋風策策秋露凝, 秋月娟娟秋水碧.
一聲二聲鴻雁歸, 更聽金井梧桐葉.

상 밑에서는 온갖 벌레들이 처량하게 울고,
상 위에서는 아가씨가 구슬 눈물을 떨어뜨리네.
만리 밖 싸움터에 몸을 바친 님에게도
오늘밤 옥문관에 달빛이 환하겠지.
牀下百蟲鳴喞喞, 牀上佳人珠淚滴.

---

36) 〈李生窺墻傳〉, 98~102면.

良人萬里事征戰, 今夜玉門關月白.

새 옷을 마르려니 가위가 차가워라.
나직이 아이 불러 다리미를 가져오라네.
다리미에 불 꺼진 걸 살피지 못하다가
머리를 긁으며 피리대로 가만히 헤치네.
新衣欲裁剪刀冷, 低喚丫兒呼熨斗.
熨斗火銷全未省, 細撥秦箏又搔首.

작은 연못에 연꽃도 지고 파초 잎도 누래지자
원앙 그린 기와 위에 첫서리가 내렸네.
묵은 시름 새 원한을 막을 길이 없는데
귀뚜라미 울음까지 골방에 들리네.
小池荷盡芭蕉黃, 鴛鴦瓦上粘新霜.
舊愁新恨不能禁, 況聞蟋蟀鳴洞房.[37]

  이 인용시는 네 폭의 병풍 가운데 셋째의 것이다. 작품의 내용에서
보듯 병풍의 그림을 실제로 보는 것과 같은 묘사와 그림에 담긴 정서
적 분위기를 유감없이 표현해 내고 있다. 시의 형식적인 측면에 있어
서도 자유로운 換韻과 다양한 詩想의 전개가 어우러지면서 화려한 어
휘의 구사와 잘 조화를 이루는 작품이다. 이러한 『금오신화』의 삽입시
에 대해 '시부의 고아함·미려함에서 그의 해박한 학식과 뛰어난 재질
을 볼 수 있다.'[38]라고 평가한 것도 바로 김시습의 작가적 재능과 높은
시적 완성도를 지적한 것이다. 다음의 예도 같은 관점으로 해석할 수

---

37) 〈李生窺墻傳〉, 100~101면.
38) '詩賦雅麗, 可以見其該博之學與俊拔之才矣.' 日本 大塚本에 있는 依田百川의 〈序文〉.

있는 시이다.

들보 동쪽으로 떡을 던지네.[39]
울긋불긋 높은 산이 저 푸른 하늘을 버티었네.
하룻밤 우레 소리가 시냇가를 뒤흔들어도
만 길 푸른 벼랑에는 구슬빛이 영롱해라.
들보 서쪽으로 떡을 던지네.
바위 안고 도는 길에서 멧새들이 우짖네.
맑고 깊은 저 龍湫는 몇 길이나 되려나.
한 이랑 봄물결이 유리처럼 맑아라.
들보 남쪽으로 떡을 던지네.
십 리 솔숲에 푸른 노을이 비꼈구나.
굉장한 저 神宮을 그 누가 알리오.
푸른 유리 밑바닥에 그림자만 잠겼구나.
들보 북쪽으로 떡을 던지네.
아침 햇살 처음 오르니 못물이 거울 같아라.
흰 비단 삼백 길이 공중에 가로 걸려
하늘 위 은하수가 이곳에 떨어졌나.
들보 위로 떡을 던지네.
흰 무지개 어루만지며 창공에서 노니누나.
발해와 부상이 천만 리나 되지만
인간 세상 돌아보니 손바닥과 한가지일세.
들보 아래도 떡을 던지네.
가련해라. 봄밭에 아지랑이가 오르는구나.

---

39) 떡을 던진다는 것은 上樑의 의식에 행해지는 행사의 일부로서, 匠人의 우두머리가
준비한 떡을 들보에 던지면서 축하한다는 의미이다.

신령스런 물 한 방울 이곳에서 가져다가

온 누리에 단비 삼아 뿌려들 보소.

抛梁東, 紫翠岧嶢撑碧空.

一夜雷聲喧繞澗, 蒼崖萬仞珠玲瓏.

抛梁西, 徑轉巖廻山鳥啼.

湛湛深湫知幾丈, 一泓春水似玻瓈.

抛梁南, 十里松杉橫翠嵐.

誰識神宮宏且壯, 碧琉璃底影相涵.

抛梁北, 曉日初升潭鏡碧.

素練橫空三百丈, 飜疑天上銀河落.

抛梁上, 手捫白虹遊莽蒼.

渤海扶桑千萬里, 顧視人寰如一掌.

抛梁下, 可惜春疇飛野馬.

願將一滴靈源水, 四海便作甘雨灑.[40]

이 시는 地上의 인간인 한생이 水神인 용왕에게 지어 올린 용궁의 上梁詩이다. 이어지는 용왕 및 여러 제신의 극찬을 통해 독자는 한생의 시적 경지가 신에게까지 통할 정도로 높았음을 말한다. 따라서 이 작품도 위의 예처럼 작가인 김시습이 자신의 문학적 역량을 자부하고 있음을 간접적으로 보여주는 시로 이해된다. 한 인간이 초월적인 경계인 용궁에 들어가 그곳에서 전혀 부끄럽지 않은 시문을 남기고 칭찬을 받는다는 것은 그 시문이 독자에게도 공감할 만한 뛰어난 작품이어야 하기 때문이다.[41] 이처럼 우리는 『금오신화』 삽입시에서 김시습의 심

40) 〈龍宮赴宴錄〉, 154~155면.

41) 임형택 교수는 설화와 구분되는 전기의 특징으로서 작가의 창작성 및 文飾의 가미를 지적한 바 있는데 전기소설의 삽입시를 그 대표적인 예로 들 수 있을 것이다. 임형택,

저에 흐르고 있는 文翰으로서의 득의에 찬 자부심을 확인할 수 있으며, 이러한 自得이 금오신화의 독특한 미적 성취에 기여하고 있음을 확인할 수 있다.[42]

아울러 이 상량시에 이어지는 한생과 용궁의 諸士들과의 수창시도 이 시와 맥을 같이 한다. 한생은 고시풍의 한시를 주고받는다. 近體詩보다 형식적 제약이 적어서 자유분방한 상상력과 문학적 개성을 거침없이 표현하는 데 적합한 古詩의 특성을 충분히 활용하였다.

그리고 주요 등장인물 외에도 작품 속의 神異한 존재들이 남긴 시문도 또한 그에 걸맞는 뛰어남을 보여야 한다. 다음의 시는 용왕이 노래하는 대목에 나오는 작품이다.

> 풍류소리 가운데 술잔을 돌리니
> 기린 모양의 향로에선 용뇌 향기를 뿜어내네.
> 옥피리를 비껴 쥐고 한 소리 불자
> 하늘 위의 푸른 구름은 씻은 듯 사라졌네.
> 소리가 물결치더니
> 가락은 풍월로 바뀌었네.
> 경치는 한가한 인생은 늙어 가니
> 살같이 빠른 광음이 애달프기만 하여라.
> 풍류도 꿈이려니
> 기쁨이 다하면 시름만 생기네.
> 서산이 끼인 내가 이제 막 흩어지자
> 동산에 둥근 달이 기쁘게도 찾아오네.

「나말여초의 전기문학」, 『한국한문학연구』5(한국한문학연구회, 1981), 101~102면.
42) 정출헌, 「한문소설의 미적 특성과 그 구현양상에 대한 검토」, 『韓國漢文學研究』 제29집(한국한문학회, 2002), 60~61면.

술잔을 높이 들어
푸른 하늘의 달에게 물어 보세
추한 모습 고운 모습을 몇 번이나 보아 왔던가
술잔에 술 가득한데
옥산이 무너졌네.
그 누가 넘어뜨렸나
아름다운 우리 님을,
십 년이 다하도록 근심 걱정일랑 잊어버리고
푸른 하늘 높은 곳에 유쾌히 오르세나

管絃聲裏傳觴, 瑞麟口噴靑龍腦.
橫吹片玉一聲, 天上碧雲如掃.
響激濤, 曲飜風月.
景閑人老, 恨光陰似箭.
風流若夢, 歡娛又生煩惱.
西嶺綵嵐初散, 喜東峰冰盤凝灝.
舉杯爲問靑天明月, 幾看醜好.
酒滿金罍, 人頹玉岫.
誰人推倒, 爲佳賓,
脫盡十載雲泥壹鬱, 快登蒼昊.43)

이 시는 젊은 남자 10여 명의 춤이 끝난 뒤 용왕이 흥에 겨워 옥피리
연주와 함께 노래하는 대목에 나오는 〈水龍吟〉이다. 본래 〈수룡음〉은
詞曲의 일종으로서 자유로운 구법과 곡조가 어우러져 이루어지는 악
곡의 가사이다. 작품 전편에 시공을 넘나드는 상상력과 인생의 희로애
락을 담은 주제내용이 조화를 이룬 시이다. 작품에서는 용왕의 입을

빌리고는 있지만, 노래하는 사람은 당연히 창작주체인 김시습이다. 이 시를 읽으면 독자는 그의 높은 시적 능력과 아울러 자유분방한 작가적 개성을 깊이 느끼게 된다. 이처럼 삽입시는 작가의 재능과 독특한 개성을 드러내는 특성을 가진다. 실제로 삽입시를 가지고서 작가를 추정할 수 있을 정도로 작가적 개성은 분명하게 드러난다.[44]

5. 결론

이상에서 우리는 『금오신화』 소재 삽입시를 통해 전기소설에 삽입된 운문의 기능과 성격을 살펴보았다. 아래에 앞에서 논의한 내용을 요약함으로써 결론에 대신하고자 한다.

삽입시의 기능은 크게 네 가지 양상으로 나타남을 보았다. 첫째는 意思疏通의 기능으로서 한 인물이 독백하거나 둘 이상의 인물들이 서로의 사상·감정을 표현하는 형태, 그리고 작자가 자신의 주제의식을 독자에게 전달하는 형태가 있음을 확인하였다. 둘째는 描寫의 기능으로서 등장인물의 내·외면의 묘사에서 경물의 묘사에 이르기까지 다양하게 나타남을 알 수 있었다. 셋째는 伏線의 기능으로서 삽입시가 가지는 은유나 상징을 활용하여 복선을 장치하는 것이다. 넷째는 總論의 기능으로서 작가가 한 편의 시작품을 통하여 작품 전체의 내용이나 감상을 개괄 내지 정리하는 데 쓰이는 것이다.

이러한 일반적 기능들에 담긴 삽입시의 보다 본질적인 성격으로서

---

44) 삽입시를 분석하여 작가적 개성과 詩的 風格을 추출하고, 이를 다른 漢詩와 대비하여 원작자를 추정하는 방법을 시도한 최근의 연구가 있다.(李東歡, 「〈雙女墳記〉의 作者와 그 創作 背景」, 『民族文化研究』 제37호, 高麗大學校 民族文化研究院, 2003.)

첫째로 抒情性의 高揚을 들었다. 삽입시는 아름답고 화려한 시어로써 높은 서정적 감흥을 고양함으로써 독자의 흥미를 유발하고 증가·확대하는 데 기여함을 보았다. 둘째로 主題意識의 提高를 들었다. 삽입시를 통해 작품 주제를 강조 내지 심화하고, 이렇게 강조와 심화되는 과정에서 독자는 작중인물들에 동화되고 있음을 확인하였다. 셋째로 作家的 才能과 個性의 體現을 들었다. 삽입시는 작가의 문학적 역량을 가늠하는 근거가 되고 그에 따라 작품의 평가가 좌우되는 점을 확인하였다. 아울러 작가만의 독특한 개성을 담고 있음을 지적하였다.

끝으로 연구의 범위를 확대하여 전기소설을 포함한 우리나라 서사문학의 전체에 소재한 삽입시의 검토가 남은 과제이다. 예컨대 설화나 판소리에도 다수의 운문이 삽입되어 전하고 있다. 이러한 다양한 장르에서의 삽입시를 통합적으로 조망하는 연구가 선행되어야 하며, 아울러 중국 서사문학의 삽입시와의 비교문학적 연구도 절실히 요구된다고 하겠다.

조선 후기 한시의 변이 유형에 대한 일고찰

1. 문제의 소재

이 글은, 조선 후기 漢詩 形式의 變異 類型과 양상을 살펴보면서, 이 과정에서 나타나는 破格型 漢詩[45]·肉談風月·諺文風月의 양식적 변별점을 확인하고 그 詩歌史的 의미를 재검토하는 데 목표를 둔다.

조선의 시가문학을 주도해온 漢詩는 애국계몽기를 거치면서 사실상 문학 양식으로서의 생명을 다한다. 그런데 조선의 몰락과 함께 사라져간 한시의 변이 과정은, 문학사적 의미 외에 동시대의 문화적 굴곡과 顚顚을 반영한다는 점에서, 당대를 이해하는 특징적인 문화 현상의 하나로서 주목할 만하다.

주지하듯이 한자와 한글은 대등한 관계이기보다는 비평형적 관계였다. 한자가 사회 문화의 주류이고 중심이며, 지배 문화의 표현 수단이었다고 한다면, 한글은 사회 문화의 비주류이고, 주변이며, 종속 문화의 표현 수단이었다. 서로 상반되는 표현 양식이 소통·교섭하는 모습

---

45) 본고에서 사용하는 破格型 漢詩는, 기본적으로 한시의 형식과 내용을 갖추고 있지만, 한글과의 混用·移接 등으로 인해 전통 한시와는 다른 變種的 성격을 가지는 일군의 한시를 통칭한 것이다.

을 보인다는 것은, 사회 계층 및 문화 양식간 경계의 해체를 의미하는 것까지는 아니라고 하더라도, 그 경계를 넘어 문화적 상호 인정과 양해가 이루어지는 새로운 변화의 가능성을 시사한다. 이런 점에서 조선 후기에 들어서 한시가 한글과 접합하여 다양한 변이형이 생성되는 한편, 肉談風月과 諺文風月과 같은 混種的 詩歌 양식46)이 등장하는 것은 매우 흥미롭다.

이 주제에 대해 기존 연구는 대체로 戲作化 내지 通俗化 경향의 소산이라는 관점47)에서 접근하였다. 즉, 한시 형식의 戲作的 破格을 통해 당시 사회와 현실의 권위에 저항하고, 그에 대한 비판 의식과 풍자를 담은 것48)으로 보았다. 주로 조선 후기라는 역사적 배경과 작품 내용의 상관 관계를 통해 파격형 한시와 육담풍월의 특성을 설명하는 방식으로 이루어졌다. 그리고 언문풍월은, 일부 근대 시가문학 연구자들에 의해 주로 다루어졌는데, 당시 국문의식의 팽배라는 사회적 분위기에서 등장한 變體漢詩49)이며, 즉흥적 희작을 탈피하여 진지하게 현실을 고민하는 계몽적 성격을 지닌 시가 형식50)으로 평가되고 있다.

---

46) 이 세 양식은 기본적으로 漢詩의 전통적 형식에 영향을 받은 것이면서도 각각 형식 상의 차이가 분명하게 있다. 본고의 논점은 바로 이 지점에 있다.

47) 임형택, 「이조말 지식인의 분화와 문학의 희작화 경향」(『전환기의 동아시아 문학』, 창작과비평사, 1985) 참조. 이후 연구는 대체로 이러한 관점을 수용하면서 진행되어 왔다.

48) 이른바 肉談風月과 김삿갓 시로 분류되는 일군의 시편들이 집중적으로 검토되었다. 이와 관련한 주요 연구 성과는 다음과 같다. 朴惠淑, 『金삿갓詩 研究』(『國文學研究』제67집, 서울대학교 대학원 국문학연구회, 1984), 정대구, 『김삿갓詩 研究』(숭실대 박사논문, 1989)

49) 이규호, 『開化期變體漢詩硏究』, 형설출판사, 1986. 본고는 變體漢詩라는 용어로 묶기보다는 破格型 漢詩, 肉談風月, 諺文風月 등으로 구분하여 쓰는 것이 온당하다는 입장이다. 육담풍월과 언문풍월은 형식상 전통 한시로 보기 어렵고, 둘 사이에도 뚜렷한 형식상의 차이가 있기 때문이다. 이 차이는 본론 부분에서 구체적으로 다룰 것이다. 이들보다는 오히려 寶塔詩, 回文詩 등이 變體漢詩라는 용어에 더 부합한다.

그런데 이들 연구에서 내용적 측면에서의 해석과 평가에는 큰 이견이 없지만, 연구대상으로 다루는 파격형 한시, 육담풍월, 언문풍월 등을 이해하는 시각에는 상당한 차이를 보이는 데에 유의할 필요가 있다. 예컨대 이 형식들이 별다른 구분없이 혼용되거나 동일시되기도 하고, 장르의 생성·소멸이라는 발전론적 맥락에서 '한시의 파격형 → 육담풍월 → 언문풍월'과 같은 도식으로 파악되기도 한다.

본고는 한시의 변이 유형과 양상이 형식적 측면에서 충분히 검토되지 않은 데에서 그러한 시각차가 생겨난 원인이 있다고 본다. 이러한 입장은 내용과 형식을 이분법적으로 분리하여 보려는 것이 아니라, 세 양식 사이의 접점 내지 변별점을 밝히는 데에 있어서 내용보다 형식에 우선 주목할 필요가 있다는 것이다.

본고의 가설을 요약하면 다음과 같다. 조선 후기 일군의 한시에 나타나는 형식상의 변이 현상은, 한자와 한글의 갈등과 소통이라는 당대의 문화적 분위기 속에서 다양한 양상으로 진행되었으며, 한시의 파격화와 더불어 나타난 육담풍월이나 언문풍월은 그러한 분위기에서 산생된 독자적이고 새로운 시가 양식이라는 것이다. 아울러 새로운 시가 양식에 대한 시대적 요구도 또 다른 한 요인으로 작용했다고 보는 입장이다. 내용만을 놓고 보면 육담풍월과 언문풍월이 파격형 한시와 구별되는 지점은 그다지 많지 않아 보인다. 따라서 한시 형식의 變異를 해명하는 과정을 통해 한시가 육담풍월이나 언문풍월과 어떠한 상관 또는 변별 관계가 있는지 구체적으로 파악할 수 있으리라 생각한다.

---

50) 연구서로는 김학동, 『韓國開化期詩歌硏究』(시문학사, 1981), 김영철, 『韓國開化 期詩歌의 장르硏究』(1987, 학문사), 조동일, 제3판 『한국문학통사』4(지식산업사, 1994) 등이 있고, 자료집으로는 김근수 편, 『韓國開化期詩歌集』(태학사, 1985), 강명 관·고미숙 편, 『근대계몽기시가자료집(1~3)』(성균관대학교 대동문화연구원, 2000) 등이 있다.

2. 변이의 유형과 형식적 특성

1) 破格型 漢詩

한시의 破格은 매우 이른 시기부터 이루어졌으리라 여겨진다. 다만 그 성격상 戲作이 대부분인 이유이겠지만 관례적으로 정선된 작품을 수록하는 文集이나 史書에 기재되어 전하는 경우는 드물다. 현존하는 자료를 보면 대체로 조선 후기에 들어 전통적 한시 형식에 한글이 개입하는 정통 漢詩 형식의 破格이 등장하기 시작한다. 이러한 사례는 대체로 17세기 이후의 野談 · 稗說類의 문헌에서부터 주로 나타나는데, 대체로 즉흥적이며 戲作의 성격이 두드러지는 것이 보통이다. 먼저 『於于野譚』의 濯纓 金馹孫(1464~1498) 기사에 수록된 다음의 인용을 통해 살펴보자.

文王沒	문왕이 죽으니
武王出	무왕이 나왔다.
周公周公	주공은 주공이요
召公召公	소공은 소공이요
太公太公	태공은 태공이라.[51]

이 시의 작자가 실제로 김일손인지는 확인하기 어려울 것이다. 하지만 적어도 그의 시대인 15세기 무렵에 이러한 형태의 作詩가 이루어졌으리라는 정황은 미루어 짐작할 수 있다. 우선 문면의 형식은 구법이

---

51) 신익철 · 이형대 · 조융희 · 노영미 옮김, 『어우야담』, 돌베개, 2006, 421면. 이 글을 언문풍월의 元祖格 형태로 보는 연구가 있으나 재고의 여지가 있다. 이에 대한 구체적 논의는 3장에서 다루기로 한다.

일정하지 않은 長短句의 古風 漢詩 형식과 유사해 보이며, 물론 정형은 아니지만 '沒'·'出', '公'에서 보듯 韻字도 일정부분 고려된 듯하다.

   그런데 내용은 일단 문면만으로 보면 자체로는 별다른 의미를 찾을 수 없다. 문왕이 죽고 무왕이 나왔다는 평범한 역사적 사실과 주공·소공·태공 등 역사적 인물을 반복하여 나열한 것에 불과하다. 하지만 이러한 시어에 대응하는 한글 어휘의 의미가 접합되면서 이면에 감추어진 의미가 드러난다.[52] 그럼에도 불구하고 이러한 형식과 내용만을 놓고 다시 생각해보아도 위 인용을 한시로 보기에는 무리가 있어 보인다.

   이상에서 보았듯이 한글이 개입하는 한시의 파격은 희작적 성격이 두드러진다. 그래서 개인의 시문집이 아닌 야담·패설류 문헌에 기록되어 전하는 경우가 많다. 형식이나 내용을 볼 때 이 인용시를 한시라고 보기는 어려울 것이다. 굳이 상정한다면 일종의 言語遊戱에 가깝다.

   그런데 이러한 창작 기법을 부분적으로 사용하여 지어진 한시가 개인 문집에 정식으로 수록된 사례도 발견된다. 많은 사례는 아니지만 조선 후기 한시 형식의 破格 양상을 보여주는 것으로서 흥미롭다. 이러한 경향을 보이는 일군의 破格型 漢詩들이 18세기 중반 이후에 이르면 개인 문집에서도 종종 발견된다. 다음의 泠齋 柳得恭(1749~1807)의 시가 그 예이다.

---

52) 기존 연구에 따라 뜻을 풀어 보면 文王의 이름은 昌이고, 武王의 이름은 發이다. 창은 한글로 신발 밑을 뜻하는 창이고, 발은 음이 같은 사람의 발을 뜻한다. 따라서 문왕 창(昌)이 죽고 무왕 발(發)이 나왔다는 말은 곧 신발 창이 떨어져서 발이 밖으로 나왔다는 의미이다. 또 주공의 이름은 아침 旦이니 이것은 아침을 뜻하는 朝와 같고, 소공의 이름은 석(奭)이니 이것은 저녁 夕과 음이 같다. 태공은 이름이 바랄 望이니, 이것을 정리하면 朝朝夕夕望望, 즉 아침 저녁마다 바라고 바란다는 말이었다. 곧 신발이 오기를 기다린다는 내용이다. 전체 의미를 종합하면 '신발 창이 떨어져 발이 나왔으니, 새 신발이 오기를 아침저녁으로 기다린다'는 뜻이 된다.

「四禽言」[53]

鼎小鼎小.	솥작 솥작(소쩍소쩍)
去年鼎今年小,	지난해 쓰던 솥이 올해는 작다 하니,
今年鼎小豊年兆.	금년 솥 작음은 풍년 들 조짐이라.
田家四面花木深,	농가의 사방에 꽃나무 깊이 우거져서,
荷鋤歸來聽了了.	호미 메고 돌아올 적에 똑똑히 들리네.

이 시는 한시 형식으로 말하면 이른바 禽言體 한시[54]이다. 그런데
布穀[뻐꾸기]이나 歸蜀[두견이]과 같이 중국에서도 전통적으로 作詩되
어온 금언체시와는 달리, 솥작(소쩍) 즉 풍년이 들어 밥을 많이 해야
하는데 '솥이 작다'는 우리말을 한자로 표기한 점이 특징적이다. 물론
제1구에만 부분적으로 사용된 점에서 파격의 정도가 크지 않은 정형의
한시라고 할 수 있겠으나, 한글 어휘의 의미를 한자로 표기한다는 파
격형의 작시 기법이 적용된 사례로 이해된다.

다음은 李鈺(1760~1813)의 시도 유사하다.

謂君似羅海	당신이 사나이라 하여서,
女子是托身	여자인 이 몸을 맡겼답니다.
縱不可憐我	설령 날 어여삐 여기진 못할망정
如何虐我頻	어찌 번번이 날 구박만 하시나요?[55]

---

53) 『泠齋集』 권1, 『韓國文集叢刊』 260, 韓國古典飜譯院 영인본, 4면.
54) 禽言體 한시에 대한 보다 자세한 정보는 정 민의 『한시 속의 새, 그림속의 새(1
·2)』(효형출판, 2003)에서 확인할 수 있다. 소쩍새 관련 기사는 둘째 권의 88~91면
참조.
55) 「悱調」 6, 실시학사 고전문학연구회 역주, 『역주 이옥전집』 3, 소명출판, 2001, 238면.

1구의 似羅海는 '비단결 같이 펼쳐진 바다와 같다'는 뜻이면서 동시에 한글 어휘 '사나이'의 음차이기도 하다. 한글 어휘를 한자음을 빌어 나타내는 방식은 앞 시와 같지만, 문면의 본의로도 해석이 되고, 음차된 의미로도 모두 풀이가 가능한 사례인 점이 특징적이다. 형식상으로도 오언 한시의 격식을 따르고 있다.

다음의 茶山 丁若鏞(1762~1836)의 시에는 보다 확장 적용된 형태로 나타난다.

「耽津漁歌」10[56)

桂浪春水足鰻鱺　　계랑에 봄물 불면 뱀장어 딱 좋으니,

樏取弓船漾碧漪　　뱀장어 잡는 활배 푸른 물결에 띄운다네.

高鳥風高齊出港　　높새바람 높이 불면 일제히 출항했다가,

馬兒風緊足歸時　　마파람 세게 불면 딱 돌아올 때라오.

(… 하략 …)

이 시는 丁若鏞이 耽津[康津의 옛 지명]으로 유배된 시기의 작품으로 1802년 무렵에 지은 것이다. 시제에서 보듯 전남 강진 지역 어촌이 배경이 되고 그곳의 일상사의 하나인 '뱀장어잡이'를 제재로 하고 있다. 인용한 시에서 2~4구에 각각 파격형의 작시 기법이 사용되었다. 원문에 부기된 '弓船'의 주에 "배 위에다 그물을 장치한 배를 방언으로 활배[弓船]라고 한다."[57)라고 하였고, 高鳥風의 주에 "새[鳥]는 乙이고, 을은 동쪽을 말하므로 동북풍을 일러 높새바람[高鳥風]이라고 한

---

56)「耽津漁歌」10장,『與猶堂全書』권4,『韓國文集叢刊』281, 韓國古典飜譯院 영인본, 82면.

57)"船上張罟者, 方言謂之弓船."

다"58)라고 하였으며, 馬兒風의 주에 "말[馬]은 午이므로 남풍을 일러 마파람[馬兒風]이라고 한다"59)라고 하였다. 세 가지 모두 한글 어휘의 의미를 한자로 바꾸어 사용한 사례인데, '나는 바로 조선 사람이니, 즐겨 조선의 시를 짓겠노라.(我是朝鮮人, 甘作朝鮮詩.)'60)라고 노래한 다산의 문학적 실천이기도 하다.

이상에서 본 한시의 파격을 조선 후기 한시에 민요 취향이 유행하는 데에 따른 民謠辭說套의 詩語와 그 措辭方式이 도입된 것61)으로 이해할 수 있다. 서민의 언어인 한글과 일상적 풍속은 내용과 형식면에서 모두 파격형 한시에 중요한 소재로 쓰이며, 작자의 창작의식과도 밀접한 관계가 있기 때문이다.

지금까지 한시의 형식에 한글이 의미론적으로 접합하는 파격형의 사례를 살펴보았다. 여기서는 파격형의 또 다른 양상인 韻과 字數의 변이에 대해 검토해보고자 한다. 앞의 경우는 한시 형식 자체는 그대로 두고 내용상에서의 변이를 보인 것이라고 한다면, 이 경우는 형식 자체의 破格이라는 점에서 다르다. 최근 일본문학의 연구에서 교시(狂詩)라는 破格의 한시를 김삿갓의 한시와 비교한 연구62)가 있다. 한시

58) "鳥者乙也, 乙者東方, 東北風曰高鳥風."
59) "馬者午也, 南風曰馬兒風."
60) 「松坡酬酢 其五」, 『與猶堂全書』 권5, 『韓國文集叢刊』 281, 韓國古典飜譯院 영인본, 124면.
61) 李東歡, 「朝鮮後期 漢詩에 있어서 民謠趣向의 擡頭」, 『韓國漢文學研究』 3·4합집, 韓國漢文學會(구 韓國漢文學研究會), 1978, 48~50면 참조.
62) 황동원의 논문 「仮名草子·噺本에 수록된 교시(狂詩)의 골계미와 김삿갓 漢詩 비교 연구」(『일어교육』 42집, 한국일본어교육학회, 2007)가 그것이다. 비록 한시 형식에 대한 이해 부족으로 잘못 분석된 부분이 적지 않으나, 일본의 교시(狂詩)와 김삿갓 한시의 주제와 형식상의 유사점에 주목한 연구이다. 한시 형식의 변이가 동아시아적 현상이었을 가능성을 시사한 점에서 흥미롭다. 국문학 분야에서 이 주제에 대한 본격적 연구는 아직 이루어지지 못하고 있다.

와 母語의 소통 문제가 조선의 것만은 아니라는 점에서 관심을 끈다.
편의적으로 여기에 소개된 일본 교시(狂詩)를 함께 다루어 검토하기로
한다.

許多韻字何呼覓   많고 많은 운자 중 어찌 멱자를 부르는가,

彼覓有難況此覓   저 멱도 어려운데 하물며 이 멱자리요.

一夜宿寢懸於覓   하룻밤 잠자리가 멱자에 달렸는데,

山村訓長但知覓   산골 훈장은 다만 멱자만을 아는구나.

「瓢之銘」

一瓢重岱山   한 표주박이 대산보다 무거우니,

自笑稱箕山   스스로 웃으며 기산이라 일컫네.

莫習首陽山   수양산에서 배우지 마소.

這中飯顆山   이 안에 반과산이 있다오.63)

첫 번째 시는, 김삿갓이 평안도 철산 지방을 지날 때 만난 서당 훈장
에게 잠자리를 부탁하면서 쓴 것으로 전한다. 훈장이 김삿갓의 詩才를
시험하려고 계속 '覓'자 운을 부르며 즉석으로 한 구씩 답하게 한다.
그리고 위 시에 감탄한 훈장이 잠자리는 물론 술과 밥까지 대접한다는
내용이다. 두 번째 시는 일본 문인 소도(素堂)의 작인데, 조쿄(貞享)
3년(1686) 가을 바쇼(芭蕉)가 자기 초옥에 있던 쌀을 담는 표주박에
붙일 銘을 그에게 부탁한 것이라고 한다. 앞 시처럼 네 구 모두 '山'을
운자로 한 것이 특징이다.

운자만이 아니라 字數의 운용도 유사한 사례가 보인다.

---

63) 황동원, 앞의 논문, 163면에서 재인용.

彼兩班此兩班　　너도 나도 양반이라 하는데

班不知班何班　　반이 무슨 반인지 알지 못하겠네.

朝鮮三姓其中班　조선 세 성씨가 그 중 양반이고,

駕洛一邦在上班　가야국에 제일 윗 양반이 있다오.

來千里此月客班　천리길 온 이번 달은 손님이 양반이고,

好八字今時富班　팔자 좋은 요즘 시절은 부자가 양반이라.

觀其爾班厭眞班　그 양반이 참양반을 싫어하는 걸 보니,

客班可知主人班　손님양반은 주인양반의 됨됨이를 알만하네.

朦朦而三十年　　몽롱하면서 삼십년이요,

淡淡而三十年　　담담하면서 삼십년이라.

朦朦淡淡六十年　몽롱하고 담담하며 육십년이니,

末後晞糞捧梵天　최후에 똥을 말려 범천에 올리리.64)

　첫 번째 시는 김삿갓이 명천 지역을 지나다가 양반이라고 거들먹거리는 벼슬아치를 보고 풍자한 시이다. 우리 옛 역사 중 가야국이 제일 먼저이며 김수로왕의 김씨로부터 우리 민족의 성씨가 시작되었음을 빗대어, 결국 김씨인 자신이 제일 높은 양반임을 말하고 이런 것도 모르면서 양반타령만 한다는 뜻이다. 두 번째 시는 잇큐(一休) 화상의 영정에 적힌 贊이라고 한다. 죽음을 앞둔 상황에서 마지막으로 남긴 시로 해학적인 어조로 노래하는 이면에 청정한 고승의 초월적 정신세계가 표현된 작품이다. 이 두 시 모두 6·7구를 혼용한 長短句의 古風 한시 형식을 취하고 있다.

　잇큐 소준(一休宗純 : 1394~1481)은 무로마치(室町) 중기의 禪僧으

64) 황동원, 앞의 논문, 160면에서 재인용.

로 수많은 奇行을 통해 세상에 알려진 인물이다. 근세 초기 잇큐를 주인공으로 하는 몇 가지 책이 출판되는데 여기에 교시(狂詩)로 보이는 한시가 다수 수록되어 있다. 특이한 점은 일본 학계의 일반적인 견해로는 수록된 교시가 실제로 그가 읊은 것이 아니라 단지 그의 이름을 빌린 작품들에 지나지 않는 것으로 본다[65]는 것이다. 이는 김삿갓의 경우와 매우 유사하다. 그도 사후에 구전되던 시들이 몇 차례 수합되어 책으로 간행되었는데, 그의 작품이라는 명확한 근거가 없는 작품이 대부분이다. 김삿갓과 같은 호칭을 가지고 있었던 유랑 시인도 다수 확인된다. 김삿갓 이전에도 삿갓을 쓰고 다니던 簑笠翁, 翁笠李生員, 李平凉 등 奇人들이 있었고, 동시대에도 金笠(김병연) 외 金莎笠, 金蕓笠 등이 비슷한 행적을 남긴 것으로 학계에 보고[66]된 바 있다.

2) 肉談風月

지금까지의 연구에서는 대체로 육담풍월을 앞에서 살펴본 김삿갓류 한시와 동일한 범주로 다루어 왔다. 하지만 형식적인 면에서 볼 때 이 견해는 재론할 여지가 있는 것으로 판단된다. 현전하는 자료 가운데에서 육담풍월임을 구체적으로 밝히고 있는 사례를 통해 살펴보기로 한다. 첫 번째 사례는 朴斗世(1654~?)가 편찬한 『要路院夜話記』에 나오는 肉談風月이다.

> 我觀鄕之賭　　내가 시골내기[賭]를 보니,
> 怪底形體條　　몸 가짐[條]이 괴이하구나.

---

65) 황동원, 앞의 논문, 156면에서 재인용.
66) 임형택, 앞의 논문, 32~33면 참조.

不知諺文辛   언문 쓸[辛] 줄을 알지 못하니,
宜乎眞書沼   진서 못[沼] 하는 것 당연하도다.

我觀京之表   내가 서울 겻[表]을 보니,
果然擧動戎   과연 거동이 되놈[戎] 같구나.
大抵人物貸   대저 인물을 꾐다[貸] 났으나,
不過衣冠夢   의관을 꾸민[夢] 것에 불과 하도다.[67]

  이 두 편의 시는, 저자인 박두세가 1678년(숙종 4년) 과거를 보러
상경하였다가 돌아가는 길에 충청도 牙山 요로원의 어느 주막에서 하
룻밤을 묵을 때 지은 것으로 전한다. 저자가 서울 양반을 만나 스스로
천민인 체하며 그와 詩作을 겨루는 대목에서 나온다. 한 수씩 주고 받
는 酬唱 형식인데, 한글에 대한 이해가 없이는 의미의 해석이 불가능
하다.
  첫 번째 시는, 시골 양반으로 행동하는 저자가 眞書風月을 모른다고
하자, 서울 양반인 客이 비웃으며 肉談風月로 대신하자고 하고서 먼저
지은 것이고, 두 번째 시는 그에 대한 저자의 답시이다. 여기서 眞書風
月과 肉談風月이라는 용어가 나오는데, 眞書風月의 眞書는 漢字를 뜻
하고, 風月은 詩를 뜻하므로 한자가 사용된 漢詩를 가리킨다. 그리고
肉談은 일반적으로 '性的 내용을 다룬 이야기'라는 뜻으로 알려져 있는
데, 원래의 의미는 '한자'에 상대되는 '한글'의 뜻이다. 다음의 용례에
서 확인할 수 있다.

  "吳斗寅이 文字로 供對하니, 임금이 말하기를, '어째서 거친 문자로 하

---

67) 李秉岐 註解, 『要路院夜話記』, 乙酉文化社, 1949.

였는가? 바로 肉談으로 【세속에서는 '일상적으로 하는 말'들을 肉談이라
고 하니, 대개 '껍데기와 털을 제거함'을 이르는 말이다.】 하라.'(斗寅供
對用文字. 上曰: 何以粗文字爲也? 直用肉談. 【俗以恒常言語爲肉談, 蓋
去皮毛之謂也.】)"[68]

위 인용문의 原註에서 보듯 '肉談'은 즉 사람들이 '일상적으로 하는
말[恒常言語]'인 한글이라는 뜻이다. 곧 '껍데기와 털[皮毛]'을 제거한
'살코기[肉]'란 결국 한문에서 흔히 나타나는 문장의 수식을 배제한 한
글을 비유한 것이다. 따라서 육담풍월은 '한글로 쓴 시'라는 의미한다.

위의 두 작품을 검토해 볼 때 육담풍월은 한시에 한글이 직접적으로
접합되는 형식을 보인다. 그런데 이 점은 앞 장의 파격형 한시와 유사
하나, 한글과의 의미론적 연계를 고려하지 않으면 문면의 해석이 되지
않는다는 점에서 서로 다르다.

일단 외형상 한시 형식을 따져 보면 五言古詩나 五言絶句[69]의 하나
이어야 하나, 첫 번째 시는 어느 것에도 해당되지 않는다. 近體詩의
필수 양식인 韻字, 簾法 등이 전혀 맞지 않기 때문이다. 그런데 두 번
째 시는 첫 번째 시와 똑같은 조건으로 지은 것이면서도, '戎'과 '夢'이
모두 上平聲 東韻으로 운을 맞추고 있어서 한시 형식을 고려하였음을
알 수 있다. 2구의 '然'이 仄聲 자리에 平聲이 와서 형식적으로 완정하
지 않은 것을 제외하면 簾法도 지켜진 오언절구가 된다. 하지만 한시
의 자구 형식을 따르면서도 문면의 의미가 그 자체로 통하지 않는 육
담풍월의 사례이다.

---

68) 이 용례는, 『肅宗實錄』의 숙종 15년 4월 25일(신묘) 기사에 보인다. 인터넷 조선왕
조실록' 참조(http://sillok.history.go.kr)

69) 좀더 구체적으로 말하면, 1구의 두 번째 자인 '觀'이 平聲이고 1구에 押韻을 하지
않았기 때문에, '五言絶句 仄起式 首句不押韻'이다.

다만, 육담풍월은 客의 시처럼 상황에 맞는 한글 어휘를 고르고 그 의미에 맞는 한자를 골라 字數를 맞추는 형식이 일반적인데, 저자의 시는 韻字와 簾法에 대한 안배가 되어 있다는 차이가 있다. 그래서 이 두 번째 시에서 저자의 作詩 능력을 간파한 객이 놀라고는 저자에 대해 '노도령'이라는 호칭에서 '그대'로 바꾸어 존대하고, 자신의 문중 처자와 혼인을 주선하겠다고까지 하는 대목이 뒤이어 나오는 것이다.

다음의 시도 같은 유형의 사례이다.

> 대한한고조   한고조의 일흠이 방이니 방이 너모 츳단 말
> 도연명불닉   도연명의 일흠이 줌이니 줌이 오지 아니탄 말
> 욕격시황ᄌ   진시황의 쟝ᄌ의 일흠이 부쇠니 부쇠를 치고져ᄒ되
> 낭무항장군   항쟝군의 ᄌᄂ 깃우지니 주머니의 깃이 업단 말70)

위에서 보듯 좌측에 五言詩 형식의 글이 한글 독음만로 기록되어 있으며, 그 오른쪽에는 각 시구마다 한글로 해설이 붙어 있는 것71)이 특징이다. 앞의 사례와 마찬가지로 이 역시 한자 자체의 문면 의미는 그다지 중요하지 않다.72) 역사적 인물의 인명의 한글 독음만을 차용하고, 그것과 발음이 같은 한글 어휘를 대응시켜 시어로 쓴 것이다. 아울

---

70) 『俚諺叢林』(藏書閣 소장본)에 수록되어 있다. 이 자료는 韓國精神文化研究院 語文研究室의 口碑文學調査研究報告書 『口碑文學』5(1981)에 현대 활자로 편집·수록되어 있다. 117면 참조. 원문은 순한글로 되어 있어 이해의 편의를 위해 한자를 병기하면 다음과 같다. "大寒漢高祖, 陶淵明不來. 欲擊始皇子, 囊無項將軍."

71) 일본의 교시(狂詩)에도 諺解라는 명칭이 붙이고 원시의 이해를 돕는 주석을 붙이는 경우가 있어 흥미롭다. 인용문처럼 문면의 해석만으로 알 수 없는 내용을 밝힌 점도 유사하다. 조선의 파격형 한시와 일본의 교시(狂詩)를 비교하는 연구는 아직 과제로 남아 있다. 四方山人(大 南畝), 『狂詩諺解』(江戶 蔦屋重三郎板, 天明 七年[1787]) 참조.

72) 인용시의 해설을 참조하여 뜻을 대략적으로 풀어 보면, '대단히 추운 방이라 잠이 오지 않네. 부쇠를 치고자 하나, 주머니에 부싯깃이 없구나.'이다.

러 韻字가 고려되어 있지 않아 오언절구 내지 오언고시 어디에도 해당
되지 않는다.

육담풍월의 또 다른 사례는 한글이 한자에 직접 移接하는 것이다.
다음의 기사를 통해 구체적으로 살펴보기로 한다.

> 國泰民安의 시절에 名士 數人이 山亭에서 꽃놀이[花遊]를 하였다. 술
> 을 마시고 시를 짓는 즈음에 어떤 객 하나가 와서 참여하였다. 명사들이
> 말하기를, "시를 읊은 뒤에 참여할 수 있소."라고 하였다. 객이 말하기를
> "내가 肉談風月을 읊겠소."라고 하였다. 마침 소대가리[牛頭]가 반에 있
> 었는데, 객이 드디어 창하기를, "完然角頭져즘승은 奔赴燕軍우두둥이
> 라. 七十齊物回復後에 歸臥田林흐르릉이라."라고 하였다. 여러 명사들
> 이 시에 능함을 보고 술과 고기로 그 객을 환대하였다.73)

밑줄친 육담풍월 부분에서 현토된 부분을 제외하면 칠언 한시의 형
식인데, 1~2구와 4구 끝부분 3자가 한글이 직접 들어가 있는 점이 특
징이다. 한자 1자에 한글 1음절이 접합되어 있는데, 여기서 한글 음절
은 한자음이 아닌 순한글이다. 1구의 '져즘승', 2구의 '우두둥', 4구의
'흐르릉'이 그것인데, 끝에 있는 '승', '둥', '릉'을 한글음의 운자로 쓰
는 형식을 취하고 있다. 역시 형식상 한시로 보기는 어렵다. 薑山 李書
九(1754~1825)의 작으로 전하는 다음의 시도 같은 유형의 예이다.

> 我看世시옷   내가 세상 사람[ㅅ→人]을 보니,

---

73) "國泰民安時, 名士數人, 花遊於山亭. 飮酒作詩之際, 有一客來參之. 士等曰, '咏詩
後可參也.' 客曰, '吾咏肉談風月也.' 適牛頭在盤矣, 客遂唱曰, '完然角頭져즘승은 奔
赴燕軍우두둥이라. 七十齊物回復後에 歸臥田林흐르릉이라.' 衆士見其能, 酒肉歡待
其客." 임형택, 앞의 논문, 50면. 주64에서 재인용.

　禍福由미음　　재앙과 복이 입[ㅁ→ㅁ]으로 말미암네.
　若不修리을　　만일 몸[ㄹ→ㄹ]을 닦지 아니하면,
　終當點디귿　　마침내 마땅히 망[ㄷ→ㄴ]하리라.74)

　　구전 자료의 성격상 이 시가 강산의 실제 작인지의 신빙성은 의심스
러운 면이 없지 않지만, 일단 전하는 기사에 그가 지팡이를 끄는 촌늙
은이로 나오는 것으로 보아 대체로 19세기 초 무렵에 민간에서 유행하
던 이야기가 채록된 것으로 추정된다. 한시의 형식인 五言絶句를 따르
고 있지만 한글이 문면에 직접 드러난다는 점에서 앞 장에서 살펴본
시들과는 다른 표기상의 破格이다. 한글 자모의 명칭이 시의 문면에
직접 사용되었고, 그 자모의 형상을 비슷한 모양의 한자와 연계시킨
것이다. 이 시를 김삿갓이 흉내내어 지었다고 전하는 다음의 작품도
동일한 형식을 쓰고 있다.

　腰下佩기역　　허리에 낫[ㄱ→ㄱ]을 차고서
　牛鼻穿이응　　소의 코에는 코뚜레[ㅇ→ㅇ]를 꿰었네.
　歸家修리을　　집에 돌아가 몸[ㄹ→ㄹ]을 닦을지니,
　不然點디귿　　그렇지 않으면 [ㄷ→ㄴ]에 점을 단다오.75)

　　김삿갓이 어느날 들을 지나다가, 낫을 차고 코뚜레한 소를 먹이는
어느 목동을 만난다. 서로 수작하다가 글 잘하는 목동인 줄 알게 되는
데, 그가 너무 오만하여 警責하는 의미로 이 시를 지어주었다고 전한
다. 작시의 형식은 각 구의 첫 3자는 한자를 쓰고, 뒤 2자는 한글을

74) 韓曉蒼,「梁門大臣의 언문 詩」,『한글』5권 8호, 朝鮮語學會, 1937, 329면.
75) 이응수 정리,『金笠詩集』, 漢城圖書株式會社, 1941, 190면.

직접 쓰는 방식으로 앞의 인용과 같다.

　내용을 보면 1~2구의 'ㄱ'과 'ㅇ'은 각각 낫과 소의 코뚜레 모양을 말한 것이고, 다음의 'ㄹ'은 한자인 몸 '己'자와 같이 생겼으니 '歸家修己', 즉 '집에 돌아가 자기의 몸가짐이나 닦으라'는 말이다. 또 끝구는 'ㄷ'에다 점 하나를 더하면 망할 '亡'자로 '不然亡' 즉, '그렇지 않으면 敗家亡身 하리라'는 말이다. 앞의 인용과 비교하면 1~2구만이 바뀌어 있고, 주제에 해당하는 3~4구는 거의 동일하게 채용되어 있다. 다음의 인용도 매우 비슷한 유형으로 보인다.

> 금됴차승<u>놈</u>의양[이러니]　　오늘 아츰에 놈의 양을 비러 툿더니
> 홀연낙지<u>쏙뒤</u>샹[이라]　　　홀연히 써러져 쏙뒤가 샹하도다
> 쟝안대도[에]<u>에에</u>곡[ᄒ니]　쟝안 대도에 에에 우니
> 셰인기칭<u>미치</u>광[이라]　　　셰상 사롬이 다 미치광이라 일큿더라[76)

　白沙 李恒福(1556~1618)이 6세 때에 지었다고 전하는 것으로, 그가 아침에 길을 가다가 양을 보고 올라타고 다니다 떨어져서 머리를 다치고 울면서 읊었다고 한다. 懸吐된 부분을 제외하면 밑줄 친 부분만이 한글이고, 나머지는 한자인 칠언한시의 형식을 갖추고 있다. 각 구마다 한글로 해석을 붙인 것인데, 앞의 4자와 끝의 1자를 한자로, 가운데 2자를 한글로 쓴 것이 특징이다.

> 靑松듬성담성立　　푸른 소나무 [듬성담성→듬성듬성] 서 있고,
> 人間여기저기有　　인간은 [여기저기] 있구나.
> 所謂엇뚝삣뚝客　　이른바 [엇뚝삣뚝]한 過客은

---

76)『俚諺叢林』, 앞의 책, 123면.

平生쓰나다나酒　　平生에 [쓰나 다나] 술이로다.[77)

　김삿갓의 작으로 전하는 시이다. 칠언한시의 字數는 일단 맞추면서 한글을 직접 접합시킨 사례이다. 각 구마다 첫 2자와 끝 1자만이 한자이고, 가운데 4자는 한글로 쓰고 있어, 앞의 인용과 같은 유형이다.
　다음의 인용도 김삿갓의 작으로 전하는 것인데, 한글과 혼종된 육담풍월의 형식을 보여주는 한 사례이다.

二十樹下三十客　　스무 나무아래 [서른→서러운] 나그네가
四十家中五十食　　[마흔→망할] 놈의 집에서 [쉰→쉰] 밥을 먹네.
人間豈有七十事　　세상에 어찌 [일흔→이러한] 일이 있을까.
不如歸家三十食　　차라리 집에 돌아가 [서른→설은] 밥을 먹으리.[78)

月五中岩閑居一一　　달 中岩에 한가하게 지내는 혼자라 쓸쓸하고,
露九幽台孤身一一　　이슬 幽台에 외로운 몸 누구를 기다리는가.
一聞叫嶺猿梢亦一　　작은 산원숭이 나무 끝에서 우는 것 듣고서
一送數年是輪廻一[79)　수년을 보내내니 바로 윤회의 시작이라.

　두 시 모두 숫자를 활용한 의미상의 변용을 작시 기법으로 한다는 점에서 유사하지만, 변이의 방식은 차이가 있다. 첫 번째 시는 동일자인 '食'을 운으로 하면서 한자 숫자의 음을 한글 어휘의 뜻과 연관시킨 것이 특징이다. 두 번째 시는 동일자인 '一'자를 운으로 삼은 점은 같지만 字數가 8자로 破格이다. 더구나 시에 나오는 8개의 '一'자가 다

다른 일본 어휘로 읽히는 점은 특이하다.

한시 형식에 한글이 결합하는 사례는 당대의 인접 갈래에서도 찾아
볼 수 있다. 잘 알려진 '봉산탈춤'의 일부를 사례로 든다.

> 서방 : 그럼 형님이 먼저 지어 보시오.
>
> 생원 : 그러면 동생이 운자(韻字)를 내게.
>
> 서방 : 네, 제가 한 번 내 드리겠습니다. '산(山)'자, '영(嶺)'잡니다.
>
> 생원 : 아, 그것 어렵다. 여보게, 동생. 되고 안 되고 내가 부를 터이니
> 들어 보게. [영시조(咏詩調)로] "울룩줄룩 작대산(作大山)하니,
> 황천풍산(黃川豊山)에 동선령(洞仙嶺)이라."
>
> 서방 : 하하. (형제, 같이 웃는다.) 거 형님, 잘 지었습니다.[80)
>
> 생원 : 동생, 한 귀 지어 보세.
>
> 서방 : 그럼 형님이 운자를 하나 내십시오.
>
> 생원 : '총'자, '못'잘세.
>
> 서방 : 아, 그 운자 벽자(僻字)로군. (한참 끙끙거리다가) 형님, 한 마디
> 들어 보십시오. [영시조(咏詩調)로] "짚세기 앞총은 헝겁총하
> 니, 나막신 뒤축에 거멀못이라."
>
> 말뚝이 : 샌님, 저도 한 수 지을 터이니 운자로 하나 불러 주시오.
>
> 생원 : 재구삼년(齋狗三年)에 능풍월(能風月)이라더니, 네가 양반의
> 집에서 몇 해를 있더니 기특한 말을 다 하는구나. 우리는 두
> 자씩 불러지었건마는 너는 단자(單子)로 불러줄 터이니 한 자
> 씩이나 달고 지어보아라. 운자는 강자다.
>
> 말뚝이 : [곧 영시조(咏詩調)로] 썩정 바자 구녕엔 개대강이요 헌바지
> 구녕엔 ×대강이라.
>
> 생원 : 아, 그놈 문장(文章)이로구나. 운자(韻字)를 내자마자 지어내는

80) 『鳳山탈춤』, 任晳宰探錄本.

구나. 자알 지었다.

19세기 말엽부터 연행된 것으로 추정되는 봉산탈춤의 한 대목이다. 懸吐된 부분을 제외하면 七言詩의 한 聯을 이룬다. 그리고 각 연의 바로 앞에 '咏詩調'라고 한 기록으로 보아 한시를 읊는 방식으로 연행되었음을 알 수 있다. 한시 형식에 없는 1聯에 2개의 운자로 押韻하는 형식은 특징적이다. 생원의 것을 제외한 나머지 시구들은 한시의 파격형도 아니며, 육담풍월이나 언문풍월도 아니다.[81] 이해의 편의를 위해 작자, 시구 · 운자, 자수를 정리하면 다음과 같다.

작자	생원		서방		말뚝이
시구	울룩줄룩作大山 黃川豊山洞仙嶺	→	짚세기앞총헝겁총 나막신뒤축거멀못	→	썩정바자구녕개대강 헌바지구녕×대강
운자	山 · 嶺		총 · 못		강 · 강
자수	7자 · 7자		8자 · 8자		9자 · 8자

위 표에서 보듯 생원의 시구는 肉談風月로서의 모습이 남아 있지만, 서방과 말뚝이의 시구는 육담풍월의 형식에서 나온 것이기는 하지만, 자수를 한시 형식에 맞추어 짓는 보통의 육담풍월의 형식에서 벗어난 破格이다. 작자에 따라 자수의 형태가 확장하며, 운자도 '한자 2자 →

---

81) 이규호는 '生員의 것은 7언으로 되어 있으나 雜組聯句이고, 書房과 말뚝이의 것은 비록 8언이지만 순전히 국문을 사용한 언문풍월이다. 이처럼 한시는 말뚝이같은 서민의 야유를 받는 가운데 언문풍월로의 변모를 겪었다 할 수 있다.'(앞의 책, 80면) 라고 보았는데, 이 견해는 재고할 필요가 있다. 생원의 것은 한시에 한글이 이접된 것이고, 서방과 말뚝이 것은 영시조로 읊었지만 한시와는 전혀 다른 파격으로 보는 것이 타당할 것이다. 한글 자구를 쓰는 방식도 언문풍월과는 다르다. 내용으로 보아도 등장인물의 역할이나 성격에 따라 의도적으로 변개한 것이 분명해 보인다.

한글 2자 → 한글 1자'로 바뀐다. 내용상으로도 말뚝이에 이르면 노골
적인 내용이 강하게 나타난다.

3. 언문풍월의 형성과 양식적 특성

한시 형식이 한글과 接合·移接하는 변이의 사례를 보이는 한편, 비
슷한 시기에 諺文風月이 새롭게 등장한다. 자료의 부족으로 인해 생성
된 시기를 정확하게 확정하기는 어려우나, 남아 있는 자료에서 어느
정도 유추해 볼 수 있다. 우선 다음의 기사를 통해 살펴보기로 한다.

> (…전략…) 이것[언문풍월: 필자주]은 조선 고덕 궁녀 리씨[宮女 李氏]
> 가 본덕 글을 줄 ᄒ고 시[詩]법을 아는 고로 녀ᄌ의 항용ᄒᄂ 언문으로
> 시를 짓는 법을 만드러 젼ᄒ야 옴으로 외방 기ᅵᆼ들이 쟐 짓ᄂ 지 만흐나
> 경셩에ᄂ 짓ᄂ 지 업셔 다만 언문풍월에 염이 업다ᄒᄂ 상말은 잇기로
> 언문풍월이 잇ᄂ 줄은 물논 아ᄂ 바이나 (…후략…)[82]

여기서 우선 언문풍월을 창안한 사람이 궁녀라는 신분인 것과 이씨
성의 여성이라는 것은 확인된다. 하지만 창안된 시기인 '조선 고대(古
代)'라는 말로는 언제인지 분명하지 않다. 언문풍월이 유행한 시기를
1900~1920년으로 볼 때 대략 19세기 어느 무렵으로 추정되지만, 아
직까지 더이상의 확실한 전거는 보이지 않는다. 그리고 여성이 주 창
작층이며, 지방의 기녀 사이에서 유행하였다는 것을 알 수 있다. 그런

---

82) 『朝鮮文藝』 1호, 朝鮮文藝社, 1917, 75면. 띄어쓰기는 본래 되어 있지 않으나 이해
   의 편의를 위해 한 것이다. 이하 같음.

데 궁녀가 만든 作詩法이라면 지방보다는 경성[서울]에서 유행하는 것
이 자연스러울 터인데 왜 지방에서 유행한 것인지 분명하지 않다. 더
불어 일반 부녀자층이 아닌 기녀층에게서 많이 지었다는 것도 의문으
로 남는다. 위 기사대로라면 '궁중의 궁녀 → 지방의 기녀 → 서울의 부
녀'순으로 주 향유층이 이동한다.

다음으로 확인되는 내용은 한글만으로 짓는 시라는 것이다. '언문풍
월에 염이 없다'는 속담이 있을 정도로 簾法을 강조하는 한시와 형식
상의 경계선을 분명히 긋고 있다. 이 점은 육담풍월과도 구분되는 형
식상의 차이이면서 동시에 언문풍월의 여부를 판별하는 중요한 기준
이다. 이러한 점에서 언문풍월의 형식은 한시의 변이 형식 또는 육담
풍월과 구별해서 보아야 할 것으로 생각된다. 육담풍월이 곧 언문풍월
이라는 견해[83]나 한시 형식이 변용되어 육담풍월이 생기고 언문풍월
로 이어진다는 견해[84] 모두 재고할 필요가 있다.

먼저 '육담풍월=언문풍월'로 보는 입장은 언문풍월의 개념이 오해
된 데서 기인한 것으로 보인다. 앞서 보았듯이 언문풍월에는 순한글만
으로 작시되므로 한자 표기가 들어갈 수 없기 때문이다. 또한 언문풍
월이 단순히 한시 형식 변용의 소산으로 보는 것도 재론의 여지가 있
다. 이는 발전론적 내지 해체론적 해석인데, 언문풍월이 어느 날 갑자
기 생겨났다는 발상이 문제인 것처럼, 한시가 점차 破格으로 흐르다
사라지고, 그 자리가 언문풍월로 교체 내지 대체됐다는 발상도 문제이
기 때문이다. 둘 사이의 영향관계는 분명히 있을 터이지만, 형식상으
로 볼 때 별개의 양식이다. 언문풍월이 한시 형식을 차용한 점에 견인

83) 임형택, 앞의 논문, 50면. 진갑곤, 「언문풍월에 대한 연구」, 『문학과 언어』 13, 문학
   과언어연구회, 1992. 3~4면.
84) 이규호, 앞의 책, 72면.

된 성급한 결론으로 보인다. 아울러 당시 언문풍월과 한시는 유행과 몰락이라는 상반된 방향으로 길을 가고 있었지만 실제로 병존하고 있었다는 사실도 간과할 수 없다.

다음은 언문풍월의 형식 규정과 작법을 구체적으로 제시하고 있어 흥미로운 자료이다.

> 언문풍월 짓ᄂᆞᆫ 법은 다 아ᄂᆞᆫ 바어니와 네 귀도 짓고 두 귀도 짓고 흔 글졔로 여러 귀도 짓ᄂᆞᆫ듸 염은 보지 아니ᄒᆞ되 운은 다라 짓ᄂᆞ니 가령 지이라든지 가나라든지 각낙이라든지 갓흔 운으로만 글귀 ᄉᆞᆺᄌᆞ에 다라 짓고 보통 쓰ᄂᆞᆫ 말노만 ᄒᆞ되 말을 번역ᄒᆞ야 한문 문ᄌᆞ가 될 것 갓흐면 격에 맛지 아니 ᄒᆞᄂᆞᆫ 것이니 (…후략…) 짓ᄂᆞᆫ ᄌᆞㅣ 잇셔도 가령 「습월동풍조흔날」이라 ᄒᆞ면 습월동풍 넉ᄌᆞᄂᆞᆫ 한문 문ᄌᆞ이라 그러면 언문풍월이라 ᄒᆞᆯ 거이 아니로다 그러나 언문풍월은 글과 갓지 아니ᄒᆞ나 짓자ᄒᆞᆯ지면 극히 어려운 바이라 일곱 ᄌᆞ 흔귀에 두 마듸 말노 어울녀 말이 되도록 ᄒᆞᄂᆞᆫ듸 우헤 넉ᄌᆞᄂᆞᆫ 쉬우나 아릭 셕ᄌᆞ가 극난ᄒᆞ야 말이 졉속ᄒᆞ기 어려운지라 그럼으로 마니 지어 ᄌᆞ법귀법을 잇키 안 후에ᄂᆞᆫ 직정과 운의ᄂᆞᆫ 무한교묘흔 수단을 어들지니 문예의 한가지 될만하도다 언문풍월초학의 참고에 공ᄒᆞ기 위하야 두어 슈 긔록ᄒᆞ노라[85]

위의 글은 「諺文의 文藝」 중 '언문풍월법'의 일부분이다. 韻, 字數, 詩題, 표기법 등 언문풍월 창작에 필요한 기본 형식을 제시한 것이다. 이 글에서 말하고 있는 언문풍월의 형식을 요약하면 다음과 같다.

A. 2구[聯] 또는 4구[絕句]로 짝을 맞추어 짓는다.

---

85) 「諺文의 文藝」, 『朝鮮文藝』 1호, 朝鮮文藝社, 1917, 74~75면.

B. 단일한 글제[詩題]로 여러 구를 지을 수 있다.

C. 廉은 상관이 없으며 韻은 한글 韻字로 맞춘다.

D. 한자 어휘는 피하고 한글 어휘만으로 쓴다.

언문풍월은 1900년대에 들어와 잡지의 문예란을 차지하면서 독자적인 시 형식으로 부상한다.[86] 내용도 진지해져서 과거의 단순한 말장난과는 달랐으며 큰 대중적인 인기를 누리기도 한다. 당시 신문이나 잡지의 뒷표지에는 언문풍월을 모집한다는 광고가 게재[87]되기도 했는데, 1917년에 간행된 『언문풍월』[88]은 그렇게 해서 응모된 작품을 뽑아 편집한 책이다. 거기 수록된 「누에[蠶]」라는 詩題의 언문풍월 작품을 예로 들어 본다. 운자는 오, 고, 소이다.

---

86) 이에 대한 자세한 정보는 이규호, 앞의 책, 82면. 〈언문풍월 자료 목록〉 참조. 약 10여 종의 신문과 잡지에서 언문풍월을 게재한 것이 확인된다.

87) 「諺文風月懸賞募集廣告」를 보면 구체적인 내용을 볼 수 있다. 이규호, 앞의 책, 257면.

> 正調
>
> | | 글뎨 | | 운자 | | |
> |---|---|---|---|---|---|
> | 一, | 삼베질삼(績麻) | 감° | 밤° | 남° | |
> | 一, | 모심는것(移秧) | 보° | 도° | 오° | |
>
> 슌전흐 朝鮮말로 두 슈를 다 잘 지은 글이라야 一, 二等에 쏩히오
>
> | 一等 | 一 | 한산셰모시 흔 필(韓山細苧) |
> |---|---|---|
> | 二等 | 二 | 이 원자리 물건(二圓値物品) |
> | 三等 | 二十 | 신옥편 한 권(新玉篇一卷) |
> | 四等 | 五十 | 리약이칙 한 권(小說一卷) |

위 광고에서 '正調'는 정격 형식을 뜻한다. 즉 7언절구 한시 형식에 제시한 운자를 맞추어야 한다는 말이다. 그리고 순수 한글로 지어야 한다는 주의사항이 병기되어 있다. 1~4등까지 총 73명을 뽑는데, 1~2등을 제외한 나머지의 경우 상품은 크게 하지 않고 많이 뽑는 방식을 채택하고 있음을 알 수 있다. 독자의 참여도를 제고하는 데 주 목적을 둔 것이다.

88) 이 자료는 이규호의 『開化期變體漢詩硏究』(형설출판사, 1986) 부록으로 영인·수록되어 있다.

〈1등〉	〈2등〉	〈2등〉
옷업다ᄂᆞᆫ말마<u>오</u>	어셔어셔뽕쥬<u>오</u>	나길은이뉘시<u>오</u>
뽕만만히심<u>으고</u>	한잠두잠잠자<u>고</u>	그공엇지갑흘<u>고</u>
나를힘써기르면	옥갓치집을지면	죽을힘을다ᄒᆞ야
치운사름 잇겟<u>소</u>	이것파라큰암<u>소</u>	한간집을지엇<u>소</u>

1구 7자, 총 4구, 1·2·4구 운자 등은 七言絶句의 한시 형식에서 온 것이지만, 한시와는 다른 새로운 형식이다. 1등으로 뽑힌 작품의 선정 근거는 분명하지 않으나, 형식상으로 볼 때 완정한 형태의 언문풍월이고 내용상으로도 계몽적 요소가 잘 드러난 것이 아닌가 여겨진다.

언문풍월 작법은 다음의 기사에서도 볼 수 있다. 앞의 것보다 작법의 실제에 대해 구체적으로 제시하고 있다는 점에서 참고할 만하다.

「언문풍월공부」89)
이 글은 닐곱ᄌᆞ 글노 웃마듸ᄂᆞᆫ 넉ᄌᆞ 아랫마듸ᄂᆞᆫ 석ᄌᆞ로 아릿귀 안쩍엔 운ᄌᆞ를 달지 말고 쏘 슌연흔 죠션말노만 짓고 문ᄌᆞᄂᆞᆫ 쓰지 말 일 닐곱ᄌᆞ 글은 아니로듸 슌연흔 말글에는 (달 밝고 서리찬 밤에 울고 가ᄂᆞᆫ 외기례기)가 명작이라 ᄒᆞ나니 이와 갓치 한문 문ᄌᆞᄂᆞᆫ 쓰지 말고 지을 일 쏘 언문으로 월보 글을 지어 보ᄂᆡᄂᆞᆫ 이ᄂᆞᆫ 아모죠록 한문 문ᄌᆞ를 쓰지 마시오

앞의 기사보다 좀더 구체적인 작시 방법을 적고 있다. 이를 도식화하면 다음과 같다. '/'부호는 마디 구분이고, '◎'는 운자이다.

윗마디/아랫마디

---

89) 「언문풍월공부」, 『天道敎會月報』 제8, 天道敎會月報社, 1918. 1. 28면.

○○○○/○○◎ : 윗구 안짝

○○○○/○○◎ : 윗구 바깥짝

○○○○/○○○ : 아랫구 안짝

○○○○/○○◎ : 아랫구 바깥짝

바람결에/휘날<u>아</u>

싸이히계/덥힐<u>스</u>

송이송이/꽂치오

조각조각/옥인<u>가</u>[90)]

예시 작품의 시제는 눈이고, 아 · 스 · 가가 운자이다. 원문에 '일등 경성 부인 한경직'라고 부기되어 있어 일등으로 뽑힌 작자가 서울에 사는 부인이며 한경재라는 이름인 것을 알 수 있다.

운과 자수의 배열만을 보면 칠언 절구 近體 한시의 正格과 정확히 일치한다. 각 구마다 7자로 4구를 이루고, 3구 끝에 운을 달지 않는 형식이다. 칠언절구와 한 가지 다른 점이 있다면 각 구를 4자/3자로 나눈다는 것이다. 칠언 절구의 한시가 의미상 그렇게 분절되는 경우[91)] 가 많기는 하지만, 반드시 지켜야 하는 것은 아니다. 이 형식에 한글 표기 및 어휘를 전용하는 것만을 추가하면 언문풍월은 완성된다.

이상에서 살펴본 바와 같이 언문풍월은 한시가 변이되어 생겨난 국문한시는 아니다. 조기 후기에 이르러 전통 한시가 다양한 형식적 변

---

90) 『天道教會月報』 제8, 天道教會月報社, 1918. 1. 32면.

91) 鄭知常의 「送人」은 이 규칙에 일치하는 예이다. "비 개인 긴 둑에/풀빛은 짙은데, 님 보내는 남포에/슬픈 노래 울려오네. 대동강 물/언제나 다할까, 이별 눈물 해마다/ 푸른 물결에 더하네.(雨歇長堤/草色多, 送君南浦/動悲歌. 大東江水/何時盡, 別淚年 年/添綠波.)" 하지만 1구를 '1자/6자'나 '2자/5자' 등으로 구성하는 방법도 흔히 사용 된다.

이를 거치면서 한글과 接合 내지 移接하는 현상이 자주 나타나는 것은 분명하다. 그리고 한시 字數의 형식을 채용하고, 운자를 붙인다는 점에서 외형상 한시와 유사한 점도 있다. 하지만 언문풍월은 적어도 전통 한시의 변이 양식은 아니었다. 앞에서 살펴본 바와 같이 부녀층의 문학 향유라는 시대적 분위기에서 실험된 새로운 시가 형식이었던 것이다. 따라서 언문풍월은 17세기 중반부터 면면히 이어온 한시 양식의 변이 과정과 함께 나온 독창적인 갈래라고 할 수 있다. 육담풍월이 시가 양식의 하나로서 정립되지 못하고 사라진 것과는 달리 언문풍월은 20세기 초반의 국문시가 양식의 하나로서 지속적으로 창작되는 것도 그러한 맥락에서 이해할 만하다.

4. 결론

漢詩는 전통적으로 오래도록 享有되고 體化된 문학 양식으로서 단기간에 변개하거나 없어질 수 없는 것이다. 형식의 엄정성이 강조되는 近體詩가 삼국시대 이래로 조선 후기에 이르기까지도 주도적 양식으로 굳건히 유지된 것도 그러한 이유이다. 하지만 한시도 수용과 계승, 부정과 반항이 교차하는 시류를 피해갈 수는 없었다. 주지하듯이 조선 후기에 이르면 한글[諺文]과 한문[眞書]의 인식 변화가 일어난다. 自國語에 대한 긍정적 인식은 계층에 상관없이 성장하고 확산한다. 이런 정황 속에서 漢詩의 律格이 한글과 결합하여 변이 · 교섭하는 현상은 자연스러운 것이다. 비록 소수였지만 몰락 양반과 서민 및 부녀자 층이 그러한 변화와 향유의 중심 계층[92]이었다.

---

92) 한시 형식의 변용이 中人이 아닌 몰락 양반 계층에서 시도된 점에 유의할 필요가

　한시에서 한자와 한글의 결합은 상층과 하층의 문화적 소통의 매개 과정이기도 하다. 그리고 상호대립적 존재간의 문화적 소통은 나아가 문화 변동의 양상이자 요인이 된다는 점에서 유의할 필요가 있다. 분명히 한시는 형식의 변이 과정을 겪으면서 육담풍월·언문풍월은 물론 시조, 가사, 판소리, 민요 등과 같은 인접한 국문 문학 양식과도 끊임없이 영향을 주고 받았다. 조선 후기는 우리 문학사에 있어서는 疏通의 시대라고 할 수 있을 정도로 한문과 한글의 장르 간 混種·移接 현상은 끊임없이 진행되었다. 이러한 문화적 변화의 흐름 속에 肉談風月이나 諺文風月과 같은 새로운 문학 양식의 생성을 촉발하는 계기가 된 것으로 보인다.[93]

있다. 중인 계층의 한시는 내용적인 면에서 人情과 物態를 자유롭게 표현하고자 했다. 하지만 그들의 표현 형식은 어디까지나 전통적 형식에 충실하였다. 이러한 모습이 신분 상승의 욕구 표출이든 상층 문화의 향유와 자긍이든 간에 그들은 적어도 전통적인 표현 방식을 고수하였다.

93) 특히, 언문풍월이 지닌 양식적 가치, 당대 문단에서의 역할, 담당층의 참여 현황 등에 대한 해명은 앞으로 남은 과제이다.

19세기 문인의 지식 정리·소통의 한 양상

1. 머리말

최근 우리 사회에서 지식에 대한 관심은 그 어느 때보다도 각별하다. 물론 이전에도 관심이 부족하거나 없었다고 할 수는 없겠지만, 적어도 20세기 말의 이른바 정보화 사회의 도래 이후부터 현재까지를 놓고 보면 특히 그러하다. 우리 사회 각계각층에서 '지식사회'니 '지식경영'이니 하는 술어가 유행병처럼 번져가고, 아예 국가에서 직접 나서 '신지식인'을 선정하여 포상할 정도로 지식은 전국민의 관심사로 자리매김하고 있다.

지식이 우리에게 관심을 끌게 된 계기는 아마도 앞으로 인류사회가 지식이 경제활동의 중심이 되는 사회 즉, '지식중심의 경제 사회'가 될 것이라는 국제 경제 이론에 기인한 것으로 보인다. 이에 발맞추어 연일 쏟아져 나오는 지식관련 서적과 연구 논문, 또 그 속에 소개된 새로운 개념과 용어 등은 이 시대가 필요로 하는 지식에 대한 정확한 이해와 판단에 오히려 장애를 줄 정도이다. 이미 이러한 무분별한 지식담론의 폭발적 유행에 대해 경계하고, 그에 대한 비판적 시각을 표명한 무게 있는 저작도 나오고 있다.

이러한 문제에 대한 고민이 오늘날의 것만은 아니라는 점을 생각해보면, 전통 시대 지식은 어떠한 것이고 어떻게 정리·유통되었을까에 대해 궁금한 생각이 든다. 분명 지식의 개념이나 범위도 지금의 그것과는 차이가 날 것이고, 시간과 공간에 따른 편차도 적잖이 놓여 있을 것이다. 물론 이를 밝히는 일은 결코 간단하지 않은 것이며, 이 글에서 그것을 다 담아보려는 무모함도 가지고 있지 않다. 다만 우리 문화의 이해를 심화하는 데에 있어서 지식의 문제가 언젠가는 해명해야 할 키워드라는 점을 제기하려는 것이며, 최근 관심을 가지고 읽어온 徐有榘(1764~1845)의 『林園經濟志』에서 그 해명의 단서를 구해보고자 한 것이다.

제목에서 이미 말하고 있듯이 이 글은 19세기 조선 지식 정리·소통의 한 사례를 『임원경제지』를 통해 살펴보고자 한다. 18세기 후반에 작성된 몇몇 저작들을 보면 전통 지식에 대한 관심과 인식에 중대한 변화가 감지된다. 하지만 개별적이고 단편적으로 진행되던 지식 정리 작업들은 대체로 가능성만을 남긴채 완성 단계에 이르지 못한다. 19세기에 들어와서야 몇몇 문인 학자들에 의해 마무리되는데, 『임원경제지』는 그 대표적인 사례이다. 이 『임원경제지』를 통해 우리는 18세기 조선의 지식인들이 꿈꾸었던 지식의 이상형은 무엇이었는지에 대해 생각해 볼 기회를 마련할 수 있을 것으로 생각한다.

2. 전통 시대 문인의 지식 정리와 역사적 추이

1) 전통 시대 지식 개념과 범위

우선 지식의 의미를 간단히 정리해보면, 현재 통용하는 知識의 사전적 정의는 여러 가지가 있는데, '교육이나 경험, 또는 연구를 통해 얻

은 체계화된 인식의 총체'라는 일차적 의미에서부터 때로는 '사물이나 상황에 대한 정보'와 동일한 의미를 갖기도 한다.[1] 다른 나라의 경우도 대체로 이와 유사하다. 영어로 지식[knowledge]은 '한 사람 혹은 집단에 의해 알려진 사실 또는 경험(the facts or experiences known by a person or group of people)', '앎의 상태[the state of knowing]', '어떤 주제에 대한 특정한 정보(specific information about a subject)' 등의 의미로 쓰이고, 중국어로는 '인류의 인식 성과(人类的认识成果)'로 經驗知識과 理論知識을 포함한 개념이며, 일어로는 '어떤 사물에 대하여 알고 있는 사항(ある物事について知っていることがら)', '어떤 일에 대해 이해하는 것(ある事について理解すること), 인식하는 것(認識すること).' 등을 뜻한다. 이처럼 지식 개념은 어떤 사물에 대한 인식론적 통찰이 연계되어 있음을 알 수 있다.

그렇다면 전통 시대의 지식 개념은 어떠한 것인가. 전통 시대의 지식 개념이라는 말자체가 다소 모호한 감이 없지 않으나, 일단 중세를 대표하는 사례로서 儒家의 것을 들어보기로 한다. 유가의 수신 교과서 격인 『大學』에는 '格物, 致知, 誠意, 正心, 修身, 齊家, 治國, 平天下'의 여덟 가지 조목이 있다. 주지하듯이 이 팔조목은 전통 시대 지식인이라면 누구나 삶의 최우선 가치로 삼아 실천하고자 했던 덕목이다. 여기에서 格物과 致知가 지식에 관련된다. 朱子는 특히 객관적 이치를

---

1) 고려대학교 민족문화연구원 국어사전편찬실 편, 『고려대 한국어대사전』, 고려대학교 민족문화연구원, 2009, p.5, 837. 이 외에도 철학 분야에서 지식은 '인식에 의하여 얻어진 성과', 즉 객관적으로 확증된 판단의 체계를 이르며, 불교 선종(禪宗)에서는 '수행자를 가르칠 수 있는 능력이 있는 승려'를 가리킨다. 知識과 한자가 다른 智識은 지혜와 견식(見識)을 아울러 이르는 말이며, 불교에서는 모든 경계가 우리의 마음이 변하여 나타난 것인 줄을 알지 못하고, 망견(妄見)으로 경계가 좋다 나쁘다 분별하는 식(識)의 작용을 뜻한다.

탐구하는 지식으로 格物致知를 중시하여 이것을 학문의 기본 방법으로 삼았다. 주자에 따르면 格은 '이른다'는 뜻인데, 주체인 나의 인식 행위가 지식대상인 객관사물[物]로 가서 그 대상이 지니고 있는 理를 찾아오는 것을 말한다. 또한 致란 여기의 것을 미루어서 저쪽의 궁극 목적에 이르게[致] 하는 지식의 확충 작업을 말한다. 다시 말해 知는 지식인데, 천하 사물의 이치를 아는 것이며, 이는 致라는 推極 과정을 통해 이루어진다.2)

아울러 '널리 학문을 닦아 事理를 연구하고, 이것을 실행하는 데 禮儀로써 하여 正道에 벗어나지 않게 한다'는 이른바 博文約禮도 전통 지식인이 갖추어야 할 중요한 덕목이었다. 사물의 이치를 탐구하여 스스로를 수양하고 완성된 인격체로서 성장하는 방법을 획득하는 것이 전통 시대 지식인들이 지식이라고 여겼던 것이다. 따라서 四書五經을 중심으로 한 전통 유가 경전과『禮記』나『家禮』등 禮書는 지식인 교양의 핵심이며 학문의 대상이었다. 이와 더불어 문인으로서 기본 소양인 詩文의 학습과 창작, 그리고 그에 필요한 歷史 典故의 소양은 또 하나의 주요 관심사였다. 이로 미루어볼 때 현재의 분과적 전문 지식의 많은 부분은 전통 시대 지식인에게 그다지 중요한 가치를 갖지 않았을 것으로 이해된다. '玩物喪志'라는 말에서도 알 수 있듯이 특정한 분야에 대해 지나치게 관심을 갖거나 박식한 것은 차라리 경계해야 할 덕목으로 인식되었다. 게다가 士農工商 중에서 農工商의 지식은 더욱 가치를 둘 만한 것이 아니었다. 예컨대 농사 짓는 법이나 漁具 제작법, 집 짓는 법, 효율적인 생산과 재화 획득 방법 등은 사대부 계층은 알 필요가 없거나 배우지 말아야 할 비천한 지식이었던 셈이다. 이러

---

2) 이상 格物致知의 이해는 김충열,『김충열 교수의 중용대학강의』, 예문서원, 2007, pp.340~345 참조.

한 실용적 지식이 그 利用厚生의 가치를 인정받는 것은 조선의 경우에 대략 17세기 말엽~18세기 초반에 가서야 비로소 가능해진다.

2) 문인의 지식 정리의 초기 양상

현전 자료의 부족이 주된 이유이겠지만, 고려 시대 이전의 개인적 지식 정리의 사례는 그다지 확인되지 않는다.[3] 지식의 사적 기록에 대한 관심은 고려 후기에 들어서야 몇가지 문헌 자료를 통해 찾아볼 수 있는데, 李仁老(1152~1220)의 『破閑集』,[4] 崔滋(1188~1260)의 『補閑集』,[5] 李齊賢(1287~1367)의 『櫟翁稗說』,[6] 一然(1206~1289)의 『三國遺事』[7] 등이 대표적인 것이다.

『파한집』은 名儒와 학자들의 시문이 인멸될 것을 슬퍼하여 이를 수록한 것이라고 한다. 제목 그대로 문인의 破閑的인 文談이며, 시화·記事·自作詩와 아울러 신라의 옛 풍속 및 西京과 開京의 풍물·궁궐·사찰 등이 재치 있게 소개되어 있다. 그리고 작자가 보고들은 일화와 文友 교제에서 주고받은 문담을 해학적인 수법으로 기록하였다. 『보한집』은 이인로의 『파한집』을 보충한 수필체의 시화들을 엮은 책으

---

3) 본고는 개인의 지식 정리와 그것을 기록한 문헌자료에 관심을 갖는다. 당대에 지식으로 여겨졌던 것을 정리한 필기·잡록류 문헌이 연구 대상이다. 따라서 국가에서 편찬한 관찬서는 제외한다. 공적인 목적인 탓에 당대 지식인의 인식 변화를 찾아보기 어렵기 때문이다. 아울러 개인 문집류도 다루지 않는다. 문집은 개인적 정감을 다룬 시문과 공적 목적으로 작성된 산문을 주로 모은 것으로 지식 정리와는 관계가 적은 것이 대부분이기 때문이다.

4) 3권 1책. 1260년(원종 1) 저자의 아들인 세황(世黃)이 엮어 간행하였다.

5) 3권 1책. 이인로(李仁老)의 『파한집(破閑集)』을 보충한 수필체의 시화들을 엮은 책으로, 당시의 권신(權臣)인 최이(崔怡)의 권유를 받아 1254년(고종 41)에 간행하였다.

6) 4권 1책. 1342년(고려 충혜왕 복위 3)에 간행하였다.

7) 5권 2책. 편찬 연대는 미상이나, 1281~1283년(충렬왕 7~9) 사이로 보는 것이 일반적이다.

로, 당시의 권신인 崔怡의 권유를 받아 간행한 것으로 전한다. 아름다운 근체시와 시평, 거리에 떠도는 이야기, 흥미 있는 史實, 浮屠와 부녀자들의 이야기를 실었다. 『역옹패설』은 전집에 역사 전거를 다루었고, 후집에 역대 시문에 대한 비평을 수록한 필기류 잡록이다. 史書인 『삼국유사』를 제외한 나머지 셋 모두는 역사적 사실과 典故의 기록, 經典 문구의 해석, 시문의 略評 등으로 구성되어 있다. 이러한 것들은 儒者로서 당대 지식인 계층이 공유하던 교양적 지식이었다. 체제와 구성을 살펴보면 단편적 기사를 특정한 분류 체계가 없이 나열하는 방식을 취하고 있다.

조선에 들어서서 15세기 중반까지 한동안 이러한 종류의 저작은 보이지 않는다. 조선의 개국 이후부터 편찬자인 徐居正이 활동하던 시대에 이르기까지 약 반세기가 넘는 기간 동안 시화를 포함한 필기류 저작이 거의 없었다. 조선초 사대부 문인들이 추숭했던 이제현이 『역옹패설』을 남겨 선례를 보인 바 있고, 중국 宋·元代에도 문인들이 그러한 저술을 하는 유행이 있었다[8]는 점에서 볼 때 분명 특이한 문학사적 현상이다. 이러한 현상의 원인은, 조선의 지배층에서 개국 초부터 국가에서 공적으로 찬술하는 正史 이외의 私撰 野史의 저술을 금지하는 정책을 썼다는 사실과 당시 사대부 관료들이 성리학 연구에 몰두하여 필기류 저작에 관심이 없었다는 문단의 정황 때문인 것으로 보고[9]되고 있지만, 석연하지 않은 부분이다. 어쨌든 조선 초기 지식 정리에

---

8) 1957년부터 현재까지 간행되고 있는 『歷代史料筆記叢刊』(中華書局) 목록을 보면, 『唐宋史料筆記叢刊』(21책), 『元明史料筆記叢刊』(22책), 『淸代史料筆記叢刊』(22책) 등 3부로 나누어 중국 역대 필기 자료를 정리하고 있다. 자료의 수량을 볼 때 필기류 저작이 각 시대마다 꾸준히 이루어졌음을 알 수 있다.

9) 李來宗, 『鮮初 筆記의 展開 樣相에 관한 硏究』, 高麗大 博士論文, 1997, pp.199~202 참조.

대한 관심은 고려조에 비해 상대적으로 침체되어 있었다.

15세기 후반부터 시작하여 16세기 전반까지 일부 저작이 나타나는데, 徐居正(1420~1488)의 『東人詩話』,10) 『筆苑雜記』11)를 시작으로 成俔(1439~1504)의 『慵齋叢話』, 南孝溫(1454~1492)의 『秋江冷話』, 曺伸(?~?)의 『謏聞瑣錄』 등이 대표적 문헌이다. 이 시기의 필기류 저작들도 대부분 전대의 체재와 기록 방식을 그대로 따르고 있다.

16세기 후반~17세기에 들어 지식의 대상과 정리 방법이 조금식 변화하기 시작한다. 許筠의 『惺叟詩話』·『鶴山樵談』, 梁慶遇의 『霽湖詩話』, 申欽의 『晴窓軟談』, 柳夢寅의 『於于野談』 등은 앞 시기와 같은 체재와 방식을 따른 것이지만, 李睟光(1563~1628)의 『芝峯類說』,12) 李瀷(1681~1763)의 『星湖僿說』13)은 체재에 있어서 새로운 면모를 보인다. 두 가지 모두 우선 체계적인 분류 방법이 처음 도입된 것이 특징적이다. 이 시기에 이르러 비로소 각종 자료에서 수집된 지식을 주제별로 나누어서 정리하려는 경향이 나타나기 시작하는데, 중국 송나라의 祝穆이 편찬한 『古今事文類聚』나 『三才圖會』의 체재를 참고한 것으로 보인다. 단편적 지식의 수집·정리를 넘어서 자연 현상과 인문에 관한 지식을 두루 수록한 점에서 백과사전적 성격을 가지는 것은 그러한 이유이리라 여겨진다. 아울러 서민의 일상에 필요한 실용적 지식이 부분적으로 수록되고 있어서, 이 시기에 이르러 지식인들이 이에 대한

---

10) 2권 1책. 1474년(성종 5) 간행하였다. 『東人詩話』는 『역옹패설』 이후 약 130년여 만에 나온 것으로, 시화라는 명칭을 사용한 첫 작품이며, 뒤이어 다수의 시화류 저작 창작을 촉발한 계기가 되었다는 점에서 중요한 자료이다.

11) 2권 2책. 초간본은 저자의 요청으로 유호인(俞好仁)이 관찰사 이세좌(李世佐)의 지원을 얻어 1487년(성종 18)에 간행하였다.

12) 20권 10책. 1614년(광해군 6)에 간행되었다.

13) 30권 30책. 1740년경에 정리되었다.

관심을 보이기 시작한다는 점도 또 하나의 특징이다. 한 저작의 전체에서 차지하는 비중은 작지만, 다음 시기 지식인들에게 이 두 저작이 끼친 영향은 매우 컸다.

3) 지식 개념의 분화와 확장

18세기에 들면 朴趾源(1737~1805), 李德懋(1741~1793), 柳得恭(1748~1807), 朴齊家(1750~1805) 등 북학파 문인들을 중심으로 한 실학파 지식인들 사이에서 실용적 지식에 대한 관심은 크게 증가한다. 관심 범위도 앵무새와 비둘기, 원예, 차, 담배 등과 같은 개인적 취미 차원에서부터 천연두 치료법, 수레나 배 만드는 법, 무예 등 사회적 현안이나 부국강병에 유용한 정보에 이르기까지 다양하다.[14] 중국을 통해 백과전서류 전집과 총서류 저작들이 대량 수입되고, 萬卷樓의 장서가들이 연이어 등장하며 엄청난 양의 서적이 유통되는 등 정보의 양적 증가도 이 시기에 두드러진다.

이러한 분위기 속에 여러 지식인들은 지식의 기록과 정리에 광적인 집착을 보이는데, 叢書 편찬 기획은 그 대표적인 예이다. 이 시기 중국에서 『漢魏叢書』, 『昭代叢書』, 『說郛』, 『檀几叢書』 등이 수입되면서, 그에 대응하는 조선 나름의 총서 기획이 이루어진다. 박지원의 『三韓叢書』, 유만주의 『海內叢書』·『海外叢書』·『通園說郛』, 서유구의 『小華叢書』 등이 그 예이다. 이를 위해 많은 수의 서적을 기록한 도서목록이 작성되고, 개인적 차원에서 일부 추진되었으나, 여러 한계에 부딪혀 결국 모두 완성에까지 이르지는 못한다.[15]

---

14) 최근 여러 연구들을 통해 이에 대한 자료가 다수 발견·소개되어 그 사실을 증명하고 있다. 정민, 『18세기 조선지식인의 발견』, 휴머니스트, 2007, pp.14~26 참조.
15) 정민, 앞의 책, pp. 48~49.

한편 農書에 대한 관심 증가도 이 시기의 특징적 현상이다. 농업과 일상생활에 관한 광범위한 사항을 기술한 洪萬選(1643~1715)의 『山林經濟』가 간행을 보지 못한 채 手寫本으로 전해 오다가, 저술된 지 약 50년 후인 1766년(영조 42) 柳重臨(?~?)에 의하여 16권 12책으로 증보되어, 『增補山林經濟』라는 이름으로 편찬되고 당대 지식인층에 널리 유통되었다. 이러한 실용적 지식에 대한 지식인의 관심은 전 시대에는 보기드문 것이었다.

기존의 연구 성과를 참고하면서 18세기 이후 지식 정리의 특성을 도표로 정리해 보면 아래와 같다. 18세기 이후의 표는 17세기 이전까지의 내용에 추가된 것만을 나타낸 것이다.

	17세기 이전	18세기 이후
대상 자료	시문 또는 사적	일상 사물 또는 생활기술
	전통 자료	최신 자료
	중국 자료	일본 자료
	고사 및 전고 수집	실용 정보
정리 주체	주로 개인적 관심	집단(가문 또는 동호인)
정리 목적	문인 간의 교양 증대	실생활 적용
정리 방식	개인적 호기심의 기록 욕구	실사구시적 정보수집
	단순 분류와 나열	체계적 분류
	자료의 수집 및 열거	자료의 선별 및 분석 정리

3. 19세기 문인의 지식 정리와 『임원경제지』

1) 『임원경제지』의 편찬 의식과 성격

18세기에서 시작된 지식 정리 작업은 19세기에 들어와서 마무리된다. 18세기에 비하면 당대 지식인의 지식에 대한 열망은 식어보이지만, 개별적으로 이루어지던 지식 정리 작업이 다양한 분야를 망라하여 종합적으로 이루어진 것은 이 시기만의 성과이다. 그리고『임원경제지』는 그 대표적 사례이다.

서유구는『임원경제지』를 편찬한 이유를 다음과 같이 스스로 말한다.

> 우리가 사는 데에 지역이 각각 다르고 습속이 같지 않으니, 까닭에 한 번 시행하는 일이나 필요한 물건은 모두 과거와 현재의 격차가 있고 나라 안과 나라 밖의 구분이 있게 된다. 그러니 중국에서 필요한 것을 우리나라에서 시행하는 것이 어찌 장애가 없겠는가?
>
> 이 책은 오로지 우리나라를 위해 나온 것이다. 그래서 자료를 모을 때 당장 적용 가능한 방법만을 가려 뽑았으며 그러하지 않은 것은 취하지 않았다. 또 좋은 제도가 있어서 지금 살펴 행할 만한 것인데도 우리나라 사람들이 미처 강구하지 못한 것도 모두 상세히 적어 놓았다. 이는 후세 사람들이 이들을 본받아 행하게 하고자 해서이다.[16)]

일단 대략의 내용을 말하면 중국의 선진 지식을 단순 도입하지 않고, 당대 조선의 실정에 맞는 지식에 한정하여 선별·분석하였다는 것이다. 아울러 바로 실용 가능한 생활 기술을 다루었다. 이 말은『임원경제지』만의 문제 의식은 아니었다. 18세기 후반의 진보적 지식인들이 이미 고민했던 문제였다. 그들은 전통적 교양 지식의 일방적 추구에서 벗어나 利用厚生의 시각으로 실용적 지식을 연구하고자 하였다.

---

16)「例言」,『林園經濟志』(오사카본) "吾人之生也, 壤地各殊, 習俗不同, 故一應施爲需用, 有古今之隔, 有內外之分, 則豈可以中國所需, 措於我國, 而無礙哉? 此書專爲我國而發, 故所採但取目下適用之方, 其不合宜者, 在所不取, 亦有良制, 今可按行, 而我人未及講究者, 竝詳著焉, 欲後人之倣而行也."

이러한 시각이 생기게 된 데에는 대외적 위기 의식도 깔려 있는 것이
었다.

　　이렇게 쓰임을 넉넉하게 하는[贍用] 우리나라 물건들이 대개 이처럼
거칠고 졸렬하다. 그러므로 어쩔 수 없이 이웃 나라에 의지하여 도움을
받게 되니, 북경과의 재화교류와 대마도와의 무역이 이에서 흥기하게 되
었다. 아! 우리나라가 예부터 중화를 우러르고 의지한 것은 그 기술이
미치지 못해서 그런 것이 틀림없다. 섬나라 오랑캐가 당당히 서로 맞서
는 나라가 되어 그들에게서 기꺼이 수입하게 될 줄 누가 생각하였겠는
가? 아!『섬용지』를 읽는 이여, 느끼고 분개하는 바가 있을 것이다![17]

　이 인용문을 보면 서유구가 활동하던 시대인 18세기 말~19세기 초
에 중국은 물론 일본도 이미 선진 기술을 보유하고 무역의 우위를 점
하고 있었음을 알 수 있다. 섬나라 오랑캐[海中之一醜]에게 국력으로
밀리는 조선의 현실을 그는 분명히 직시하였다. 이를 타개하는 선결
요건의 하나로서 서유구는 선진 기술 도입의 강조와 함께 재화의 증식
[殖貨]을 중요하게 여길 것을 말하고 있다.

　　옛날 태사령 사마천은『사기』「화식열전」을 남겼다. 그는 바위 동굴에
거처하는 선비를 예로 들며, 가난을 참으면서 인의를 이야기하는 것은
수치라고 하였다. 필경 꼿꼿한 행실과 굳은 절개를 지키는 사람들도 실
제로는 부귀를 구하려는 방향으로 귀결한다. 이는 대체로 격분한 바가

---

17)「贍用志引」,『林園經濟志』(오사카본) "凡此贍用之物, 本土之粗劣, 如是也, 故不得
　　不資於隣而伏助, 燕都行貨馬島貿易, 於玆興焉. 嗟乎! 我國自古仰賴於中華, 其技藝
　　之不及, 固也. 誰謂以堂堂相亢之國, 而甘輸於海中之一醜乎? 嗟! 夫讀是志者, 其有
　　所興慨者與!"

있어서 말한 것인데, 후인 가운데 이를 비판하는 자가 많았다. 그러나 食貨를 다스리는 방법은 진실로 군자가 취해야 할 일은 아니지만, 군자가 포기해 버려서도 안 되는 일이다. 그러므로 나라를 다스릴 때는 반드시 이를 첫 번째 임무로 삼는 것이다. 유우씨가 황제가 되어 가장 먼저 자문을 구한 내용이 바로 食이었다![18)

재화의 증식[殖貨]을 긍정하는 근거를 서유구는 『사기』「화식열전」에서 강구하였다. 재화는 사대부 지식인이 추구할 대상은 아니라는 비판에 대해 부의 축적이 아니라 민생을 위한 재화 창출이 필요함을 강조함으로써 대응하려 한 것이다.

우리나라 사대부는 고상함을 표방하여 으레 팔고 사는 것을 비속한 일로 여기고 있으니, 참 고루한 태도이다. 궁벽한 시골에서 홀로 수양하는 자들 가운데는 가난한 무리들이 많다. 부모가 굶주리고 추위에 떠는 것도 알지 못하고, 처자식의 아우성에도 아랑곳하지 않고, 손을 모으고 무릎을 가지런히 해서는 고담준론으로 性理를 논한다. 어찌 사마천이 수치스럽게 여기는 일이 아니겠는가? 그러므로 생계를 꾸리는 기술을 강구하지 않을 수 없는 것이다. 그런데 그 기술에도 차이가 있다. 농사는 근본이고 상업은 말단이다. 이 책이 「본리지」에서 시작한 이유는 그것이 농사를 중하게 여기는 길이기 때문이다. 「예규지」를 마지막에 둔 것은 말단이기에 가벼이 취급하였음이다.[19)

---

18) 「倪圭志引」, 『林園經濟志』(오사카본) "昔太史遷, 傳貨殖也. 稱巖穴之士, 守貧而語仁義爲可恥, 竟以砥行礪節者, 實歸於求富厚. 蓋有所激而發也, 後人多譏者. 然食貨之術, 固君子所不取, 亦君子所不棄也. 故爲邦, 必以此爲先務. 有虞氏之帝也, 首所詢者食哉!"

19) 「倪圭志引」, 『林園經濟志』(오사카본) "我邦士大夫, 高自標致, 例以販賣爲鄙事, 固然矣. 或如窮鄕自修, 多貧窶之徒也. 不知父母之飢凍, 不顧妻孥之罵詛, 而攢手支

농업을 높이고 상업을 낮추는 경향은 서유구의 의식 속에 전통적 신분 질서에 대한 가치관이 분명히 존재하였음을 보여주는 것이다. 하지만 이런 한계에도 불구하고 인간의 의식주 생활을 윤택하게 영위하는 厚生에 목표를 두고 다양한 利用의 도구와 방안을 모색하는 利用厚生의 추구가 서유구 학문의 주축이라는 점[20]은 분명하다.

2) 『임원경제지』의 지식 정리 방식

(1) 항목 분류 방법의 체계적 적용

서유구는 『임원경제지』의 정리 방식에 대해서도 분명하게 규정하고 있다.

> 이 책은 내용을 구별하고 종류별로 모아 모두 16개의 '지(志)'를 작성했다. 이것이 큰 줄거리[綱]가 된다. 각 지의 안에는 큰 제목[大目]을 두어 그 아래 내용을 안내하고 있다. 큰 제목 아래에는 작은 조목[細條]을 두어 그것을 따르도록 했고 이 작은 조목 아래에다 여러 서적을 살피면서 내용을 채웠다. 이것이 '지'를 구성하는 방식이다.[21]

'지(志)-큰 제목[大目]-작은 조목[細條]', 즉 '대분류-중분류-소분류'를 근간으로 하여 세부 항목을 배열하는 이 방식은 지식의 정밀한 분류와 함께 이용자의 편의를 동시에 도모하는 장점이 있다. 동시에

膝, 高談性理. 豈非史遷之所恥乎! 故食之之術, 不可不講. 於其術也, 又有別焉. 農者本也, 賈者末也. 是書也, 始於本利, 重農之道也. 終以倪圭, 爲其末而輕之也."

20) 안대회, 「林園經濟志를 통해 본 徐有榘의 利用厚生學」, 『한국실학연구』 11, 한국실학학회, 2006, pp.49~50 참조.

21) 「例言」, 『林園經濟志』(오사카본) "分別部居爲志者十六, 此綱也. 於各志之內, 有大目領之. 大目之下, 有細條以從之, 於此細條之下, 乃搜群書而實之, 此乃例也."

목록 분류에 대한 깊은 식견이 없이는 쉽게 작성하기 어려운 점도 있다. 이런 이유로 이 수준의 분류가 적용된 저작은 드물다. 다음은 『임원경제지』에 적용된 항목 분류의 실제 예이다.

	『展功志』 권1	『佃漁志』 권3
항목	Ⅰ. 누에치기와 길쌈(상) 【蠶績上】	Ⅰ. 사냥 【弋獵】
	1. 뽕나무 심기 【栽桑】	1. 매와 사냥개 【鷹犬】
	1) 뽕나무 【桑】	1) 매 【鷹】
	2) 적합한 토양 【土宜】	2) 매 잡는 법 【取鷹法】
	3) 시후 【時候】	3) 매 보는 법 【相鷹法】
	4) 종자 가리기 【擇種】	4) 매 길들이는 법 【馴鷹法】
	5) 오디 파종 【種椹】	5) 매에게 고기 먹이기 【陳鷹法】
	6) 옮겨 심기 【移栽】	6) 매로 사냥하는 법 【鷹獵法】
	7) 휘묻이와 꽂이 【壓插】	7) 매의 병 치료법 【治鷹病方】
	8) 접환 【接換】	8) 새매 【鸇鷂】
	9) 지상 【地桑】	9) 새매 길들이는 법 【馴鸇鷂法】
	10) 관리하기 【修蒔】	10) 사냥개로 사냥하기 【獵狗】
	11) 가지치기 【科斫】	11) 사냥개 보는 법 【相獵狗法】
	12) 의상법 【義桑法】	12) 사냥개 사육법 【飼獵狗法】
	13) 황상 치료법 【治荒桑法】	13) 사냥개 훈련법 【馴獵狗法】
	14) 부가사항 【附餘】	

〈『임원경제지』의 항목 분류 사례〉[22]

이 목차를 보면 대분류, 중분류, 소분류가 모두 체계적으로 짜여진 것을 알 수 있다. 여기에 든 사례 이외에 『전어지』 권4의 경우는 소분류 아래 세부 항목까지 갖추어져 있다. 이러한 정리 방식은 전대에서 볼 수 없었던 새로운 방법적 시도이다. 예컨대 『지봉유설』과 『성호사설』의 경우는 모두 대분류, 중분류까지만 되어 있고, 이하는 무순서의 단순 열거로 구성되어 정밀한 분류 방법이 적용되지 않았다.

22) 도표 안의 항목 앞에 있는 숫자는 이해를 돕기 위해 편의상 붙인 것이다.

(2) 정보의 세밀한 분석과 묘사

체계적인 항목 분류와 함께 『임원경제지』의 내용상의 특징으로 정보 분석을 들 수 있다. 참고자료를 수집하여 단순하게 제시하거나 나열하는 방식이 아니라, 기존의 정보를 선별하고 거기에 자신이 경험이나 연구를 통해 얻은 새로운 통찰을 추가하고 있다. 이런 점에서 『임원경제지』는 정보 집성의 차원을 넘어서 지식 정리의 차원으로 나아갔다고 할 수 있을 것이다. 다음의 사례를 통해 구체적으로 확인하기로 한다.

【주망(注網)】

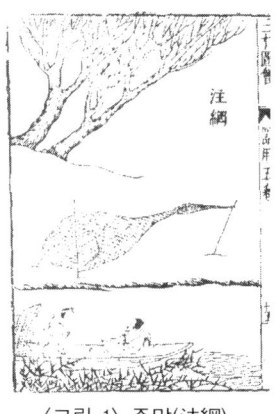

〈그림 1〉 주망(注網)

『주역』에 포희씨(庖犧氏)가 '노끈을 맺어 그물을 만들었다'라고 하였는데 이것이 그물이 만들어진 제도의 시작이다. 그 제도는 각각 달라, 적당한 바를 따라 쓰게 되었는데, 주망(注網)만은 급류 가운데에 설치한다. 그 제도는 아가리가 작고 배가 불룩한데 잡는 물고기가 헤아릴 수 없을 정도로 아주 많다. 『삼재도회』

○ 안 : 여기서 작은 아가리에 불룩한 배라는 것은 잘못된 것이다. 왜냐하면 급류 가운데에 설치하여 물고기를 잡으려면 아가리가 넓지 않은 것이 걱정이기 때문이다. 만약 그 아가리가 좁다면 아가리 속으로 들어가는 것이 얼마나 되겠는가? 그림을 살펴보면, 아가리는 넓고 배는 불룩하며 꼬리는 오므라져 있으니, 그 좁은 부분은 꼬리이지 아가리 쪽이 아닌 것이다. 아가리를 부드러운 대나무로 둥글게 테두리를 만들었기 때문에 다시 2개의 장대로 그 아가리를 지탱시켜야 한다. 이렇게 한 연후에야 비로소

급류 가운데에 아가리를 벌려 놓아 많은 물고기를 잡을 수 있다.[23]

　이 인용문은 고기잡이 그물의 일종인 '주망(注網)'에 대한 정보를 정리한 것이다. 전반부는 『삼재도회』의 기사를 제시하였는데 현행 판본의 내용과 일치한다. 여기서 주목되는 것은 '○'표시 다음의 '안(案)'[24] 부분이다. 이 방식은 일찍이 朱子가 四書를 집주하면서 사용한 방법으로서, 경문에 주석을 달면서, 먼저 諸家의 주를 선별하여 제시하고 자신의 견해가 있는 곳은 '안(案)'을 덧붙여 표시한다. 서유구는 이 방식을 차용하여, "인용해 넣은 책 내용 중에 혹 따져볼 만한 것이 있으면 '안(案)'을 덧붙여 주석을 달고, 또 안(案)자에 네모를 둘러 구별했다."[25] 고 스스로 밝힌 바 있다.

　왼쪽 그림은 『삼재도회』「器用」 6권에 있는 '주망(注網)'의 도판이다. 위의 '안'의 설명과 이 그림을 대조하여 보면 세밀한 관찰과 분석을 거쳐 내린 결론임을 알 수 있다. 『삼재도회』의 저자는 주망의 오른쪽 좁은 부분을 아가리로 보고, 아가리가 작다고 설명한다.

　하지만 상식적으로도 고기가 들어가는 왼쪽의 넓은 부분을 그물의 아가리로 보는 것이 타당하다. 아울러 서유구는 명칭을 바로 잡은 다음, 『삼재도회』에서 설명하지 않은 테두리와 장대의 설치를 보충하여

---

23) 〈주망(注網)〉조,「漁釣」,『佃漁志』권3. "易庖犧氏, 結繩爲網罟, 此制之所始, 制各不同, 隨所宜而用之, 惟注網, 則施於急流中, 其制纖口而巨腹, 所得魚極不貲. 『三才圖會』○ 案 : 此謂纖口巨腹者, 誤也. 此以張之急流 而承取魚鼇, 惟患口之不闊, 苟其纖口, 則所呑幾何. 按圖, 口闊腹飽尾瑣, 蓋其纖者, 在尾而不在口矣. 緣口揉竹爲圓筐, 復用兩竹竿, 以撑張其口. 如是然後, 始可以張口於急流之中, 而呑取得多魚矣.."
24) 판본에 따라 '按'이 쓰인 곳이 있는데, 서로 통용하는 자로 별다른 차이는 없다.
25)「例言」,『林園經濟志』(오사카본) "旣引書以實之, 就其中或有論辨者, 加案字而註之, 又加匡以別之."

설명한다. 이 명칭의 차이는 일견 사소한 부분일 수도 있으나 생활기술로서 보다 정확한 정보를 제시하고자 한 서유구의 의식이 나타난 예이다.

다음의 인용문에서도 확인할 수 있다.

【쥐덫[罟斗]】

『당운』에, '쥐덫[罟斗]'은 쥐를 쏘아 맞추는 것이니 서노(鼠弩) 즉 서궁(鼠弓)이다.'라고 하였다. 살펴보건대, 오늘날의 고두의 제도는 상자 속에 먹이를 뿌려두고 쥐가 들어오면 기계가 되돌아 쏘아 잡는 것이니 활을 쓰지 않는다 하더라도 쥐를 잡는 것이 용이하다. 〈『화한삼재도회』〉「ㅇ 안 : 오늘날의 인가에서 쥐가 많아지면 쥐덫[罟斗]을 만들어 쥐가 왕래하는 곳에 놓아두면 백발백중이다. 그 제도는 목판을 이용하여 말[斗] 형상을 만든다. 다시 두터운 나무를 깎아서 바닥은 네모나게 하고 위는 불룩하면서도 둥글게 한다. 그 네모난 바닥의 크기는 말 안 지름과 서로 알맞게 한다. 둥근 목 위에 나무 말목을 세운다. 말목을 뚫어 끈을 매고는 네모난 바닥에 꿰어 둔다. 나무 말목을 당겨 올려 네모난 바닥에 겨우 쥐가 들어갈 만큼 한 치 쯤 입구를 열어둔다. 끈의 끝을 기아에 매어 두되 말 속의 정 중앙에 설치하고 기아의 위에 먹이를 뿌려 둔다. 다시 말한 면에 작은 구멍을 만들어 쥐가 출입할 수 있게 한다. 쥐가 향기를 맡고 구멍으로 들어와 바로 네모난 바닥의 아래에 있으며 먹이를 핥다가, 기아를 건드리면 기아가 떨어져 나가면서 끈이 풀리고 네모난 바닥이 추락하여 쥐를 내려치게 된다. 만약 살쾡이 따위를 잡으려 한다면 마땅히 큰 말을 만들고 나무 말목 좌우에 돌덩이를 많이 매달아 추락할 때 맹렬하게 하면 좋을 것이다.」 26)

---

26) 〈쥐덫[罟斗]〉조, 「그물과 함정[羅穽]」, 『佃漁志』 권3. "【罟斗】 唐韻, 罟斗, 可射鼠也. 鼠弩, 卽鼠弓也. 按, 今罟斗之制, 箱中撒餌, 鼠入則機旋射之. 雖不用弓, 獲鼠容

인용 원전인 『화한삼재도회』보다 훨씬 상세한 정보를 제공하고 있다. '안'의 내용을 읽으면 쥐덫[棞斗]의 모양을 정밀한 묘사하고 사용 방법을 자세히 설명하고 있어서, 이를 따라 하면 누구나 기술 사용이 가능하게 하도록 한 것이다.

(3) 현장 조사 연구 방법의 도입

『임원경제지』의 지식 정리 방법에서 특징적인 다른 하나는 현장 조사를 통한 사실의 검증이다. 다음의 사례를 통해 살펴보기로 한다.

> 『이물지(異物志)』에 이르기를, "고래가 스스로 죽은 것은 모두 눈이 없는데, 세속에서는 그 눈이 변하여 명월주(明月珠)가 되었다."라고 한다. <u>어부[漁戶]에게 물어보니 참으로 그러하였다.</u> 또한 기이한 일이다. 동해·남해·서해에 모두 있다.27)

> 이 네 가지를 진어(眞魚)에 비유해 보면 구구절절이 부합하고, 위어(葦魚)에 비기어 보면 사사건건 맞지 않는다.
> 우안 : 원달(袁達)의 『금충술(禽蟲述)』에 이르기를, "준치가 그물에 걸리면 움직이지 않으니 그 비늘을 보호하기 위해서이다."라고 하였고, 『본초강목』에도 또한 이르기를, "준치는 물 위에 떠서 다니는 것을 좋아하

易也.〈『和漢三才圖會』〉「○ 案 : 今人家, 若鼠暴, 作棞斗, 置往來處, 百發百中. 其制用木板, 作斗形, 復用厚重木, 削治令底方上隆圓, 其方底之大小, 與斗內徑相敵. 圓項上竪木橛, 穿橛繫繩, 仍穿方底貫之. 引起橛木, 令方底僅入斗脣寸許, 而繩端繫機牙, 設在斗內正中, 撒餌機牙上. 復於斗一面, 穿一小穴, 容鼠出入, 鼠聞香, 由穴而入, 正在方底之下, 舐餌濊牙, 則牙脫繩縱, 而方底墜落擊鼠. 若欲捕狸貁之屬, 宜作大斗, 且於木橛左右, 多絆石塊, 令墮落力猛可也.」」

27)〈고래[鯨]〉조, 「바닷고기[海魚]」, 『佃漁志』권4. "異物志云, 鯨鯢自死者, 皆無目. 俗言其目, 化爲明月珠. 今詢之漁戶, 誠然云亦可異也. 東南西海, 皆有之."

므로, 고기 잡는 사람은 그물을 물에 몇 촌만 담가서 잡는다. 한 번 그물
에 비늘이 걸리면 다시 움직이지 않는데 물에서 나오자마자 금방 죽는
다."라고 하였다. 지금 어부[漁家]에 물어보니 진어만 그렇고 위어는 그
렇지 않으니 이것이 또한 하나의 명확한 증거이다.[28]

　첫 번째 인용문은 '고래의 눈알이 명월주(明月珠)로 변한다'는 『이물
지』의 기록에 의문을 갖고 어부에게 사실 여부를 확인하는 부분이다.
『이물지』는 명칭대로 '기이한 사물[異物]'을 기록한 것으로 신빙성이
부족한 기사가 많다. 이러한 기록도 수집은 하되 반드시 확인을 거쳐
그 정보를 부기하는 것이 『임원경제지』의 정리 방식이다.
　두 번째 인용문은 '준치[鰣]'에 대한 것인데, 앞 부분에 준치[鰣]가
위어(葦魚)가 아니라 진어(眞魚)임을 증명하는 '안' 부분 뒤에 이어진
것이다. 서유구는 다시 '우안'을 두어 『금충술』과 『본초강목』을 추가
로 인용하여 진어임을 증명하였는데, 밑줄친 부분에서 보듯 이 사실을
어부[漁家]에게 직접 물어서 재확인하고 있다. 이러한 실증적 태도는
철저한 검증을 통해 정확한 지식을 추구하고자 한 서유구의 의식을 볼
수 있는 대목이다.

　【인어(人魚)】
　〈『난호어목지』〉 인어는 글자를 간혹 인(魜)이라고 쓰는데, 우어(牛魚)
를 우(鮏)라고 쓰는 것과 같다. 『정자통(正字通)』에 이르기를, "역어(鯱
魚)는 곧 바다 속의 인어이다. 눈, 귀, 입, 코, 손, 손톱, 머리를 모두

---

28) 〈준치[鰣]〉조, 「바닷고기[海魚]」, 『佃漁志』 권4. "凡此四者, 喩之於眞魚, 則節節符
合, 擬之於葦魚, 則件件牴牾. 又案: 袁達禽蟲述云, 鰣魚, 胃網而不動, 護其鱗也. 本
草綱目亦云, 鰣性浮遊, 漁人以絲網沈水數寸, 取之. 一絲罣鱗, 卽不復動, 才出水卽
死. 今詢之漁戶, 惟眞魚爲然而葦魚則否. 此又一明證也."

갖추었다. 살결이 옥처럼 희며 비늘이 없이 가는 털이 있다. 오색의 머리
칼이 말꼬리와 같은데 길이가 5~6척이며 몸도 5~6척이다. 바닷가에
사는 사람이 잡아다가 못에서 길렀는데 암수가 교접하는 것이 사람과 다
르지 않았다"라고 하였다.

안: 『현혁론(賢奕論)』에 대제(待制) 사도봉(査道奉)이 고려(高麗)로
사신 갈 때에 모래 가에서 인어를 본 일을 기록하였으니, 인어는 본래
우리나라에서 나는 것이다. 내가 일찍이 바닷가에 사는 어부들에게 물어
보니 "호남(湖南) 먼 바다에서 그물을 던져 물고기 한 마리를 잡았는데
그 모양이 8~9세 된 여자와 아주 흡사하였다. 이목구비, 젖과 배꼽, 손
과 발이 모두 사람과 같았다. 사지에 살과 날개가 서로 연이어 있어 박쥐
와 같았다. 박쥐의 날개와 수족에 10개의 손가락이 또한 서로 연이어 있
는데 물오리의 발과 같았다. 새끼가 있는데 크기가 오이만한 것이 가슴
아래에 붙어서 젖을 빨고 있었다. 선창에 내 놓았더니 기어가서 앉아 자
식을 안고는 놓지 않았다. 사람들이 장난으로 건드리니 소리를 내며 울
었고 물속에 놓아주니 수족으로 헤엄을 치는데 물에서 수영을 하는 형상
이다. 세 번 돌아본 후에 물속에 잠겼다"고 하였다. 또 한 사람이 동해에
서 보았는데, 반은 잠겼고 반은 물에서 나왔는데 모양이 화상(和尙)이
풀로 엮은 모자를 쓰고 있는 것 같았다고 하였다. 아마도 같은 류이면서
다른 종인 것 같다. 『현혁론』에서 말한, '붉은 치마에 두 소매를 하였다'
는 것과 같은 말은 전한 자의 견강부회(牽强附會)가 지나친 것이다.[29]

---

29) 〈人魚〉조, 「바닷고기[海魚]」, 『佃漁志』 권4. 【人魚】 인어. 〈又〉 人魚, 字或作魜,
猶牛魚之作鮏也. 正字通云, 鯪魚, 卽海中人魚. 着耳口鼻手瓜頭, 皆具. 皮肉白如玉.
無鱗有細毛, 五色髮如馬尾. 長五六尺, 身亦長五六尺. 臨海人取養池沼中, 牝牡交合,
與人無異. 按 : 賢奕論記待制查道奉使高麗時, 見人魚於沙上事, 是人魚, 固吾東産
也. 余嘗詢之海上漁夫, 則云曾於湖南海洋, 擧網得一魚, 其形, 酷類八九歲婦女. 耳
目口鼻, 乳臍手足, 皆如人四肢. 有肉翅相連如蝠蝠翅. 手足十指, 亦相連如鳧鴨趾.
有子如瓜大, 貼在臂下吮乳. 出置船艙中, 則盤膝而坐抱子不捨, 人或戲觸, 則啼聲嚇
嚇. 放之水, 則手足翔泳如人汎水狀. 三顧而後沒. 又一人見之東海, 半沈半出水, 形
如和尙戴草帽, 云蓋一類異種也. 若賢奕論所謂紅裳雙袖, 言者傳會之過耳."

해당 분야의 전문가를 찾아가 취재하여 정확한 정보를 수집·정리하였다. 일찍이 이덕무는 잘 모르는 사물의 명칭을 농부나 시골 노인을 찾아다니면서 그 명칭을 확인하여 정리하고자 한 바람[30]을 피력한 바 있다. 그의 바람은 19세기에 이르러 서유구를 통해 실천되었다.

4. 결론

17세기 이후 동아시아 3국의 학계에 실증적 학풍이 하나의 조류로 형성되면서 각국의 특성에 맞는 백과전서적 성격의 총류 저작이 등장한다. 중국의 『三才圖會』는 일종의 백과사전으로서 명나라의 王圻가 저술하였다. 1607년에 쓴 저자의 自序가 있고, 후에 그의 아들 王思義가 續集을 편찬하였는데 모두 106권의 거질이다. 여러 서적의 圖譜를 모으고 그 그림에 의하여 天地人의 三才에 걸쳐 사물을 설명하였다. 천문·지리·인물·時令·宮室·器用·신체·의복·人事·儀制·珍寶·文史·鳥獸·草木의 14부문으로 분류하였으며, 수록된 도보에는 많은 주의를 기울였으나, 그 중에는 황당무계한 것도 포함되어 있다. 일본에서는 100여 년이 지난 1712년에 『和漢三才圖會』가 간행된다. 이 책은 일본의 한방 의사였던 데라지마 료안(寺島良安, 이름은 尚順)이 편찬한 105권의 방대한 類書를 말하는데, 이는 『三才圖會』 106권의 체제

---

30) "속칭 마가목(馬檟木)은 원래 무슨 글자를 쓰는가요? 마가목은 채찍이나 지팡이를 만드는 줄만 알 뿐 무슨 물건인지 모르겠습니다. 그대와 함께 『본초강목(本草綱目)』·『군방보(群芳譜)』·『화한삼재도회(和漢三才圖會)』 등의 책을 싸들고 전부(田父)·야수(野叟)를 찾아다니면서 그 속명을 실험하여 도경(圖經)을 만들지 못하는 것이 한스럽습니다. 세상 선비들이 나의 말을 들으면 웃지 않을 자가 없을 것이나, 이러한 일은 그대와 나만이 함께 말할 수 있는 것입니다.(「원약허(元若虛) 유진(有鎭)에게 보내는 편지」, 『간본 아정유고』 제7권, 『청장관전서(靑莊館全書)』)"

와 정보를 바탕으로 하면서, 일본에 관한 정보를 중심으로 새롭게 편찬한 책이다.

다시 100여 년의 간격을 두고 완성된 『임원경제지』는 조선에 필요한 지식을 중심으로 정리하고자 하였다. 16부분으로 나뉘어 있어 『林園十六志』 또는 『임원경제십육지』라고도 한다. 내용은 본리지(本利志) 13권, 관휴지(灌畦志) 4권, 예원지(藝畹志) 5권, 만학지(晚學志) 5권, 전공지(展功志) 5권, 위선지(魏鮮志) 4권, 전어지(佃漁志) 4권, 정조지(鼎俎志) 7권, 섬용지(贍用志) 4권, 보양지(葆養志) 8권, 인제지(仁濟志) 28권, 향례지(鄕禮志) 5권, 유예지(游藝志) 6권, 이운지(怡雲志) 8권, 상택지(相宅志) 2권, 예규지(倪圭志) 5권 등 총 16부분으로 되어 있다.

그리고 李圭景의 『五洲衍文長箋散稿』를 들 수 있다. 필사본으로 총 60권 60책인 이 저작은 대략 19세기 중엽에 편집되었다. 원래 60책보다 더 巨帙이었던 것으로 추정되나 崔南善에 의해 보관된 60책이 현재 규장각에 소장되었다. 역사·경학·천문·지리·불교·도교·西學·禮制·災異·문학·음악·음운·병법·광물·초목·어충·의학·농업·광업·화폐 등 총 1,417항목에 달하는 내용을 辨證說이라는 議論文 형식을 취하여 고증학적인 방법으로 해설하고 있다. 특히 이 책은 규장각 검서관을 지낸 조부인 이덕무의 『靑莊館全書』의 영향을 많이 받았다고 전한다.

또 하나의 저작은 李裕元(1814～1888)의 『林下筆記』로 1871년(고종 8) 조선과 중국의 사물에 대하여 고증한 내용이다. 전통적인 교양적 지식을 주로 다룬 것으로 실용적 지식이 강조되는 19세기적인 특징을 보이지 못하지만, 총 39권 33책의 대작으로 광범위한 분야에 걸쳐 저자의 해박한 식견을 펼쳐놓은 저술이다. 經·史·子·集을 비롯하여

조선의 典故·역사·지리·산물·書畵·典籍·詩文·歌辭·정치·외교
·제도·宮中秘史 등 각 부문을 史料的인 입장에서 백과사전식으로 엮
어 놓았다.

　이러한 19세기 지식 정리 저작은 중국의『삼재도회』와 일본의『화한
삼재도회』[31]와는 다른 슬픈 운명을 맞는다.『삼재도회』와『화한삼재
도회』는 모두 활자로 公刊되어 당대에는 물론 후대의 각종 총서류 저
작에 지대한 영향을 주었으며 외국에까지 널리 알려지고 유통되었다.
하지만『임원경제지』를 비롯한 나머지 두 저작은 당대에 끝내 간행되
지 못하고 개인 혹은 가문 내의 소장에 그쳐, 일부 동호인에게서 돌려
읽히고 전사되었을 것이나 다음 세대로의 전승은 단절되고 만다.

　이들의 復權은 아이러니컬하게도 일제 강점기에 들어서야 비로소
시작된다. 물론 연구자들에 의한 해제나 일부 내용 소개 등이 없지는
않았지만 전체 내용이 公刊된 것은 대체로 일제 강점기 이후라고 볼
수 있다.『임원경제지』는, 동아일보 1939년 4월 20일자 기사에 보성
전문학교(현 고려대학교)에서 1년 6개월에 걸쳐 서유구가의 家藏 필사
본 113권 53책을 필사하는 작업을 최근에 완료했다는 기록이 남아 있
고, 이보다 몇년 앞서 서울대학교 규장각에서 필사했다는 기록도 함께
전한다.[32] 이 필사본이 각각 현재의 서울대학교 규장각 소장본과 고
려대학교 도서관 소장본으로서, 서유구가 19세기 초에 작업을 마쳤을
것으로 보면 100년이 훨씬 지난 뒤에야 전모가 세상에 알려진 셈이다.
『오주연문장전산고』는 19세기 중엽에 편집이 완료되었으나, 규장각에
보관되었던 필사본을 1958년 東國文化社에서 영인한 것이 첫 간행본

---

31)　원래『왜한삼재도회』라고 하였는데 후에 명칭을 변경하였다.

32)　정명현,「『임원경제지』사본들에 대한 서지학적 검토」,『규장각』34, 서울대학교
　　규장각 한국학연구원, 2009, p. 224 재인용.

이다. 『임하필기』는 1961년에 와서야 성균관대학교 대동문화연구원에서 영인하여 처음 공개되었다.

위의 세 저자들이 살았던 시대는 여전히 전통적 지식관을 벗어나지 못한 문인들이 중앙 정계에서 득세하던 때였다. 뒤이어 이 정치 세력들이 몰락한 개화기를 거치면서는 한문으로 작성된 기록을 전폐하려는 움직임이 당시 지배적인 분위기로 대두되었다. 이런 가운데에 19세기 지식 정리의 노력과 성과는 조용히 잊혀져갔던 것으로 보인다.

19세기 말 한문지식인의
현실 인식과 문학적 형상화
- 金澤榮과 黃玹의 詩文을 중심으로

1. 서론

19세기 말에서 20세기 초까지의 시기는 500년이 넘도록 지속해 온 조선 왕조가 무너지고 십여 년간의 짧은 대한제국기를 거쳐 일제 강점에 이른 격변기였다. 문학사적으로도 한문 문학이 사실상 종언을 고하고, 국문 문학이 점차 문단의 중심으로 대두하는 전환기로 평가된다.[33] 과거 시험을 통해 입신양명과 태평성대의 이상을 꿈꾸던 수많은 한문지식인들은 亡國이라는 시대적 책임을 모두 떠안은 채 하루 아침에 비난과 경멸의 대상으로 추락하고 만다. 이러한 전환기에 그들은 새로운 삶의 선택을 강요받게 된다. 1910년 강제 합방을 전후하여 이 시대 한문지식인들의 삶의 방향은 다양하게 나타났다. 망명, 자결, 은둔, 정치 참여, 사회 운동 등이 그것이다.

본고의 관심은 이들 가운데 마지막까지 한문 문학을 고수했던 일군의 문인들에 있다. 이 시기 문단을 대표하며 이른바 韓末四大家로 거론되는 秋琴 姜瑋(1820～1884), 滄江 金澤榮(1850～1927), 寧齋 李建

---

33) 김태준, 『조선한문학사』, 조선어문학회, 1931, 189～191면.

昌(1852~1898), 梅泉 黃玹(1855~1910) 등이 이에 해당한다. 이들은 모두 유년 시절부터 정통 한학을 익히고 과거 시험을 통해 입신양명과 경세제민을 꿈꾸었던 儒者들이다. 분명 한문을 폐기해야 할 것이라고 비판하였던 목소리도 적잖이 있었지만, 이들의 높은 한문 교양이라면 얼마든지 입신양명의 꿈을 이룰 수 있었다. 하지만 이들의 선택은 결코 그렇지 않았다. 開化의 시류에 동참하지 않고 끝까지 保守의 길을 걸었다. 그렇다면 이러한 선택을 가능하게 한 정신적 자질은 무엇이고, 자신이 처한 현실을 어떻게 인식하고 대응하려고 하였는가가 궁금해진다. 이들이 남긴 시문은 이 의문을 풀 수 있는 단서로서 요긴한 참고 자료가 된다. 이 시기의 문학 작품에는 그 어느 때보다 현실과의 치열한 긴장이 강하게 나타나 있기 때문이다.

본고는 우선 김택영과 황현에 주목하고자 한다. 강위는 서로 교유했다고는 하나 연배의 차이로 볼 때 나머지 세 사람의 스승 격이었고, 이건창은 48세로 비교적 일찍 생을 마감하여 외세의 대립과 내정의 혼란에 뒤이은 일제 강점까지의 현실을 체험하지 못하였기 때문이다.[34] 그리고 기존 연구가 주로 작가 개별적으로 진행되어 왔다는 점도 고려한 것이다. 이들의 시문이 다루는 소재나 제재, 한시 형식 상의 특징 등이 차례로 다루어졌다. 이 성과들을 통해 해당 작가의 문학적 특성의 윤곽은 확인되었다. 이제 시야를 확장해서 한자리에 놓고 살펴볼 필요가 있다는 것이 본고의 출발점이다. 그럼으로써 개별 연구에서 놓치거나 간과하기 쉬운 종합적 전망을 얻을 수 있으리라는 기대 때문이다. 물론 김택영과 황현의 몇몇 시문만으로 이러한 거시적인 주제를 다 설명하기는 어려운 일일 것이다. 하지만 이 두 문인의 창작 활동이

---

34) 네 문인의 문집에 수록된 시문의 교유를 보면 문학과 역사에 대한 입장을 공유한 것은 뚜렷하나 강위와 이건창의 시문은 본고에서는 일단 2차자료로만 사용하였다.

당대 문단에 미친 영향과 파급력으로 볼 때 이 주제를 해명하는 데 필요한 여러 가지 논점을 마련할 수 있으리라 생각한다.

2. 현실 인식과 문학적 형상화 방식

1) 정치 문제에 대한 褒貶

이건창은 '역사가는 紀述을 중시하고, 銘頌은 시인에게 있다.'[35]라고 하여, 역사가와 시인이 중시해야 할 덕목을 제시한 바 있다. '紀述'은 역사적 사실을 연대기적으로 정리하여 기술하는 것이고, '銘'은 새겨서 오래 전하도록 하는 것이며, '頌'은 찬양하고 기리는 것을 뜻한다. 역사가나 시인 모두 현실 문제에 늘 관심을 가지고 있으면서 특정한 일이 생길 때마다 각각의 방식으로 자신의 의사를 표현해야 할 소임이 있다는 말이다. 이러한 생각은 사실 전통적인 역사 서술방법인 春秋筆法에서 연원한 것이다. 大義名分을 밝히어 세우는 孔子의 역사 편술은 역사가만이 아니라 시인의 의무이기도 하다는 시각이다.

> 「聞變」[36]
> 洌水吞聲白岳嚬。 한강은 눈물 삼키고 북악산은 눈살 찌푸리는데
> 紅塵依舊簇簪紳。 티끌 세상에 세도 양반들은 의구하구나.
> 請看歷代姦臣傳。 청컨대 역대의 간신전을 한번 보시오
> 賣國元無死國人。 나라 판 자 중에 원래 나라 위해 죽은 이 없다오.

---

35) '史家重紀述, 銘頌在詩人.' 李建昌, 『明美堂集』 卷四, 「韓狗篇」, 349_049a. 이 인용문의 표기는 한국문집총간 349집 49면 우상단을 가리킨다. 이하 한국문집총간의 인용문은 동일하게 표기하기로 한다.
36) 黃玹, 『梅泉集』 卷四, 「聞變」 三首 348_476a

이 시는 제목 그대로 變故를 듣고 지은 연작 시편 중 셋째 작품이다. 문집 중 '乙巳稿'에 수록되어 있어서 황현의 나이 51세(1905) 때 작품임을 확인할 수 있다. 을사조약37)으로 국권이 일본에 넘어간 소식을 듣고 느낀 강개한 심정을 적고 있다. 이 조약은 모두 5개조의 항목으로 되어 있는데, 그 주요 내용은 조선의 식민화를 위해 외교권을 빼앗고, 통감부와 이사청을 두어 내정을 장악하는 데 있었다. 조약의 체결로 대한제국은 명목상으로는 보호국이나 사실상 일본 제국주의의 식민지가 되었다. 을사조약을 기초로 개항장과 13개의 주요 도시에 이사청이, 11개의 도시에 지청이 설치되어 일본의 식민지 지배의 기초가 마련되었으며, 통감부는 병력 동원권과 시정 감독권 등을 보유한 최고 권력 기관으로 군림하게 되었다.

이와 함께 을사조약에 대한 반대투쟁도 각지에서 활발히 벌어졌는데, 민영환, 조병세, 홍만식, 이상철, 김봉학, 이한응 등은 죽음으로 항거하였으며, 민종식, 최익현, 신돌석, 유인석 등은 일본에 저항하는 의병을 일으켰다. 아울러 헤이그에 밀사를 파견하는 등 을사조약이 강압에 의한 무효임을 알리는 외교 활동도 전개되었다.

위 시의 포폄의 대상은 바로 2구의 '세도 양반[簇簪紳]'들이다. 좀더 구체적으로 말하자면 이 조약의 조인에 동참한 관료들을 지칭한 것이다. 끝구에 보듯 이들의 행위를 '나라 판 자[賣國]'라고 구체적으로 밝히고 있다. 매국노의 이름표를 붙여 후세에 전하고자 한 것이다. 매천이 동생 황원에게 보낸 편지38)에 「聞變」이라는 동명의 다른 시에 시의

---

37) 명목상으로 한국이 일본의 보호국으로 되어 '을사보호조약'이라고도 불렸지만, 보호국이라는 지위가 사실상 일본 제국주의의 식민지화를 미화하는 것에 지나지 않는다고 비판되어 '을사조약'이라는 명칭이 흔히 사용된다.

38) 「與季方」, 黃玹, 『梅泉全集』 권3, 전주대 호남학연구소, 1984, 461면.

내용이 몹시 과격함을 염려하여, 남에게는 결코 보이지 말 것을 당부한 사실이 전한다. 당대에선 받아들여지기 어렵겠지만 언젠가 알아주는 이가 있을 것이라는 기대가 담겨 있을 것이다.

같은 시기에 지어진 김택영의 시작품도 같은 관점에서 형상화하고 있다.

> 「追感本國十月之事」[39]
> 半夜狂風海上來。 한밤 중에 광풍이 바다에서 불어와
> 玄冬霹靂漢城摧。 겨울 벽력이 한성을 꺾는구나.
> 朝衣鬼泣嵇公血。 곤룡포에 흘린 귀신의 눈물은 혜공의 피요
> 犀甲天慳范蠡才。 서갑처럼 하늘이 아낀 것은 범려의 재주라네.
> 爐底死灰心共冷。 화로 바닥 식은 재에 마음도 함께 차가운데
> 天涯芳草首難回。 하늘 가 향풀 가득한 곳 머리 돌리기 어렵구나.
> 蘭成識字知何用。 난성이 글 알아 어디에 쓸 줄 알아서
> 空賦江南一段哀。 공연히 「애강남부」 한 편을 지었다네.[40]

시제에 있는 본국의 10월의 일이란 바로 '을사조약'을 가리킨다. 첫 구의 바다에서 불어온 '광풍'은 바로 일제의 세력을 가리킨다. 2구의 꺾여진 한성은 바로 국권 상실의 서울일 것이다. 이 시의 정치 문제의 褒貶은 3구에 나타난다. 이 부분은 고사의 이해가 필요하다. 혜공은 중국 서진의 무관이며 시인이었던 嵇紹(253~304)이다. 河間王 顒 등이 반란을 일으켰을 때, 晉 武帝를 옹호하여 모든 신하들이 다 달아났

---

39) 金澤榮, 『韶濩堂詩集 定本』 卷四, 「追感本國十月之事」, 347_193c.
40) 蘭成은 庾信의 字이다. 「哀江南賦」는 그의 대표작이다. 유신은 원래 중국 북조 양 나라 사신으로 西魏에 갔다가 고국으로 돌아오지 못하게 되어 이 작품을 지었다고 전한다. 여기서는 망명으로 중국에서 고국에 돌아가지 못하는 시인 자신을 가리킨다.

는데도 혼자서 몸으로 진 무제를 가리고 있다가 마침내 적의 화살에
맞아 죽어 그 피가 임금의 옷에까지 묻었다. 뒤에 진 무제는 그 옷을
빨지 않고 기념으로 보관하였다는 고사이다.[41] 이 시의 3구에 붙은
自註에 '재상 조병세와 판서 민영환이 모두 자결했다.(趙相秉世, 閔判
書泳煥皆自裁.)'고 밝히고 있는 것처럼, 시 속의 혜공은 조병세와 민영
환을 비유한 것이다. 이 두 인물의 자결이 의로운 거사임을 중국의 역
사적 사례에 연계하여 노래한 것이다.

이처럼 현실 문제를 포폄을 통해 준엄하게 평가하는 형상화 방식은
동시대 한문지식인들에게 큰 영향을 끼쳤으며 한동안 유행하게 된다.
이후 애국계몽기에 제출된 다수의 한시에서 이러한 경향이 뚜렷하게
감지되는 것[42]에서 확인할 수 있다.

2) 역사 인물의 喚起

앞서 살펴본 바 당시의 현실 정치의 문제를 직접 다룬 것과 함께 과
거의 역사적 사실을 제재로 삼는 방식예도 특징적인 것으로 다수의 작
품에 나타난다. 역사 상의 위인을 시로 다루는 것은 한시에서 전통적
으로 있어 왔다. '詠史詩'로 분류되는 이러한 시편들은 작가의 역사 인
식을 가늠하는 자료로 많이 활용된다. 영사시에서는 필연적으로 작가
의 시각이나 평가가 개입되기 때문이다. 김택영과 황현의 경우도 물론
예외는 아니다. 그런데 이 들의 영사시가 전대의 그것과 변별되는 점
은 제재로 등장하는 인물들이 역사적 평가의 대상만이 아니라 모두 현
실 구원이나 희망의 대상으로 설정된다는 점이다.

---

41) 『晉書』「嵇紹傳」에 상세한 내용이 전한다.
42) 이에 대한 구체적인 사례는 이희목, 「愛國啓蒙期의 漢詩」, 『한국한문학연구』 15,
한국한문학회, 1992. 참조.

「李忠武公龜船歌」[43]

(… 전략 …)

九原可作忠武公。 저승의 충무공을 만들어낼 수 있다면

囊底恢奇應有術。 가슴 속에 응당 기이한 지략이 있을지니.

創智制勝如龜船。 거북선을 만들어 이긴 슬기라면

倭人乞死洋人滅。 왜놈은 살려달라 빌고 양놈들도 사라지겠지.

이미 수백 년 전에 죽어 저승[九原]에 넋으로 떠돌 충무공을 지금 시인은 환기하고 있다. 이는 현실에서는 결코 이루어질 수 없는 일로서, 시인의 상상 속에서만 존재 가능하다. 이 시에서 이순신에 대한 환기는 일견 느슨해 보이기까지 한다. 현실의 모순에 대한 진지한 성찰이 아닌 戲作으로 읽혀질 가능성이 있기 때문이다. 하지만 이러한 점은 시적 결함이라기보다는 오히려 특징적 국면을 뫂示한 것으로 이해된다. 이 시기 이순신을 제재로 다룬 시편들이 대체로 유사한 형상화 방식을 취하고 있기 때문이다.[44]

또 다른 특징은 동시대 인물이 다루어진다는 점이다. 암담한 현실을 구원할 이상적 존재로 설정하는 점은 앞의 경우와 유사하다.

「聞義兵將安重根報國讎事」[45]

平安壯士目雙張。 평안도 장사가 두 눈을 부릅뜨고

快殺邦讎似殺羊。 나라 원수를 양 잡듯 통쾌하게 죽였네.

未死得聞消息好。 아직 죽기 전에 들은 소식은 좋았으니

---

43) 黃玹, 『梅泉集』 卷一, 348_413b.

44) 金澤榮의 「曺公亭歌 爲費範九作」(347_226b)이 그러한 예이다. 이순신을 제재로 한 한시는 이밖에도 대부분의 한시 작가들의 문집에서 다수 산견된다.

45) 金澤榮, 『韶濩堂詩集定本』 卷四, 347_199a.

狂歌亂舞菊花傍。 국화 곁에서 미친 듯이 노래하고 춤추었다오.

海蔘港裏鶻摩空。 해삼항 하늘에 송골매처럼 날아올라

哈爾濱頭霹火紅。 하얼빈역 앞에서 붉은 번갯불을 뿜었도다.

多少六洲豪健客。 육대주의 건장한 여러 외인들이

一時匙箸落秋風。 일시에 추풍낙엽처럼 수저를 떨어뜨렸네.

從古何嘗國不亡。 옛부터 어찌 나라가 망하지 않았으랴마는

纖兒一例壞金湯。 어린 아이가 굳센 성을 무너뜨림과 같도다.

但令得此撑天手。 다만 이처럼 하늘을 떠받칠 사람을 얻는다면

却是亡時也有光。 나라 망한 때에도 빛이 있을 것이라.

이 시는 제목에서 알 수 있듯이 안중근의 의거를 다루고 있다. 1909
년 10월 26일 안중근은 일본인으로 가장하고, 하얼빈역에 잠입하여
역전에서 러시아군의 군례를 받는 이토를 사살한다. 그리고 하얼빈 총
영사 가와카미 도시히코[川上俊彦], 궁내대신 비서관 모리 타이지로
[森泰二郎], 滿鐵理事 다나카 세이타로[田中淸太郎] 등에게 중상을 입
히고 현장에서 러시아 경찰에게 체포된다. 1구의 '평안도 장사'는 바로
안중근이다. 7~8구는 이 의거가 세계에 경종을 울린 것임을 강조한
것이다. 마지막 2구는 바로 안중근 같은 인물을 希求하는 것이다. 망
국이라는 어두운 현실에 밝은 빛이 될 만한 인물을 찾는 일은 사실 쉽
게 기대하기 어려운 일일 것이다. 어쩌면 정말 막연해 보이기까지 한
다. 이러한 태도는 현실을 냉정하게 직시하지 못한 것으로 현실 인식
에 있어서의 한계를 노정하는 것만은 분명하다. 하지만 이 시기 시인
들은 과거와 현재의 영웅과 그 미덕을 끊임없이 환기하고 갈망한다.
어쩌면 급박한 시국에서 차분하게 생각을 정리할 정신적 여유가 없었
다고 보는 것이 보다 적절할지도 모른다.

이처럼 과거의 인물을 상상하고 구원의 대상으로 갈망하는 태도는
전대에는 잘 보이지 않다가 이 시기에 주로 나타나는 독특한 문학적
현상이다. 이러한 유형의 한시를 시적 긴장이 느슨하다거나 내면화된
못한 태작으로 지적하기도 하지만, 이는 한시의 결함을 보여주는 것이
아니라 오히려 본질을 드러내 보여준 것이라고 할 수 있다. 역사 위인
의 영웅적 면모를 드러내는 데 모든 것이 집중되는 것은 이전 시대와
는 변별되는 점이다. 또한 立傳의 대상이 확연히 달라진 점도 특기할
만하다. 19세기 중엽에는 몰락한 양반 또는 평민이나 천민 중에서 역
사에 남길 만하다고 판단되는 인물들이 주로 입전되었다.[46] 하지만
이 시기에는 거의 대부분 위인으로 평가되는 사람이 반복적으로 환기
된다.

3) 농촌 현장에의 注視

농촌 현실에의 관심은 반복해서 등장하는 중심 소재이다. 이러한 소
재는 앞서 살펴본 '정치 문제에 대한 褒貶'과도 밀접한 관련이 있으나,
문집 내의 양적 비중이나 형상화의 시각에 개성적인 점이 있으므로 별
도로 다루고자 한다. 전통적으로 牧民의 소명은 사대부 지식인이면 누
구나 가지고 있어야 할 덕목으로 여겨져 왔다. 하지만 정작 이를 실천
해야 할 당시 위정자들은 농촌의 삶에 대해서는 아무도 관심을 가지지
않는다는 데 문제가 있다. 사대부 시인의 눈은 부조리한 정치의 일방
적인 피해자인 농민과 농촌의 현장을 주시한다.

---

46) 조선 후기 조희룡의 『호산외기』, 이경민의 『희조일사』, 유재건의 『이향견문록』 등
   이 그 예이다.

「種麥歌」[47]

農帖官人騎馬去。　농첩 가진 관리는 말 타고 가고

公逋野客賣牛歸。　세금 체납한 시골 사람은 소 팔고 돌아오네.

願言謝官人。　원컨대 관인께 비옵나니

暫我性命許。　잠시 제 목숨 살려주소서.

明年麥必豊。　내년 보리 농사 반드시 풍년일텐데

割我種麥去。　내 보리 종자를 빼앗아 가는구나.

古人重麥政。　옛사람이 보리 정책을 중시한 것은

本爲貧者惜。　본디 가난한 자를 애석히 여겼기 때문이었네.

觀今富人宜種麥。　보노라니 지금 부자는 마땅히 보리를 심는데

貧者何由能種麥。　가난한 자는 무엇으로 보리를 심을 수 있으랴.

　이 시는 종종 '과중한 세금 때문에 농사에 필수적인 소를 팔아야 하는 농촌의 현실과 종자 보리마저 빼앗기고 죽음에 직면한 가난한 농민의 절규를 통하여 정부 정책의 모순을 신랄하게 고발하고 있'는 것으로 해석된다. 시인의 강한 현실비판이 드러난 작품으로 이해하는 것이다. 문면만으로 볼 때 충분히 타당한 해석으로 보인다. 하지만 작가의 눈을 따라가며 찬찬히 읽어보면 우리는 또 다른 하나의 해석이 가능하다. 시 전편에서 감지되는 시인의 시선에 우리는 유의할 필요가 있다. 그것은 날카로운 비판 이전에 힘겨운 농촌 실태에 대한 연민의 눈길이다. 다음 시를 통해 좀더 구체적으로 살펴보기로 한다.

「秋雨歎」[48]

歎秋雨。　가을비에 한탄하노라

---

47) 『梅泉全集』 권3, 전주대 호남학연구소, 1984, 83면.

48) 金澤榮, 『韶濩堂詩集 定本』 卷三, 「秋雨歎」 347_178d.

秋雨淫淫何時已。	가을비 주룩주룩 어느 때나 그치려나.
陰風怒號水拍天。	음산한 바람 성내며 불자 물은 하늘을 칠 듯하고
頹城千里蛙爲市。	무너진 성 천리에 개구리 울음으로 저자가 되었구나.
呼邪救溺聲正苦。	물에 빠져 구해달라는 아우성 소리 참으로 괴롭고
走營巢窟携妻子。	분주히 살 굴을 마련하여 처자식을 이끌고 가네.
我民旣勞我稼傷。	우리 백성 이미 괴로운데 우리 농사 다 상했으니
黍菽折爛禾生耳。	기장과 콩은 꺾여 썩고 벼이삭엔 귀가 돋혔네.
寒雲慘慘盖四野。	차가운 구름 참담하게 사방 들판을 뒤덮으니
農夫田父投鉏起。	농부들 호미 내던지고 일어나도다.
民勞或可休。	백성의 노고야 혹여 그칠 수 있겠지만
稼傷將奈爾。	농사 상한 것을 장차 어찌 하리오.
今年二紅不能飽。	올해는 보리팥밥도 배불리 먹을 수 없는데
明歲不托并無矣。	내년엔 배부를 일 결코 없겠구나.
秋雨歎天或少赦。	가을비에 한탄하노니 하늘이 혹여 조금 용서한다면
愚民不使遺羞恥。	어리석은 백성으로 하여금 수치를 당하지 않게 하련만.

  앞의 시가 잘못된 정치로 인한 人災라면, 이 시는 가을 장마라는 자
연 재해이다. 농촌의 삶의 현장을 다룬 점에서 이 두 시를 연계하여
볼 필요가 있다. 강한 현실 비판이라는 해석이라면 두 번째의 시는 잘
풀리지 않는다. 분명 비판적 시각보다는 연민의 시각이 두드러져 보인
다. 그렇다는 이 '연민'은 어떻게 이해해야 할까. 우리는 『孟子』의 '仁'
에서 우리는 해석의 단서를 찾을 수 있다. 맹자는 사람들은 누구나 '사
람을 차마 해치지 못하는 마음[不忍人之心]'을 가지고 있다고 말한 바
있다.[49] 이어서 그는 "사람들이 모두 사람을 차마 해치지 못하는 마음

을 가지고 있다고 말하는 까닭은, 지금에 사람들이 갑자기 어린아이가 장차 우물로 들어가려는 것을 보고는 모두 깜짝 놀라고 '惻隱해 하는 마음'을 가지니, 이것은 어린아이의 부모와 교분을 맺으려고 해서도 아니며, 鄕黨과 朋友들에게 명예를 구해서도 아니며, 잔인하다는 명성을 싫어해서 그러한 것도 아니다."50)라고 하였다.

이 '惻隱해 하는 마음[惻隱之心]'이 바로 '仁心'이다. '측은지심(惻隱之心)이 없으면 사람이 아니다.(無惻隱之心, 非人也)'라거나 '측은지심(惻隱之心)은 인(仁)의 단서이다.(惻隱之心, 仁之端也.)'라는 말은 같은 맥락이다. 맹자는 이를 인간 본성의 本然으로 보며 仁義 정치에까지 확장한다.51)

이 시의 끝구에서 보듯 시인의 눈에 백성은 '어리석은 백성[愚民]'이며, 敎化나 다스림의 대상이다. 따라서 유가의 학문을 삶의 지표로 삼고 살아가는 儒者로서, 그리고 무지몽매한 백성이 잘 살아갈 수 있도록 돌보아야 하는 牧民의 소임을 맡은 자로서의 시선인 것이다. 이들의 문학이 보여준 이러한 현실인식과 삶의 태도는 동시대에는 물론 일제강점기가 끝날 때까지도 확산되었음이 확인되고 있다.52)

---

50) "所以謂人皆有不忍人之心者, 今人乍見孺子將入於井, 皆有惻隱之心, 非所以內(納), 交於孺子之父母也, 非所以要譽於鄕黨朋友也, 非惡其聲而然也." 『孟子』, 같은 곳.

51) 이러한 맹자의 관점은 "측은·수오·사양·시비는 情이요, 인·의·예·지는 性이요, 心은 성과 정을 통합한 것이다. 端은 실마리이다. 정이 발함으로 인하여 성의 本然함을 볼 수 있으니, 마치 물건이 가운데에 있으면 실마리가 밖에 나타남과 같은 것이다.(惻隱·羞惡·辭讓·是非, 情也, 仁·義·禮·知(智), 性也, 心, 統性情者也. 端, 緖也. 因其情之發, 而性之本然, 可得而見, 猶有物在中而緖見於外也.)"와 "사람이 이 四端을 가지고 있음은 四體를 가지고 있음과 같으니, 이 사단을 가지고 있으면서도 스스로 仁義를 행할 수 없다고 말하는 자는 자신을 해치는 자요, 자기 군주가 인의를 행할 수 없다고 말하는 자는 군주를 해치는 자이다.(人之有是四端也, 猶其有四體也, 有是四端而自謂不能者, 自賊者也, 謂其君不能者, 賊其君者也.)"라고 한 부분에서 확인할 수 있다. 『孟子』, 같은 곳.

3. 19세기 말 한문지식인 문학의 역사적 이해

1910년 일제에 의해 강압적으로 합병조약이 조인된 지 100년이 지난 오늘 당대의 한문지식인들의 삶과 문학에 대한 우리의 이해가 얼마만큼 진전되었는가는 의문이다. 그동안의 학계의 관심도 김택영과 황현이 우선적인 연구 대상이 되었고, '憂國文學'이라는 이름과 함께 문학사적 평가가 내려졌다. 이 용어는 이제 관용적 전제로 자리 잡은 듯하다. 그 동안의 수많은 업적이 이들의 이해에 중요한 성과를 다수 거두었음에도 불구하고, 이들의 문학은 아직 재해석의 여지가 남아 있는 것으로 보이기 때문이다. 역설적으로 말한다면 이들에 대한 연구에서 '우국문학'의 고정관념이 이어지면서 화석화함으로써 오히려 다양한 해석의 가능성을 제약했던 것도 사실이다.

예컨대 지금까지의 매천 연구에서 매천을 가리켜 흔히 '투철한 민족의식과 날카로운 비평정신이 잠시도 쉬지 않았던' 憂國之士이며, '구구마다 그의 爲國忠節이 번득이지 않은 것이 없는' 愛國詩人이라고 하는 보편적 진술 속에 이러한 전제가 암암리에 존재하고 있다. 그리고 이후 많은 이들이 이를 적극 강조함으로써 이 전제는 이제 거의 관용화되었다. 물론 그것은 근거 없는 과장이나 오해가 아니다. 그러나 문제는 위의 관용적 진술이 하나의 선입관으로 되고 그 이상의 무엇 또는 그 이면의 무엇을 해명하려는 노력으로 이어지지 않을 때, 매천이라는 한 인간을 신성화하게 된다는 점이다. 이때 그의 역사성과 개인

---

52) 최근 식민지 시기인 1910년 9월부터 1945년 8월까지 근대 매체에 게재된 한시 자료를 수집 정리한 연구 결과에 따르면, 현재 접근할 수 있는 총 250여 종의 신문·잡지 등에서 200여 종에서는 한시가 전혀 게재되지 않았고, 나머지 45종에서 총 19,466수의 한시가 확인되었다. 이희목 외편, 『식민지시기 한시자료집』, 성균관대 대동문화연구원, 2009.

성은 저 너머에 감춰지고 우리의 눈앞에는 추상적 요약이 만들어낸 화석이 자리하는 것이다.

일단 우리는 이들에게 흔히 따라붙는 '憂國文學'이라는 관용적 전제를 내려놓을 필요가 있다. 그리고 이들이 진정 지켜가고자 했던 것은 무엇이었는지, 그리고 이들이 바라본 현실과 꿈은 무엇이었는지 찬찬히 살펴볼 필요가 있다. 문면에서 쉽게 간취되는 현실 비판에만 착목하면 그러한 인식의 원천에 대한 이해는 어렵게 마련이다.

이제 우리는 19세기 말 한문지식인 문학 이해에 전제되어온 '憂國'과 '愛國'에 대해 다시 한번 재론할 필요가 있다. 우선 사전적 의미로 '憂國'은 나랏일을 근심하고 염려하는 것이고, '愛國'은 자기 나라를 사랑하는 것이다. 새삼스럽게 거론할 필요조차 없어 보이는 이 두 술어를 적어도 19세기 말과 20세기 초에서는 구분해 볼 필요가 있다.

일단 김택영과 황현 같은 이 시기 한문지식인들에 있어서 '애국'의 의미는 무엇인가라는 질문을 던져보자. 애국자라는 시각에서 보면 김택영의 중국 망명과 황현의 망명 시도는 쉽게 납득하기 어렵다. 김택영은 56세(1905)에 가족들을 모두 데리고 중국으로 망명한다. 그가 正三品 통정대부로 승진한 지 2년만의 일이다. 높은 관직도 그렇지만 엄연히 고종 황제가 분명히 존재하고 있었는데도 과감히 그는 고국을 떠났다. 그뿐만 아니라 중화민국의 국적까지 취득하며 중국 국민으로 일생을 마감한다. 황현도 같은 해 51세에 뜻을 같이 하여 망명을 시도하나 비용과 집안 사정으로 포기한다. 망명을 이루지는 못하였으나 성공하였다고 한다면 황현도 김택영과 같은 삶의 길을 선택하였을 것이다.

하지만 아무도 이들이 애국자가 아니라고 비난하지 않는다. 실제로 김택영은 뒤이어 망명한 연암 박지원의 후손을 만나고 도산 안창호와 같은 독립 운동에 헌신한 애국지사들과 끊임없이 시문을 주고받으며 정보를 교환하고 회포를 나누는 모습을 보인다. 그리고 고국의 지사들과도 자주 서신을 왕래하며, 자신이 편한 여러 역사서와 문집들을 전하여 동지적 결속을 지속한다. 이러한 이해의 차이는 어디에서 온 것인지 주목할 필요가 있다.

여기서 국민과 국가 개념의 형성에 대해 간략히 살펴보자.[53] 갑오개혁 이전에 조선에서 '국민'이라는 용어가 사용된 사례는 찾기 어렵다. 하지만 서구의 '네이션(nation)' 개념은 이미 알려져 있었고 일부 개화 지식인들에 수용되기 시작했다. 여기서 말하는 서구의 '국민' 개념이란 국가 간에 평등과 상호 주권을 전제로 성립된 국민국가의 구성원이며, 내부적으로는 구성원들 간에 평등이 보장되고 평등한 권리와 의무를 가진 존재를 뜻한다.

이러한 '국민' 개념을 구체적으로 확인할 수 있는 최초 자료로는 朴泳孝의 「建白書」(1888)와 俞吉濬의 『西遊見聞』(1895)을 들 수 있다. 두 사람의 '국민' 개념은 약간의 차이가 있다. 박영효는 신분제 철폐로 인민평등을 실현하고 평등한 인민은 국가 구성원으로서 天賦人權을 부여받은 존재로 보았다. 국가는 이 인민의 자유와 권리를 법률로 보호받아야 하며, 인민은 국가에 병역과 납세의 의무를 지닌다고 하였다. 또한 신분에 상관없이 학교 교육을 시켜 국가 구성원으로서 정체성을 갖고 신문 발간을 통해 상호 소통이 가능할 것을 권유했다.

유길준은 인민을 토지, 정부와 함께 국가 구성의 한 요소로 보았다. 동시에 인민은 한 국가의 거주민이자 정부를 수립하는 주체로 생각했다. 하지만 그는 인민 위에 최대 권력을 가진 군주가 군림하고 있다고 전제하여 인민주권에 대해서는 부정하는 입장이었다. 인민은 국가를

---

53) 이하 근대 초기 국민 개념의 이해는 金素伶, 『대한제국기 '국민'형성론과 통합론 연구』, 고려대 대학원 박사논문, 2009. 16~20면 참조.

지키고 백성의 안녕을 유지할 수 있도록 군주에게 복종하고 정부의 명령을 잘 따라야만 하는 의무를 지닌 존재일 뿐 주권의 담지자는 아니었다. 유길준의 '인민/국민'은 박영효에 비해 소극적인 태도를 취하고 있음을 알 수 있다.

결국 근대적 애국주의(愛國主義, patriotism)는 국민이 자신의 국가를 사랑하고 몸 바쳐 헌신하려는 사상을 말한다. 여기서 전제가 되는 것은 국민과 국가이다. 이를 주장한 세력은 당시 정치적 실권을 장악한 開化黨이었다. 韓末四大家와 같은 보수 문인들은 이에 매우 부정적인 입장이었다. 대표적인 사례를 하나 보자면, 황현의 기사를 들 수 있다. 황현은 34세에 겨우 이룬 성균 생원이 되자마자 곧 서울 생활을 청산하고 귀향을 결심한다. 그가 귀향하게 된 것은 요컨대 외세의 압력은 날로 증대해 가는 데 반해 政事가 날로 그릇되어 가는 목전의 현실에 같이 뛰어들고 싶지 않아서였다고 전한다. 그리하여 그는 다시 서울로 올라올 것을 권유한 어떤 친구의 권유에 대해서 '그대는 나를 도깨비 세상 狂人들 속에 들어가서 함께 도깨비 미친 짓을 하게 하고 싶은가'[54]라고 했다. 개화당을 '狂人들'로 지목할 정도로 극도의 거부감을 가졌다.

그렇다면 한말의 보수 문인들의 소망은 무엇일까. 여러 자료에서 산견되는 것을 모아보면 그것은 종묘와 사직의 복원 내지 재건이었다.

「嗚呼賦」[55]

(… 전략 …)

---

54) '子奈何欲使我入於鬼國狂人之中而同爲鬼狂耶.' 黃玹, 『梅泉集』 卷首, 「本傳」, 348_403c.

55) 金澤榮, 『韶濩堂詩集 定本』 卷六, 「嗚呼賦」, 347_228d.

東風贔贔兮。 동풍은 험악하여
海水暴揚。　바닷물 사납게 쳐올리니
涵陸浩浩兮。 육지가 질펀하게 잠겨들고
橫拔仁王。　인왕산을 멋대로 뽑아내네.
光化之鐘兮。 광화문의 종을
何人于夕。　어느 누가 저녁에 칠 것이며
箕子之神兮。 기자의 신령께
何族于食。　어느 누가 젯밥을 바치랴.
(… 후략 …)

　이 부는 김택영이 1910년 조국이 강제로 일제에 의해 합방된 소식을 듣고 비분의 심정을 적은 것이다. 제목도 '아아![嗚呼]'라는 비탄의 감탄사만을 붙이고, 작품 전체에 강개한 심정을 직접적으로 강하게 드러내고 있다. 인용 부분의 1~4구는 일제의 강점에 의해 대한제국이 망한 것을 비유한 것이다. 4구의 自註에 '한성의 산 이름[漢城山名]'이라고 하여 인왕산이 임금이 계시는 서울을 가리키는 것임을 밝히고 있다. 그런데 5~8구에서 보듯 그의 걱정거리는 왕의 생사보다는 종묘와 사직의 온전한 보존이다. 다음의 시에서도 사직의 보존을 중시하고 있음이 확인된다.

　「贈朴南坡贊翊」56)
　燕岩文章古龍門。 연암의 문장은 옛날의 사마천이니
　憂時憤世多名言。 시절 근심하고 세상 분히 여긴 명언 많았네.
　若使其言得施用。 만약 그의 말을 시행할 수 있었다면

---

56) 金澤榮, 『韶濩堂詩集 定本』 卷六, 「贈朴南坡贊翊」, 347_218d.

韓社豈不至今存。 대한의 사직이 어찌 지금껏 보존되지 않았으랴.

(… 후략 …)

이 시는 김택영이 망명 온 燕巖 박지원의 후예인 남파 박찬익을 만나 감회를 적어 준 시이다. 박지원은 김택영이 조선 최고의 문인으로 꼽는 인물이며, 문집인 『연암집』의 직접 편찬할 정도로 존경해 온 선배이다. 그런 인물의 후예를 이국에서 만난 일은 뜻 깊은 것이 아닐 수 없다. 인용 부분의 3~4구에서 보듯 연암의 時策이 시행되었다면 사직이 보존되었을 것이라고 한 부분이 주목된다. 사직의 보존은 현명한 신하의 정책이 현명한 군주를 통해 시행되었을 때 가능하다는 생각이다.

이전 시대에도 종묘 사직의 문제는 나라가 위급한 시기에 항상 제기되어온 사안이었다. 우암 송시열의 문집 『송자대전』에 실린 「閔龍巖垶傳」은 종묘 사직에 관련한 흥미로운 일화를 담고 있다.

조부인 사권(思權)은 벼슬이 부정(副正)에 이르렀는데, 임진왜란 때에 선묘(宣廟)가 서쪽으로 행행(行幸)하려 하자, 사권이 대가(大駕)의 앞에 엎드려 청하기를, "종묘 사직(宗廟社稷)이 이 지경에 이르렀는데, 대가가 이를 버리고 떠나서야 되겠습니까. 바라건대 죽기로써 지키고 떠나지 마소서."하니, 상이 좌우를 돌아보고, "이 일을 어찌해야 하겠느냐?"하였으나, 시신(侍臣)이, "국가의 큰 계책이 이미 결정되었는데, 어찌 일개 미관의 말로 인해 중지할 수 있겠습니까."하므로, 상이 드디어 길을 떠났다.[57]

당시에 임금의 대가를 가로 막는다는 것은 있을 수 없는 不敬일 것

---

57) "壬辰倭變, 宣廟將西幸, 思權伏駕前請日: '宗社在此, 大駕其可棄此乎? 請效死勿去.' 上顧左右日 : '何如?' 侍臣日 : '國家大計已決, 豈可以一微官之言而止哉?' 上遂行." 宋時烈, 『宋子大全』 卷二百十四, 「閔龍巖垶傳」, 115_162a.

이다. 더구나 미관말직의 신분으로 임금의 면전에 직접 잘못을 지적하는 일은 더욱 그러하다. 하지만 선조도 바로 대응하지 못하고 곁에 있던 대신에게 대신 해결을 구한다. 이 짤막한 일화는 '종묘 사직의 보존'이라는 대의명분이 가지는 무게를 짐작하게 한다. 종묘는 임금의 祖宗을 모신 사당이다. 조선 태조가 한양에 도읍을 정하면서 左廟右社에 따라 경복궁 동쪽엔 종묘를, 서쪽엔 사직단을 배치하였다. 두 가지 모두 1394년(태조 3)에 시작하여 이듬해 완공된다. 고려의 예를 따라 땅의 신을 제사하는 국사단은 동쪽에, 곡식의 신을 제사하는 국직단은 서쪽에 배치하고 신좌를 북쪽에 설치하였다. 천자와 제후는 반드시 사직단을 세우고 제사를 지내 국가와 존망을 같이하였으므로, 국가를 뜻하기도 한다. 사직지신(社稷之臣) 또는 사직신(社稷臣)은 국가의 안위가 달려 있는 중신(重臣)의 뜻으로, 곧 국가와 사생을 같이하는 신하를 일컬었다. 중국 고전에 보이는 다음의 몇 가지 기사들은 종묘 사직의 의미를 밝히는 전거들이다.

① 이윤(伊尹)이 다음과 같은 글을 지었다. "선왕(先王)이 이 하늘의 밝은 명(命)을 돌아보사 상하(上下)의 신기(神祇)를 받드시며, 사직(社稷)과 종묘(宗廟)를 공경하고 엄숙히 하지 않음이 없으시니, 하늘이 그 덕(德)을 살펴보시고 대명(大命)을 모아 만방(萬邦)을 어루만지고 편안하게 하셨습니다. 이에 제가 몸소 능히 군주(君主)를 좌우에서 보필하여 여러 무리들을 편안히 살게 하니, 이러므로 사왕(嗣王)께서 기서(基緖)를 크게 계승하게 되신 것입니다.[58]

---

58) "伊尹作書曰: '先王顧天之明命, 以承上下神祇, 社稷宗廟, 罔不祇肅, 天監厥德, 用集大命, 撫綏萬方, 惟尹躬克左右厥, 宅師, 肆嗣王, 丕承基緖.'" 『書經·商書』 「太甲」 上 2장.

② 숟가락과 울창주(鬱酒)를 잃지 않음은 나옴에 종묘(宗廟) 사직(社稷)을 지켜서 제사(祭祀)의 주인(主人)이 되리라."[59]

위의 고전과 시대는 많이 내려가지만 孟子도 "백성이 가장 귀중하고, 사직이 그 다음이며, 임금은 가벼운 것이다."[60]라고 하고, 천자와 제후와 대부에 대해서 언급한 다음에, 사직을 위태롭게 하는 제후를 교체하는 경우를 말하고 있다.

종묘와 사직의 수호를 강조하는 한말 보수 문인들의 입장은 '漢文' 수호에서도 유사하게 나타난다. 주지하듯이 한문과 한글의 관계는 한글이 만들어진 때부터 이미 문제 삼아져 왔다. 황현은 한글이 한문과 혼용되는 세태에 대해 지적하고 있다.

갑오년(1894) 이후로 時務를 추종하는 자들은 諺文을 대단히 받들어 國文이라 일컫고, 眞書를 구분지어 외국 것으로 취급하여 漢文이라고 불렀다. 이에 國漢文이라는 말이 용어가 되었고 진서나 언문이라는 말은 드디어 없어지게 되었다. 경박한 자들이 한문은 응당 폐기해야 한다는 주장을 폈으나 형세가 막혀서 제지되었다.[61]

갑오개혁 이후 한문의 폐기를 거론하는 목소리가 점차 커졌다. 이것은 하나의 시대적 요구였고 비단 조선의 문제만은 아니었다. 각국의 사정과 전통 문어와 구어 혼용의 실제는 질적인 차이를 보이지만 모두 겪었던 일이었다.[62] 김택영도 이러한 시대적 변화에 대항하여 한문

---

59) "(不喪匕), 出可以守宗廟社稷, 以爲祭主也." 『周易』 「진(震)」괘.

60) "民爲貴, 社稷次之, 君爲輕." 『孟子』 「盡心」 下.

61) 임형택 외 옮김, 『역주 매천야록』 상, 문학과지성사, 2005, 424면.

62) 중국과 일본에서 일어난 근대어 형성과정에 대해서는 임형택 외편, 『흔들리는 언어들—

옹호를 강조하는 글이 썼다.

> 이 때에 世道가 크게 변하였다. 한글[諺字]와 영어[蟹文]가 세상에 성
> 행하면서 游談之士들은 떠들썩하니 국세가 미약해진 책임의 소재를 문
> 자[漢文]에 돌린다. 아아! 국세의 미약한 이유는 문자를 쓰기를 잘못한
> 데 있는 것이지 문자 자체에 죄가 있는 것은 아니다.[63]

김택영은 황현에게 부친 편지에서 "부끄럽기는 시운에 관여할 신수
가 없음이니, 다만 문장으로 나라의 은혜를 갚을 뿐이라오."[64]라고 자
신의 의지를 토로한 바 있다. 망명의 몸으로 할 수 있는 것은 史官으로
서 재능을 살리는 '文章報國'의 길뿐이라는 것이다. 김택영이 남긴 다
수의 史書, 곧 『韓國小史』, 『韓史綮』, 『崧陽耆舊傳』, 『校正三國史記』
등은 이러한 소명의식의 실천에서 나온 결과이다.

김택영이 역사서의 편찬으로 '文章報國'을 실천했다면, 황현은 作詩
를 통해 실천하고자 하였다. 황현이 마지막으로 쓴 시는 개인의 차원
을 넘어 한말 보수 한문지식인의 자화상으로 재음미할 수 있다.

「絕命詩」四首[65]
亂離滾到白頭年   난리를 겪다 보니 머리 센 나이 되었는데

언어의 근대와 국민국가』, 성균관대 대동문화연구원, 2008. 참조. 임형택 교수는 한·
중·일 삼국의 근대어 형성 과정을 '동아시아 어문질서의 근대적 개편'이라고 한 바 있다.

63) "時則世道益變矣. 諺字蟹文, 盛行於世, 游談之士嘖嘖以國勢之綿弱, 歸咎文字. 嗚
呼! 國勢之弱, 用文之不善耳, 非文之罪也."『韶濩堂文集定本』卷二, 「送洪林堂承學
歸堤川序」, 347_250a.

64) "愧無身手關時運,   只有文章報國恩."(『韶濩堂詩集定本』   卷五,   「寄黃梅泉」,
347_202b.)

65) 『梅泉集』卷五, 「絕命詩」四首, 348_492b.

幾合捐生却未然　몇 번이나 목숨을 끊으려다 이루지 못했도다.
今日眞成無可奈　오늘날 참으로 어찌할 수 없고 보니
輝輝風燭照蒼天　가물거리는 촛불이 창천에 비치도다.

妖氛晻翳帝星移　요망한 기운에 가려져 帝星이 옮겨지니
九闕沉沉晝漏遲　九闕은 침침하고 晝漏는 더디도다.
詔勅從今無復有　이제부터 조칙을 받을 길이 없음에
琳琅一紙淚千絲　아름다운 조서 한 장에 천 가닥 눈물 흐르네.

鳥獸哀鳴海岳嚬　금수도 슬피 울고 강산도 찡그리는데
槿花世界已沉淪　무궁화 온 세상이 하마 망하였네.
秋燈掩卷懷千古　가을 등불 아래 책 덮고 옛 역사 생각하니
難作人間識字人　세상에 글 아는 자 노릇하기 어렵구나.

曾無支廈半椽功　일찍이 나라를 지탱할 작은 공도 없었으니
只是成仁不是忠　단지 仁을 이룰 뿐이요, 忠은 아닌 것이로다.
止竟僅能追尹穀　겨우 능히 윤곡을 따르는 데 그칠 뿐이요
當時愧不躡陳東　당시의 진동을 밟지 못하는 것이 부끄럽구나.

담담한 어조로 지나온 삶을 돌이켜보고 悔恨과 自省으로 노래하고 있다. 김택영의 전기에 따르면 황현은 독약을 마실 즈음 세 번이나 입을 떼었노라고 웃으며 말했다[66]고 한다. 김택영은 죽음 앞에 잠시 망

---

66) "隆熙四年七月。日人遂併韓。八月。玹聞之悲悯。不能飲食。一夕作絕命詩四章。
又爲遺子弟書曰。吾無可死之義。但國家養士五百年。國亡之日。無一人死難者。寧
不痛哉。吾上不負皇天秉彝之懿。下不負平日所讀之書。冥然長寢。良覺痛快。汝
曹勿過悲。書訖。引毒藥下之。明日。家人始覺。弟瑗奔視之。問有所言。玹曰。吾
何言。但可視吾所書也。因笑曰。死其不易乎。當飲藥時。離口者三。吾乃如此其癡

설이는 황현의 인간적 모습을 기록하고자 한 것이다. 하지만 곧이어 자결을 결행한 황현의 행동적 결단과 강인함은 거대한 혼돈의 시대에 맞서 소신을 지킨 한말 한문지식인의 모습을 함축적으로 대변한다. 이런 점에서 황현의 죽음은 조선의 마지막 보수지식인으로서 마지막 의사표시를 한 것이었다.

일찍이 孔子는 "지사(志士)와 인인(仁人)은 삶을 구하여 인(仁)을 해침이 없고, 몸을 죽여 인(仁)을 이루는 경우는 있다."[67]라고 하였다. 그리고 朱子의 주에 "지사(志士)는 뜻이 있는 선비요, 인인(仁人)은 덕(德)을 이룬 사람이다 의리상 마땅히 죽어야 할 때에 삶을 구한다면 그 마음에 불안한 바가 있을 것이니, 이것은 그 마음의 덕을 해치는 것이다. 마땅히 죽어야 할 경우에 죽는다면 마음이 편안하고 덕이 온전할 것이다."[68]라고 한 바 있다. 이처럼 한말의 보수 문인들은 바로 '마땅히 죽어야 할 경우'를 알았던 자기 소신에 투철한 사람들이었다.

4. 결론

지금까지 우리는 黃玹과 金澤榮의 詩文을 통해 19세기 말 한문지식인의 현실 인식과 문학적 형상화 방식을 살펴보고, 이들 문학의 역사적 이해에 대해 생각해보았다. 내용의 개요를 정리하면서 결론을 대신하고자 한다.

19세기 말 한문지식인의 현실 인식과 문학적 형상화 방식에 있어서

乎。俄而氣絕。年五十六。"『梅泉集』卷首,「本傳」, 348_403c.

67) "子曰 : '志士仁人, 無求生以害仁, 有殺身以成仁.'"『論語』「위령공」8장 .

68) "志士, 有志之士, 仁人, 則成德之人也. 理當死而求生, 則於其心, 有不安矣, 是害其心之德也. 當死而死, 則心安而德全矣."『論語』, 같은 곳.

는 우선, 정치 문제에 대한 襃貶을 들 수 있다. 현실 문제를 포폄을 통해 준엄하게 평가하는 이들의 문학적 형상화 방식은 동시대 한문지식인들에게 큰 영향을 끼쳤으며 한동안 유행하게 된다. 이는 역사가나 시인 모두 현실 문제에 늘 관심을 가지고 있으면서 특정한 일이 생길 때마다 각각의 방식으로 자신의 의사를 표현해야 할 소임 내지 소명에 기인한 것임을 확인하였다.

그리고 역사 인물의 喚起가 두드러진 것을 주목하였다. 과거의 인물을 상상하고 구원의 대상으로 갈망하는 태도는 전대에는 잘 보이지 않다가 이 시기에 주로 나타나는 독특한 문학적 현상이다. 역사 위인의 영웅적 면모를 드러내는 데 모든 것이 집중되는 것은 이전 시대와는 변별되는 점이며, 이 시기에는 거의 대부분 위인으로 평가되는 사람이 반복적으로 환기되는 것도 그러하다.

아울러 농촌 현장에의 注視도 특징으로 지적하였다. 한문지식인으로서 시인의 눈은 부조리한 정치의 일방적인 피해자인 농민과 농촌의 현장을 주시한다. 일차적으로 시인의 강한 현실비판이 드러난 작품으로 이해하는 것이겠지만, 시 전편에서 감지되는 시인의 시선에 유의할 때 그것은 날카로운 비판 이전에 힘겨운 농촌 실태에 대한 연민의 눈길이다. 이는 유가의 학문을 삶의 지표로 삼고 살아가는 儒者로서, 그리고 무지몽매한 백성이 잘 살아갈 수 있도록 돌보아야 하는 牧民의 소임을 맡은 자로서의 시선인 것이다.

다음으로 그동안 19세기 말 한문지식인 문학 이해에 전제되어온 '憂國'과 '愛國'에 대해 다시금 재론할 필요가 있음을 지적하였다. 이 문제의 해명은 황현과 김택영과 같은 한말 보수 문인들의 공통된 소망이었던 종묘와 사직의 복원 내지 재건에서 일차적으로 찾아야 함을 밝혔다. 그리고 갑오개혁 이후 한문의 폐기라는 시대적 변화에 대항한 한문 옹호를 강조도 같은 맥락으로 이해할 수 있음을 확인하였다. 따라서 이들을 단순한 애국시인 내지 우국문학가로 자리매김하기 보다는 역사적 격변기의 현실에서 전통 수호의 무거운 짐을 감당하면서 조국의 안위를 걱정하고 자기 소신의 관철을 위해 일생을 건 진정한 보수주의자로 재조명할 필요가 있음을 강조하였다.

우리는 급격한 근대화를 겪으면서 근대 문명에 대해 반성할 수 없었던 만큼 전통에 대해서도 정당하게 대우하지 못했다. 하지만 한말의 보수 한문지식인들은 이상적 삶에 대한 자신들의 신념 때문에 전통과 공동체를 보존하고 역사적으로 형성된 도덕적 가치를 수호하고자 한 사람들이었다. 그들이 살아갔던 당대에는 고루한 퇴물로 취급되었지만, 지금 우리의 눈에는 급변하는 현실에 몰주체적으로 영합하거나 맹목적으로 추구하지 않고 자기 소신을 굳게 지켜 살아간 진정한 보수주의자로 이해된다.

제4부
한국 한문학의 발견과 확장

    제4부는 한국 한문학의 연구 범위를 확장하고 새로운 지평을 구하려는 문제 의식과 관련된 글이다. '용성창수집 연구'는 『용성창수집』의 새로운 이본 자료를 발굴하여 학계에 소개하고 그 역사적 가치를 부여하고자 한 것이다. 나머지 세 편의 글은 문학 작품이 아닌 한자에 관한 것인데, 한국 고유한자에 대한 연구 프로젝트의 결과물이다. 당시에는 그저 전공과 무관한 것으로만 여겨 힘들게 작성하였지만, 이제와 돌이켜보면 한문학 연구의 외연을 넓히고 새로운 가능성을 고민해본 기회였다. '고전 전산화에 있어서 신출한자의 유형과 처리 방안'은 국가 지원 사업으로 추진된 고문헌의 데이터베이스화 작업과 신출한자 처리에 관련된 글이다. '국제 표준한자의 이체자 연구'는 정보화 시대에 필요한 국제 표준한자, 즉 한중일 통합한자를 제작하기 위한 기초 연구로서 이체자 문제를 다룬 것이다. '인명용 한자의 국제표준화 방안 연구'는 당시 대법원과 행정안전부로 이원화되어 관리에 혼선을 빚었던 인명용 한자의 문제점과 이를 정리하여 국제 표준한자인 한중일 통합한자로 포함시키는 방안에 대한 보고이다.

『용성창수집』 연구

- 이본 소개를 겸하여

1. 문제의 소재

이 글은, 최근 새로 확인된 『龍城唱酬集』을 중심으로 기존 판본과 대비하여 定本化의 가능성을 검토하고, 나아가 그 문학사적 의의를 상정하는 데에 최종 목표를 둔다.

宣朝 11년(1578) 南原 廣寒樓에서는 성대한 시회가 벌어졌다. 당시 南原府使였던 孫汝誠이 광한루에 白湖 林悌(1549~1587), 玉峯 白光勳(1537~1582), 蓀谷 李達[1539~1618(1609?)], 松巖 梁大樸(1543~1592) 등 문인들을 초대하여 이루어진 모임이었다. 이 모임의 동기는 백호가 남원에 찾아오면서 비롯하였다.

백호는 1577년 9월에 과거에 급제하여 承文院 正字에 배수되었는데, 이 소식을 濟州牧使로 있던 부친에게 전하기 위해 11월 3일을 榮觀을 떠났다.[1] 이후 그는 제주에서 지내면서 제주도 여러 곳을 유람하다가, 이듬해 2월 그믐날 부친을 하직하고 제주도를 떠났다. 3월 3일에

---

[1] 林悌, 『白湖續集』 권2의 「南溟小乘」조를 참조하면 제주도를 거쳐 남원 모임까지의 여정을 알 수 있다. 이에 대한 기록은 신호열·임형택 공역, 『역주 백호전집』(창작과비평사, 1997)을 참조할 수 있다. 김종서, 「광한루시회와 『용성창수집』」, 『한문학보』 6, 우리한문학회, 2002. 45면의 각주 18을 재인용.

집에 당도하여 5일을 머문 뒤 3월 8일에 서울을 향해 길을 나섰다. 이 때 상경하는 도중에 南原에 들렀다가 광한루에서 시회에 참석하게 되었다.[2] 『龍城唱酬集』은 바로 이 모임에서 수창한 시편을 모아 책으로 만든 것이다.

『龍城唱酬集』은 현재 책 제목만이 전해지고 일부 시편들이 각 작가의 문집에 산견되고 있었다. 그러다 1997년에 처음 일부 시편이 소개[3]되었고, 이후 몇몇 관련 판본들이 공개[4]되면서 책의 전체 규모를 가늠할 수 있게 되었다.

하지만 일부 작가명 및 자구 상의 오류가 보이고, 무엇보다도 수록 작품의 배열이 모두 白湖 林悌(1549~1587) 중심으로 되어 있었다. 이 때문에 '元韻-次韻-次韻…'의 일반적 酬唱 관행으로 볼 때 해당 판본이 『龍城唱酬集』의 원본에 어느 정도 가까운 것인지 여부는 여전히 문제로 남아 있었다.

이번에 소개하는 판본도 물론 독립된 책자가 아니라 다른 원고 중에 필사로 삽입되어 있어서 원본이라고 판정하기는 어려우나, 작품 배열이나 자구 차이 등에 있어서 기존 텍스트의 몇몇 문제점을 수정하고 보완하는 자료로서 일정정도 의미를 가진다고 할 수 있다.

우선 새 판본을 기존 판본과 내용과 형식의 측면에서 대비적으로 고찰하고, 『龍城唱酬集』이 가지는 문학사적 의미에 대해 간략하게 논의하기로 한다.

---

2) 이상의 경위는 김종서, 앞의 논문. 45면 참조.

3) 신호열·임형택 공역, 『역주 백호전집』, 창작과비평사, 1997.

4) 김종서, 「豹菴藏書本 『龍城唱酬集』 詩帖」, 『문헌과해석』 7, 문헌과해석사. 1999.
　김종서, 「광한루시회와 『용성창수집』」, 『한문학보』 6, 우리한문학회, 2002.

2. 판본의 대비적 고찰

이번에 소개하는 판본은 會津 林氏 가문의 몇몇 인물들이 남긴 시문을 모은 필사본에 삽입된 것이다. 가로 21㎝ 세로 24㎝의 크기에 각 면은 12행, 각 행은 16자이며 단정한 楷書로 필사되어 있다. 『百花亭遺稿』, 『滄浪亭遺稿』, 『龍城唱酬集』, 『碧梧亭聯句』, 『石湖聯句』『花史』, 『閑閑亭遺稿』, 後孫 章黙의 『遺稿』 등 순서로 되어 있다.5)

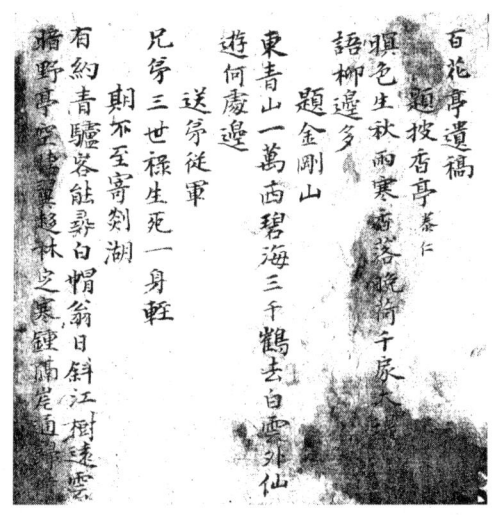

〈그림 1 : 『신본』의 첫 부분〉

『龍城唱酬集』의 기존의 판본으로는 임형택 교수 소장 『白湖逸稿』 중의 『龍城唱酬集』이 가장 많은 분량을 수록하고 체재도 비교적 정제되어 있어 현재 전하는 유일한 선본으로 알려져 있다. 다만 앞서 말한 바대로 일부 수록 작가와 자구의 誤記 문제와 함께 편차 부분에 있어

---

5) 현전하는 會津 林氏 가문의 『會津世稿』와 유사한 지 확인이 필요하나, 현재 자료가 입수되지 않아 이에 대한 대조 확인은 추후 보완할 예정이다.

서 중요한 의문점을 가지고 있는 판본이기도 하다.

이제 새 판본과 자구 대비를 통하여 판본 간의 차이점을 구체적으로 살펴보기로 한다. 『白湖逸稿』의 『龍城唱酬集』을 『일고본』, 새로 소개하는 판본을 『신본』으로 간략하게 표기하였다. 그리고 차이가 나는 부분은 굵게 표시하고 밑줄을 두었다. 먼저 첫 부분에 수록된 白湖의 記文부터 대비하여 살펴보기로 한다.

1) 白湖의 「龍城酬唱記」 부분

『일고본』	『신본』
일고 01-016) 龍城酬唱 帶方古國也, 樓觀甲湖南. 某自耽羅歸路, 歷拜孫明府於牙門. 時玉峯白光勳彰卿, 蓀谷李達益之, 客有在座. 纔敍寒喧, 乃移席于廣寒樓. 又致松巖梁大樸士眞于西村, 四美二難, 不期而同. 或詠或觴, 爲眞率之會. 留連數日, 恨然而散. 一樓淸致, 俱在詩篇. 玉峯兒振南, 深有乃父風, 今其絶句在錄中, 比之阿買, 亦云遠矣. 碧山林子順志.	龍城酬唱記　林白湖 帶方古國也, 樓觀甲湖南. 某自耽羅歸路, 歷拜孫明府於牙門. 時玉峯白光勳彰卿, 蓀谷李達益之, 客有在座. 纔敍寒喧, 酒移席于廣寒樓. 又致7)松巖梁大樸士眞于西村, 四美二難, 不期而同. 或詠或觴, 爲眞率之會. 留連數日, 恨然而散. 一樓淸致, 具在詩篇. 玉峯兒振南, 有8)乃父風, 今其絶句在錄中, 比之阿買亦云遠矣. 碧山**林悌**志.

『龍城唱酬集』의 첫 부분에 실린 白湖 林悌의 記文이다. 『龍城唱酬集』이 나오게 된 배경과 제작 경위를 알 수 있는 기사이다. 이 부분은 작가 표기, 제목과 일부 자구의 출입 외에 큰 차이는 없어 보인다.

다음은 본문의 시 부분이다. 우선 특징적인 것으로 편차의 차이가

---

6) 이하 일련번호는 기존 연구를 따랐다. 김종서, 「광한루시회와 『용성창수집』」, 『한문학보』 6, 우리한문학회, 2002, 54면.

7) 원 자료에 '致'자 뒤에 '梁'자를 썼다가 지운 흔적이 있는데, 전후 문맥으로 볼 때 誤記된 것을 수정한 것으로 보인다.

8) 『속집본』에는 '有' 앞에 '深'이 있다.

주목된다. 『일고본』이 백호의 시를 모두 앞에 배치하고 나머지를 나열하는 방식임에 반해, 『신본』은 元韻의 시를 앞에 두고 나머지를 배열하는 방식이다. 酬唱의 일반적 관행을 생각했을 때 『신본』의 형식이 보다 자연스러운 것으로 보인다. 『일고본』이 백호의 시문을 수록한 것이므로 당연히 백호 중심의 편집 방식을 취한 것으로 볼 수 있으나, 『신본』도 會津 林氏의 시문을 수록한 중간에 삽입되었음에도 다른 편집 방식을 보인다는 점에서 원본의 편차에 가까운 사본[9]이 아닐까 추측해볼 수 있다. 따라서 『龍城唱酬集』의 정본화 작업은 이 『신본』을 기준으로 하는 것이 온당하다고 생각된다.

2) [洲樓愁] 평성 尤韻 : 칠언절구

『일고본』 : 4수	『신본』 : 4수
일고 06-01. 次東里韻 夕照微茫下遠洲 離人携手上江樓 危欄莫作移時凭 纔到黃昏別有愁 (林悌)	元韻　蓀谷李達 層城日落暗蘋洲 楊柳風多近水樓 怊悵明朝驛南路 不堪芳草滿離愁
일고 06-02. 層城日落暗蘋洲 楊柳風多近水樓 怊悵明朝驛南路 不堪芳草滿離愁 (東里)	碧山 夕照微茫下遠洲 離人携手上江樓 危欄莫作移時凭 纔到黃昏別有愁
일고 06-03. 暮天翠(雨+湯)暗長洲 客子傷春倚石樓 故園明朝君獨去 龍城風雨閉門愁 (村老)	村老 暮天翠靄暗長洲 客子傷春倚石樓 故園明朝君獨去 龍城風雨閉門愁
일고 06-04. 方丈蒼茫近十洲 銀河淸淺繞江樓 逢君今夜發長嘯 俯視人間知幾愁 (松巖)	松巖 方丈蒼茫近十洲 銀河淸淺繞江樓 逢君今夜發長嘯 俯視人間知幾愁

이 부분은 『신본』의 첫 번째 시편이고, 『일고본』에는 5번째 위치에

---

9) 임형택 소장의 『會津世稿』에 있는 『龍城唱酬集』도 『신본』과 같은 방식으로 편집되어 있다고 하는 정보를 들었으나 아직 자료를 입수하여 확인하지 못했다. 이 부분의 보완이 필요하다.

배열되어 있다. 일단 백호[碧山]와 손곡의 시의 자리가 바뀐 것, 해당 작가 표기 위치 이외에는 대체로 일치한다. 자구도 필사 과정에서 생기는 異體 관계 이상의 큰 차이는 없다.

3) [時絲詩] 평성 支韻 : 칠언절구

『일고본』: 6수	『신본』: 6수
일고 02-01 次蓀谷韻　（林悌）	元韻　蓀谷
故國相逢春暮時 江郊花落靜遊絲 紅樓晩照杯樽灩 模寫風光更有詩	南國春遊三月時 山花如錦柳**垂**絲 **逢君**盡是十年舊 自笑病夫無好詩
일고 02-02 李達蓀谷	碧山
南國春遊三月時 山花如錦柳如絲 相逢盡是十年舊 自笑病夫無好詩	故國相逢春暮時 江郊花落靜遊絲 紅樓晩照杯樽**艶** 模寫風光更有詩
일고 02-03 白光勳玉峯	玉峯
草色長橋落日時 三三遊騎絡青絲 江南風景還如此 爲問君來幾首詩	草色長橋落日時 三三遊騎絡青絲 江南風景還如此 爲問君來幾首詩
일고 02-04 孫汝誠村老	村老
宦遊南國落花時 殘鬢粘愁太半絲 東南賓客一春會 芳草清溪還可詩	宦遊南國落花時 **裒**鬢粘愁太半絲 東南賓客一樽會 芳草清溪**共**可詩
일고 02-05 梁大樸松巖	松巖
相逢之處春風時 柳拂江樓千萬絲 浮世亂懷宜把酒 百年雲物可無詩	相逢之處春風時 柳**掛**江樓千萬絲 浮世亂懷宜把酒 百年雲物可無詩
일고 02-06 白振南	松湖　白振南
遠山蒼翠日沈時 樓上離情亂若絲 明朝一向全城路 匹馬迢迢獨詠詩	遠山蒼翠日沈時 **柳掛江樓千萬絲** 明朝一向全城路 匹馬迢迢獨**吟**詩

　이 부분은『신본』의 두 번째 시편이고『일고본』에는 첫 번째 위치에 배열되어 있다. 앞의 시편과 마찬가지로 백호와 손곡의 시의 자리가 바뀐 것, 작가 표기 방식이 다른 것 이외에는 일치한다. 그런데 글자의 차이는 다소 보이는데 눈에 띠는 것은『신본』에서 굵게 쓰고 밑줄을 붙인 부분이다. 우선 손곡 원운의 '柳如絲'와 '柳垂絲'의 차이가 있는데, '如'는 魚韻이고 '垂'는 支韻으로 모두 上平聲에 해당하므로 성조의

차이는 없다. 다만 표현에 있어서 직유와 은유의 차이일 뿐 어느 것이 원래의 시어인지 확인하기는 어렵다. 또한 송호의 시 끝구가 각각 '匹馬迢迢獨詠詩'와 '匹馬迢迢獨吟詩'로 되어 있는데, '詠'은 去聲 敬韻이고 '吟은'은 下平聲 侵韻으로 다르다. 율격으로 보면 측성이 와야 할 자리이므로 去聲인 '詠'이 와야 맞다.

그리고 松湖의 시의 제2구가 松巖의 시와 중복되어 있는데, 이 부분은 분명히 필사 과정에서의 誤記로 보이며, 『일고본』의 '樓上離情亂若絲'가 보다 정확한 것으로 보인다. 이러한 점에서 『龍城唱酬集』의 정본화에 있어서 자구가 보다 정확한 『일고본』과의 대조 작업이 매우 중요함을 알 수 있다.

4) [波斜多花歌] 평성 歌韻 : 칠언율시

『일고본』: 5수	『신본』: 5수
일고 05-01. 次松巖韻 南浦微風生晚波 清煙低柳碧斜斜 山分仙府樓居好 路入平蕪野色多 千里更成京國夢 一春空負故園花 清樽話別新篇在 却勝驪駒數曲歌 (林悌) 일고 05-02. 烏鵲橋頭春水波 廣寒樓外柳絲斜 風煙千古勝區在 詩酒一場歡意多 誰向筵前怨芳草 行看歸騎踏殘花 天涯去住愁如織 强把狂言替浩歌 (松巖) 일고 05-03. 清溪雨後起微波 楊柳陰陰水岸斜 南陌一尊須盡醉 東風三月已無多 離亭處處王孫艸 門巷家家枳穀花 流落天涯爲客久 不堪中夜聽吳歌 (東里) 일고 05-04. 雲天西望眼寒波 殘日依依已夕斜 樹影參差當檻亂 山光迢遞上樓多	松巖 烏鵲橋頭春水波 廣寒樓外柳絲斜 風煙千古勝區在 詩酒一場歡意多 誰向**離筵**怨**落照** 行看歸騎踏殘花 天涯去住愁如織 强把狂言替浩歌 碧山 南浦微風生晚波 **晴**煙低柳碧斜斜 山分仙府樓居好 路入平蕪野色多 千里**共**成京國夢 一春空負故園花 清樽話別**詩**篇在 猶勝驪駒數曲歌 村老 雲天西望眼寒波 殘**雨**依依已夕斜 樹影參差當檻亂 山光迢遞上樓多 一春離恨粘衰鬢 千里歸心怨落花 浣女不知時事異 隔溪猶唱數聲歌 玉峯 畫欄西畔綠蘋波 无限離情日欲斜 芳草幾時行路盡 青山何處白雲多

一春離恨粘衰鬢 千里歸心怨落花 浣女不知時事異 隔溪猶唱數聲歌 (村老) 일고 05-05 畵欄西畔綠蘋波 無限離情日欲斜 芳草幾時行路盡 靑山何處白雲多 孤舟夢裏滄溟事 三月煙中上苑花 樽酒易傾人易散 野禽如怨又如歌 (玉峯)	孤舟夢裏滄溟事 三月煙中上苑花 樽酒**已空**人易散 野禽如怨又如歌 東里 淸溪**微雨**起微波 楊柳輕陰水岸斜 南陌一尊須盡醉 東風三月已無多 離亭處處王孫**草** 門巷家家枳穀花 流落天涯爲客久 不堪中夜聽吳歌

　이 부분은 『신본』의 세 번째 시편이고 『일고본』에는 네 번째 위치에 배열되어 있다. 백호와 손곡의 시의 자리가 바뀐 것 이외에도 시편 배열의 순서 상 차이가 보인다. 『신본』은 '송암-백호-촌로-옥봉-동리'이고, 『일고본』은 '백호-송암-동리-촌로-옥봉'이다. 굵게 표시한 대로 자구의 차이도 다소 나타난다.

5) [稀詩移時思] 평성 支韻 : 칠언율시

『일고본』: 4수	『신본』: 3수
일고 04-01. 次松巖韻 賓主交懽俗物稀 一樓除我摠能詩 晩山當檻雲初斂 淸景撩人席屢移 半醉半醒深夜後 相逢相別落花時 橋邊楊柳和煙綠 欲折長條贈所思 (林悌) 일고 04-02. 仙樓此會世應稀 佳節淸談與好詩 銀燭爛邊花影轉 玉欄高處月輪移 平生痛飮狂歌地 今夜相逢惜別時 遙憶長程有長恨 席邊垂柳夢相思 (松巖) 일고 04-03. 數月離家音信稀 惜春還賦送春詩 杯尊坐久南樓好 河漢更深北斗移 飛絮落花無定處 仙遊良會亦同時 相逢各自東西去 芳草萋萋無限思 (東里) 일고 04-04. 幾年南北信音稀 把酒春城又此詩 欹枕水聲風	元韻　松巖 仙樓此會世應稀 佳節淸談與好詩 銀燭爛邊花影轉 玉欄高處月輪移 平生痛飮狂歌也 今夜相逢惜別時 遙憶長程有長恨 席邊垂柳夢相思 碧山 賓主交歡俗物稀 一樓除我摠能詩 晩山當檻雲初斂 淸景撩人席屢移 半醉半醒深夜後 相逢相別落花時 橋邊楊柳和煙織 欲折長條贈所思 東里 數月離家音信稀　惜春還賦送春詩　盃尊○○10)南樓好 河漢更深北斗移 飛絮落花無定處 仙遊良會亦同時 相逢各自東西去 芳草萋萋無限思 (玉峯 시 결락)

| 暗轉 捲簾花影月初移
醉來雲物渾如夢 老去情懷解惜時 莫怪夜深重
起坐 別離何事不相思 (玉峯) | |

이 부분은『신본』의 네 번째 시편이고『일고본』에는 세 번째 위치에 배열되어 있다. 백호와 손곡의 시의 자리가 바뀐 것 이외에 순서 상 차이는 없다. 다만『신본』은 '동리'의 시 중 일부 자구가 빠져 있고, '옥봉'의 시는 누락되어 있는 점이 큰 차이이다. 앞서 살펴본 것처럼 이러한 점에서『龍城唱酬集』의 정본화에 있어서 자구가 보다 정확한 『일고본』과의 대조 작업이 매우 중요함을 다시 한번 확인할 수 있다.

6) [期知卑離] 평성 支韻 : 오언율시

『일고본』: 5수	『신본』: 5수
일고 03-01 又(「次孫谷韻」) 仙樓應有分 勝賞本無期 今夕是何夕 新知兼舊知 燭殘江月上 風盡野雲飛 芳草差池恨 人生足別離 (林悌)	元韻 碧山 仙樓應有分 勝賞本無期 今夕是何夕 新知兼舊知 燭殘江月上 風盡野雲**卑** 芳草差池恨 人生足別離
일고 03-02 勝地固難遇 詩朋如赴期 孤懷明月在 別思暮雲知 花亂愁春老 樓高覺野卑 東風芳草恨 他日寄相離 (松巖)	松巖 勝地**因**難遇 詩朋如赴期 孤懷明月在 別**意**暮雲知 花亂愁春老 樓高覺野卑 東風芳草恨 他日寄相離
일고 03-03 不有人相約 人來似有期 相逢意氣合 寧別舊新知 樹木村邊暝 峯巒眼底卑 夜深仍坐久 花月政離離 (村老)	村老 不有人相約 人來似有期 相逢意氣合 寧別舊新知 樹木村邊暝 峯巒眼底卑 夜深仍坐久 花月政離離

---

10) 두 자가 결락되어 있음.

일고 03-04	東里
雒下不得見 相逢春後期 南來作客久 舉目無親知	**洛**下不得見 相逢春後期 南來**爲**客久 舉目無**新**知
烟起水橋暝 露重花枝卑 聚散莫可數 悠悠長別離 (東里)	烟起水橋暝 露重花<u>樹</u>卑 聚散莫可數 悠悠長別離
일고 03-05	玉峯
靑春餘幾日 明月似相期 楚塞人將發 秦山去自知	靑春餘幾日 明月似相期 楚塞人將發 秦山去自知
風神元散朗 氣格愧寒卑 有酒誰饒我 年年此別離 (玉峯)	風神元散朗 氣格愧寒卑 有酒誰<u>邀</u>我 年年此別離

『신본』의 다섯 번째 시편이고 『일고본』에는 두 번째 위치에 배열되어 있다. 두 본 모두 시의 순서 상 차이는 없다. 다만 『일고본』은 元韻시가 '손곡'으로 되어 있는데, 『신본』에는 '백호'로 되어 있다. 『龍城唱酬集』을 번갈아 수창한 것으로 본다면 원운 시가 무엇인지는 매우 중요하다. 『龍城唱酬集』의 성격 상 백호의 시가 전부 원운이 아니라고 본다면, 이 부분은 『신본』의 배열이 보다 적절한 것으로 보인다. 그리고 일부 자구가 차이가 있다.

6) [寅人均茵] 평성 眞韻 : 오언율시

『일고본』: 4수	『신본』: 4수
일고 07-01. 又 (「次東里韻」)	元韻 碧山
迢遞龍城路 重來歲戊寅 不堪芳草節 猶作未歸人	迢遞龍城路 重來歲戊寅 不堪芳○[11]節 猶作未歸人
樓閣仙遊罷 川原暝色均 客懷將別思 明月照華茵 (白湖)	樓閣仙遊罷 川原暝色均 客懷將別思 明月照華茵
일고 07-02.	蓀谷
屈指壬申歲 悠悠到戊寅 重遊七月後 吾輩兩三人	屈指壬申歲 悠悠到戊寅 重遊七月後 吾輩兩三人
京國親知在 山川道里均 君先策馬去 今夜醉芳茵 (東里)	京國親知在 山川道里均 君先策馬去 今夜醉芳茵

일고 07-03. 囊中詩百首 腰下劍三寅 鯨海回仙馭 龍城訪老人 子規啼欲歇 平仲綠初均 明日離亭畔 那堪設錦茵 (村老) 일고 07-04. 同醉思京雒 相親自丙寅 那知形勝地 復作去留人 客枕三宵穩 離愁兩處均 明朝高閣望 歸路草如茵 (松巖)	村老 囊中詩百首 腰下劍三寅 鯨海回仙馭 龍城訪老人 子規啼欲歇 平仲**綵**初均 明日離亭畔 那堪設錦茵 清溪 同醉思京**洛** 相親自丙寅 那知形勝地 復作去留人 **旅**枕三宵穩 離愁兩處均 明朝高閣望 歸路草如茵

　『신본』의 여섯 번째 시편이고『일고본』에는 다섯 번째 위치에 배열되어 있다. 두 본 모두 시의 순서 상 차이는 없다. 다만『일고본』은 元韻 시가 '동리'로 되어 있는데,『신본』에는 '백호'로 되어 있다. 앞서 살펴본 바『신본』의 배열이 원본에 보다 가까울 것으로 판단된다. 그리고『신본』에 1자 결락이 있고 작자의 자호 및 일부 자구의 차이가 있다.

3. 『용성창수집』 간행의 역사적 배경

　『龍城唱酬集』은 분명 당대 지식인의 집단 향유 문화가 낳은 결과물이다. 그렇다면 이러한 작품집이 나오게 된 역사적 계기는 무엇일까 하는 의문이 든다. 『龍城唱酬集』 이전에도 문인들이 집단적으로 시문을 창작하고 향유하는 일은 당연히 다수 존재하였다. 그 한 사례로 다음의 기사가 있다.

---

11) 한 자가 결락되어 있다.

匪懈堂은 왕자로서 학문을 좋아하고 시문을 잘하였으며, 서법이 奇絶하여 천하 제일이었다. 또 그림 그리기와 거문고 타는 재주도 훌륭하였다. 성격이 浮誕하여 옛것을 좋아하고 景勝을 즐겨 北門 밖에다 武夷情舍를 지었으며, 또 南湖에 임하여 淡淡亭을 지어 만 권의 책을 모아두었다. 文士를 불러모아 12景詩를 지었으며, 또 48詠을 지어 혹은 등불 밑에서 이야기 하고 혹은 달밤에 배를 띄웠으며, 혹은 聯句를 짓고 혹은 바둑 장기를 두고 풍류가 끊이지 않았으며, 항상 술마시고 놀았다. 당시의 이름있는 선비로서 교분을 맺지 않은 이가 없었고, 무뢰하고 雜業을 하는 이도 많이 모여들었다.12)

이 匪懈堂 安平大君(1418~1453)의 고사는 당시에 큰 이야깃거리로 인구에 회자되었던 것으로 보인다. 어쩌면 그의 신분이 왕자이기에 가능했던 것일 지도 모르지만, 이러한 일이 당시 집단 향유 문화의 유행을 촉발 내지 확산하는 계기가 되었을 가능성이 크다.

아울러 역사적 계기의 하나로서 누정제영 창작이 당대 사대부의 유흥 문화에서 일반적 관행으로 깊이 자리 잡게 되었음을 들 수 있다. 이와 관련하여 지방의 사림문화가 발달한 시기와도 일치하고, '穆陵盛世'라 불리는 문화적 부흥기에 사림문화가 발달하면서 산수자연에 대한 미의식이 확산, 제고된 것이 누정제영 창작의 정신적 배경이 되었다고 분석한 것13)은 온당한 견해로 보인다. 여기에 누정의 공간적 특

---

12) "匪懈堂以王子好學, 尤長於詩文, 書法奇絶, 爲天下第一. 又善畫圖琴瑟之技. 性又浮誕, 好古貪勝, 作武夷精舍于北門外, 又臨南湖, 作淡淡亭, 藏書萬卷. 招聚文士, 作十二景詩, 又作四十八詠, 或張燈夜話, 或乘月泛舟, 或占聯或博奕. 絲竹不絶, 崇飮醉謔. 一時名儒無不締交, 無賴雜業之人, 亦多歸之." 이 부분의 번역은 권오돈 외 역주의 『국역대동야승 Ⅰ·용재총화』(민족문화추진회, 1985, 51면.)를 일부 수정하여 인용하였음.

13) 유호진·우응순, 「누정제영의 시공간적 분포와 그 의미」, 『민족문화연구』 40, 고려

수성과 누정을 창축한 문인의 정치적 처지가 함께 고려되어야 한다는 것이 본고의 생각이다. 지방의 私設 누정은 붕당의 과열로 인한 재지 사족의 정치적 패퇴 내지는 낙척의 시기에 다수 창축되었고, 그것이 그 지역의 문화적 유행으로 자리잡았을 것으로 판단된다.14) 예컨대 면앙정, 식영정 등에 100편이 넘는 시문들이 집중적으로 창작·향유되고, 주변 누정의 제영시에도 연작 형식의 유행하게 되는 사례들은 17세기 서울 및 근기 지역에서 대규모 詩會 및 詩社가 유행하며, 참여 계층도 사족층에서 중인층까지로 확장되는 현상15)의 前史的 양상으로서 영향을 끼쳤을 것으로 생각된다.

끝으로 시회의 창수가 문단의 이슈로 떠오르면서, 의례적이고 상투적인 즉흥 창작의 관행을 지양하고, 높은 수준의 작품성을 추구하는 분위기가 마련되었다는 점이다.

내가 지난 임오년에는 아직 젊을 때였다. 돌아간 형님 하곡(荷谷 허봉(許篈)의 호) 선생을 모시고 앉았는데, 마침 손곡(蓀谷) 이익지(李益之 익지는 이달(李達)의 자)가 ≪용성창수집(龍城唱酬集)≫이라는 책 한 질을 소매 속에 넣고 와서 묻기를, "제가 연전에 남원(南原)에 갔을 때 백창경(白彰卿 창경은 백광훈(白光勳)의 자임)·임자순(林子順 자순은 임제(林悌)의 자임)·양사진(梁士眞 사진은 양대박(梁大樸)의 자임)과 함께 기거하였는데 이 집(集)은 바로 그때에 창화한 시들입니다. 네 사람의 작품이 누가 높고 낮은지요?" 하니, 선생은 소리내어 읊조리시다가 한참

대 민족문화연구원, 2004. 58면 참조.

14) 박종우, 「16세기 누정의 공간적 특성과 누정제영의 문학사적 의미」, 『우리어문연구』 32, 우리어문학회, 2008. 277-280면 참조.

15) 서지영, 「조선후기 중인층 풍류공간의 문화사적 의미」, 『진단학보』, 진단학회, 2003, 305~307면.

만에, "다른 시들도 모두 맑고 산뜻하나 좋게 하기에만 힘을 써 말이 좀 미끄러져 아무래도 원전(圓轉)하고 순숙(純熟)한 양(梁)의 것만 같지 못하다."라고 하니, 손곡은 깊이 그렇게 여겼다. 나는 비로소 남국(南國)에 양군(梁君)이 있음을 알았다.[16]

   물론 이 사례 하나로 당대 시회의 창수에 있어서 모두 작품성을 중시하였다고 단정하기는 어려울 것이다. 하지만 『龍城唱酬集』의 사례는, 문학의 집단 창작과 향유에 대한 당대의 인식이 단순한 '餘技'가 아닌 문학적 진지성을 견지한 것이었으며, 적어도 그러한 분위기 내지 공감대가 형성되고 있었던 것으로 추측할 수 있다.

4. 결론

   이상으로 우리는 새롭게 확인된 『龍城唱酬集』을 기존의 판본과 대비하여 원본에 가까운 판본의 정본화 가능성에 대해 논의하였다. 그리고 이 문헌이 갖는 문학사적 의미를 간략하게 상정해보았다. 이제 앞서 논의한 내용을 간추려보면서 결론에 대신하고자 한다.
   『龍城唱酬集』은 현재 책 제목만이 전해지고 일부 시편들이 각 작가의 문집에 산견되고 있었다. 그러다 1997년에 처음 일부 시편이 소개되었고, 이후 몇몇 관련 판본들이 공개되면서 책의 전체 규모를 가늠할 수 있게 되었다. 하지만 일부 작가명 및 자구의 오류가 보이고, 무엇보다도 수록 작품의 배열이 모두 白湖 林悌의 原韻으로 되어 편차상의 의문점이 남아 있었다. 이 때문에 '元韻-次韻-次韻…'의 일반적

---

16) 『성소부부고』 제4권, 문부 1(文部一), 「청계집서(淸溪集序)」

酬唱 관행으로 볼 때 해당 판본이 『龍城唱酬集』의 원본에 어느 정도 가까운 것인지 확인이 필요하였다. 이번에 새로 소개한 판본은 우선 일반적 酬唱 관행을 따르고 있는 점에서 앞서 소개된 판본의 문제가 해명될 수 있는 자료로서 일정 정도 의미를 갖는다고 하겠다. 따라서 『龍城唱酬集』의 정본화 작업에 있어서 단순한 자구 상의 출입을 넘는 이본으로서 가치가 있는 것으로 판단된다.

　『龍城唱酬集』의 문학사적 의의는 당대의 집단 향유 문화가 확산되는 배경 속에서 찾을 수 있음을 확인하였다. 아울러 樓亭題詠과 詩會의 유행도 역사적 계기의 하나였음을 살펴보았다. 『龍城唱酬集』은 엄숙한 도학적 분위기가 지배하던 시대에 시적 개성과 다양한 정감을 시 창작에 도입하여, 17세기 한시 창작에 영향을 주었다는 점에서 중요한 의의를 갖는다. 이 시회를 주도한 호남 문인들은 도학적 문학론을 기저에 두면서도 훨씬 다양하고 유연한 시적 개성과 상상력 및 감정의 자연성을 구현한 시인들이었다. 그들은 사림으로서의 自矜을 버리지 않으면서, 또 한편으로 경물의 다채로운 아름다움에 탐닉하는 낭만적 시정신을 소유하였다. 그리하여 그들은 산수미에 심미적으로 몰입하며 자신의 감정을 적극 표현하고자 하였고, 자유분방한 호기를 표출하는 새로운 시세계를 體現하였다. 그 결과 그들의 문학적 성취는 그 시대가 열망하던 높은 단계의 문학적 성취에 도달할 수 있었던 것으로 생각된다.

고전 전산화에 있어서
신출한자의 유형과 처리 방안

1. 머리말

21세기에 접어들면서 고전 전산화 사업이 정부의 국책사업으로서 연차적으로 진행되고 있다. 그에 따라 많은 결과물이 산출되어 한국학 분야 연구자는 물론 관심 있는 사람은 누구라도 웹사이트를 통하여 무상으로 사용할 수 있다. 이러한 사업은 우리의 귀중한 전통 문화 자산을 정보화하여 소통함으로써 고전 교육 및 한국학 연구를 지원하는 측면에서뿐만 아니라, 일반 사용자도 손쉽게 접할 수 있게 된 측면에서도 매우 의미 있는 일이라 할 것이다. 그런데 고전 자료의 데이터베이스를 구축하는 과정에서 옛한글과 신출한자 등 표준 코드에 없는 문자의 전산 처리에 여러 가지 어려운 문제가 발생하여 이를 해결하고자 하는 각계의 연구가 진행되고 있다.

논자가 소속한 고려대학교 민족문화연구원 문자코드연구센터(구 비표준문자등록센터)는 지난 1998년 4월부터 문화관광부의 지원으로 문자코드 연구와 등록·지원을 담당하는 국가 공인 대표기관으로서, 국어 생활과 학술 연구 및 정보산업 분야의 국가적 생산성 향상을 위해 노력해 오고 있다. 본 발표는, 그동안 본 센터에서 연차적으로 수행해

온 신출한자의 등록과 처리 작업을 통해 축적된 사례와 문제점을 분석함으로써, 고전 전산화에 있어서 신출한자의 유형과 처리 방안에 대해 논의해보고자 한다. 우선 신출한자의 개념을 정리하고, 신출한자를 유형과 처리의 두 가지 단계로 나누어 사례별 문제점과 해결 방안을 살펴보기로 한다.

본고에서는 주로 한국역사정보통합시스템 사업의 추진과정에서 산출된 신출한자로서, 센터에 제출된 목록을 중심으로 하였다. 사례 분석에 사용된 신출한자 목록의 구체적인 출처는 아래와 같다.

- 팔만시스템(주)에서 제출한 '국학진흥원 유교정보화 1~3차 사업'의 신출한자
- 민족문화추진회에서 제출한 '오주연문장전산고 교감 및 정리 1~2차년도 사업'의 신출한자
- 한국정신문화연구원에서 제출한 '한국역사정보통합시스템 4차 사업'의 신출한자

2. 신출한자의 개념과 유형

1) 신출한자의 개념

신출한자[1]는 한문 고전 전산화 작업 과정에서 새롭게 조사·추출된

---

1) 신출한자는 현재 확정된 표준 용어는 아니다. 사용자에 따라 신출자, 벽자, 비표준한자 등 여러 가지로 쓰이고 있다. 본고에서는, '한문 고전의 전산화 과정에서 새롭게 검출된 한자 중 전산처리가 어렵거나 불가능한 한자들'의 의미로 '신출한자'를 사용하고자 한다.

한자로서, 기존의 국제 표준규격인 유니코드 통합한자 및 확장한자 문자세트에 아직 등록되어 있지 않은 한자를 말한다.

현재 한자문화권 국가에서 사용되는 한자 코드에 대한 국제 표준규격은 'ISO/SC2/WG2 산하의 IRG(Ideographic Rapporteur Group, 표의문자코드분과회의)'라는 국제기구를 통하여 진행되고 있다. 1998년 5월에 일본에서 개최된 제11차 IRG회의에서 의장국인 중국측이 SuperCJK(한중일 통합한자 세트)를 처음 제출하였다. 이 세트는 각국의 검토를 거쳐 이듬해 5월에 Ver. 1.0으로 처음 간행되었고, 이후 신출한자의 추가, 등재 방식의 변경 등 수정 보완을 거쳐 2001년 7월에 Ver. 14.0이 발표되었다. 이 결과는 국제 문자 부호계(UCS, Universal Multiple-Octet Coded Character Set)의 한자 세트 영역에 그대로 수용되었다.

국제 문자 부호계에 포함된 국제 표준규격의 한자는 다음과 같다.

- 기본 다국어 평면(BMP, Basic Multilingual Plane)
  : 20,902자
- 한중일 통합한자 확장 A(CJK Unified Ideographs Extention A)
  : 6,582자
- 한중일 통합한자 확장 B(CJK Unified Ideographs Extention B)
  : 42,711자

* 합계 : 70,195자

따라서 신출한자의 범위는 위의 목록에 들어있지 않은 한자 곧, Extention B 영역 외의 한자를 말한다. 단, 우리나라의 경우 중국이나 대만과는 달리 범용의 OS와 데이터베이스 구축 프로그램에서 Extention

A 영역의 한자까지만 입출력을 지원하기 때문에 Extention A 영역 외의 한자부터 신출한자로 처리하고 있다. 물론 특정한 소프트웨어를 사용하여 임시적으로 Extention B 영역의 한자를 입출력할 수 있지만, 이 방법은 현재 마이크로소프트 계열의 프로그램에서만 가능하기 때문이다.[2]

다음에는 사례 분석을 통해 신출한자의 유형을 구체적으로 살펴보기로 한다.

2) 신출한자의 유형과 사례 분석

각 기관으로부터 신출한자로 제출된 목록을 분석하여 그 결과를 유형별로 정리하면 다음과 같다.

■ 이체자류
- BMP 이체자
- Extention A 이체자
- Extention B 이체자

■ 신출자류
- Extention B 한자
- Extention C1 제안 한자(한국)
- 신출한자

위에서 보듯 신출한자는 크게 이체자류와 신출자류로 구분할 수 있다. 이체자류는 기존 유니코드에 등록된 한자와 자형만이 다른 이체자들을 가리키고, 신출자류는 기존에 등록되지 않은 한자로서 새롭게 발견된 한자를 말한다.[3] 여기서 Extention B 한자가 신출한자로 포함된

---

2) 이에 대해서는 박종우, 「Surrogate code를 이용한 Ext. B 한자 사용」, 『뉴스레터』 제10호, 비표준문자등록센터, 2002. 4면을 참조할 수 있다. 그리고 지난 10월에 출시된 한글과컴퓨터사의 워드프로세서인 '한글2004'에서 Ext. B 한자의 입출력 지원을 공식 발표한 바 있다.

이유는, 앞장에서 설명한 바와 같이 현재 우리나라에서 사용하는 데이터베이스 구축 프로그램에서 입출력을 지원하지 않기 때문이다. 이렇게 해당 한자들을 미리 선별해놓으면, 향후 지원이 가능한 환경이 되었을 때 손쉽게 자형을 추가할 수 있다.

이처럼 다양한 층위의 신출한자를 정확히 선별해내는 작업은 쉽지 않다. 신출한자의 검출 과정을 정확하게 수행하는 데에는 기본적으로 많은 시간과 비용이 투여된다. 그리고 1차적으로 원전 해독에 상당한 수준의 이해와 아울러 한자정보 처리에 대한 충분한 경험을 가진 검정 인력이 필요하다. 실제로 각 기관에서 본 센터에 제출한 신출한자 목록을 검정해보면 오류의 사례가 상당히 많이 발견되고 있기 때문이다.

그 구체적 사례로서 지난 7월 4일에 팔만시스템(주)가 본 센터에 의뢰한 '국학진흥원 유교정보화 사업'에서 신출자로 선별된 한자 목록에 대한 검정 작업을 살펴보기로 한다. 이 목록은 1~3차 사업에서 검출된 신출한자를 『SuperCJK Ver. 14.0』과의 대조를 거쳐서 총 211자를 선별하여 제출한 것이다.

이 신출한자 목록의 검정을 위해 본 센터에서 수행한 주요 검정 내용은 다음과 같다.

- ■ 신출자 여부 검정
  - 유니코드 BMP, Ext. A, Ext. B, Ext. C1 코드 확인
  - 이체자, 통용자 확인
- ■ 한자 속성 정보 검정
  - 부수, 잔여획수, 총획수 정보 확인

---

3) 이 신출한자들은 IRG의 제출양식에 의거하여 목록으로 정리된 뒤에 Extention C2
   의 우리나라 제안한자로 제출된다.

■ 폰트 자형 검정
 - 원전 자형 대조 확인

이 검정 과정을 통하여 신출한자를 검출하는 과정에서 발생한 여러 가지 유형의 오류를 확인[4]할 수 있는데, 이러한 오류들은 대부분 자형을 처리하는 과정과 한자정보를 조사하는 과정에서 발생한 것이다. 자형 처리의 오류는 원전 자형의 誤讀, 폰트 자형의 오류, 이체자 처리의 오류 등이고, 한자 정보의 오류는 부수, 총획수, 잔여획수 등의 오류이다.

신출한자의 정확한 판정을 위해 본 센터에서 적용한 검정 과정을 요약하면 다음과 같이 정리할 수 있다.

① 원전 대조를 통한 誤讀 및 폰트 오류 여부 검정
② 『SuperCJK Ver. 14.0』 코드북과의 대조를 통하여 신출한자 여부 판별
③ IRG의 'Annex S(IRGN951)' 문서 기준에 의거하여 이체자 통합 및 선별
④ Ext. C1 제출 한자 목록과 대조하여 Ext. C2 목록에 추가 등록
⑤ 신출한자로 검출된 한자에 대한 부수, 잔여획수, 총획수 등의 문자정보 확인
⑥ 신출한자 여부의 최종적 판정 및 신출한자 목록 작성

이상의 과정을 거쳐 실제 제출된 신출한자 목록을 검정한 결과를 표로 나타내면 다음과 같다. 신출한자 검정 내역은 다시 Extention A

---

4) 이 과정에 대한 보다 자세한 설명은 다음 장에서 다루기로 한다.

영역 이내, Extention B 영역 이상, 판정 보류로 구분하여 세분화된 검정을 수행하였다. 이 가운데 Extention A 영역 이내의 한자는 신출 한자에 해당하지 않는다. 그리고 오류 내역은 자형에 대한 오류와 한 자 정보에 대한 오류를 모두 수량적으로 정리한 것이다.

〈신출한자 검정 내역〉

구분		1, 2차 사업 (145자)	3차 사업 (66자)	소계 (211자)	총합	비고
Ext. A 영역 이내	BMP	32	5	37	57	
	BMP 이체	16	2	18		
	Ext. A	1	1	2		
Ext. B 영역 이상	Ext. B	16	3	19	124	신출자
	Ext. B 이체	3	0	3		
	C1 제안자	19	2	21		
	신출자	38	43	81		
판정 보류	원전 자형 미상	10	6	16	30	원전 재확인 필요
	문자 정보 미상	3	2	5		
	원전 이미지 링크 오류	5	2	7		
	원전 이미지 누락	2	0	2		
계(자)		145	66	211	211	

〈오류 내역〉

구분	1, 2차 사업	3차 사업	합계(자)
폰트 자형 오류	9	1	10
원전 자형 오독	27	6	33
부수 오류	9	3	12
잔여획수 오류	16	5	21
총획수 오류	16	3	19

이 검정 내역을 분석하여 나타난 문제점을 요약하면 다음과 같다.

- 원전에 대한 교정 및 교열이 충분히 이루어지지 않았음.
- 신출한자 1차 선별시 『SuperCJK Ver. 14.0』과 대조가 미흡함.
- 원문 자형에 대한 誤讀 및 입력 오류 비율이 높음.
- 신출한자 폰트와 원전 이미지의 링크가 불일치한 경우가 있음.

이 결과로 추정해볼 때 한국역사정보통합시스템 등에서 제출한 신출한자 목록의 신뢰도는 만족할 만한 수준이라고 하기 어렵다. 더욱이 원전 자형의 誤讀이 많아서 신출한자로 제출된 한자 목록 이외에도 자형의 誤讀 및 입력 오류가 적지 않게 포함되어 있을 것으로 판단된다. 전체 구축 데이터의 샘플링 검사를 통해 정확성을 재검토하는 것이 필요할 것이다.

3. 신출한자 처리의 과정과 방안

1) 신출한자 처리의 과정

신출한자의 정확한 판정을 위해 본 센터에서는 앞에서 요약한 것처럼 여러 단계의 검정 과정을 수행하고 있다. 신출한자를 무분별하게 수집하여 많은 양을 확보하는 것보다는 가능한 정확한 목록을 작성하여 국제 표준기구에 제안하는 것이 바람직하기 때문이다. 국제적으로 공감하고 인정할 만한 신출한자를 제안하지 못하면, 국제 표준으로 수용되기 어려울 뿐만 아니라 이후 한자 표준화 사업에 대한 국가적 신뢰를 잃을 수도 있다. 그만큼 신출한자 처리는 가능한 한 신중하고 정확하게 진행되어야 한다.

본 센터에서 수행하는 신출한자 처리의 과정은 다음의 여섯 단계로
이루어진다.

(1) 원전 대조를 통한 오류 여부 검정

이 검정 작업은 센터에 제출된 신출한자 목록의 한자들을 원전과 직
접 대조하면서 誤讀으로 인한 오류나 폰트의 오류 여부 등을 조사하는
일이다.

① 원전 자형의 오독

〈예시자료〉

원전 자형의 오독은 원전 한자의 자
형에 대한 착각이나 이해의 부족으로
기존 표준코드에 등록되어 있는 한자인
데 변별하지 못한 경우에 많이 발생한
다.

이 예시5)는 자료의 반전된 부분에 나
타난 한자를 '土'에 '家'가 합쳐진 것으
로 보고 신출한자 목록에 등록한 것이
다. '守'의 아랫부분 필획을 '塚'의 윗부
분에 붙은 것으로 오독한 예이다. 해당
부분을 자세히 살펴보면 문맥상 국가에

공로가 있는 사람의 무덤을 지키는 군사인 '守塚軍'을 둔다는 의미이다.

이 오류는 원전 자료를 입력하는 과정에서 잘못된 것으로 보이며,

---

5) 〈예시자료〉의 전체 이미지는 〈별첨〉 참조. 이하 같음.

교정 및 교열 작업이 아직 이루어지지 않았거나 충실하게 수행되지 못
하였음을 나타낸다. 신출한자의 정확한 검출을 위해서는 원전의 자형
이나 획의 미세한 차이도 자세하게 대조하고 변별해야 한다.

② 폰트 자형의 오류

〈예시자료1〉

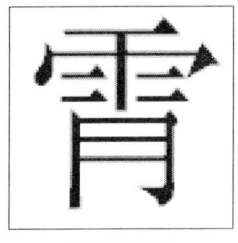

〈예시자료2〉

폰트 자형의 오류는 앞서 살펴본 원전자형
의 誤讀에서 많이 나오지만, 신출한자를 폰트
로 제작하는 과정에서 자획의 일부가 잘못 제
작되기도 한다.

〈예시자료1〉은 원전 자형이고 〈예시자료2〉
는 제작된 폰트 자형인데, '하늘, 구름' 등을
의미하는 '霄(소)'의 이체자이다. 자형상 '雨'의
아래에 '円'이 조합된 형태인데 '月'로 폰트 자
형을 잘못 제작한 예이다. 이 예는 비교적 사소
한 오류로 생각할 수 있으나 '靑'의 경우처럼 대
표자 자형 선정에 부정확한 정보를 줄 수 있으
므로 주의해야 한다. 예를 들면 대표적인 자서
인 『康熙字典』, 『大漢和辭典』 등은 '靑'으로 『漢語大詞典』, 『漢語大字
典』 등은 '月'이 밑에 있는 것을 대표자로 하고 있다. 그런데 국제 표준
한자 코드북인 『SuperCJK Ver. 14.0』에서는 『康熙字典』의 부수 체제
를 따르기 때문에 '靑'을 대표자로 하고 그 다음 위치에 '月'이 밑에
있는 한자를 배열하였다. 신출한자를 국제 표준한자에 제안할 때에는
폰트를 제작해서 목록과 함께 제출해야 하기 때문에 보다 정확한 폰트
자형의 제작이 필요하다.

③ 이체자 처리의 오류

〈예시자료〉

이체자 처리의 오류는 이체자가 아닌데 이체자로 잘못 파악한 경우에 발생한다.

이 예시자료는 '極'의 왼쪽 '木'을 '扌'로 보고 이체자로 규정한 사례이다. 예를 들어 '扵'는 '於'의 이체자로서 표준코드에 등록되어 있는 한자이다. 하지만 예시자료의 자형은 이체자가 아니라는 점에 유의해야 한다. 이 경우는 목활자로 간행된 문집류의 한적에서 흔히 나타나는 사례로서, '木'을 좌변에 쓰는 다른 한자에서도 유사한 예를 자주 볼 수 있다.

이 오류는 대체로 1차 입력자가 원전의 목판 활자 자형에 익숙하지 않아 생긴 것일 가능성이 크다. 이밖에도 목판이 오래되어 자획의 일부가 떨어져나간 경우나 필사자의 개인적 필체에 의한 부분적인 자형의 차이 등을 이체자로 처리한 사례도 나타나는데 이러한 한자들은 모두 이체자로 보기 어렵다.

④ 한자 정보의 오류

한자 정보의 오류는 해당 한자의 부수 정보, 총획수 정보, 잔여획수 등을 잘못 파악하여 나타난다.

예시자료의 한자는 '彐(계)'와 '軍(군)'이 상하로 조합된 신출한자이다. 본 센터에 제출된 목록에는 예시된 한자의 부수를 '車(수레 거)'로 판정하여, '車' 부수와 잔여획수 5획으로 한자정보를 표시하였다. 물론 같은 한자라도 각 나라별로 관습적으로 부수를 다르게 보는 경우가 더러 있지만, 위의 예는 적절하지 않은 사례이다.

〈예시자료〉

이 한자의 부수는 '車'가 아니라 위에 있는 '彐' 부수의 9획으로 보는 것이 적절하다. 부수의 판단이 애매한 경우에는 조합의 방식이 같은 한자의 부수를 참조할 필요가 있다. 유사하게 자형이 조합된 예로서 '翬(휘)', '暈(훈)' 등을 참고할 수 있는데, '翬(휘)'는 '羽(깃 우)', '暈(훈)'은 '日(날 일)'로 모두 위에 있는 부분을 부수로 규정하고 있다. 부수가 다르게 정해지면 잔여획수가 아울러 달라지기 때문에 유의해야 한다. 일반적으로 통용되는 방법으로 부수를 정해야 해당 한자를 정확하고 쉽게 검색할 수 있다.

지금까지 살펴본 오류의 사례에서 보듯 신출한자의 검출할 때에 나타나는 오류는 대부분 원전자료의 입력과 교정 등과 같은 1차 전산화 과정에서 발생한다. 따라서 초기 작업 인력의 질적 수준에 의해 오류의 비율이 큰 차이가 나게 된다. 정확도가 낮은 작업 결과물은 이후 교정 및 교열 비용이 추가로 투입되어야 하므로 결국 더많은 인적 물적 비용의 투여가 불가피하다. 따라서 초기 단계의 전산화 작업을 정확하게 수행하는 것이 매우 중요하다.

(2) 『SuperCJK Ver. 14.0』 코드북과의 대조를 통한 신출한자 여부 판별

이 과정은 제출된 신출한자 목록을 『SuperCJK Ver. 14.0』 코드북과 대조를 통하여 신출한자 여부를 판별하는 작업이다. 앞에서 언급하였듯이 이 코드북은 Extention B 영역의 한자까지를 포함하고 있기

때문에 신출한자 판정에 매우 유용하다. 이 책의 배열 방법은 표제자를 『강희자전』 부수 순서로 구분하고, 같은 부수 내에서는 획수 순서로 나열하는 전통적인 자서의 체제를 따르고 있다. 그리고 표제자에는 부수, 잔여 획수, 유니코드 코드의 정보, 『강희자전』 면수 및 위치, 『한어대자전』 면수 및 위치, 각국의 한자 코드 등의 정보를 제공한다.

신출한자를 이 코드북과 대조하는 작업은 해당 한자의 부수와 잔여 획수를 확인하여 수록 여부를 통해 신출한자 여부를 판정하는 비교적 단순한 일이다. 그런데 이 책으로 신출한자를 대조하는 과정에서 한 가지 주의해야 할 사항이 있다. 그것은 획수 순서의 배열이 모두 일치하지 않는다는 점이다. 각 나라별로 획수를 계산하는 방식이 부분적으로 차이가 있기 때문인데, 일반적으로 ±1~2획까지 대조를 해야 정확한 결과를 얻을 수 있다. 예를 들어 '氵(물 수)'의 3획인 글자를 찾는다면 1~5획의 수록 한자까지 함께 검색해야 정확한 결과를 얻을 수 있다.

(3) IRG의 'Annex S(IRGN951)' 문서 기준에 의거하여 이체자 통합 및 선별

'Annex S(IRGN951)' 문서는 IRG의 기술문서로서, 유사 자형 한자와의 구분과 통합에 대한 기준이 제시된 문건이다. 이 문건의 취지는 기본적으로 각국에서 이체자를 무분별하게 제안하는 것을 통제하기 위한 것이다. 이 문서는 기존에 수용된 이체자는 그대로 두고 이후 제안되는 신출한자에만 적용되는 기준인데, 통합해도 무방한 이체자와 구분해야 할 이체자를 예시를 통하여 표준화하였다.

(4) Ext. C1 제출 한자 목록과 대조하여 Ext. C2 목록에 추가 등록

Ext. C1 제출 한자 목록은 2002년 4월에 IRG에 제출한 우리나라의 신출한자 목록이다. Ext. C 영역의 한자는 C1과 C2로 나누어 제안하게 되는데, 현재는 각국에서 C1 영역의 한자를 제안된 목록을 검토하는 단계이다. 따라서 향후에 추가되는 신출한자에서 Ext. C1 제출 한자 목록과 대조하여 중복되지 않는 한자를 선별하여 C2 영역의 제안 한자 목록에 추가로 등록하게 된다.

(5) 신출한자로 검출된 한자에 대한 부수, 잔여획수, 총획수 등의 문자정보 확인

이전까지의 단계가 신출한자의 자형을 검정하는 과정이었다면 이 단계는 한자의 정보를 검정하는 과정이다. 새롭게 검출된 한자를 '국제 표준 제안한자 포맷(IRGN881)'에 맞게 필요한 정보를 확인하여 입력하는 작업이다.

(6) 신출한자 여부의 최종 판정 및 신출한자 목록 작성

이상의 과정을 모두 거쳐 신출한자 여부를 최종적으로 판정하고, 목록으로 작성하여 IRG에 우리나라의 신출한자로 제안하게 된다.

2) 신출한자 처리의 사례와 장단점

신출한자의 정확한 검출보다 더 어려운 일은 신출한자를 전산기기에서 구현할 수 있는 표준화된 방안을 마련하는 문제이다. 현재 진행되는 각종 고전자료의 전산화 사업에서 이체자 및 신출한자 처리에 관한 표준화가 이루어지지 않는다면, 향후 신출한자가 일반화되는 상황에서 각각의 방식으로 구축된 자료를 통합하는 데에 많은 인적 물적 비용의 투여가 불가피할 것이다. 따라서 신출한자의 정확한 처리 방안의 마련은 시급한 과제이다. 아래에서는 먼저 과거부터 현재에 이르기까지 사용되는 신출한자 처리 방법을 원전 입력 단계와 웹문서 작성 단계로 나누어 각 유형별 장단점을 점검하기로 한다.

(1) 원전 입력 단계

① 부호를 사용하는 방법

〈예시자료1〉

下馬時鳴鑼騎馬時吹■囉事依定奪一邊取稟一邊擧行之意禁軍別將及馬兵別將騎士將處申明分付爲於軍兵等設布帳時吹單鑼開撤布帳時■鈸等事依定奪一邊取稟一邊擧行之意分付各軍門爲於陵所擧動時禁雜人等事與常時擧動時尤爲自別是置(『訓局謄錄』三十七, 〈甲辰八月日〉條 : 정문연6))

〈예시자료2〉

浚字子淸臨瀛大君璆之子世宗莊憲王之孫官領相錫文初名□門字順甫昌寧人官領相謚恭簡世恭字子敬官叅贊(『寒臯觀外史』一, 45a면 : 정문연)

'■', '□', '◎', '?' 등의 부호를 사용하여 신출한자를 처리하는 방법이다. 원전을 입력할 때 입력자가 판단할 수 없거나 입력이 불가능한 한자일 경우에 많이 사용한다. 시각적으로 쉽게 눈에 띄는 부호를 사용하여 교정에 편의를 주는 장점이 있다. 하지만 이 방법은 사용자에

---

6) 이하에 인용된 예시자료의 '정문연'은 한국정신문화연구원의, '민추'는 민족문화추진회의 약칭이다.

게 해당 한자에 대한 아무런 정보를 주지 못하는 점에서 적절하지 못
하다.

② 자형의 조합식을 사용하는 방법

〈예시자료〉

錢鑮化蝶。〈&h4衤+裏〉裙化蝶。稷米化爲鯽。桔梗化爲蟒蝰。沙蔘
化爲海蔘。(〈物理相感辨證說〉 : 민추)

신출한자를 '+', '-' 등의 연산식으로 표현하는 방법이다. 〈예시자
료〉의 〈&h4衤+裏〉는 자형을 알 수 있도록 자소를 부호화하여 나타낸
것이다. 이 방법은 사용자가 해당 한자를 바로 알 수 있어서 편리하다
는 장점이 있다. 그러나 한자의 조합은 그 형태가 다양하여, 좌우 조합
만으로는 표현하기 어려운 것이 큰 단점이다.[7]

③ 한글음을 사용하는 방법

〈예시자료〉

見今寔繁之徒詿誤民志至有異國人之犯越忞行者設鞫覈實不容少緩卿
於此時何可備禮巽讓不之汲汲조(竹+造)朝乎予言至此卿其諒之事遣右丞
旨傳諭偕來回啓(『爛抄』三, 〈丙寅正月十五日〉條 : 정문연)

해당 신출한자의 한글음을 노출하는 방법이다. 위의 예시는 조합식
을 사용하는 방법과 한글음을 사용하는 방법을 병용한 것이다. 이 방
법은 부호를 사용하는 것보다는 유용할 수 있지만, 신출한자의 상당

---

7) 신출한자의 처리에 조합식을 사용하는 다양한 방법은 박종우, 「비표준한자 표현
　방안 연구」, 『뉴스레터』 제1호, 비표준문자등록센터, 1998. 12~13면 참조.

부분은 자음을 정확하게 확인하기 어렵기 때문에 적절하지 못하다.

이상의 방법들은 모두 고전 전산화의 초기 단계에서 사용된 것으로 현재에는 잘 쓰이지 않는다. 현재는 다음에 살펴볼 웹문서 형식의 부호를 부가하는 방법을 주로 사용한다. 향후 데이터베이스 구축 환경이 발달함에 따라 신출한자의 입출력이 가능하게 되면, Extention B 한자는 별도의 컨버전 작업을 거치지 않고도 간단하게 처리할 수 있기 때문이다.

(2) 웹문서 작성 단계

현재 주요 고전 전산화 사업에서 작업하는 웹문서는 XML 문서 형식으로 작성되는데, 여기서는 편의상 XML 문서 형식에 사용되는 여러 부호를 제외하고 신출한자 부분만을 중심으로 논의를 진행하기로 한다.

신출한자를 웹화면에 구현할 때에는 코드값을 사용하는 방법과 한자정보를 제시하는 방법이 대표적이다.

① 코드값을 사용하는 방법
〈예시자료1〉

又曰。夫飢而倍食。渴而大飮。熱而投水。寒而入火。所苦雖除。其身必死。胸中有瘕。不可鑿也。喉中有疾。不可剔也。〈U87C1〉〈U459F〉著面。不可射也。蟣蝨著身。不可斫也。(〈莊子讀法辨證說〉: 민추)

〈예시자료2〉

我東亦有「許察訪」〈n〉「〈K17192〉」〈/n〉以義感暴化善之事。古人所罕。〈n〉「辛敦復」『鶴山閑言』。(〈不貪積善積德辨證說〉: 민추)

기존 워드프로세서의 코드값 또는 유니코드와 같은 기존의 코드값을 사용하거나, 개발자가 임의적으로 작성하고 부여한 코드값을 사용하는 등의 방법이다. 위의 〈예시자료1〉의 〈U87C1〉과 〈U459F〉는 유니코드 통합한자 코드값이다. 〈예시자료2〉에 나타난 〈k17192〉는 〈예시자료1〉과는 다르게 작업자가 임의적으로 작성한 형식의 코드값이다.

이 예시에서 나타나는 가장 큰 문제점은 동일한 작업자가 입력한 것인데도 신출한자를 표시하는 코드값이 자료에 따라 다르게 나타난다는 것이다. 우선은 코드값 정보를 국제 표준규격으로 통일하여 작성하는 것이 필요하다. 텍스트상에서 해당 한자가 무엇인지 알 수 없지만, 정확한 유니코드 코드값으로 입력하는 것이 향후 기술적 보완에 보다 편리할 것이기 때문이다.[8]

② 원전 한자정보 태그(Tag)를 사용하는 방법

〈예시자료〉

臨畫講講前受音一遍純通新受音自伯牛止未嘗至於〈ohj〉扵〈/ohj〉偓之室也 (『書徒』二, 〈己丑四月十八日〉條:정문연)

원전 한자의 자형을 보존하면서 사용자의 편의를 고려한 방법이다. 이 방법은 원전 한자에 태그를 붙이고 그 앞에 대표자를 입력하는 것으로서, '대표자〈tag〉원전 한자〈/tag〉'의 형식이다. 원전한자가 없는 경우에는 신출한자의 이미지를 직접 링크하여 보여준다. 이 방법을 사용하면 사용자는 대표자를 통해 문장을 보다 쉽게 이해할 수 있고, 검

---

8) 현재 뚜렷한 대안이 없는 현실에서 신출한자를 코드값으로 나타내는 것은 유력한 방안의 하나로 판단된다. 다만, 그 형식에 있어서 부분적인 수정 및 보완이 필요하다고 여겨진다.

색의 경우에도 보다 정확한 결과를 얻을 수 있어서 유용하다. 다만, 한자 통계 분석 등의 계량적 작업을 할 경우에는 실제 원전에는 없는 한자들이 중복되어 합산될 수 있으므로 다소 불편한 점이 있다.

3) 신출한자 처리의 방안

이상의 신출한자 처리의 사례에서 본 것처럼 어느 방법이나 장단점이 있다. 신출한자의 바람직한 처리 방안을 마련하기 위해서는 몇 가지 전제되어야 할 사항이 있다.

우선 사용자의 편의성을 고려해야 할 것이다. 고전 전산화의 취지가 고전을 정보화하여 그 결과를 많은 사람들에게 전달하는 데에 있다면, 보다 정확한 결과물이 사용자에 제공되어야 한다. 적어도 웹사이트 상에서 화면에 나오지 않거나 잘못 출력되는 글자가 없도록 하는 데 노력해야 한다. 그리고 정보의 호환성을 함께 고려해야 할 것이다. 향후 컴퓨터 환경과 소프트웨어의 기술적 발전에 의해 한자 처리 환경이 보다 용이해질 상황을 대비하여 한자 처리의 방안을 설계해야 한다.

신출한자의 처리는 크게 이체자 처리와 신출한자 처리의 두 가지 측면으로 나누어 볼 수 있다. 이체자 처리는 괄호나 태그 등 간단한 부호를 사용하여 대표자와 이체자를 동시에 화면에 출력하는 방법이 적절한 것으로 보인다. 이체자에 익숙하지 못한 경우 쉬운 한자인데도 무슨 자인지 몰라서 문맥을 이해하는 데에 어려울 수 있기 때문이다. 동시에 화면에 출력하면 원전의 한자를 직접 보면서 쉬운 대표자를 바로 확인할 수 있어서 편리하다.

그리고 신출한자 처리는 유니코드에 수록된 Extention B의 경우는 코드값을 붙이고, 그 외 새로운 한자의 경우에는 자형의 이미지를 링

크시켜 화면에 출력해주는 방법이 가장 현실적인 대안으로 보인다. 신출한자가 나올 때마다 모두 폰트를 새로 제작하는 방법은 가급적 피해야 한다. 일단 새로운 폰트를 제작하는 데에는 상당한 비용이 투여되는데, 앞서 보았듯이 제작을 하였더라도 그 정확성과 신뢰도에 문제가 있기 때문이다. 따라서 투여 비용만큼의 결과를 얻기 어려운 폰트 제작보다는 신출한자의 정확한 검정이 보다 우선적으로 수행되는 것이 바람직하다.

신출한자를 포함한 비표준적인 문자를 완전히 처리하기에는 현실적으로 어려운 점이 많은 것이 사실이다. 충분한 예산의 책정, 고급 인력과 많은 시간의 투여, 한자 처리의 기술력 확보 등 선결해야 할 문제가 있다. 따라서 막연하게 이상적인 방안을 강구하기보다는 현 실정에서 최선의 방안을 모색하는 것이 무엇보다 중요하다.

4. 한자 처리의 과제와 전망

한자 처리는 우리나라에서뿐만 아니라 한자문화권 전체의 난제이다. 이 문제의 해결을 위해 한자를 사용하는 나라들이 해마다 두 차례 IRG회의를 개최하여 서로 의견을 교환하면서 그 해결 방안을 모색해 나가고 있다. 여기에 우리나라도 고전 전산화를 지속적으로 수행하면서 신출한자의 목록을 수집·정리하고, 우리 고전 전산화에 불편함이 없도록 적극적으로 참여해야 한다.[9] 그리고 이체자 처리문제, 신출한

9) 우리나라의 경우 그동안 이에 대한 대비가 충분하지 못하여 현재 유니코드 Extention B 영역의 한자로도 『조선왕조실록』이나 『한국문집총간』과 같은 중요한 고전 자료들이 완전히 전산화되지 못하고 있는 실정이다.

자 검정 및 처리 문제 등 한자 처리에 대한 제반 정보와 협의를 할 수 있는 협력 체계를 갖추어야 한다.

현재 우리나라 고전 전산화에 있어서 한자 처리는 원전의 단순 입력 및 검색을 중심으로 하는 것으로서 아직 시작 단계에 있다. 그동안 사업이 진행되면서 여러 가지 시행착오가 발생하기도 하였다. 그리고 연차별로 경우에 따라 사업자가 교체되어 기술과 경험이 축적되지 못하는 문제도 있다. 하지만 이러한 사업은 우리의 귀중한 지적 문화 자산을 정보화하여 소통함으로써 우리나라에서뿐만 아니라, 전통 문화의 세계화라는 측면에서도 중요한 의미를 가진다. 따라서 그 간의 문제점을 보완해가면서 앞으로도 지속되어야 한다.

한자 처리는 우리나라보다 앞선 기술과 경험을 가진 대만이나 중국의 예를 보듯이 결코 단시간에 이루어질 수 없다. 현재 대만에서는 中央研究院을 중심으로 하여 집중적이고 체계적인 데이터베이스의 개발·구축, 철저한 사후 관리·보수를 계속해서 진행해나가고 있다. 여기에 새로운 응용기술의 연구개발, 축적된 연구결과의 홍보·공유의 노력이 더해지고 있어 앞으로의 큰 발전을 예견하게 한다.

이는 연구자와 연구기관 사이의 긴밀한 협조와 집중적이고 계획적인 인적 물적 투자를 통해 이루어진 것으로서 우리나라 한자 처리 연구에도 시사하는 바가 크다. 한국전산원, 기술표준원, 문화관광부 등 정부기관의 적극적이고 지속적인 지원은 물론 고전 정보화 사업의 수행기관과 관련 연구기관 사이의 상시적 협조 체계의 구축과 정보 교환 등의 노력을 통해서 가능할 것이다.

〈별첨1〉(『회헌선생실기』 1 : 팔만)

封墓山麓爲墓田又置守塚軍二十名永鐲丁

役

世宗嘉靖二十一年壬寅(仲宗大王三十七年)

建書院于順興廢府白雲洞

周愼齋世鵬慕其先生乃母豐其基先訪先生故

居感慕不已遂就竹溪上宿水寺舊墟剙立祠

院卽先生少日讀書處也

二十二年癸卯(仲宗大王三十八年)

八月奉安眞像于書院

我東書院始剙於此(海州李先生彦迪時爲方)

十九

〈별첨2〉(『지암선생문집』 2 : 팔만)

貝關胎寒上赤堤妙齡聲價動京師高風每欲追

元伯逸調奚曾靳孝尼鴒截雲霄方獨擧魚遊湖

海久相隨丹山政繁菶生望朱崔俄驚白日翻永

召魚軒重鴳養忍看鸞鏡百年悲魂歸末奉平生

笑飛旎翩翩落日遲

師傅朴羽衙

青萱昔倚長松日四海知心我二人文彩風流推

衆譽慈詳孝友出天眞丹登金榜雙龍闕三佩銅

章百里身玄夢忽驚遙海夕丹旋初返古河濱豈

徒邦國云亡歎是實朋知痛悼均萱室偏親悲不

〈별첨3〉(『추월당집』: 팔만)

歇雲收夕陽。在野暮色煙光交映無邊萬里人寰弈
八蓬島之境儘奇觀也。是夜信宿翌日霽色騰空朝
日出嶂灑然乾坤指點無垠飯後出寺門登後頂回
視頻頻不忍沒去濯纓公所謂十步九顧如別佳人
者果如此邪漸上至山腰叢竹被山人行其間攜杖
披竹冷響蕭颼巖風微動瀟然其淸也至絶頂有峯
危峻斗立勢若騰空者周武陵所名石廩峯也又其
東一二里許峯據臨高頂而狀如寶蓋者又武陵所
謂些盖峯皆倣於衡山列嶽之稱也噫勝地非人則
不著昔者武陵先生胡海曾次求守是邑鳴琴之暇

〈별첨4〉(『남천집』 4 : 팔만)

入耶抑人無有可聞如陶翁者哉吾非性於愛菊者
自少得疾多頭風痰量之症爲甚詢醫試劑蓋不可
量而卒未得效以此斷置之久矣近考藥性篇菊爲
養性延年而袪風止眩尤神然功不可速責但當累
歲積月乃可企其著效於吾病甚相稱蓋病久效且
遲勢所然矣於是起而築階凡三而乃止求其種於
此隣既皆手種而盡實之階入謂菊花之美者也今
種之必取其妍芳以光于一屋不免好事之歸而乃
若吾心則爲其將愈於病愛之亦出於爲己之私非
若古人愛菊緣傲風霜持勁節方於人之有氣節者

국제 표준한자의 이체자 연구
- Ext.B 이체자의 유형 분석 및 DB 구축 방안을 중심으로

1. 머리말

유니코드가 국제 표준코드로 제정된 이래 각종 데이터베이스 구축 및 응용 소프트웨어 개발 등 폭넓은 분야에서 채택·사용되고 있다. 우리나라의 고전 전산화 사업에서도 예외는 아니어서 유니코드에 수록된 2만 여자에 달하는 한자는 한적 자료의 전산화에 많은 도움을 주고 있다.[10]

그런데 유니코드는 그 자체에 다양한 異體字를 수용하고 있다. 이는 유니코드 제정 당시 韓·中·日 각국에서 사용되던 한자를 통합하는 과정에서 초래된 것으로 각국의 한자 사용 습관과 한자의 音이나 義와는 무관하게 지나치게 形을 중심으로 통합·분리·재배열 하도록 한 데에서 기인한다. 즉 당시에 韓·中·日 각국의 전문가로 구성된 ISO/IEC 산하의 한자특별전문위원회(IRG, Ideographic Rapporteur Group. 이하 IRG로 약칭)에서 유니코드에 수록을 요청한 한자 수는

---

10) 현재 구축되었거나 추진 중에 있는 고전 전산화 사업에서는 대부분 유니코드 시스템으로 데이터베이스를 구축하고 있으며, 유니코드 Ext.A 한자까지 입출력 및 검색이 가능하다. 또한 국내 주요 워드프로세서에서도 유니코드를 지원하여 입출력을 자유롭게 할 수 있다.

54,011자였으나, 65,536자의 기본 다국어 평면(BMP: Basic Multiple Plane, 이하 BMP로 약칭)으로 인하여 이를 모두 수용할 공간이 없었다. 이에 유니코드 측에서는 IRG에 어떤 식으로든 한자를 통합하도록 종용하였고, 결국「CJK 한자의 통합 및 배열절차(Procedure for the Unification and Arrangement of CJK Ideographs)」라는 기준을 적용하여 최종적으로 20,902자의 漢字群으로 통합되었다. 이처럼 音과 義보다는 形을 중심으로 통합·분리·재배열됨으로 인하여 일반적으로 사용하는 정자 외에 音과 義는 같으나 形이 다른 상당수의 異體字가 각각 하나의 코드번호를 부여받아 유니코드에 등록되었다.[11]

이후 유니코드 한자는 韓·中·日 각국의 요구에 의해 Extension A (이하 Ext.A로 약칭) 한자 6,582자와 Extension B(이하 Ext.B로 약칭) 한자 42,711자로 확장되어 총 70,335자에 달하게 되었고, 현재는 Extension C(이하 Ext.C로 약칭)에 등록할 한자를 논의 중에 있다. 그런데 확장 한자를 제정할 때에도 異體字에 대한 엄격한 규정없이 진행되어 기존의 유니코드에 등록된 한자보다 더 복잡한 양상을 띠게 되었다.[12]

하나의 코드체계 내에 다양한 자형을 수용할 경우, 인쇄·출판 등에 도움을 줄 수 있지만, 대단위 데이터베이스를 구축할 경우에는 입력과 검색에 심각한 문제점을 초래할 수 있다. 특히 국가 차원의 고전 전산화 사업이 연차적으로 확대 수행되는 현 시점에서, 異體字 인코딩 및 異體字 정보 데이터베이스 구축은 시급한 과제라 하겠다. 필자가 소속한 문자코드연구센터(구 비표준문자등록센터)에서는 이러한 문제의 심각성을 인식하고 1994년부터 유니코드 BMP 영역에 등록된 CJK 한

---

11) 이재훈·이한섭·안병학, 「韓·中·日 3國의 UCS코드 通用字와 異體字 정보 처리 방안 연구」, 『한국어전산학』제2집, 한국어전산학회, 1998. 196~203면 참조.
12) 『국제 문자 코드 한자 Super CJK 연구』, 국립국어연구원, 2000.

자의 異體字 조사를 시작하였고, 1998년에는 이들 20,902자의 한자에 대한 면밀한 분석의 결과로 산출된 異體字·通用字 목록[13]을 제시하였다. 또 그 범위를 Ext.A 한자까지 확대하여 지속적인 수정·보완 작업을 진행 중에 있다.

이 발표문은 이와 같은 기존의 성과를 바탕으로 유니코드 Ext.B 한자의 異體字에 대한 효율적인 정보 처리 방안을 마련하기 위한 기초 연구이다. 이를 위하여 먼저 문자코드연구센터에서 기존에 구축한 유니코드 BMP 영역 한자의 異體字 정보 데이터베이스를 소개하기로 한다. 다음으로 유니코드 Ext.B 한자의 異體字에 대하여 그 유형을 분석하고, 아울러 異體字 데이터베이스를 구축 방안에 대해서 논의할 것이다.

2. 유니코드 BMP 영역 한자의 이체자 정보 DB 구축

유니코드 BMP 영역의 한자는 유니코드 한자 20,902자와 유니코드 Ext.A 한자를 가리키는데, 이것은 Ext.A 한자가 기존의 BMP 영역 중 일부를 사용하기 때문이다. 앞에서 밝혔듯이 문자코드연구센터는 지난 1994년부터 유니코드 BMP 영역 한자의 異體字·通用字 정보를 데이터베이스로 구축하였으며, 현재 Ext.A 한자까지 포함하여 지속적인 수정·보완 작업을 진행 중에 있다. 그 작업의 경위 및 결과의 일부를 보이면 다음과 같다.

---

13) 『韓·中·日 漢字 UCS코드 異體字·通用字 목록』, 고려대학교 민족문화연구소, 1998. 이 목록은 1995년부터 진행된 〈韓國學 情報化를 위한 언어자원과 문서표준 및 기반기술의 연구〉(고려대학교 민족문화연구소: 총괄연구책임자 김흥규)의 세부 과제 중의 하나로 〈韓·中·日 3國의 UCS코드 通用字와 異體字 정보 처리 방안 연구〉(연구책임자 이재훈, 공동연구원 안병학, 이한섭)의 결과물을 간행한 것이다.

1) 작업 경위

한자에서 異體字란 音과 義가 같으나 形이 다른 글자로서 역사적으로 혹은 현실적으로 필요에 의해 본래의 形을 변형하여 병용하는 글자라 할 수 있는데, 그 구체적인 속성과 용법에 따라 俗子·古字·簡化字·略字·訛字·變字 등으로 나눌 수 있다. 通用字는 본래의 한자가 있음에도 발음이 동일하거나 유사한 다른 글자로 본래의 한자와 통용해서 쓰는 글자를 가리킨다.

1994년부터 유니코드 BMP 영역에 등록된 CJK 한자 20,902자의 이체자와 통용자 조사를 시작하였는데, 이 조사 결과를 토대로 이체자와 통용자의 용례를 분석하여 本字와 연계시키는 방안을 강구하였다. 그리고 1998년에는 조사된 한자에 대해 본자와 이체 관계, 본자와 통용 관계를 연계시켜 이체자·통용자 목록을 완성하였으며, 본자와 이체자·통용자의 관계도표(Relation Table)를 작성하였다. 이렇게 완성된 목록과 관계도표를 기준으로 2000년 이후부터는 그 범위를 Ext.A 한자까지 확대하였고, 현재에도 지속적으로 그 조사 대상을 확대하여 수정·보완 작업을 진행 중에 있다. 조사된 이체자와 통용자의 예, 그리고 관계도표의 예를 들면 다음과 같다.

① 조사된 異體字의 예

본 자	이체자1	이체자2	이체자3
峯 (5CEF)	峰 (5CF0)		
惡 (60E1)	悪 (6076)	惪 (60AA)	
點 (9EDE)	点 (7089)	奌 (594C)	
國 (570B)	国 (56FD)	囯 (56EF)	口 (56D7)
鬪 (9B2A)	鬭 (95D8)	鬥 (9B25)	斗 (6597)

② 조사된 通用字의 예

의 미	본체자(UCS코드)	통용자(UCS코드)	통용자의 원의
뒤	後(5F8C)	后(540E)	왕비, 임금
남다	餘(9918)	余(4F59)	나
다만	只(53EA)	祇(7947)	공경하다
재주	藝(85DD)	芸(4E91)	향풀, 김매다
어조사	於(65BC)	于(4E8D)	어조사,姓

③ 본자와 異體字 · 通用字 관계도표(Relation Table)의 예

본자	廣 5EE3	鑑 9451	甘 7518	國 570B	實 5BE6	對 5COD	竝 7ADD	······
통용 및 이체	広 5E83	鑒 9452		国 56FD	实 5B9E	对 5BFE	並 4E26	······
	广 5E7F			囯 56EF	実 5B9F	对 5BF9	幷 5E77	······
				口 56D7			併 5002	······
							并 5E76	······
							併 4F75	······
							······	······

2) 異體字 · 通用字의 구분과 적용 원칙

이체자와 통용자의 조사하여 본자와의 이체·통용 관계를 규명하여 그 목록을 작성할 때에는 ① V1=正字(이체자 군집의 대표가 되는 글 자), ② V2=簡化字(중국 대륙에서 쓰이는 간화자), ③ V3=異體字(간 화자를 제외한 일반적 俗字·略字·異體字), ④ V4=一般通用字(異體字 가 아니면서 일반적으로 V1의 대신으로도 통용되는 글자), ⑤ V5=制 限通用字(제한된 범위에서만 V1과 대등한 것으로 통용되는 글자)와 같이 다섯 종류로 구분하였다. 그리고 목록의 구성에는 다음과 같은 원칙을 적용하였다.

① 본자의 아래에는 V2, V3, V4, V5의 모든 경우를 제시하였다.
    v1 4E09   v3 53C1 v3 5F0E

      v1 4E0A v3 4E04

      v1 4E18 v3 4E20 v3 5775 v5 90B1

      v1 4E1F v3 4E22 v3 53BE

      v1 4E26 v5 5E77 v3 5E76 v3 7ADDv5 5002 v4 50A1

② 간체, 이체, 통용자(즉 V2, V3, V4, V5)의 경우에는 본자만을 제시하였다.
      v3 4E04 v1 4E0A

      v3 4E05 v1 4E0B

      v2 4E0E v1 8207

      v5 5E77 v1 4E26

③ 한 글자가 둘 이상의 성격을 가질 때에는 쉼표로서 이를 병기하였다.
      v1,v2 4E07   v1 842C

      v1,v2 4E30   v1 8C50 v5 98A8

④ 한국만의 기준을 고집하지 않고, 한국, 중국(대륙, 대만), 일본의 문자 생활 관습 차이를 가능한 한 수용하고자 하였다.

3) 데이터베이스 구축의 예

이상의 과정과 원칙을 토대로 구축된 데이터베이스는 다음의 예와 같다.([부록 1] 유니코드 BMP 영역 한자의 異體字 정보 테이블 참조.)

```
# Name: CJK  variant List
# Note: A Research Clip. Not for Distribution.
#
#  v1 = 正字. Traditional Form
#  v2 = 簡化字. Simplified  variant
#  v3 = 異體字. ZVariant
#  v4 = 一般通用字. Semantic  variant
#  v5 = 制限通用字. Specialized Semantic  variant
#
v1 一=4E00   v3 弍=5F0C
v3 ㆍ=4E04   v1 上=4E0A
v3 丅=4E05   v1 下=4E0B
v1,v2 万=4E07   v1 萬=842C
v1 三=4E09   v3 叁=53C1   v3 弎=5F0E   v5 參=53C3
v1 上=4E0A   v3 ㆍ=4E04
v1 下=4E0B   v3 丅=4E05
v3 丌=4E0C   v1 其=5176
v2 与=4E0E   v1 與=8207
v1 丐=4E10   v4 匄=5304
      (… 하략 …)
```

3. 유니코드 Ext.B 한자의
이체자 유형 분석 및 DB 구축 방안

1) Super CJK와 유니코드 Ext.B 한자

유니코드가 제정 당시 韓·中·日 각국에서 유니코드에 수록을 요청한 한자의 수는 54,011자였으나, BMP 영역의 공간 부족으로 20,902자와 Ext.A 한자 6,582자만을 등록할 수 있었다. 이후 BMP 영역이 아닌 Plane2에 한자를 배열하기 위하여 1998년 5월 일본 도쿠시마(德島)에서 개최된 제11차 IRG 회의에서 의장국인 중국 측에서 한중일 통합 한자 세트인 〈Super CJK 1.0〉을 처음 제출하였다. 여기에 등재된 한자는 총 55,947자로 ① ISO/IEC 10646-1의 한자 20,902자 가운데 20,890자, ② ISO/IEC 10646-1 pDAM 17의 Extension A의 한자 6,582자 가운데 5,830자, ③『康熙字典』의 한자 42,267자, ④『漢語大字典』의 한자 54,780자였다. 〈Super CJK 1.0〉 한자는 거듭되는 IRG 회의에서 통합·분리·수정의 과정을 거쳐 현재 Ver.14.0까지 나와 있는 상태이며, 이 가운데 42,711자가 2000년 12월 서울에서 개최된 제16차 IRG 회의에서 유니코드 Ext.B 한자로 확정·공포되었다.[14]

유니코드 Ext.B 한자의 구성을 보면, ①『康熙字典』의 한자 중 ISO 10646-2의 UCS/BMP에 올리지 못한 18,486자, ②『漢語大字典』의 한자 28,914자, ③『辭源』의 한자 66자, ④『辭海』의 한자 247자, ⑤『漢語大詞典』의 한자 553자, ⑥『中國大百科全書』의 한자 86자, ⑦『四庫全書』의 한자 522자, ⑧『方正排版系統』의 65자가 주축을 이루고 있다. 우리나라의 경우 〈흔글〉의 확장 한자 15,000자 가운데 UCS/BMP

---

14)『국제 문자 코드 한자 Super CJK 연구』, 국립국어연구원, 2000. 참조.

에 빠진 166자를 제출하였다.15)

이에 따라 현재 Ext.B 한자는 유니코드 Ver.3.1에서부터 추가문자 군집(new character blocks outside BMP)에 수용됨으로써 대체문자 (surrogate) 영역을 이용하여 유니코드 상에서 Ext.B 한자를 표현하는 방법이 가능해졌다. 실제로 마이크로소프트사의 〈Word 2002〉에서는 대체문자 영역을 이용하여 Ext.B 한자를 입출력할 수 있어16), 아득하게만 느껴지던 Ext.B의 활용이 현실로 다가왔다고 할 수 있다.

그런데 유니코드 Ext.B 한자는 각국이 제출한 한자를 단순 통합하여 졸속으로 이루어져 제정 당시부터 많은 문제점이 노출되었다. 대표적으로 선별 과정에서 이체자 통합·분리의 원칙인 Annex T(이후 Annex S로 수정·보완됨)가 제대로 지켜지지 않았을 뿐만 아니라 수록 자형의 오류, 표제자 중복의 오류 등의 예를 들 수 있겠다.17)

2) 유니코드 Ext.B 한자의 이체자 유형

'유니코드 Ext.B 한자의 이체자'는 유니코드 확장(Extention) B에 등록된 한자 가운데 기존의 유니코드 한자와의 이체 관계에 있거나, Ext.B 상호간에 이체관계에 있는 한자를 가리킨다. 앞에서도 밝혔듯이 유니코드 Ext.B에는 상당한 양의 이체자가 존재하고 있는데, 그 대

---

15) ISO/IEC JTC1/SC2/WG2/IRG 홈페이지의 CJK Unified Ideographs DIS For ISO/IEC DIS 10646-2:2000(http://www.cse.cuhk.edu.hk/~irg/irg/N777_CJK _B_CoverNote.pdf) 참조.

16) 유니코드 Ext.B 한자의 사용에 대해서는 문자코드연구센터의 소식지 제10호 (2002.12)에서 「Surrogate code를 이용한 Ext.B 한자 사용」이라는 제목으로 그 방법을 자세하게 소개하고 있다.

17) 이러한 오류에 대해서는 '『국제 문자 코드 한자 Super CJK 연구』, 국립국어연구원, 2000.'와 '『국제 문자 코드계의 한자 표준화에 대한 연구』, 문화관광부, 2001.'에서 자세하게 다루고 있다.

표적 유형으로는 ① BMP 한자의 이체자, ② Ext.A 한자의 이체자, ③ Ext.B 한자의 이체자로 나눌 수가 있다. 이들 유형의 구체적 사례를 보면 아래와 같다.

① BMP 한자의 이체자

유니코드 Ext.B 한자 가운데 BMP 영역의 한자와 이체 관계에 있는 글자를 말하며, 그 사례를 보면 다음과 같다.

却(U05374)≒却(U286AB)	杞(U0675E)≒杞(U233CC)
幹(U05E79)≒翰(U23259)	箕(U07B95)≒箕(U262CA)
珒(U07395)≒珒(U2495A)	挪(U0632A)≒挪(U22C13)
降(U0964D)≒降(U28E53)	年(U05E74)≒秊(U2099A)
據(U064DA)≒據(U22D2E)	度(U05EA6)≒庱(U2272C)
決(U06C7A)≒決(U223B9)	突(U07A81)≒突(U2592E)
缺(U07F3A)≒歁(U238EE)	稂(U07A02)≒猿(U26D67)
縠(U089F3)≒般(U278C7)	糧(U07CE7)≒餀(U296E1)
袞(U0889E)≒衮(U2161A)	老(U08001)≒耂(U264B4)
怪(U0602A)≒恠(U22668)	晩(U06669)≒旭(U231B6)
較(U08F03)≒較(U28318)	緬(U07DEC)≒緬(U25F9D)
糧(U07CD7)≒餸(U29760)	命(U0547D)≒亼(U201EE)
鳩(U09CE9)≒駈(U2A00F)	縻(U07E3B)≒縒(U25FEB)
窟(U07A9F)≒窟(U259CA)	辯(U08FAF)≒衛(U275F3)

② Ext.A 한자의 이체자

유니코드 Ext.B 한자 가운데 Ext.A 한자와 이체 관계에 있는 글자를 말하며, 그 사례를 보면 다음과 같다.

儳(U034A9)≒懺(U2297E)　　稤(U04189)≒秕(U25767)

婨(U03728)≒娳(U217ED)　　曓(U041D3)≒頭(U25A99)

言(U03758)≒窨(U279B1)　　楓(U04283)≒粋(U25E78)

嶂(U03809)≒峇(U21E9E)　　緆(U042F5)≒竭(U248E8)

嶚(U0381A)≒對(U21F75)　　登(U0473C)≒榖(U27BF8)

焷(U03DBF)≒烐(U242B9)　　醠(U0490D)≒醼(U288A5)

焷(U03DBF)≒烐(U242B9)　　閠(U0498C)≒閏(U28CF3)

獠(U03E92)≒獔(U24816)　　髮(U04BFC)≒髟(U29B72)

盉(U04001)≒盉(U25053)　　颫(U04AFB)≒颫(U295C3)

睅(U04045)≒睶(U252DD)　　颰(U04B0D)≒颰(U295DB)

秆(U0412D)=稈(U07A08)　　䶎(U04D8E)≒歈(U2A597)

　　　　≒季(U2575D)　　悴(U03946)≒悴(U22636)

③ Ext.B 한자간의 이체자

유니코드 Ext.B 한자 상호간에 이체 관계에 있는 글자를 말하며, 그
사례를 보면 다음과 같다.

熖(U24485)≒熊(U2A6B0)≒熖(U2A6B1)

劮(U0527A)≒劙(U05299)≒劮(U207B2)≒劮(U20890)

壄(U058C4)≒壄(U21440)≒壄(U21428)

翼(U07FFC)≒戝(U26402)≒戝(U26496)

礪(U0792A)≒礝(U255A3)≒嘱(U21096)

3) 유니코드 한자의 이체자 정보 DB 구축 방안

이상에서 살펴본 바와 같이 Ext.B에 등록된 42,711자의 한자 가운
데에는 상당한 양의 이체자가 일정한 규칙 없이 분포해 있음을 알 수
있다. 그럼에도 불구하고 유니코드는 우리의 어문생활과 정보 소통에

서 표준 코드로 점차 그 활용 영역을 확대해 나가고 있는 것이 현실이기도 한다. 따라서 한자사용권 국가들에 의해 공동으로 선정된 국제 표준한자를 우리 어문생활과 정보환경에 맞게 수용하고 원활하게 운용하기 위해서는 무엇보다도 국가적 차원에서 지식과 기술을 확보해야 할 필요가 있다. 하지만 현재 국내에서는 Ext.B의 활용에 대한 구체적인 방안이나 정보도 제출되어 있지 않다. 여기서 유니코드 Ext.B 한자까지를 포함한 이체자 정보를 데이터베이스화 할 필요성이 대두되는 것이다.

이와 같은 현실을 고려하여 유니코드 한자의 이체자 정보 데이터베이스를 구축하는 경우에는 다음의 사항을 고려해야 할 것으로 판단된다.

① BMP 영역 한자의 이체자와 아울러 Ext.B 한자의 이체자까지 구축한다.
② 유사자형은 'Annex S 통합 원칙'에 의거하여 이체자를 처리하고, 동일 자형일 경우에는 중복되므로 코드를 통합한다.
③ 대표자형은 유니코드의 대표자형으로 한다.
④ 새로 발견되는 신출한자의 이체자 처리는 임시코드를 부여하며, 유니코드와의 이체관계가 있을 경우에는 그 정보를 명기한다.
⑤ 향후 고전 전산화에 활용할 수 있도록 이체자 코드테이블을 작성한다.

이렇게 구축된 이체자 데이터베이스는 향후 Ext.B 한자의 활용을 위한 국가 차원의 기반과 표준을 마련할 수 있을 것이며, 추후에 발생할 중복 투자와 정보 호환성의 문제 등을 줄일 수 있을 것이다. 뿐만 아니라 국가 차원에서 이루어지고 있는 대규모 고전 자료 전산화를 위한 유용한 기초 정보 자원으로 활용될 수 있을 것이다.

그러나 유니코드에 수록된 7만여 자의 한자에 대한 이체자 정보 데이터베이스를 구축하는 것은 그리 쉬운 작업은 아니다. 왜냐하면 우선 그 자수가 많고, 해당 한자의 정보를 확인할 수 있는 참고문헌이 매우 부족하기 때문이다. 따라서 단계적으로 구축하는 것이 현실적으로 바람직할 것이며, 2004년도 문자코드연구센터에서 수행한 〈국제 표준코드 한자 Ext.B의 한자 표준음 연구〉[18], 그리고 문자코드연구센터에서 개발한 '유니코드 한자 검색기[19]'와의 연계선상에서 진행할 수도 있을 것이다.

4. 결론

이상의 논의에서 유니코드에 수록된 한자의 이체자 현황과 이체자 정보 데이터베이스 구축 방안에 대해서 살펴보았다.

먼저 문자코드연구센터에서 기존에 구축한 유니코드 BMP 영역 한자의 이체자 정보 데이터베이스를 소개하였으며, 다음으로 유니코드 Ext.B 한자의 이체자 현황에 대하여 그 유형을 분석하였고, 아울러 유

---

18) 『국제 표준코드 한자 Ext.B의 한자 표준음 연구』, 국립국어원, 2004. 이 연구에서는 우선 유니코드 Ext.B 한자는 총 42,711자의 한자를 '국내 자전 수록 한자를 B1(17,211자)', '중국이나 일본 등의 해외 자전 수록 한자를 B2(12,192자)', '자전 정보가 없는 한자를 B3(13,308자)'로 나누어 작업을 진행하였으며, 2004년도에는 이 가운데 B1에 해당하는 17,211자의 표준음을 부여하였다.([부록 2] 유니코드 Ext.B의 한자 표준음 참조.)

19) '유니코드 한자 검색기' 개발과 관련해서는 문자코드연구센터 소식지 15호(2005.6)에서 자세하게 설명하고 있으며, 빠른 시일 안에 문자코드연구센터 홈페이지(http://ikc.korea.ac.kr/~cnsc)와 세종계획 홈페이지(http://www.sejong.or.kr)에서 서비스할 예정이다.([부록 3] 유니코드 한자 검색기 개발 참조.)

니코드 Ext.B 한자까지 아우른 이체자 정보 데이터베이스 구축 방안
에 대해서도 살펴보았다.

또한 특정 연구자나 기관 및 산업체에서 별개로 진행되는 이체자 정
보 수집·정리 사업을 통합할 필요가 있음을 확인하였다. 이것은 인적
물적 비용의 중복 투자를 줄이고, 신속하고 정확한 이체자 정보를 데
이터베이스화하여 공유하고자 하는 것이다.

이러한 유니코드 한자의 이체자 정보 데이터베이스가 구축되면, 첫
째로 고전 전산화 사업에서 입출력은 물론 이미 구축된 고전 자료 데
이터베이스를 효율적으로 검색할 수 있는 정보 환경을 마련할 수 있을
것이다. 이체자 코드테이블을 이용하여 개개의 한자에 대해 이체관계
를 검색시스템과 연동시킨다면, 대부분의 자료를 검색하여 열람할 수
있을 것이다.

둘째로 향후 전개될 유니코드 Ext.B 한자를 자유롭게 입출력할 수
있는 정보환경에 많은 도움을 줄 수 있을 것이다. 하드웨어의 고사
양화와 소프트웨어에 있어서의 코드 지원 기술의 발달로 유니코드
Ext.B 한자를 자유롭게 입출력할 수 있는 정보환경이 머지않아 이루
어질 것이다. 여기에 이체자 정보 데이터베이스를 활용하면 보다 사용
하기 편리한 정보환경이 만들어질 것은 자명한 일이다.

이제 정부기관, 학계, 정보산업체 등 관련 기관 및 전문가들의 힘을
모아서 유니코드 한자의 이체자 정보 데이터베이스의 공동 구축 방안
에 대하여 서둘러 협의해야 할 것으로 판단된다.

인명용 한자의 국제표준화 방안 연구

1. 문제 제기

이 論文은 우리나라 人名用 漢字의 管理 實態와 問題點을 점검하고, 그 解決 方案과 관련하여 國際標準化의 必要性과 그 具體的인 推進 節次를 提案하고자 한 것이다.

그동안 人名用 漢字는 주로 司法 및 行政 業務 處理를 위한 것으로 이해되어 왔다. 일부 연구자들에 의해 우리나라 固有漢字 研究[20]에서 부분적으로 다루어진 바는 있으나, 그다지 學界의 관심 대상은 되지 못하였다. 그리하여 충분한 調査와 研究를 거치지 않은 채 人名用 漢字는 行政實務的인 필요에 의하여 大法院이나 行政安全部 등 관련 정부 부처에서 각각 管理해 왔다.

물론 過去 電算化 以前 時期에는 종이 문서에 직접 적는 방식이었기 때문에 관리상에 별다른 문제가 없었다. 하지만 컴퓨터를 사용하면서

---

20) 우리나라 固有漢字의 人名用 漢字에 대한 주요 연구로는 安秉禧(1977), 「初期 한글 表記의 固有語 人名에 대하여」〈언어학〉 2, 한국언어학회, 俞昌均(1986), 「固有名詞 의 漢字借用表記」〈국어생활〉 6, 국어연구소, 南豊鉉(1989), 「韓國의 固有漢字」〈국 어생활〉 17, 국어연구소, 金鍾塤(1992), 『韓國固有漢字研究』集文堂, 河永三(1999), 「韓國 固有漢字의 比較的 研究」〈중국어문학〉 33, 영남중국어문학회 등이 있다.

점차 國家 標準漢字 制定이 필요하게 되었고, 이후 컴퓨터 기술의 빠른 발전과 인터넷의 세계적인 확대 보급으로 인하여 國際的 情報 疏通이 어느 때보다 중요해지면서 國際 標準漢字 制定이 절실하게 요구되었다. 이 문제의 해결을 위해 漢字文化圈 國家들을 중심으로 國際 協議 機構를 구성하여 1년에 2회씩 정기적으로 漢字 國際標準化 制定에 관한 의견을 모으고 있다.

현재 漢字文化圈 國家에서 사용되는 한자 코드에 대한 國際 標準規格 制定 事業은 ISO/SC2/WG2 산하의 IRG[21]라는 國際 協議 機構를 통하여 진행되고 있다. 1998년 5월에 日本에서 개최된 제11차 IRG회의에서 議長國인 中國이 韓·中·日 統合漢字 세트인 Super CJK를 처음 제출하였다. 이 세트는 각 회원국의 검토를 거쳐 이듬해 5월에 Ver.1.0으로 처음 작성되었고, 이후 新出漢字[22]의 추가, 등재 방식의 변경 등의 수정 및 보완 작업을 거쳐 2001년 7월에 Ver.14.0이 발표되었다.

이 결과는 國際 文字 符號系인 UCS[23]의 한자 세트 영역에 그대로 수용되었다. 그리고 이 한자 세트는 國際 標準規格인 유니코드(Unicode)[24] 統合漢字 및 擴張漢字 문자세트에 반영되어, 全世界의 사용자가 편리하게 입출력할 수 있다. 이 유니코드 한자가 바로 國際

---

21) IRG는 表意文字코드分科會議를 뜻하는 Ideographic Rapporteur Group의 이니셜을 따서 만든 약칭이다. 보다 자세한 정보는 IRG 웹사이트 http://appsrv. cse.cuhk.edu.hk/~irg/ 참조.

22) 新出漢字는 현재 학계에서 확정된 표준 용어는 아니다. 사용자에 따라 新出字, 僻字, 非標準 漢字 등 여러 가지로 쓰이고 있다. 本考에서는, '漢文 古典의 電算化 過程에서 새롭게 검출된 한자 중 電算處理가 어렵거나 不可能한 漢字들'의 의미로 '新出漢字'를 사용하고자 한다.

23) 國際 文字 符號系를 뜻하는 Universal Multiple-Octet Coded Character Set의 약칭.

24) 유니코드는 國際 標準規格 協議 機構인 Unicode Consortium에서 작성한다. http://www.unicode.org 참조.

標準漢字[25])이다. 여기에는 현재 상용하는 각국의 한자는 물론 古文獻
의 한자들도 등재되었다. 최근에는 甲骨文, 金文 등 古漢字(Old Hanzi)
의 國際 標準規格까지도 논의되고 있다. 마이크로소프트社의 'MS 윈도
우즈(MS Windows)'나 '인터넷 익스플로러(Internet Explorer)' 등과
같은 國際的 汎用 소프트웨어에서는 물론 한글과컴퓨터社의 '흔글'과
같은 국내 소프트웨어에서도 대부분 유니코드 한자를 적용하고 있다.

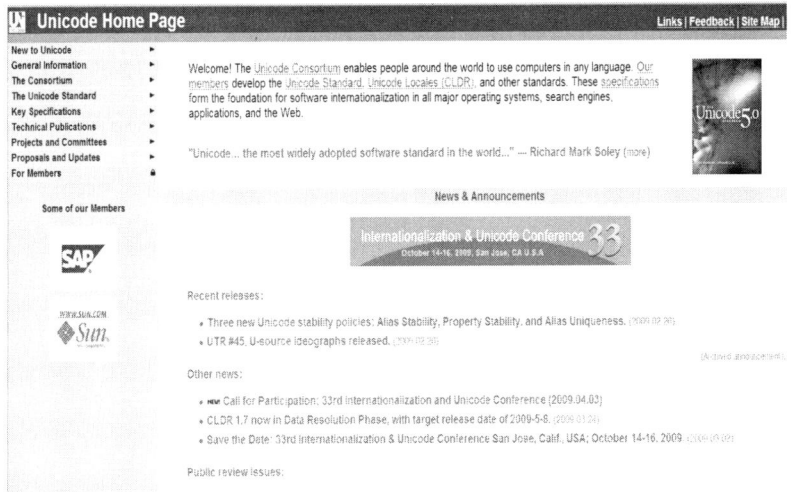

〈그림 1〉 유니코드 컨소시엄 홈페이지

　　최근 國際 標準漢字의 標準化 事業 動向을 살펴보면 인명용 한자에
대한 각국의 관심이 커지고 있음을 알 수 있다. 한자를 專用하는 中國
과 臺灣은 물론 混用하는 日本에서도 이미 自國의 人名用 漢字를 國際
標準에 반영하는 작업을 지속적으로 추진해왔다. 그리고 지금은 거의
대부분의 人名用 漢字를 國際標準에 등록하여 사업을 마무리하는 단

---

25) 國際 標準漢字에 관한 보다 자세한 정보는 박종우(2003), pp.333~334면 참조.

계에 와 있다.

일단 國際標準 한자에 등록이 되면 이를 적용한 소프트웨어를 통해 세계 어디에서도 자신의 이름을 자유롭게 入出力할 수 있다. 다시 말해 自國民 전체의 姓名을 각종 國際 文書에서는 물론 해외 웹사이트에서도 아무런 제약 없이 쓸 수 있는 환경을 마련하게 된다. 이것이 다른 나라들이 빠르게 진화하는 情報化 時代에서 情報의 國際的 疏通이 무엇보다 중요하다는 것을 일찍부터 깨닫고 준비해 온 이유이다.

하지만 우리나라의 경우 아직 人名用 漢字의 정확한 實態조차 제대로 파악되지 않고 있는 실정이다. 그리고 古文獻에 보이는 人名用 漢字는 國策 事業으로 추진된 古典 電算化 事業을 통해 조사된 바 있으나, 사실상 체계적인 관리가 이루어지지 못하고 있다. 우리나라 人名用 漢字의 國際標準化 사업은 이제 국내 문제의 차원을 넘어서는 國家的 次元의 시급한 對外 課題가 아닐 수 없다. 지금이라도 힘을 모아 보다 적극적으로 대응해야 할 필요가 있다고 생각한다. 본고는 이에 대한 問題 提起이자 하나의 豫備的 考察인 셈이다.

本論에서는 먼저 國內 人名用 漢字의 管理 現況과 問題點을 점검하고, 그에 대한 이해를 바탕으로 國際標準化 實務 節次와 方案을 논의하는 순서로 살펴보고자 한다.

2. 인명용 한자의 관리 현황과 문제점

1) 管理 現況

우리나라 人名用 漢字의 관리는 大法院 戶籍 行政處와 行政安全部 住民科에서 각각 맡고 있다. 두 기관의 관리 현황을 간략하게 요약하면 다음과 같다.

(1) 大法院 人名用 漢字 管理 現況

大法院에서는 戶籍 申告를 위한 '人名用 漢字表'26)를 인터넷을 통해 제공하고 있다. 이 표는 '戶籍法施行規則' 제37조에 규정한 것인데, 호적에서 쓰이고 있는 人名用 漢字를 제한하기 위해 제정되었다. 여러 차례의 추가 작업을 거쳐 현재 전체 자수는 5,100여 자에 달한다. 大法院 人名用 漢字는 同字·俗字·略字 등을 부분적으로 허용하고 있고, 일부 異體 자형을 사용할 수 있는 例外 規定을 두고 있어 全體 字數가 기준에 따라 일부 차이가 난다.

여기에 새로운 人名用 漢字를 추가하기 위해서는 우선 民願人이 직접 종이 戶籍簿를 들고 大法院에 가서 그곳에 쓰인 글자가 字典에 있거나 일반적으로 많이 쓰이는 한자라는 것을 증명해야 한다. 그리고 大法院에서 주로 字典을 참조하여 그 한자를 호적에 추가할 것인지 결정하며, 大法院의 결정이 그 한자를 추가하는 쪽으로 정해지면 곧바로 그 한자를 기존의 '人名用 漢字表'에 등재하고 공시하는 절차를 시작한다.

그런데 이 '人名用 漢字表'를 제정하기 이전에 戶籍의 人名用 漢字를 정리하기 시작하는 과정에서 종이 문서에 있는 모양을 그대로 구현하는 방식 즉, 民願人이 제기한 字形을 그대로 구현하는 방식으로 戶籍 擴張字를 만들었다. 그 결과 총 15,000여 자가 정리되었는데, 일부 한자는 中國의 簡體字나 日本 漢字 字形을 그대로 따라 만든 경우도 생기게 되었다. 이러한 문제의 해결을 위해 大法院은 국제 표준한자인

---

26) http://help.scourt.go.kr/minwon/min_8/min_8_2/min_8_2_14/index.html

〈그림 2〉大法院 '人名用 漢字表' 웹사이트

유니코드를 표준으로 하여 코드 再配定을 위한 작업을 현재까지 지속적으로 진행하고 있다.

또한 지금도 널리 쓰이는 자형이거나 字典에 있는 자형이면 새로운 한자로 등록이 가능하다. 民願人이 자신의 人名이 標題語로 제시된 字典27)을 복사하여 첨부문건으로 제출하도록 되어 있다. 그리고 새로운 한자에 대한 접수는 非定期的으로 받으며, 시스템의 정보 수정은 分期마다 1년에 4회 단위로 이루어진다.

---

27) 현재 大法院은 인명용 한자의 등재를 위한 字典을 별도로 지정하거나 제한하지 않고 있다. 정식으로 출판된 것이면 어느 字典이라도 民願人이 선택할 수 있다.

(2) 行政安全部 人名用 漢字 管理 現況

行政安全部에서는 住民登錄用 漢字를 자체 시스템으로 관리하고 있으며 일반에 공개하고 있지는 않다. 주민등록 시스템은 入力器 등을 유니코드로 개발했지만, 내부적으로는 KS 行網用 코드(KS X 1001)를 사용하고 있다. 그런데 이 코드에 없어서 추가되는 한자는 폰트를 그려서 만들어 넣는 방식으로 관리하고 있다. 현재 주민등록 시스템에서 사용하고 있는 人名用 漢字는 중복된 한자를 포함하여 70,000여 자에 이른다. 웬만한 字典의 標題字數보다도 훨씬 많은 字數인데, 이 가운데 상당수는 重複하여 등재되었거나 異體字 관계일 것으로 추정된다. 하지만 현재 行政安全部에서 住民登錄用 漢字 目錄을 공개하고 있지 않고 있기 때문에 실제 사례를 확인할 수는 없는 실정이다. 그리고 다음의 〈그림 3〉에서 보듯 인명용 한자로 거의·쓰이지 않은 한자들도 많이 포함되어 있는 것을 볼 수 있다.

<그림 3> 住民登錄用 漢字 일부 예시

또한 추가하는 한자가 分期別로 대략 10여 자 정도 되는데, 이들 중 대부분은 이미 있는 한자이지만 音價가 다르거나 부분적으로 異體字形이어서 추가되는 경우가 많다. 그리고 최근에는 歸化하는 사람들이 증가하면서 자신이 사용해 온 한자의 추가를 요청하는 사례도 있기 때문에 우리나라 자형이 아닌 한자가 등록되기도 한다.

2) 問題點

두 기관 모두 人名用 漢字의 自體 管理에는 큰 문제가 없어 보인다. 각 기관 내에 이루어지는 업무 처리에 별다른 불편이나 문제 사항이 보고되지 않기 때문이다. 그리고 人名用 漢字 관련 민원에 대한 대응도 두 기관 모두 비교적 신속하고 적절하게 수행하고 있다. 大法院은 분기마다 시스템 정보를 修正하고, 行政安全部는 民願이 發生할 때마다 追加·補完 작업을 하고 있다.

하지만 문제는 두 기관 간의 情報 疏通이 圓滑하지 못하다는 점이다. 두 기관이 관리하는 한자 코드 및 관리 시스템 자체가 각기 다르기 때문인데, 大法院은 유니코드를 基盤으로 관리하고 있고, 行政安全部는 KS 行網用 코드를 사용하여 관리하고 있다. 따라서 코드 체계가 달라 마치 서로 다른 언어를 사용하는 것처럼 상호간의 정보 소통이 원천적으로 불가능하게 된 상태이다.

이처럼 住民登錄用 漢字와 戶籍用 漢字가 다른 표준으로 정리되면서 문서 상의 誤謬 次元을 넘어서 국민의 權益을 해치는 문제가 발생할 수 있다. 최근 浦項에서 발생한 한 사례의 보도[28]는 그 예이다. 이 사례의 經緯를 요약하면, 個人 家族關係證明書와 戶籍上 漢字는 정확했지만, 個人 住民登錄票上 住民登錄謄本 중 일부 한자는 호적과 다른 이상한 한자가 기재됐으며 발급시에도 다른 한자가 출력된 일이 있었다는 것이다. 그리고 이 일에 대해 포항시 관계자는 行政安全部가 사용하는 한자 프로그램 폰트 환경과 大法院이 깔아놓은 한자 프로그램의 폰트 환경이 달라서 7개의 한자가 틀리게 기재되었다고 해명한 것으로 전한다. 현재 두 기관의 人名用 漢字 統合을 위한 준비 작업이 진행되고 있다고 하나, 완전한 통합까지는 앞으로 상당한 시간이 소요될 것으로 예상된다.

또 하나의 문제는 人名用 漢字의 追加 方式의 問題이다. 大法院은 字典에 수록되어 있으면 대체로 추가가 허용되는 관계로 字數가 꾸준히 증가하고 있고, 결과적으로는 人名用 漢字를 제한하고자 한 본래의 취지마저 없어질 수 있다. 행정안전부는 民願人이 요청한 字形을 그려서 추가하는 방식이어서 동일한 한자가 음이 다른 경우 중복 등재되거나 잘못된 자형의 한자가 포함될 우려가 있다. 두 기관 모두 현재의 추가 방식을 수정 · 보완할 필요가 있다고 하겠다.

이상의 관리 현황과 문제점을 정리하면 다음과 같다.

---

28) 〈대구신문〉 인터넷판 2009년 1월 20일자 '포항시 주민등록 개인이름 한자 틀려 '물의'' 기사 참조.

명 칭	戶籍用 漢字	住民登錄用 漢字
담당기관	大法院 戶籍 行政處	行政安全部 住民科
기재관리	大韓民國 國民 戶籍簿	大韓民國 國民 住民登錄謄本簿
문자현황[29]	−Unicode BMP(27,484자)[30] −Unicode Ext.B(15,000여 자)[31] −戶籍 擴張字(15,000여 자)	−전체 70,000여 자
문제점	戶籍 擴張字에 대한 검토 필요	重複 및 異體字에 대한 검토 필요

3. 인명용 한자의 표준화 방안

1) 綜合 調査 및 研究

人名用 漢字의 표준화를 위해서는 무엇보다도 우리나라 人名用 漢字에 대한 國家的 次元의 綜合 調査 事業이 선행되어야 한다.[32] 大法院의 호적용 한자와 行政安全部의 주민등록용 한자를 각각 조사하여 重複되었거나 誤謬가 있는 한자를 파악하고, 표준화 작업을 위한 統合目錄의 작성이 필요하다. 아울러 古文獻 資料에 나타나는 人名用 漢字도 함께 정리할 필요가 있다. 정부의 국책 사업으로 추진된 古典 電算化 事業인 '韓國歷史情報統合시스템 구축사업'에서 國際 標準漢字에 없는

---

29) 두 기관의 인명용 한자 字數의 차이가 12,500여 자에 달하는데, 행정안전부 한자에 異體字와 同形異音字가 중복 수록된 것이 그 이유의 하나로 보인다.

30) Unicode BMP는 기본 다국어 평면(BMP, Basic Multilingual Plane) 20,902자와 韓中日 統合漢字 擴張 A(CJK Unified Ideographs Extention A) 6,582자를 합한 것을 말한다. 이 한자들은 '흔글 2005' 버전 이상에 있는 〈유니코드 문자표〉를 통해 입출력할 수 있다.

31) Unicode Ext.B는 韓中日 統合漢字 擴張 B(CJK Unified Ideographs Extention B) 42,711자를 말한다. 앞의 Unicode BMP 한자와 마찬가지로 '흔글 2005' 버전 이상에 있는 〈유니코드 문자표〉를 통해 입출력할 수 있다.

32) 이와 관련하여 우리나라 地名에 사용되는 漢字도 함께 조사할 필요가 있다.

상당한 수의 人名用 漢字가 조사·보고된 바가 있다.33)

〈그림 4〉韓國歷史情報統合시스템 웹사이트

물론 지금은 쓰이지 않는 인명이 대부분이지만, 이를 표준화하지 않
으면 국민의 세금으로 구축된 古文獻 데이터베이스34)에서 정보 검색
이나 통계 작업 등을 할 때 정확한 정보를 얻기 어렵게 된다.

2) 統合管理 體系의 確立

人名用 漢字의 관리는 복합적인 업무와 공정이 요구되므로 어느 한

---

33) 우리나라 古文獻에서 약 1,500자의 非標準 人名用 漢字가 조사·보고된 바 있다.
   신상현(2005) 참조.
34) 韓國歷史情報統合시스템(http://www.koreanhistory.or.kr)의 방대한 고전 자료
   나 인터넷 朝鮮王朝實錄 서비스(http://sillok.history.go.kr) 등과 같은 것이 대표적
   인 예이다.

機關이나 部署에서 전담하기 어려운 특성을 갖고 있다. 일단 행정 처리를 비롯한 실무적인 관리는 大法院과 行政安全部가 담당하고 있지만, 이 기관들이 人名用 漢字의 조사 및 연구까지 수행하기는 힘들다. 이 부분은 관련 學界와 情報産業體 등의 협조가 필요하다.

하지만 이 역시 國際標準化 事業을 추진하는 데는 무리가 따른다. 그동안 國際標準化 業務를 진행해 온 知識經濟部 技術標準院, 國立國語院, 文字코드專門委員會(WG2), 漢字特別專門委員會(KIRG) 등 國際標準化 事業 관련 기관 및 기구의 도움이 반드시 뒷받침되어야 한다. 따라서 이러한 관계 기관 간의 긴밀한 협력 체계가 갖추어질 때 비로소 안정된 人名用 漢字의 관리가 가능할 것이다.

업무별로 주요 관련 기관과 기구를 정리하면 다음과 같다.

管理 및 行政 處理	國際標準化 事業 推進	調査 및 研究
− 大法院 − 行政安全部	− 知識經濟部 技術標準院 − 國立國語院 − 文字코드專門委員會 　(WG2) − 漢字特別專門委員會 　(KIRG)	− 大學 및 研究所 − 漢字 研究·敎育 關聯 團體 − 情報産業體

다음으로 人名用 漢字 管理 시스템의 통합이 필요하다. 漢字 管理 시스템은 여러 가지 방법으로 가능하지만, 國際的인 추세로 볼 때 유니코드 체계로 통합하는 것이 가장 현실적인 방안으로 보인다. 무엇보다도 國際 標準規格의 변화에 빠르게 대응할 수 있고, 별도의 코드 개발 비용을 절감할 수 있기 때문이다.

3) 國家 標準漢字 制定과의 連繫

현재 우리나라 國家 標準漢字[35]는 國家 標準規格의 하나인 'KS X 1001'에 포함된 4,888자이다. 이 정도 규모의 한자라면 지금의 語文 生活을 하는 데는 큰 무리가 없는 것으로 一見 생각할 수 있다. 하지만 실제로 敎育, 出版, 情報 處理 등 여러 분야에서 標準漢字에 수록되지 못한 非標準 漢字를 입출력하기 위해 적지 않은 人的·物的 費用이 계속적으로 투입되고 있다.

그리고 人名用 漢字의 표준화는 國家 標準漢字 事業과 連繫하여 한 부분으로 推進하는 것이 바람직하다고 생각된다. 人名用 漢字의 대부분은 常用하는 한자이므로 별도로 관리하는 것보다는 표준에서 빠진 한자를 표준화하여 追加하는 것이 효율적일 것이다.[36] 그리고 人名用 漢字를 포함하여, 字形·字音·字義에 대한 국가적 표준이 시급히 마련되어야 한다.

4) 國際標準化 事業의 推進 節次

國際標準化 事業의 推進을 위해서는 우선 人名用 漢字를 정확한 檢定 過程[37]을 통해 國際標準인 것과 非標準인 것으로 구분하여 별도의 目錄을 작성해야 한다. 이 작업은 기존의 新出漢字 정리 작업의 방법을 적용할 수 있다. 新出漢字의 정확한 판정을 위해서는 여러 단계의 검정 과정을 거쳐야 한다. 현재 표준적으로 사용되는 新出漢字 처리의 과정은 다음의 여섯 단계로 이루어진다.

---

35) 현규섭 외(1994), pp.19~26. 참조.
36) 國家 標準漢字에 人名用 漢字를 통합하는 것과는 별도로 行政實務를 위한 人名用 漢字 目錄은 따로 작성하여 관리할 필요가 있다.
37) 檢定 節次와 過程에 관한 보다 자세한 정보는 박종우(2003), pp.339~344면 참조.

- 原典 對照를 통한 誤謬 與否 檢定
- 『SuperCJK Ver. 14.0』 코드북[38]과의 대조를 통한 新出漢字 여부 판별
- IRG의 'Annex S(IRGN951)' 문서[39] 기준에 의거하여 異體字 통합 및 선별
- Ext. C1 제출 한자 목록[40]과 대조하여 Ext. C2 목록에 추가 등록
- 新出漢字로 검출된 한자에 대한 부수, 잔여획수, 총획수 등의 문자정보 확인
- 新出漢字 여부의 최종 판정 및 新出漢字 목록 작성

이 과정에서 한 가지 유의할 것은 무분별하게 수집하여 많은 양을 확보하는 데 목표를 두어서는 곤란하다는 것이다. 특히, 異體字의 처

---

38) 이 코드북은 IRG에서 작성한 韓中日 統合漢字 目錄으로서, Extention B 영역의 한자까지를 모두 포함하고 있기 때문에 新出漢字 판정에 매우 유용하다. 이 책의 배열 방법은 표제자를 『康熙字典』 부수 순서로 구분하고, 같은 부수 내에서는 획수 순서로 나열하는 전통적인 字書의 체제를 따르고 있다. 그리고 표제자에는 부수, 잔여 획수, 유니코드 코드의 정보, 『康熙字典』 면수 및 위치, 『漢語大字典』 面數 및 위치, 각국의 한자 코드 등의 정보를 제공한다. 현재 PDF 파일로 IRG 웹사이트에 공개되어 있다. 주 21) 참조.
39) 'Annex S(IRGN951)' 문서는 IRG의 기술문서로서, 類似 字形 漢字와의 구분과 통합에 대한 기준이 제시된 문건이다. 이 문건의 취지는 기본적으로 각국에서 異體字를 무분별하게 제안하는 것을 통제하기 위한 것이다. 이 문서는 기존에 수용된 이체자는 그대로 두고 이후 제안되는 新出漢字에만 적용되는 기준인데, 통합해도 무방한 이체자와 구분해야 할 이체자를 예시를 통하여 표준화하였다. 현재 이 파일은 IRG 웹사이트에 공개되어 있다. 주 21) 참조.
40) Ext. C1 제출 한자 목록은 2002년 4월에 IRG에 제출한 우리나라의 新出漢字 목록이다. Ext. C 영역의 한자는 C1과 C2로 나누어 제안하게 되는데, 현재는 각국에서 C1 영역의 한자를 제안된 목록을 검토하는 단계이다. 따라서 향후에 추가되는 新出漢字에서 Ext. C1 제출 한자 목록과 대조하여 중복되지 않는 한자를 선별하여 C2 영역의 제안 한자 목록에 추가로 등록하게 된다.

리에 유의해야 한다.[41] 가능한 정확한 추가 한자 목록을 작성하여 國際 標準漢字 協議 機構인 IRG에 제안하는 것이 바람직하다. 國際的으로 공감하고 인정할 만한 한자를 제안하지 못하면, 國際標準으로 수용되기 어려울 뿐만 아니라 이후 漢字 標準化 事業에 대한 國家的 信賴마저 잃게 될 수도 있기 때문이다. 그만큼 國際標準化 事業은 철저한 준비 과정을 거쳐 가능한 한 신중하고 정확하게 진행되어야 한다.

〈그림 5〉 IRG 웹사이트

國際標準化 사업의 추진을 위한 段階別 節次를 요약하면 다음과 같다.

- 人名用 漢字의 수집 및 정리
- 정리된 人名用 漢字의 國家 標準規格 제정
- 國際 標準漢字와 대조하여 韓國側 提案 漢字 目錄 작성

---

41) 서경호 외(1998) pp.1~11. 참조.

　- 國際 標準漢字 協議 機構(IRG)에 제안 및 등록
　- 國際 標準漢字에 등록 후 확정된 國際 標準規格의 홍보 및 보급

4. 결론

　人名用 漢字 處理는 우리나라뿐만 아니라 漢字文化圈 전체의 難題이다. 이 問題의 解決을 위해 한자를 사용하는 나라들이 해마다 두 차례 IRG 회의를 개최하여 서로 의견을 교환하면서 그 해결 방안을 모색해 나가고 있다. 여기에 우리나라도 人名用 漢字의 研究를 지속적으로 수행하면서 標準 漢字와 非標準 漢字의 목록을 구분·정리하고, 우리나라 인명의 電算化에 불편함이 없도록 적극적으로 참여해야 한다. 그리고 이 과정에서 발생할 수 있는 異體字 處理 問題, 新出漢字 確認 및 處理 問題 등 한자 처리에 대한 諸般 情報와 協議를 할 수 있는 협력 체계를 갖추어야 한다.

　하지만 현재 대법원의 戶籍 擴張字와 행정안전부의 住民登錄用 漢字 목록이 모두 공개되어 있지 않아, 우리나라 인명용 한자의 정확한 실태 파악이 어려운 점은 시급히 해결되어야 할 문제이다. 물론 자체적으로 용역 사업을 통해 관리하고 있다고 하지만 전문가의 도움을 받지 않고서 자체적으로 정리하기는 어려울 것으로 보인다. 국제 표준한자와 연계한 인명용 한자 연구는 한자 자체의 이해 이외에도 국제 표준한자에 대한 지식이 함께 갖추어진 연구자만이 가능하기 때문이다.

　아울러 '韓國歷史情報統合시스템'과 같은 우리나라 古典 電算化 事業에서 발견된 古典 人名의 수집·정리 작업도 竝行되어야 할 것이다. 그 동안 標準 作業 指針이 없이 진행되면서 여러 가지 試行錯誤가 발

생하기도 하였다. 그리고 年次別로 경우에 따라 사업자가 교체되어 기술과 경험이 축적되지 못하는 문제도 있었다. 하지만 이 사업은 우리의 귀중한 知的 文化 資産을 정보화하여 소통함으로써 우리나라에서만이 아니라, 傳統 文化의 世界化라는 측면에서도 중요한 의미를 가진다. 따라서 그간의 문제점을 보완해가면서 앞으로도 지속되어야 한다.

이로 볼 때 人名用 漢字의 國際標準化 事業은 國益과 직결되는 매우 중대한 현안이다. 이제 더 이상 민간 차원에 맡겨둘 사안이 아니다. 앞서 살펴본 바와 같이 이 사업은 국내적 차원뿐만 아니라 국제적 정보 소통에 관련되는 문제이기도 하기 때문이다.

그동안 이 문제의 해결을 위해 관계 기관의 실무진이 수차례 회의를 가진 바 있지만, 사업의 필요성은 모두 동감하면서도 예산 배정과 사업 추진 책임 등의 異見이 좁혀지지 않아 더 이상의 진전을 이루지 못하였다. 지금이라도 國際標準化 事業 관계 기관 간의 긴밀한 협력과 노력을 통해 하루빨리 사업이 추진되기를 기대한다.

참고문헌

【율곡 이이의 시세계에 대한 일고찰】 ··· p.13

『栗谷全書』, 한국문집총간 44~45, 한국고전번역원 영인본.

李鎭泳 외 역주, 『國譯 栗谷全書』, 韓國精神文化硏究院, 1996.

李東歡, 「退溪의 詩에 對하여」, 『퇴계학보』 제19집, 퇴계학연구원, 1978.

李東歡, 「退溪 詩世界의 한 局面」, 『퇴계학보』 제25집, 퇴계학연구원, 1980.

林熒澤, 「16세기 士林派의 文學意識」, 『韓國文學史의 視角』, 創作과批評社, 1984.

金豊起, 「栗谷 李珥의 文學論 硏究」, 고려대 석사논문, 1988.

安炳鶴, 「李珥의 시세계」, 『현대문학』 12월호, 1991.

鄭亢敎, 『栗谷先生의 詩文學』, 이화문화출판사, 1991.

李敏弘, 「朝鮮前期 自然美의 追求와 漢詩」, 『한국한문학연구』 제15집, 한국한문학회, 1992.

李東歡, 「晦齋의 道學的 詩世界」, 『李晦齋의 思想과 그 世界』, 성균관대출판부, 1992.

姜明官, 「栗谷의 詩論과 修養論」, 『부산한문학연구』 제9집, 부산한문학회, 1995.

金昞國, 「『精言妙選』의 文獻的 檢討와 栗谷의 詩觀」, 『서지학보』 제15호, 한국서지학회, 1995.

金豊起, 『朝鮮前期 文學論 硏究』, 太學社, 1996.

金南馨, 「『精言妙選』의 文獻的 檢討」, 『한국한문학연구』 제23집, 한국한문학회, 1998.

이연세, 「栗谷의 風格論에 대한 硏究」, 『고전비평연구 2』, 太學社, 1998.

박종우, 「松江 鄭澈의 詩世界와 政治現實」, 『漢文學報』 第4輯, 우리한문학회, 2001.

鄭載喆, 「『精言妙選』의 풍격 연구」, 『한국한문학연구』 제28집, 한국한문학회, 2001.

洪學姬, 「栗谷 李珥의 詩文學 硏究」, 이화여대 박사논문, 2001.

이종묵, 「性理學的 사유의 형상화와 그 美的 특질」, 『한국 한시의 전통과 문예미』, 태학사, 2002.

【16세기 호남 한시의 풍류론적 고찰】 ··· p.33

宋 純, ≪俛仰集≫, 韓國文集叢刊26, 民族文化推進會 影印本.

林億齡, ≪石川集≫, 驪江出版社 影印本, 1988.

林亨秀, ≪錦湖遺稿≫, 韓國文集叢刊32, 民族文化推進會 影印本.

奇大升, ≪高峯集≫, 韓國文集叢刊40, 民族文化推進會 影印本.

高敬命, 《霽峯集》, 韓國文集叢刊 42, 民族文化推進會 影印本.

鄭 澈, 《松江集》, 韓國文集叢刊 46, 民族文化推進會 影印本.

成復旺 主編, 『中國美學範疇辭典』, 中國 人民大學出版社, 1995. 363~364면.

임형택, 「16세기 사림파의 문학의식」, 『한국문학사의 시각』, 창작과비평사, 1984. 31면.

都珖淳, 「風流道와 神仙思想」, 『신라문화제학술발표회논문집』 5, 동국대 신라문화연구소, 1984. 287~289면.

최한선, 「湖南詩歌의 風流考」-石川과 松江을 中心으로, 『고시가연구』 1, 한국고시가문학회, 1993.

閔周植, 「東洋美學의 基礎槪念으로서의 風流」, 『민족문화논총』 15, 영남대 민족문화연구소, 1994.

禹應順, 「16세기 사림파의 내적 분화와 그 문학적 지향」, 『문학과 사회집단』, 집문당, 1995.

朴焌圭, 『湖南詩壇의 硏究』-朝鮮前期詩壇을 중심으로, 전남대학교 출판부, 1998.

李東歡, 「韓國美學思想의 探究(Ⅱ)」:三國중기~統一新羅중기(1)-山水風流, 『민족문화연구』 32호, 고려대 민족문화연구원, 1999. 19면.

안병학, 「性理學的 思惟와 詩論의 展開 樣相」, 『민족문화연구』 32호, 고려대 민족문화연구원, 1999. 217~218면.

박만규·나경수 편, 『호남전통문화론』, 전남대학교 출판부, 1999.

신은경, 『風流』-동아시아 美學의 근원, 보고사, 1999.

金興圭, 「河西의 詩意識에서의 興과 性情」, 『하서 김인후의 사상과 문학』 제2집, 하서기념회, 2000.

박종우, 「松江 鄭澈의 詩世界와 政治現實」, 『漢文學報』 제4집, 우리한문학회, 2001. 44~45면.

박은숙, 「16세기 湖南 한시의 특성에 대한 일고찰」, 『한국한문학연구』 29집, 한국한문학회, 2002.

임형택, 「16세기 光·羅州 지역의 사림층과 송순의 시세계」: 溪山風流의 발전, 『한국문학사의 논리와 체계』, 창작과비평사, 2002. 146~151면.

임형택, 「한국 고전에서 '멋'의 미학」, 『한국문학사의 논리와 체계』, 창작과비평사, 2002. 176면.

金鍾西, 『16世紀 湖南詩壇과 唐風』, 성균관대 박사학위논문, 2003.

박종우, 「16세기 湖南士林 詩世界의 한 양상」, 『漢文學報』 제9집, 우리한문학회, 2003. 86~89면.

박종우, 「16세기 湖南士林 漢詩의 武人 形象」, 『고전문학연구』 27집, 한국고전문학회, 2005.

【16세기 누정의 공간적 특성과 누정제영의 문학사적 의미】 ·········· p.56

이동환 교감, 『三國遺事』, 민족문화추진회 영인본.

이언적, 『晦齋集』, 『標點影印 韓國文集叢刊』24, 민족문화추진회 영인본.

송순, 『俛仰集』, 『標點影印 韓國文集叢刊』26, 민족문화추진회 영인본.

임억령, 『石川詩集』, 『標點影印 韓國文集叢刊』27, 민족문화추진회 영인본.

이황, 『退溪集』, 『標點影印 韓國文集叢刊』29, 민족문화추진회 영인본.

고경명, 『霽峯集』, 『標點影印 韓國文集叢刊』42, 민족문화추진회 영인본.

정철, 『松江集』, 『標點影印 韓國文集叢刊』46, 민족문화추진회 영인본.

임제, 『林白湖集』, 『標點影印 韓國文集叢刊』58, 민족문화추진회 영인본.

임억령, 『石川集』, 여강출판사 영인본.

『朝鮮王朝實錄』(http://sillok.history.go.kr)

권오돈 외 역주, 『국역대동야승Ⅰ·용재총화』, 민족문화추진회, 1985, 51면.

鄭瞳昕, 『東洋造景文化史』, 전남대학교출판부, 1990, 193~195면.

魯杰·魯寧 공저, 『華夏古亭』, 中國 四川人民出版社, 1991, 1~2면.

計成 저, 김성우·안대회 역, 『園冶』, 예경, 1993, 84~87면.

김성룡, 「고려중기 누정문학의 형성과 산수미 발견에 대한 연구」, 『국어교육』107, 한국어교
    육학회, 2002, 321~323면.

서지영, 「조선후기 중인층 풍류공간의 문화사적 의미」, 『진단학보』, 진단학회, 2003, 305~
    307면.

유호진·우응순, 「누정제영의 시공간적 분포와 그 의미」, 『민족문화연구』제40호, 2004,
    59~62면.

박연호, 「16세기 이전 민간 원림문학의 공간 특성 연구」, 『개신어문연구』21, 개신어문학회,
    2004, 106~107면.

【고산 윤선도 한시의 일고찰】 ····································· p.83

『孤山遺稿』, 韓國文集叢刊 91, 民族文化推進會 影印本.

李東歡, 「林椿論」, 『語文論集 19·20합집』, 高大國語國文學硏究會, 1977.

文永午, 「孤山 尹善道의 漢詩硏究」, 동국대 박사학위논문, 1982.

李泰鎭, 『朝鮮時代 政治史의 再照明』, 汎潮社, 1985.

趙東一, 「孤山 硏究의 회고와 전망」, 『孤山硏究』창간호, 孤山硏究會, 1987.

成範重, 「尹孤山 漢詩 硏究」, 『孤山硏究』제2호, 孤山硏究會, 1988.

尹泳杓, 『綠雨堂의 家寶』, 尹泳杓, 1988.

元容文, 『尹善道文學研究』, 國學資料院, 1989.

정운채, 『윤선도−연군지정과 이념의 시세계』, 건국대학교 출판부, 1995.

李亨大, 「漁父形象의 詩歌史的 展開와 世界認識」, 고려대 박사학위논문, 1997.

李相原, 「17世紀 時調 研究」, 고려대 박사학위논문, 1998.

신영훈, 『윤선도와 보길도』, 朝鮮日報社, 1999.

金興圭, 「16, 17세기 江湖時調의 변모와 田家時調의 형성」, 『욕망과 형식의 詩學』, 태학사, 1999.

【『동인시화』의 쟁점과 문학사적 의의】 ⋯⋯⋯⋯⋯⋯⋯⋯⋯⋯⋯⋯ p.109

徐居正, 『東人詩話』(趙鍾業 編, 『修正增補 韓國詩話叢編』 1, 太學社, 1996.)

徐居正, 『筆苑雜記』(趙鍾業 編, 『修正增補 韓國詩話叢編』 1, 太學社, 1996.)

成 俔, 『慵齋叢話』(朴洪植 外編, 慶山大學校 影印本, 2000.)

南孝溫, 『秋江冷話』(趙鍾業 編, 『修正增補 韓國詩話叢編』 1, 太學社, 1996.)

曺 伸, 『謏聞瑣錄』(李佑成 編, 『栖碧外史海外蒐佚本』 32, 亞細亞文化社, 1990.)

金安老, 『龍泉談寂記』(趙鍾業 編, 『修正增補 韓國詩話叢編』 1, 太學社, 1996.)

金正國, 『思齋摭言』(趙鍾業 編, 『修正增補 韓國詩話叢編』 1, 太學社, 1996.)

魚叔權, 『稗官雜記』(金 鑢 撰, 『寒皐觀外史』, 韓國精神文化研究院, 2002.)

李濟臣, 『淸江詩話』(趙鍾業 編, 『修正增補 韓國詩話叢編』 1, 太學社, 1996.)

權應仁, 『松溪漫錄』(趙鍾業 編, 『修正增補 韓國詩話叢編』 1, 太學社, 1996.)

洪萬宗, 『詩話叢林』, 亞細亞文化社, 1973.

徐居正, 『四佳文集』(『韓國文集叢刊』 11, 民族文化推進會, 1988.)

辛鎬烈 外 譯, 『국역 대동야승』, 民族文化推進會, 1973.

洪萬宗 撰, 洪贊裕 譯註, 『譯註 詩話叢林』(上・下), 通文館, 1993.

朴性奎 譯注, 『東人詩話』, 集文堂, 1998.

劉德重・張寅彭 共著, 『詩話槪說』, 中華書局, 1990.

張伯偉, 『中國古代文學批評方法研究』, 中華書局, 2002.

蔡鎭楚・龍宿莽 共著, 『比較詩話學』, 北京圖書館出版社, 2006.

霍松林 主編, 『中國詩論史』, 黃山書社, 2007.

譚雯, 『日本詩話的中國情結』, 中國社會科學出版社, 2007.

조종업, 『東人詩話』 연구, 『대동문화연구』 2, 성균관대 대동문화연구원, 1965.

柳在泳, 「白雲小說에 對한 一考」, 『韓國言語文學』 제15輯, 韓國言語文學會, 1977.

金興圭, 「傳播論的 前提와 比較文學의 문제」, 『文學과 歷史的 人間』, 創作과批評社, 1980.

李鍾建, 『東人詩話』의 文學思潮上 考究, 『동악어문논집』 제16집, 동악어문학회, 1982.

趙鍾業, 『中韓日詩話比較研究』, 學海出版社, 1984.

여진호, 『東人詩話』속에 나타난 서거정의 비평관, 『부산한문학연구』 제1집, 부산한문학회, 1985.

권오진, 『東人詩話』 연구, 『동방한문학』 3, 동방한문학회, 1987.

趙鍾業, 『韓國詩話研究』, 太學社, 1991.

남권희, 『東人詩話』의 서지적 고찰, 『서지학연구』 8, 서지학회 1992.

안병학, 徐居正의 문학관과 『東人詩話』, 『한국한문학연구』 16, 한국한문학회, 1993.

李來宗, 『鮮初 筆記의 展開 樣相에 관한 研究』, 高麗大 博士論文, 1997.

安大會, 『朝鮮後期詩話史』, 소명출판, 2000.

하정승, 조선전기 시화집에 나타난 시품 연구-『東人詩話』·『소문쇄록』을 중심으로, 『대동한문학』 제16집, 대동한문학회, 2002.

조융희, 『조선 중기 한시 비평론』, 한국문화사, 2003.

백연태, 『東人詩話』에 보이는 중국 시화 변용의 묘미와 의미, 『동방학지』 129, 연세대학교 국학연구원, 2005.

【16세기 호남사림 한시의 무인 형상】 ·············· p.134

范曄 撰, 『後漢書』, 中國 中華書局 標點本, 827~852면.

劉勰 著, 范文瀾 註, 『文心雕龍註』, 中國 商務印書館, 1960, 506면.

張志淵, 『朝鮮儒教淵源』, 明文堂 影印本, 1983, 138면.

許筠, 『國朝詩刪』, 亞細亞文化社 影印本, 320면.

林億齡, 『石川先生詩集』, 『韓國文集叢刊』 27, 民族文化推進會 影印本, 416면.

林亨秀, 『錦湖遺稿』, 『韓國文集叢刊』 32, 民族文化推進會 影印本, 220면.

金麟厚, 『河西先生全集』, 『韓國文集叢刊』 33, 民族文化推進會 影印本, 63면.

高敬命, 『霽峯集』, 『韓國文集叢刊』 42, 民族文化推進會 影印本, 8면.

林悌, 『林白湖集』, 『韓國文集叢刊』 58, 民族文化推進會 影印本, 256~258면.

丁若鏞, 『與猶堂全書』, 『韓國文集叢刊』 281, 民族文化推進會 影印本, 307면.

林熒澤, 『李朝時代 敍事詩 下』, 창작과비평사, 1992, 11~17면.

『한국사』 8, 한길사, 1994, 148~155면.

『한국사』 29, 국사편찬위원회, 1995, 13~16면.

安炳鶴, 「三唐派 詩世界 研究」, 고려대 박사학위논문, 1988, 116면.

李東歡, 「河西의 道學的 詩世界」, 『河西 金麟厚의 思想과 文學』, 河西紀念會, 1994, 381면.

이형대, 『한국 고전시가와 인물형상의 동아시아적 변전』, 소명출판, 2002, 12면.

林濬哲, 「漢詩 意象論과 朝鮮中期 漢詩 意象 硏究」, 고려대 박사학위논문, 2003, 66~72면.

【여헌 시에 있어서 '경'의 이념과 형상화 방식】 p.159

張顯光, 『旅軒先生文集』, 『韓國文集叢刊』 60, 民族文化推進會 影印本, 1988.

李滉, 『退溪全書』1, 成均館大 大東文化硏究院 影印本, 1985.

李裕元, 『林下筆記』, 成均館大 大東文化硏究院 影印本, 1961.

蔡沈 集傳, 『書經(內閣本)』, 學民文化社 影印本.

中國大百科全書 哲學編輯委員會, 『中國大百科全書』 哲學Ⅱ, 中國大百科全書出版社, 1987.

김언종, 『한자의 뿌리』 1, 문학동네, 2001.

황위주, 「여헌 장현광의 삶과 문학」, 『여헌 장현광의 학문과 사상』, 금오공과대학교 선주문
　　화연구소, 1994. 437~448면.

이동영, 「張顯光과 立巖詩歌 環境」, 『인문논총』 24, 부산대학교, 1983. 51~75면.

구본현, 「張顯光의 문학관과 시세계」, 『한국한시작가연구』 7, 한국한시학회, 2002. 281
　　~283면.

우응순, 「旅軒 張顯光의 문학론과 시세계 試論」, 『東洋哲學』 20, 한국동양철학회, 2003.
　　413~414면.

【재난 주제 한시의 형상화 양상과 그 의미】 p.181

李奎報, 『東國李相國集』, 韓國文集叢刊 2, 韓國古典飜譯院 影印本.

李穡, 『牧隱詩藁』, 韓國文集叢刊 4, 韓國古典飜譯院 影印本.

徐居正, 『四佳詩集』, 韓國文集叢刊 10, 韓國古典飜譯院 影印本.

權韠, 『石洲集』, 韓國文集叢刊 75, 韓國古典飜譯院 影印本.

金尙憲, 『淸陰集』, 韓國文集叢刊 77, 韓國古典飜譯院 影印本.

李植, 『澤堂集』, 韓國文集叢刊 88, 韓國古典飜譯院 影印本.

張維, 『谿谷集』, 韓國文集叢刊 92, 韓國古典飜譯院 影印本.

朴世堂, 『西溪集』, 韓國文集叢刊 134, 韓國古典飜譯院 影印本.

金昌協, 『農巖集』, 韓國文集叢刊 161, 韓國古典飜譯院 影印本.

李德懋, 『嬰處詩稿』, 韓國文集叢刊 257, 韓國古典飜譯院 影印本.

李瀷, 『國譯星湖僿說』, 韓國古典飜譯院.

尹 鑴, 『國譯白湖全書』, 韓國古典飜譯院.

김언종, 『한자의 뿌리 2』, 문학동네, 2001, 790~791쪽.

【전기소설 삽입시의 기능과 성격】 ·· p.207

朝鮮刊本 『金鰲新話』, 中國 大連圖書館 소장.

『梅月堂全集』, 성균관대학교 대동문화연구원 영인.

『金鰲新話』, 아세아문화사 영인.

金鎭斗, 「金鰲新話의 揷入詩硏究」, 석사학위논문, 高麗大學校 敎育大學院, 1979.

薛重煥, 「金鰲新話의 揷入詩硏究試論」, 全州又石女大論文集 제1집, 1980.

林熒澤, 「나말여초의 전기문학」, 『韓國漢文學硏究』 5, 한국한문학연구회, 1981, 89~104면.

閔丙秀, 「漢文小說의 揷入詩에 대하여」, 『韓國古典散文硏究』, 同和文化社, 1981.

文永午, 「漢文小說에 삽입된 漢詩의 機能硏究－金鰲新話와 燕巖小說을 중심으로」, 『韓國文
　　學硏究』 제4집, 東國大學校 韓國文學硏究所, 1981.

金場煥, 「揷詩의 機能과 外的 諸要素」, 『漢文學論集』 창간호, 근역한문학회, 1983, 153~
　　172면.

薛重煥, 『金鰲新話硏究』, 高麗大學校 民族文化硏究所, 1983.

김재민, 「금오신화 구성상의 특성 연구－삽입시가를 중심으로」, 석사학위논문, 국민대학교,
　　1985.

金昌顯, 「揷入詩歌의 機能硏究－조선조 소설 중에서」, 『牧園語文學』 5집, 牧園大學校,
　　1985.

丁奎福, 「한국古典文學에 나타난 偈의 역할」, 『語文論集』 24·25합집, 高麗大學校 國語國文
　　學硏究會, 1985, 787~795면.

李昇馥, 「古典小說의 敍述構造와 揷入詩歌의 機能」, 석사학위논문, 서울대학교, 1986.

안재근, 「고전소설에 나타난 삽입시가연구」, 석사학위논문, 계명대학교, 1987.

姜信球, 「金鰲新話 속의 詩歌 硏究」, 『국어국문학』 9집, 동아대학교, 1989.

鄭炳浩, 「金鰲新話에 나타난 揷入詩歌의 樣相과 機能」, 『韓國의 哲學』 제19호, 경북대학교
　　퇴계연구소, 1991.

윤재민, 「전기소설의 인물성격」, 『民族文化硏究』 제28호, 高麗大學校 民族文化硏究所,
　　1995, 53~67면.

박희병, 「傳奇的 人間의 미적 특질」, 『민족문학사연구』7호, 민족문학사연구소, 1995, 120~
　　140면.

최용철, 「『金鰲新話』朝鮮刊本의 發掘과 그 意義」, 『民族文化研究』 제36호, 高麗大學校 民族文化研究院, 2002, 65~67면.

정출헌, 「한문 소설의 미적 특성과 그 구현양상에 대한 검토」, 『韓國漢文學研究』 제29집, 韓國漢文學會, 2002, 41~73면.

李東歡, 「〈雙女墳記〉의 作者와 그 創作 背景」, 『民族文化研究』 제37호, 高麗大學校 民族文化研究院, 2003, 1~74.

李保初·吳修書 主編, 『中國古典小說卷中詩詞鑒賞』, 北京, 華文出版社, 1993.

石昌渝, 『中國小說源流論』, 北京, 生活·讀書·新知三聯書店, 1994.

【조선 후기 한시의 변이 유형에 대한 일고찰】 ·············· p.240

김 립 저, 이응수 정리, 『金笠詩集』, 漢城圖書株式會社, 1941.

유득공, 『泠齋集』, 『韓國文集叢刊』 260, 韓國古典翻譯院 영인본.

유몽인 찬, 신익철·이형대·조융희·노영미 옮김, 『어우야담』, 돌배게, 2006.

이옥 저, 실시학사 고전문학연구회 역주, 『역주 이옥전집』 3, 소명출판, 2001.

정약용, 『與猶堂全書』, 『韓國文集叢刊』 281, 韓國古典翻譯院 영인본.

편자 미상, 『俚諺叢林(藏書閣 소장본)』, 『口碑文學』5, 韓國精神文化研究院 어문연구실, 1981.

필자 미상, 「諺文의 文藝」, 『朝鮮文藝』 1호, 朝鮮文藝社, 1917, 74~75면.

필자 미상, 「언문풍월공부」, 『天道教會月報』 제8, 天道教會月報社, 1918, 28면.

이규호, 『開化期變體漢詩研究』, 형설출판사, 1986, 72~80면.

李東歡, 「朝鮮後期 漢詩에 있어서 民謠趣向의 擡頭」, 『韓國漢文學研究』 3·4합집, 韓國漢文學會(구 韓國漢文學研究會), 1978, 48~50면.

임형택, 「이조말 지식인의 분화와 문학의 희작화 경향」, 『전환기의 동아시아 문학』, 창작과비평사, 1985, 32~33면.

정 민, 『한시 속의 새, 그림속의 새(2)』, 효형출판, 2003, 88~91면.

진갑곤, 「언문풍월에 대한 연구」, 『문학과 언어』 13, 문학과언어연구회, 1992, 3~4면.

황동원, 「仮名草子·噺本에 수록된 교시(狂詩)의 골계미와 김삿갓 漢詩 비교연구」, 『일어교육』 42집, 한국일본어교육학회, 2007, 155~163면.

【19세기 문인의 지식 정리·소통의 한 양상】 ·············· p.268

『林園經濟志』(서울대학교 규장각 소장본)

『林園經濟志』(고려대학교 도서관 소장본)

『林園經濟志』(日本 大阪 中之島圖書館本)

王圻·王思義 編集, 『三才圖會(上·中·下)』, 中國 上海古籍出版社, 1985.

寺島良安 編, 『倭漢三才圖會(1~12)』, 國學資料院 영인본, 2002.

李圭景, 『五洲衍文長箋散稿(上·下)』, 東國文化社 영인본, 1959.

李晬光 著, 南晩星 譯, 『芝峰類說(上·下)』, 乙酉文化社, 1994.

李瀷 著, 민족문화추진회 편, 『국역성호사설(1~12)』, 민족문화추진회, 1977.

홍성태, 『지식사회 비판』, 문화과학사, 2005.

피터 버크 지음, 박광식 옮김, 『지식: 그 탄생과 유통에 대한 모든 지식』, 현실문화연구, 2006.

김충열, 『김충열 교수의 중용대학강의』, 예문서원, 2007, pp.340~345.

정 민, 『18세기 조선지식인의 발견』, 휴머니스트, 2007.

李來宗, 『鮮初 筆記의 展開 樣相에 관한 研究』, 高麗大 博士論文, 1997, pp.199~202.

조창록, 「日本 大阪 中之島圖書館本 『林園經濟志』의 引과 例言」, 『한국실학연구』10, 한국실학회, 2005.

안대회, 「林園經濟志를 통해 본 徐有榘의 利用厚生學」, 『한국실학연구』11, 한국실학회, 2006, pp.49~50.

정명현, 「『임원경제지』 사본들에 대한 서지학적 검토」, 『규장각』34, 서울대 규장각 한국학연구원, 2009, p.224.

【19세기 말 한문지식인의 현실 인식과 문학적 형상화】 ················· p.292

『論語』, 內閣本, 學民文化社 影印本.

『孟子』, 內閣本, 學民文化社 影印本.

『書傳』, 內閣本, 學民文化社 影印本.

『周易』, 內閣本, 學民文化社 影印本.

宋時烈, 『宋子大全』, 『韓國文集叢刊』115, 民族文化推進會 影印本.

李建昌, 『明美堂集』, 『韓國文集叢刊』349, 民族文化推進會 影印本.

黃玹, 『梅泉集』, 『韓國文集叢刊』348, 民族文化推進會 影印本.

黃玹, 『梅泉全集』, 全州大 湖南學研究所, 1984,

金澤榮, 『韶濩堂詩集 定本』, 『韓國文集叢刊』347, 民族文化推進會 影印本.

이희목 외편, 『식민지시기 한시자료집』, 성균관대 대동문화연구원, 2009.

김태준, 『조선한문학사』, 조선어문학회, 1931, 189~191면.

이희목, 「愛國啓蒙期의 漢詩」, 『한국한문학연구』 15, 한국한문학회, 1992. 156~160면.

임형택 외 옮김, 『역주 매천야록』 상, 문학과지성사, 2005, 424면.

임형택 외편, 『흔들리는 언어들-언어의 근대와 국민국가』, 성균관대 대동문화연구원, 2008.

金素伶, 『대한제국기 '국민'형성론과 통합론 연구』, 고려대 대학원 박사논문, 2009. 16~20면.

【『용성창수집』 연구】 ·· p.319

林悌 外, 筆寫本 『龍城唱酬集』, 朴鍾宇所藏本.

민족문화추진회 역주, 『국역성소부부고』, 민족문화추진회, 1981.

권오돈 외 역주, 『국역대동야승 I·용재총화』, 민족문화추진회, 1985.

신호열·임형택 공역, 『역주 백호전집』, 창작과비평사, 1997.

김종서, 「豹菴藏書本 『龍城唱酬集』 詩帖」, 『문헌과해석』 7, 문헌과해석사, 1999.

김종서, 「광한루시회와 『용성창수집』」, 『한문학보』 6, 우리한문학회, 2002.

유호진·우응순, 「누정제영의 시공간적 분포와 그 의미」, 『민족문화연구』 40, 고려대 민족문화연구원, 2004. 58면.

박종우, 「16세기 누정의 공간적 특성과 누정제영의 문학사적 의미」, 『우리어문연구』 32, 우리어문학회, 2008. 277-280면.

서지영, 「조선후기 중인층 풍류공간의 문화사적 의미」, 『진단학보』, 진단학회, 2003, 305~307면.

【고전 전산화에 있어서 신출한자의 유형과 처리 방안】 ············ p.334

팔만시스템(주) 편, 「'국학진흥원 유교정보화 1~3차 사업'의 신출한자 목록」, 팔만시스템(주), 2003.

민족문화추진회 편, 「'오주연문장전산고 교감 및 정리 1~2차년도 사업'의 신출한자 목록」, 민족문화추진회, 2003.

한국정신문화연구원 편, 「'한국역사정보통합시스템 4차 사업'의 신출한자 목록」, 한국정신문화연구원, 2003.

박종우, 「비표준한자 표현 방안 연구」, 『뉴스레터』 제1호, 비표준문자등록센터, 1998.

박종우, 「Surrogate code를 이용한 Ext. B 한자 사용」, 『뉴스레터』 제10호, 비표준문자등록센터, 2002.

【국제 표준한자의 이체자 연구】 ·· p.359

『우리나라 漢字의 略體 調査』, 국립국어연구원, 1991.

『東洋 三國의 略體字 比較 硏究』, 국립국어연구원, 1992.

『국제 문자 코드 제안 한자의 표준안에 대한 연구 상·하』, 문화관광부, 1998.

『韓·中·日 漢字 UCS코드 異體字·通用字 목록』, 고려대학교 민족문화연구소, 1998.

『국제 문자 코드 한자 Super CJK 연구』, 국립국어연구원, 2000.

『국제 문자 코드계의 한자 표준화에 대한 연구』, 문화관광부, 2001.

『한국 한자 이체자 조사―표준코드(KS C 5601) 한자를 중심으로』, 국립국어연구원, 2002.

『국제 문자 코드계 Ext.B 등재 한자의 비교 연구』, 문화관광부, 2003.

『국제 표준코드 한자 Ext.B의 한자 표준음 연구』, 국립국어원, 2004.

이재훈·이한섭·안병학, 「韓·中·日 3國의 UCS코드 通用字와 異體字 정보 처리 방안 연구」,
  『한국어전산학』제2집, 한국어전산학회, 1998.

「Surrogate code를 이용한 Ext.B 한자 사용」, 『비표준문자등록센터』 제10호, 문자코드연
  구센터, 2002.

ISO/IEC JTC1/SC2/WG2/IRG 홈페이지의 CJK Unified Ideographs DIS For ISO/IEC
  DIS 10646-2:2000(http://www.cse.cuhk.edu.hk/~irg/irg/N777_CJK_B_CoverNote.pdf)

【인명용 한자의 국제표준화 방안 연구】 ······························ p.373

박종우(2003), 「고전 전산화에 있어서 新出漢字의 유형과 처리 방안」, 〈민족문화연구〉 39,
  고려대학교 민족문화연구원, pp.333~344.

서경호 외(1998), 「國際 文字 코드 提案 漢字의 標準化에 대한 硏究」(하권), 〈문화관광부
  연구보고서〉, pp.1~11.

신상현(2005), 「韓國 固有漢字 조사 연구―人名用 固有漢字를 중심으로」, 〈민족문화연구〉
  43, 고려대학교 민족문화연구원, pp.167~187.

현규섭 외(1994), 「漢字세트 및 확장漢字코드 표준화에 관한 연구」, 〈공업진흥청 연구보고
  서〉, pp.19~26.

수록논문 출처

【제1부 : 한국 한문학의 공간과 미학】

율곡 이이의 시세계에 대한 일고찰 : 『율곡사상연구』 6, 율곡학회, 2003.8.
16세기 호남 한시의 풍류론적 고찰 : 『민족문화연구』 48, 고려대 민족문화연구원, 2008.6.
16세기 누정의 공간적 특성과 누정제영의 문학사적 의의 : 『우리어문연구』 32, 우리어문학
　　회, 2008.9.
고산 윤선도 한시의 일고찰 : 『어문논집』 45, 민족어문학회, 2002.4.

【제2부 : 한국 한문학의 주제와 형상】

『동인시화』의 쟁점과 문학사적 의의 : 『글로벌교육문화연구』 1, 글로벌교육문화연구원,
　　2008.12.
16세기 호남사림 한시의 무인 형상 : 『고전문학연구』 27, 한국고전문학회, 2005.6.
여헌 시에 있어서 '경'의 이념과 형상화 방식 : 『동양고전연구』 41, 동양고전학회, 2010.12.
재난 주제 한시의 형상화 양상과 그 의미 : 『인문학연구』 42, 조선대 인문학연구원, 2011.8.

【제3부 : 한국 한문학의 소통과 전변】

전기소설 삽입시의 기능과 성격 : 『한국시가연구』 13, 한국시가학회, 2003.2.
조선 후기 한시의 변이 유형에 대한 일고찰 : 『한국시가연구』 27, 한국시가학회, 2009.11.
19세기 문인의 지식 정리·소통의 한 양상 : 『개신어문연구』 30, 개신어문학회, 2009.12.
19세기말 한문 지식인의 현실 인식과 문학적 형상화 : 『비평문학』 37, 한국비평문학회,
　　2010.9.

【제4부 : 한국 한문학의 발견과 확장】

『용성창수집』 연구 : 『한문학보』 25, 우리한문학회, 2011.12.
고전 전산화에 있어서 신출한자의 유형과 처리 방안 : 『민족문화연구』 39, 고려대 민족문화
　　연구원, 2003.12.
국제 표준한자의 이체자 연구 : 『한자한문연구』 1, 고려대 한자한문연구소, 2005.12.
인명용 한자의 국제표준화 방안 연구 : 『어문연구』 143, 한국어문교육연구회, 2009.9.

찾아보기

저자 박종우(朴鍾宇)

고려대학교 문과대학 국어국문학과 졸업
고려대학교 대학원 국어국문학과 졸업(한국한문학 전공, 문학석사 및 문학박사)
고려대학교 문과대학 강사
국립 한경대학교 강사
고려대학교 HK연구교수
전북대학교 HK교수
현재 고려대학교 민족문화연구원 선임연구원 재직 중

주요 논저
역서에 『국역 주곡유고』, 『국역 고산유고』(공역) 등이 있고, 논문에 〈16세기 호남 한시의 무인 형상〉, 〈조선 후기 한시의 변이 유형에 대한 일고찰〉 등이 있음
ezbooks@naver.com

한국 한문학의 형상과 전형

2012년 10월 30일 초판1쇄 펴냄

저 자 박종우
발행인 김흥국
발행처 도서출판 보고사

책임편집 박현정
표지디자인 황효은

등록 1990년 12월 13일 제6-0429호
주소 서울특별시 성북구 보문동7가 11번지 2층
전화 922-5120~1(편집), 922-2246(영업)
팩스 922-6990
메일 kanapub3@chol.com
http://www.bogosabooks.co.kr

ISBN 978-89-8433-481-6 93810
ⓒ 박종우, 2012

정가 23,000원